Dirk van den Boom

Kaiserkrieger: Brennende Tempel

DIRK VAN DEN BOOM

KAISERKRIEGER

BRENNENDE TEMPEL

ATLANTIS

Eine Veröffentlichung des
Atlantis-Verlages, Stolberg
Mai 2016

Druck: Schaltungsdienst Lange, Berlin

Titelbild und Umschlaggestaltung: Timo Kümmel
Lektorat & Satz: André Piotrowski

ISBN der Paperback-Ausgabe: 978-3-86402-287-6
ISBN der eBook-Ausgabe (ePub): 978-3-86402-356-9

Dieses Paperback/eBook ist auch als Hardcover-Ausgabe
direkt beim Verlag erhältlich.

Besuchen Sie uns im Internet:
www.atlantis-verlag.de

1

Drei Tage dauerte das Blutgericht.

Drei Tage der Freude, drei Tage des Leids. Eine Zeit der Entscheidung, der Umwälzung.

Sie machte Metzli, König von Teotihuacán, zum Herrn der Welt.

Als Ruhe einkehrte und der Lärm des Kampfes sich in das leise Wehklagen der Verletzten und das Weinen der Trauernden verwandelte, schritt Metzli in Begleitung der Zwölf durch B'aakal, die große Stadt der Maya, die einst den Befehlen Bahlams gehorcht hatte. Seine Sandalen traten in rotbraune Pfützen aus getrocknetem Blut, über die gebrochenen Leiber der Toten hinweg und seine Nase nahm den Geruch von Tod und einsetzender Verwesung in sich auf. Seine Armee war weiter schwer beschäftigt: die Leichen einsammeln, diese unzeremoniell verbrennen, die Körper der Könige und Adligen auslöschen, wie er begann, die Erinnerung an sie auszulöschen. Das Knistern der großen Totenfeuer, der brennenden Leichenberge, wurde übertönt durch das Knirschen und Krachen der zertrümmerten Stelen, die an die ruhmreiche Ahnenreihe der Könige von B'aakal erinnerten und deren Reste zu Bergen aus Stein aufgeschichtet wurden. Die Fresken wurden aus den Tempelwänden gebrochen, die Bilder und Symbole geschändet, ihrer Bedeutung beraubt. Die Bewohner B'aakals, die gefangenen, mutlosen Krieger der versammelten Allianz, beobachteten diesen methodischen Vorgang, das Ausradieren ihrer Vergangenheit, mit stumpfen Blicken, alle noch gefangen im Schock des Massakers, das ihre Welt so gründlich auf den Kopf gestellt hatte, wie es kein Götterbote jemals zustande gebracht hätte.

Götterbote. Ja, richtig.

Metzli lächelte, etwas in Gedanken, als er über einen abgeschlagenen Arm stolzierte, der von seinen Männern noch nicht aufgelesen und zum Verbrennen gebracht worden war. Inugamis Leib lag bereits irgendwo da auf einem der großen, abfackelnden, nach geröstetem Fleisch riechenden Haufen. Er selbst, Metzli, hatte ihn vor den Augen aller aufgehoben, in die Höhe gehalten und dorthin getragen, das Feuer entfacht, für alle zu sehen. Eine symbolische Handlung, die gezeigt hatte, wie eine neue Weltordnung den Fluch der Götterboten zu Grabe trug. Eine Nachricht, die sicher an keinem der zahlreichen Zuschauer verloren gegangen war und die sich in Windeseile verbreiten würde. Was Metzli hoffte, was er beabsichtigte.

Er strickte an seiner Legende und es sollte ein festes Tuch werden.

»Herr.«

Metzli blieb stehen, als sich sein General an ihn wandte. Izel verbeugte sich, seine Kleidung voller Blut und den Resten von Eingeweiden. Er war ein guter Mann, gnadenlos, erbittert, diszipliniert und grausam. Und etwas leichtsinnig, wie die Wunden zeigten, die er trug wie einen Schmuck. Metzli würde ihn belobigen, beschenken und ermahnen, nicht notwendigerweise in dieser Reihenfolge.

»Wir haben sie nicht gefunden, nicht unter den Toten, nicht unter den Lebendigen.«

Izels Worten war zu entnehmen, dass er eine Strafe für diese Meldung erwartete, doch Metzli hatte sich mit der Möglichkeit dieses Ergebnisses bereits vertraut gemacht und verschwendete keine wertvollen Männer in Ausbrüchen sinnloser Brutalität. Ixchel und Nicte waren entkommen und das war letztlich nicht mehr als eine kleine Trübung im ansonsten glänzenden Ergebnis der Aktion. Es war auch nicht Izels Schuld. Das Chaos, das nach ihrem überraschenden Angriff ausgebrochen war, so unvermeidlich wie ein Gewitter nach heißen Sonnentagen, hatte die Flucht begünstigt. Die junge Frau hatte sich in der Vergangenheit bereits als jemand erwiesen, der über einen ausgeprägten Überlebensinstinkt verfügte. Metzli konnte ein klein wenig Bewunderung nicht verhehlen. Ja, seine Feinde sollten alle sterben und niemand durfte sich ihm entgegenstellen, doch das hieß nicht, dass er einem Gegner nicht zumindest Respekt zollen konnte, ehe er ihm die Eingeweide aus dem Leib schnitt.

Ixchel war kein Problem.

Wenn die anderen Städte fielen, würde es bald keinen Ort mehr geben, in dem sie Zuflucht fand. Mutal jedenfalls ganz sicher nicht. Die Hauptstadt der Götterboten stand als Nächstes auf der Liste und Metzli hatte nicht die Absicht, den Angriff unnötig hinauszuzögern. Jetzt, wo ihm alles gehörte, alle am Boden lagen, galt es, schnell und entschieden zu handeln, und exakt das war seine Absicht.

»Lass es gut sein, Izel. Sie wird uns eines Tages über den Weg laufen. Ich lasse sie dann vielleicht sogar am Leben und gebe sie einem verdienten Krieger zur Sklavin, und ihre kleine Schwester gleich mit. Es soll uns jetzt nicht weiter kümmern, mein Freund. Wasche dich, kleide dich neu, iss und trink. Hörst du meine Worte, General?«

Für einen winzigen Augenblick war da Unwille im Gesicht des Veteranen zu sehen, doch dann verneigte er sich tief. »Herr, ich höre.«

»Dann legst du dich hin und schläfst. Ich will, dass die Toten auf den Scheiterhaufen von deinem Geschnarche aus der Unterwelt geholt werden.«

Izel rang sich ein Lächeln ab. Die Zwölf sahen sich vielsagend grinsend an. Keiner von ihnen war der Hellste unter der Sonne, aber das mussten sie auch nicht sein. Sie waren Instrumente, genauso wie die modernen Heckler-&-Koch-Gewehre in ihren kräftigen Händen. Und wenn es ihnen gut ging, funktionierten sie auch gleich umso besser. Es lohnte sich, gegenüber den eigenen Getreuen Freundlichkeit und Sorge zu zeigen. Es schmiedete ein Band zwischen ihnen, es erhöhte die Treue. Metzli wusste das gut. Sein Vater hatte es ihn gelehrt. Drohung und Güte, Zuckerbrot und Peitsche. So hatte das Drogenkartell funktioniert, in dem sein Erzeuger tätig gewesen war, und so funktionierte jetzt auch das Imperium des Metzli.

Izel verbeugte sich und ging, sein König setzte seinen Rundgang fort. Er hatte auch zu wenig geschlafen, denn er musste darauf achten, dass die Disziplin gewahrt blieb. Er wollte herrschen, nicht ausrotten. Den Kopf abschlagen und dem Körper der Stadt einen neuen aufsetzen, der ohne die Gliedmaße aber nichts würde anfangen, nicht würde angemessen dienen können. Seine Männer hatten die strengsten Befehle und Metzli ahnte nicht, dass diese denen der Soldaten Inugamis bei ihren Eroberungen sehr ähnelten.

Von diesen hatten seine Leute fünf lebend gefangen genommen. Fünf von zweihundert. Der Rest hatte gekämpft, und das mit einer Vehemenz, die Metzli nur Bewunderung abnötigte. Mutal würde kein Spaziergang werden, Schnellfeuergewehre hin oder her.

Aber das hatte er auch nicht erwartet.

Er erreichte den Palast des Königs, wo sich zuletzt Adlige und Höflinge verschanzt und eine gute Stunde erfolgreich verteidigt hatten. Die Schusswaffen waren an den dicken Mauern gescheitert, dennoch hatten sie lange Muster von Einschusslöchern in die Fresken gestanzt. Der Kampf hatte schließlich ein Ende gefunden, als Metzli den Leuten das Leben und freies Geleit versprochen hatte. Nachdem sie alle vertrauensselig das Gebäude verlassen und sich auf den Weg gemacht hatten, waren sie von den Zwölf dahingemäht worden, in einer einzigen, schnellen Aktion.

Es durfte keiner von ihnen bleiben.

Er betrat den Palast, sah das Blut, eingetrocknet, vermischt mit Staub und untrennbar mit dem Sandstein verbunden. Ein bleibendes Mahnmal, wie Metzli wusste, der Stein war nur zu reinigen, indem man die äußere Schicht abmeißelte. Der scharfe, metallische Geruch hing noch in der Luft und nicht alle Leichen waren entfernt worden. Kein angenehmer Ort, als ob das Leid der Toten, der Schmerz der Niederlage sich wie eine Patina auf den Stein gelegt hatte, und nicht nur auf ihn. Auf absehbare Zeit war dieser Palast mit Verzweiflung, Verrat und Mord verschmutzt. Metzli kümmerte das wenig.

Er legte keinen Wert darauf, hier zu residieren. Einen Statthalter würde er einsetzen, einen treuen Mann, und er wusste auch schon genau, wen er mit dieser möglicherweise etwas undankbaren Aufgabe betrauen würde.

Deswegen war er hier.

Und da stand er auch schon, nur begleitet von zwei Wachen, und starrte auf den verwaisten Sitz des Königs von B'aakal. In Inocoyotls Gesicht spielten sich Ablehnung und Angst. Metzli räusperte sich und der ältere Mann fuhr zusammen, verbeugte sich tief. Es war Krieg und Metzli hatte einige Regeln geändert. Wenn seine Männer sich jedes Mal auf den Boden warfen, wenn sie seiner ansichtig wurden, verringerte das ihre Effizienz. Er hatte die notwendige Ehrerbietung daher auf Verbeugungen reduziert und fand nicht, dass ihm damit ein Zacken in seiner Krone abhandengekommen war. Es reichte, wenn sie alle bereit waren, für ihn zu sterben. Sie mussten nicht ständig ihre Stirn in den Dreck werfen.

»Inocoyotl. Richte dich auf. Setzen wir uns?«

Metzli winkte mit einem Lächeln in Richtung des breiten Stuhls, der einst den massigen Körper Bahlams getragen hatte. »Du wirst zunehmen müssen, wenn du da hineinpassen willst.«

Inocoyotl hörte die Worte und verstand sie. Es war die Ankündigung dessen, weswegen er hierher gerufen worden war.

»Ja, Herr.«

»Keine andere Antwort? Du weißt, dass du zu jenen gehörst, von denen ich Widerworte nahezu erwarte!«

»Nein, Herr.«

Inocoyotl senkte den Kopf, seine ganze Haltung Ausdruck von wehrlosem Fatalismus. Für einen winzigen Moment erwog Metzli, seine Meinung noch einmal zu ändern, doch dann sagte er sich, dass zu viel Milde und Fairness seinen Ruf beschädigen würden. Inocoyotl ging es nicht schlecht. Ihm würde es an nichts mangeln. Er konnte sich ins Bett holen, wen er mochte, und würde eine der großen Metropolen der Maya beherrschen, eine Stadt, fast so beeindruckend wie Teotihuacán selbst. Zu viel Mitleid war nicht angebracht.

Sie setzten sich, keiner von beiden auf den Platz des Bahlam, dessen Leiche da draußen zu einem knusprigen, sehr großen Braten und anschließend zu Asche wurde.

»Du wirst gut regieren.«

»Ich habe keine große Freude an der Macht«, sagte Inocoyotl mit dem kleinsten Anflug an Trotz. Es war also doch noch Leben in ihm, wie Metzli zu seiner Freude feststellte.

»Das ist eine gute Voraussetzung für einen guten Regenten«, stellte er dann fest. »Vor allem dann, wenn er einem Oberherrn zu dienen hat.«

Inocoyotl nickte schweigend.

»Du wirst die Schäden beseitigen. Ich lasse dir eine Besatzungsarmee zurück, 1000 Mann. Die überlebenden Mayasoldaten unterstelle ich meinen Offizieren und marschiere mit ihnen gen Mutal.«

»Ob sie Euch alle dienen werden?«

»Wer sich weigert, wird getötet. Und ihre Könige und Adligen habe ich bereits ausgelöscht.«

»Es gibt noch welche in den Städten, aus denen sie kamen.«

»Aber sie werden nicht gegen mich kämpfen, nachdem sie sich dessen erinnern, was ich in den letzten drei Tagen hier vollbracht habe.«

Metzli hatte den Eindruck, Inocoyotl konnte sich da auch andere Szenarien vorstellen und wäre sich, nachdem er nun viel Zeit unter den Maya verbracht und mit vielen lange Gespräche geführt hatte, nicht sicher, ob sein Herr in seiner Einschätzung nicht irrte. Metzli kannte das: Männer, berauscht von ihrer eigenen Macht, mochten einst vernünftig und maßvoll gehandelt haben. Sobald sie aber von diesem ganz speziellen Trunk nahmen, stieg es ihnen zu Kopf und sie ersetzten den Blick für das, was war, durch eine bloße Vorstellung, die ihren Wünschen entsprach.

Er war aber nicht in der Stimmung, diese Thematik zu vertiefen. Natürlich würde nicht alles glattlaufen. Das war der Lauf der Dinge. Etwas ging *immer* schief.

Und Inocoyotl wusste natürlich, dass auch die Geduld des Königs ein Ende fand, wenn ein Untergebener ein Thema allzu sehr verfolgte und das Urteilsvermögen des obersten Herrn infrage stellte. Obgleich die Perspektive, B'aakal zu beherrschen, für Inocoyotl keine angenehme war, zog er sie doch ganz bestimmt einer Existenz ohne Gedärme oder Kopf weiterhin vor.

»Du wirst mir auf deine Art helfen«, sagte Metzli nun. »Erhalte mir B'aakal als blühende Metropole. Sorge dafür, dass die neue Herrschaft beim Volk gut ankommt. Bestrafe Widerstand hart, doch belohne Loyalität. Mische dich nicht in die religiösen Angelegenheiten ein. Wollen die Maya zum Menschenopfer zurückkehren, so gestatte dies. Stärke die Priesterschaft, sorge dafür, dass neue, junge Priester sich in Untergebung üben. Ich habe in den vergangenen drei Tagen genug der alten Zausel hinrichten lassen, es dürfte ausreichend Möglichkeiten für junge Männer geben, die Gunst der Stunde zu nutzen. Gewinne die Herzen und du wirst ein glorreicher Herrscher sein, dessen Name in Teotihuacán mit großer Ehrfurcht ausgesprochen wird.«

Inocoyotl wand sich ein wenig. Metzli wusste, warum. Ehrfurcht und Glorie waren in Ordnung, doch würde die Tatsache, dass man seinen Namen aussprach, sich vor allem darauf beziehen, dass der glorreiche Inocoyotl fern der Heimat blieb, und das möglicherweise für immer?

»Herr«, sagte er dann doch, weil es ihn wohl einfach umtrieb. »Ich freue mich über die große Aufgabe und will sie nach bestem Wissen und Gewissen für Euch erledigen. Doch erlaubt mir die Frage nach Euren

Absichten mit mir: So Mutal gefallen ist und die Götterboten besiegt sind, wenn Euer Friede einkehrt im Land der Maya, darf ich dann einst nach Hause zurückkehren und ein anderer meinen Platz übernehmen? Ich bin nicht mehr der Jüngste, mein König.«

Metzli sah Inocoyotl forschend an, dann nickte er.

»Du willst das enge, stickige Teotihuacán gegen die luftige Weite eines königlichen Palasts eintauschen? Das Gekeife deines alten Weibes und die Forderungen deiner faulen Nachkommen gegen die Unterwürfigkeit junger Mädchen und die Ergebenheit treuer Untertanen? Die Ordnung deines bescheidenen Hauses gegen den Aufbau und die Regierung einer großen Stadt?«

Inocoyotl zögerte einen Moment. Metzli verbarg ein Lächeln. Er kannte die Antwort natürlich. So war das mit alten Männern. Die Veränderung lag ihnen einfach nicht mehr im Blut und viele verließ der Ehrgeiz.

»Herr, es ist meine Heimat und dies ist die Fremde. Ich folge Eurem Befehl, egal wohin Ihr mich schickt, aber wenn ich mir wirklich eine Gunst in Euren Augen verdient habe, dann lasst mein Exil nicht ewig währen.«

»Es ist kein Exil. B'aakal ist mein. Es ist deine Heimat.«

»Herr, natürlich, entschuldigt bitte. Ich ...«

Metzli hob eine Hand, Inocoyotl verstummte sogleich. Der Gebieter lächelte immer noch, war nicht erzürnt und das war für Inocoyotl wohl eine Erleichterung. Die Zwölf lauschten dem Gespräch mit gelassenem Interesse. Sie würden auf einen Fingerzeig ihres Herrn den alten Mann vor ihnen töten und weiterspazieren, als wäre nichts geschehen.

»Es sei dir versprochen«, sagte der König und nickte Inocoyotl zu. »Wenn alles getan ist, entbinde ich dich von dieser Aufgabe und du sollst in die Heimat zurückdürfen. Für dein Auskommen sei dann gesorgt bis zum Ende deiner Tage und ich will dich nicht mit weiteren Aufgaben behelligen. Es ist dein Wunsch und du bist nicht ich. Diene mir gut in B'aakal und ich werde dich nicht länger hier verpflichten, als es unbedingt notwendig ist.«

Er sah den Mann forschend an. »Ist es das, was du zu hören erhofft hast?«

Inocoyotl verbeugte sich. »Ich bin dankbar für Eure große Gnade!«

So trennten sie sich.

Metzli wanderte weiter, sah sich nicht einmal mehr um nach seinem frischgebackenen Statthalter. Er wunderte sich nicht über ihn, nicht wirklich. Es gab solche und solche Menschen, und wer letztlich klein dachte, der lebte auch klein, selbst wenn ihm die Chance der Größe geboten wurde.

Metzli würde diesen Pfad sicher nicht beschreiten.

2

Sie standen einander gegenüber, der weiße Sand knirschte unter ihren Sandalen und Stiefeln. Die Gruppe der Römer war genauso groß wie die der Japaner, aber obgleich es in beiden Fällen die exakt gleiche Anzahl an Männern war, gab es ein vielfaches Ungleichgewicht.

Die Römer wurden angeführt von einem Navarchen, nach Okadas Verständnis so etwas wie ein Geschwaderkommodore, ein hoher Offizier, weit über seinem eigenen Dienstrang. Die Römer trugen keine Waffen, aber hier, an der Wasseroberfläche, an Land, waren sie ihm und seinen Männern überlegen. Die Schiffe der römischen Expedition dümpelten in der Brandung und der Turm des U-Bootes ragte unweit davon aus dem Wasser. Die gegenseitige Bedrohung an Land wurde durch die Waffen auf See ausbalanciert, dort hatte das Boot den Vorteil. Mit genug Torpedos an Bord, alle Schiffe der Römer zu vernichten, ohne selbst in ernsthafte Gefahr zu geraten, konnte es umfassende Vernichtung androhen.

Jeder hier wusste das. Alle waren sie sehr höflich zueinander. Es sollte nicht so weit kommen.

Okada hatte einen Rückzieher gemacht und jetzt würde sich erweisen, ob das ein Fehler war. Im Grunde hatte er seine Trumpfkarte nicht aus der Hand gegeben und das allein hatte ihm geholfen, die Entscheidung zu treffen, ein Gespräch zuzulassen. Wenn es sich als wahr herausstellte, dass Prinz Isamu – und dessen Lehrer – sich an Bord eines der römischen Schiffe befand, wäre ein Angriff absolut unverantwortlich gewesen. Vielleicht nicht aus Sicht von Kapitän Inugami, aber in diesem Fall wusste Okada, dass die Loyalität zum Kaiserhaus jeden Gehorsam gegenüber seinem Kommandanten überschattete. Es gab wenige Gründe, für die ein Mann wie Okada, trainiert in Selbstaufopferung und Disziplin, einen Befehl verweigern würde. Auf den Prinzen zu schießen, sein Leben aktiv zu gefährden, gehörte definitiv dazu.

Und so stand er hier. Er hoffte, er würde trotzdem seiner Würde als vorübergehender Kommandant des Bootes gerecht werden. Es war nicht leicht für ihn. Er war kein Offizier, ihm fehlte die Art zu denken, die Männer wie Inugami auszeichnete. Zumindest nahm er das an.

Die beiden Delegationen, jeweils fünf Mann stark, waren ans Ufer gerudert und standen sich im Abstand von gut zehn Metern gegenüber. Ein einsames Ruderboot kam auf den Strand zu, darin ein kräftiger Mann, der sich ordentlich in die Riemen legte, sowie zwei weitere Gestalten, ein alter Mann und ein Junge. Okada beschattete sein Gesicht. Er wollte nicht zu voreilig sein, aber selbst auf diese Entfernung hatte er schnell den Eindruck, nicht betrogen worden zu sein. Es war Isamu und Sawada erkannte er auch.

Es erleichterte ihn. Er hatte richtig gehandelt.

Als das Boot an Land ging und die beiden Japaner den Boden betraten, gingen sie schnurstracks auf Okada zu, ohne dass sich einer der Römer zu ihnen gesellte. Ein Vertrauensbeweis der Fremden, wie der Unteroffizier eingestehen musste.

»Meister Sawada«, sagte er mit belegter Stimme, ehe er sich vor Isamu tief verbeugte. Die Scheu, die sich auf seine Stimmbänder zu legen schien, war nur schwer abzulegen. Isamu sah ihn mit einem freundlichen Lächeln an, was ihm ein wenig von der Verlegenheit nahm.

»Okada, nicht wahr?«, sagte er leise.

»Hoheit, ich ...«

Der junge Mann hob eine Hand. Okada war ihm oft begegnet und er vermeinte, eine veränderte Qualität an ihm wahrzunehmen. Als wäre er gewachsen. Erwachsen. Der Eindruck konnte natürlich täuschen. Es war einiges an Zeit vergangen.

»Nein, es ist gut. Ich bin von den Römern gut behandelt worden. Sie haben mir geholfen, Meister Sawada aus der Gefangenschaft feindseliger Maya zu befreien. Es geht uns beiden gut. Kein Grund zur Besorgnis.«

»Das ist beruhigend«, sagte Okada, der ein wenig auf der Suche nach Worten war.

Sawada trat vor. »Sie haben das Boot zu Wasser gebracht«, stellte der alte Mann fest. »Eine beachtliche Leistung. Sie führen das Kommando?«

»Vorübergehend. Kapitän Inugami hat mir den Auftrag gegeben ...« Okada zögerte. Verstanden die Römer Japanisch? Unwahrscheinlich.

»Welche Befehle haben Sie?«

Der Unteroffizier zögerte weiter, doch Isamu sah ihn gleichfalls auffordernd an und es bedurfte auch keiner allzu großen Fantasie, um zu ermessen, warum er an den Küsten unterwegs war. Trotzdem, Okada senkte seine Stimme ein wenig, als er antwortete.

»Der Kapitän befahl mir, ein Schiff der Römer aufzubringen und möglichst viel von ihrer Technologie und Ausrüstung zu erbeuten und nach Mutal zu bringen. Wir haben an der Stelle, wo das Boot ins Meer trat, einen kleinen Außenposten eingerichtet. Dort soll ich mich wieder melden.«

Sawada war nicht so dumm nachzufragen, warum Inugami das Material der Römer wollte, es lag für ihn wie auch für Isamu sicher klar auf der Hand. Weitere moderne Waffen, nicht auf dem Stand der Japaner, aber vor allem viel mehr und mit ausreichend Munition versorgt, dazu die Kanonen, mit denen man Städte verteidigen und angreifen konnte. Es war bezeichnend, dass Inugami nicht einmal einen Gedanken daran verschwendet hatte, mit den Römern friedlich zu reden. Er hatte sogleich den Angriff befohlen.

»Wir sollten über eine flexible Auslegung dieser Befehle sprechen«, sagte Sawada. »Ich denke nicht, dass es sehr sinnvoll sein dürfte, die Römer jetzt anzugreifen, auch wenn wir es könnten.«

»Ich muss niemanden angreifen. Wenn man mir ein Schiff voller Ausrüstung übergibt, kann der Rest friedlich von dannen ziehen. Ich habe dann erreicht, was ich wollte.«

Okada hatte sich das genau überlegt. Es widerstrebte ihm, jetzt noch ein Gemetzel zu veranstalten. Es fühlte sich ehrlos an, vor allem nun, da klar war, dass die Römer den Prinzen gerettet hatten. Er glaubte nicht, dass dieser ihn diesbezüglich anlog.

Sawada nickte. »Ich verstehe Sie. Mein Vorschlag ist der: Ich bewege die Römer, mit uns zum Außenposten zu segeln. Dort nehmen wir Kontakt mit Inugami auf. Wir sagen ihm, dass Navarch Langenhagen eine Unterredung wünscht. Das ist für alle Beteiligten am besten. Sollten sich die Römer uneinsichtig zeigen, können wir sie immer noch angreifen.«

»Sie wollen Euch und die Hoheit als Geiseln behalten?«, fragte Okada und es war eine naheliegende Frage. In der Tat hatte Langenhagen exakt das in Aussicht gestellt, mit einem entschuldigenden Lächeln, das die

Härte hinter seinen Worten nur teilweise kaschiert hatte. Sawada nahm es ihm nicht übel. Wenn es dazu diente, unnötige Feindseligkeiten zu vermeiden, wollte er diese Funktion auf sich nehmen. Er wusste, dass der wahre Faustpfand Isamu war. Inugami würde nicht einfach befehlen können, auf den Prinzen zu schießen oder sein Leben anderweitig zu gefährden. Seine Männer würden rebellieren. Okadas Zwiespalt machte dies sehr deutlich. Er hatte nicht gefeuert, er hatte dem Treffen zugestimmt.

»Damit müssen Sie rechnen«, erwiderte er also die Frage wahrheitsgemäß.

»Dann bin ich gezwungen, auf den Vorschlag einzugehen«, sagte Okada und er verbarg seine Erleichterung nicht. »Das Boot wird führen und die römischen Schiffe werden folgen. Es ist nicht weit, etwa drei Tage von hier bei langsamer Fahrt. Das schaffen die Dampfmaschinen?«

»Das schaffen sie, und wenn der Wind günstig steht, sogar mehr«, erwiderte Isamu, der sich ganz sicher mit großer Faszination und intensiv mit den Anlagen seiner Retter befasst hatte. Okada hätte es jedenfalls in seiner Lage getan.

»Dann brechen wir in einer Stunde auf, wenn der Navarch einverstanden ist.«

Sawada stimmte zu. Er wirkte zufrieden, hatte wohl das erreicht, was die Römer vorher mit ihm besprochen hatten, daher würde es keine weiteren Einwände geben. Er und Isamu wandten sich ab und stapften auf die wartende Gruppe der römischen Soldaten zu, während Okada mit den Seinen in das Ruderboot stieg, das sie zum U-Boot zurückbringen würde.

Langenhagen sah den alten Lehrer auffordernd an. »Und? Was hat er gesagt?«

Sawada lächelte beruhigend. Die Anspannung des Offiziers war mit Händen greifbar.

»Er ist einverstanden. Sie haben offenbar einen Außenposten an der Küste errichtet, drei Tage von hier. Dorthin führt uns die Reise.«

»Sehr gut. Sie kommen wieder mit uns – es tut mir leid …«

Langenhagen sah in der Tat so aus, als würde er aufrichtiges Bedauern empfinden – dabei tat er nur seine Pflicht, beschützte seine Schiffe. Es würde noch eine Weile dauern, bis er derlei verstand, dessen war sich Sawada sicher.

Der Lehrer hob eine Hand. »Wir haben das diskutiert, denke ich. Es ist notwendig und sichert den Waffenstillstand. Ich erwarte nicht von Ihnen, dass Sie leichtfertig den größten Trumpf aus der Hand geben. Sie behandeln uns anständig. Und ich glaube nicht einen Moment daran, dass Sie uns einfach umbringen würden, um eine Botschaft zu vermitteln. Sie sind nicht Inugami.«

Langenhagen hob die Augenbrauen. »Er würde das tun?«

Der alte Mann seufzte. »Er würde noch ganz andere Dinge tun.«

Langenhagen nickte und machte eine einladende Bewegung zum Ruderboot. Sie stapften über den Sand und Sawada sah, dass die Japaner schon fast am U-Boot angekommen waren. Das da drüben war ein Stück echter Heimat, japanischer Boden, aus Metall zwar, aber alles, was sie aus der Zukunft hatten mitbringen können.

Würde er jemals wieder einen anderen Flecken, ob nun aus Metall, Holz oder Erde, in gleicher Weise seine Heimat nennen können?

Er wischte den Gedanken fort. Er löste ein jedes Mal eine tiefe Melancholie in ihm aus, spätestens seit ihm der Prinz verdeutlicht hatte, nach Rom reisen und die Gestrandeten verlassen zu wollen. Eine Entwurzelung hatte er bereits hinter sich und es hatte gedauert, sich an die Umstände in Mutal einigermaßen zu gewöhnen. Geholfen hatte die Gemeinschaft der Leidensgenossen, trotz aller sich ausbildenden Differenzen. Würde er allein unter *Gaijin* in Rom nicht untergehen wie eine verdorrende Pflanze? Sawada war sich nicht sicher. Er war jung, der Prinz, und junge Menschen waren anpassungsfähig und schlugen, um im Bild zu bleiben, neue Wurzeln. Er wollte glauben, dass es sich bei Isamu genauso verhalten würde.

Sie machten sich auf den Weg zur *Gratian*. Bevor Sawada in die Verlegenheit kam, sich über diese Perspektive seines eigenen Lebens ernsthaft Gedanken machen zu müssen, würden noch viele andere Dinge geschehen müssen. Und an Isamus Aufbruch nach Rom war in absehbarer Zeit ohnehin nicht zu denken.

Sawada gemahnte sich, Ruhe zu bewahren. Er war sich sicher, dass er diese Haltung noch dringend gebrauchen würde.

3

»Wie weit sind wir?«

»Weit. Wie weit ist Metzli?«

»Weit genug.«

Lengsley und Sarukazaki starrten Aritomo an, als hätten sie eine andere Antwort erwartet, eine, die ihnen entgegenkam, eine, die etwas mehr Hoffnung bot, eine Alternative. Aber die Lage war, wie sie war, und es war alles entsetzlich.

Zumindest kam es ihnen so vor.

Aritomo hatte nicht erwartet, dass der Tod Inugamis ihn so treffen würde. Er fühlte sich aus dem Gleichgewicht gebracht, in Schwankungen versetzt. Er hatte sich über Inugami geärgert, ihm zunehmend misstraut, seine Politik kritisiert – und dabei nicht gemerkt, wie dieses ständige geistige Abarbeiten an dem Kapitän ihm eine Stütze geworden war, ein Antipode, der durch seine Gegensätzlichkeit das Selbstbild Aritomos sicherte und stärkte. Inugami hatte dann entschieden, und das mit einer Selbstsicherheit, die sich letztlich als irrig herausgestellt hatte.

Aber er hatte entschieden und sie hatten gehorcht, alle.

Nun war es, als habe jemand einen Pfeiler weggenommen, gegen den er sich gelehnt hatte, und es war schwierig, ein neues Gleichgewicht zu erlangen. Dazu kam, dass die Berichte der Flüchtlinge aus B'aakal eine weitere, erschreckende Neuigkeit erbracht hatten: Metzli hatte seine Untat mit modernsten Feuerwaffen durchgeführt, Gewehren, die denen der Japaner erkennbar überlegen waren und die mit großer Sicherheit und Professionalität eingesetzt worden waren. Die Japaner, die Römer … und jetzt der König von Teotihuacán. Wie viele Zeitreisende mochte es noch auf die Erde verschlagen haben, gelenkt durch ein unerklärliches Naturphänomen oder die Absicht mächtigster Kräfte, die Pläne verfolgten, die niemand zu verstehen in der Lage war?

Wem würden sie noch begegnen, ehe dies alles ein Ende fand?

Die Frage danach, wie weit sie waren, hatte sich auf die Vorbereitungen bezogen, Mutal zu verlassen. Aritomo hatte mit den Ältesten der Stadt besprochen, was passieren würde, wenn sie blieben und ohne umfassende Informationen über den Feind nur aus Sturheit die Stadt verteidigen und damit ein großes Risiko eingehen würden. Er hatte ihnen geraten, sich Metzli zu unterwerfen und seine Befehle auszuführen. Er würde mit den Janitscharen Inugamis, die laut Rache für den Tod ihres Herrn geschworen hatten, einen strategischen Rückzug antreten, in der Hoffnung, sich entweder mit den Römern verbünden zu können oder einen anderen Vorteil zu erlangen. Eine Verteidigungsposition in den Bergen etwa oder noch besser: eine auf einer Insel wie Cozumel. Auch hier wäre die Hilfe der Römer und ihrer großen Schiffe sehr willkommen. In jedem Fall war dies ein sicherer Weg, die eigenen Kräfte zu schonen und eine Position der Stärke zu suchen, von der aus sie planen konnten, ohne in Gefahr zu geraten, blind in eine Katastrophe zu rennen.

Alles gute Argumente.

Logisch, zwingend, vernünftig.

Es würde die Leben vieler Maya retten, ganz ohne Zweifel.

Aber es fühlte sich einfach falsch an und Aritomo fand es schwer, mit diesem Gefühl richtig umzugehen.

Und er war damit nicht der Einzige. Für Une war es sehr schwer, dem Aufbruch zuzustimmen. Doch als Schwester des ebenfalls toten Chitam stand sie ohne Zweifel auch auf der Todesliste Metzlis. Wer sonst noch auf dieser zu finden war, darüber konnten sie nur spekulieren. Aber neben den Janitscharen hatten noch einige weitere hohe Adlige beschlossen, ihr Heil in der Flucht zu suchen. Andere wollten bleiben. Aritomo zwang niemandem zum einen oder zum anderen.

»Wir werden das Geschütz morgen abmontiert haben. Runter ist genauso schwierig wie nach oben. Es ist aber nicht die Arbeit daran, die hier eine Rolle spielt. Es ist eher das ... Gefühl. Für die Maya ist es schwer«, sagte Sarukazaki. »Das Geschütz war das Symbol des Schutzes durch die Götterboten. Dadurch, dass wir es nehmen und damit wegrennen – na ja, es löst gewisse Zweifel aus.«

Er lächelte entschuldigend, als wisse er nicht, dass er in diesem Kreis jederzeit offen sprechen durfte. Vielleicht gehörte er selbst zu jenen, die diese Zweifel hegten.

»Das geht nicht nur ihnen so«, erwiderte Aritomo. Es war durchaus nicht erstaunlich, welches Einfühlungsvermögen der Mechaniker entwickelt hatte. Kaum jemand arbeitete so eng mit Mayahandwerkern zusammen wie er oder Lengsley. Dass beide ein besonderes Gespür für die Stimmungen in der Bevölkerung entwickelt hatten, war zu erwarten gewesen.

»Wir können es nicht ändern«, fügte er dann hinzu und die Bitterkeit in seiner Stimme war wirklich für niemanden zu überhören. »Treiben wir die Arbeiten voran und lassen wir uns nicht ablenken. Die Späher sind unterwegs?«

»Weiträumig im gesamten Gebiet zwischen Mutal und B'aakal. Wir werden Vorwarnung bekommen. Nicht endlos viel, aber wir werden nicht mit heruntergelassenen Hosen überrascht«, sagte Lengsley. »Unser Ziel bleibt der Außenposten?«

Aritomo nickte, wenngleich ohne sonderlichen Nachdruck. Seine Entscheidung war durchaus logisch, aber sie basierte zu viel auf Hoffnungen und Annahmen. Inugami hatte sich nicht viel mit Hoffnungen aufgehalten, er hatte Pläne gemacht. Richtige, handfeste, manchmal höchst fragwürdige Pläne. Doch er hatte immer gewusst, was der nächste Schritt sein würde. Aritomo aber hatte das Gefühl, im Nebel zu stochern.

»Wir ziehen uns in Richtung Küste zurück«, bekräftigte er nun, und wenn nur, um sich selbst zu überzeugen. »Hoffentlich ist Okada nicht frühzeitig in die Römer gerannt und hat eine zweite Front eröffnet. Das können wir derzeit gar nicht gebrauchen.« Das Boot war ihre Hoffnung, mithilfe der Römer die See zu beherrschen und die Insel Cozumel als Rückzugsgebiet zu nutzen. Aritomo war sich nicht sicher, ob die Bewohner des Eilands damit einverstanden sein würden, aber er war relativ entschlossen, sie nicht allzu lange um ihre Erlaubnis zu fragen. Er wollte nicht wie Inugami klingen, wie er denken oder wie er werden, aber das Überleben der ihm Anvertrauten stand jetzt an oberster Stelle und der Tod Inugamis, der große Verrat Metzlis, hatte seine Gedanken fokussiert und ihn mit neuer, kalter Entschlossenheit erfüllt. Wie lange dieses Gefühl anhalten würde, konnte er nicht absehen.

Machte das die Macht aus einem Menschen? War Inugami gar nicht schuld an dem gewesen, was aus ihm geworden war? Musste Aritomo Angst um sich selbst haben?

Er hatte Angst um sich selbst und um seine Leute. Das trieb ihn an, nichts weiter. Es war beruhigend, dass er sich das bis auf Weiteres einreden konnte, ohne damit nagende Zweifel in sich zu wecken. Vor dem Zeitpunkt, da dies nicht mehr möglich sein würde, empfand er noch mehr Furcht.

»Wir treffen uns am Abend«, erklärte Aritomo. »Das Ziel bleibt, spätestens übermorgen alles für den Aufbruch bereit zu haben. Ich möchte, dass weiter hart gearbeitet wird. Ich habe ein erneutes Treffen mit dem Rat und es wird wieder schwierig, den Leuten zu erklären, was auf sie zukommt und warum wir sie im Stich lassen.«

Das war es, der Grund für seine Unruhe, seine negativen Gefühle. *Er ließ Mutal im Stich.* Wie rational seine Entscheidung auch zustande gekommen sein mochte, wie vernünftig sie in strategischer Hinsicht auch war, wie sehr sie menschliches Leid und unnötige Opfer vermeiden helfen würde, sie fühlte sich vor allem deswegen falsch an, weil Mutal zu seiner neuen Heimat geworden war. Er hatte hier Leid und Freude erlebt, sich an die Menschen gewöhnt, ihr Essen, ihre Gesänge, ihre Sprache, ihre kleinen Eigenheiten, und viele hatte er als anständige und ehrliche Personen kennengelernt, manchmal als tragische, oft als bewundernswürdige Gestalten. All dies sang- und klanglos hinter sich zu lassen und dem heranrückenden Feind zu weichen, fühlte sich einfach grundfalsch an. Das Gefühl, Mutal zu verraten und zu enttäuschen, den Erwartungen nicht gerecht zu werden, ein Versprechen zu brechen – das war durch die Gegenargumente nicht zu bekämpfen, nicht wegzurationalisieren. Es war da und blieb wie ein lungernder Schatten, jeden Moment bereit, seine schwarzen Klauen nach Aritomos Herz auszustrecken.

Die Besprechung fand ein Ende, die Runde löste sich auf. Für einige Minuten wollte sich Aritomo Ruhe gönnen, nicht zu viel, denn die Muße führte meist zu Grübeleien und die konnten selbstzerstörerisch werden.

Als er ins Freie trat und hinaufschaute zur Geschützplattform, an der Sarukazakis Leute arbeiteten, fühlte er das Symbolhafte dieser Handlung auch und verstand, was der Mechaniker meinte. Es gab viele Zuschauer und die Gesichter sprachen Bände, zeigten Angst und Unverständnis. In manchen standen Vorwurf und Anklage, exakt das, was der neue Kapitän sich selbst mehr als einmal vorhielt.

Er ballte die Fäuste.

Aritomo fühlte in sich das Bedürfnis aufsteigen, jeden Einzelnen an den Schultern zu fassen und zu rütteln, ihm seine Entschuldigungen und Erklärungen ins Gesicht zu schreien, doch er wusste, dass dies wenig bringen würde. Er hatte sich bereits den Mund fusselig geredet und musste feststellen, dass er nicht über halb das rhetorische Talent Inugamis verfügte. Er konnte sich verständlich machen, aber die Herzen der Menschen erreichte er mit seinen Worten nicht und das erwies sich jetzt als besonders fatal.

Aritomo Hara mochte ein guter Offizier sein; seine Karriere hatte zu früh geendet, als dass er viel Gelegenheit gehabt hätte, es herauszufinden. Aber er war kein guter König, kein Präsident, kein Volksheld. Das, was der Tod Inugamis in seinen Schoß gelegt hatte, war schlicht und einfach zu groß für ihn.

4

Worte – er verstand sie nicht, aber er hörte sie. Erst nur Geräusche, dumpf. Dann artikuliert. Unverständlich, aber artikuliert. Silben, Vokale, Konsonanten. Tonfall. Lautstärke. Worte.

Nach einer langen Zeit, in der er nur Schatten gewahr worden war, dem Schmerz, der in seinem Körper wühlte, und Lichtern, die vor seinen Augen tanzten, unterbrochen von endlosem Schlaf, einer tiefen Bewusstlosigkeit, die immer und immer wieder seine Erinnerungen auszulöschen drohte … nun Worte.

Nicht mehr nur Laute, die wie durch dicke Tücher an seine Ohren drangen, ohne einen Sinn zu ergeben, nur als Erinnerung, am Leben zu sein. Worte. Es war nicht seine Sprache. Er lauschte dennoch mit Interesse. Da waren Gefühle, die ausgedrückt wurden. Interesse. Sorge. Unterwürfigkeit. Ungeduld. Nicht immer beruhigend oder angenehm, aber interessant, abwechslungsreich, eine Verbindung in die Realität.

Das war ein Fortschritt.

Es war ein Erwachen, ein Auftauchen aus einem tiefen See des Schmerzes, des Unbehagens, von Hitze und Kälte, die sich in seinem Körper einen Widerstreit zu liefern schienen. Er wurde sich seiner eigenen Existenz mit klarer Deutlichkeit bewusst, wo vorher Schatten auf allem gelegen hatten. Ein Erwachen aus der Dämmerung.

Konnte er es wagen, den nächsten Schritt zu gehen?

Er hatte ein wenig Angst. Das war in Ordnung. Angst war ein Gefühl, das sich von dem unterschied, was er vorher empfunden hatte. Sie vertrieb die Gleichgültigkeit, setzte dem Schmerz eine neue Perspektive entgegen.

Er öffnete die Augen, die völlig verklebt waren, widerwillig, mühselig seinem Willen folgten. Dann wurde es abrupt wieder dunkel, doch die einsetzende Angst und Enttäuschung wurde sofort beruhigt, als er spürte, wie jemand sanft mit einem feuchten Tuch über seine Lider strich, was ein angenehmes Brennen hinterließ, ein Gefühl der Reinigung und sich so wahrhaft und klar auf seiner prickelnden Haut verbreitete, dass er nun wahrlich wach war.

Er war da. Wieder da.

Er fühlte, er atmete, er nahm den Schmerz klar wahr, nicht als etwas, das sein Bewusstsein mit Trägheit und Abwehr erfüllte, sondern deutlich situiert, in seinem Leib, an bestimmten Stellen, bei bestimmten Bewegungen, klar abgegrenzt, verstehbar, Teil von ihm und doch distinkt.

Das war gut. Es war besser als vorher.

Er öffnete die Augen ein zweites Mal, mit mehr Vertrauen, blinzelte die klamme Feuchtigkeit der Reinigung weg. Es ging jetzt besser als vorher. Das Halbdunkel des Raumes war ihm angenehm. Die schlanke Hand mit dem feuchten Tuch, die nun sein Gesicht abzutupfen begann, war gut zu erkennen. *Eine Frau*, schoss es ihm durch den Kopf und er genoss die Berührung, die ihm nichts Böses wollte, die aufmerksam war, fürsorglich, warm und weich, eine Gnade des Schicksals.

Plötzliche Dankbarkeit vermischte sich mit plötzlicher Angst.

Wo war er?

Das konnte man herausfinden.

Wer war er?

Das war schon schwieriger. Da war Leere in seinem Kopf, eine Lücke, nein, ein Abgrund. Er entsann sich vager Bilder, von Kampf und Leid. Des Gefühls, dem sicheren Tod in die Augen gestarrt zu haben, und eines Versinkens in der Gewissheit, das Ende wäre nah. Sehr nah. Es war so gewesen, die Sicherheit empfand er mit der gleichen Klarheit, wie er sich nun seiner eigenen Existenz, seiner Lebendigkeit wieder bewusst wurde.

Doch wer war er?

Und warum wusste er das nicht mehr?

Was genau war geschehen?

Und was geschah nun, da er wieder wusste, *dass* er existierte?

Die schlanke Hand war von all diesen Gedanken unbeeindruckt. Sie verschwand kurz und er hörte das Geräusch von Eintauchen in Wasser, dem Auswringen, dem Aufsaugen frischer Flüssigkeit, dann spürte er die Tropfen auf seiner Haut, winzige, kleine, kühlende Explosionen, ein wunderbares Gefühl, von dem er sich wünschte, es würde niemals enden.

Und wieder das Tuch. Stirn. Schläfen. Wangen. Hals. Brustkorb, da ganz langsam, je näher die Orte des Schmerzes lagen. Die Arme, oberhalb des Ellenbogens, darunter, die Oberschenkel, die Knie. Seine Genitalien, sanft und achtsam, ohne eine Reaktion herauszufordern.

Wieder das Tuch über dem Wasser. Eintauchen, auswringen. Eine langsame, methodische Arbeit, sorgfältig und mit Fürsorge. Beruhigend. Er hatte jetzt keine Angst.

Er neigte seinen Kopf zur Seite, sah eine junge Frau, die seinen Blick erwiderte, ein Lächeln andeutete, sich aber durch nichts von ihrer Tätigkeit abbringen ließ. Das war in seinem Sinn. Es war das Angenehmste, Schönste und Wunderbarste, was er je in seinem Leben genossen hatte, obgleich er sich an kein Detail dieses Lebens erinnern konnte.

Er war sich trotzdem absolut sicher. Niemals zuvor hatte er Fürsorge so benötigt.

Sie sagte etwas.

Er verstand es nicht. Ihre Stimme war sanft, wie eine Melodie. Er lauschte ihrem Klang, fand darin Trost und Wärme. Es war egal, was genau sie ausdrückte. Sie hatte schon alles gesagt.

Sie reichte ihm eine Schale, darin war Trinkwasser. Seinen Kopf stützte sie, damit er trinken konnte. Das kühle Nass war belebend. Er schluckte langsam und spürte, wie sich die Flüssigkeit seinen Hals hinunter in den Körper bewegte, konnte die Ausbreitung genau nachvollziehen. Er schloss die Augen, genoss den Augenblick. Hustete kurz. Kein Nachlassen. Wieder die Stimme, auffordernd, ein erneutes Trinken, bis die Schale leer war.

Der Kopf fiel zurück. Der Vorgang war anstrengend gewesen. Er war so kraftlos.

Ein neues Geräusch, ein Schatten. Ein Mann war eingetreten, breitschultrig, mit ernstem Gesichtsausdruck. Sein Auftreten war herrisch, die Stimme befehlsgewohnt, so viel stand fest. Eine Aura von Autorität umgab das breite, knochige Gesicht. Seine dunklen Augen sahen ihn an, kalt, ohne jede Anteilnahme, ohne Freude über die Genesung, wie ein Ding. Er redete mit der Frau und deren Haltung hatte sich unvermittelt geändert. Sie schien in der Gegenwart des Neuankömmlings kleiner zu werden, zu schrumpfen zu einem fahlen, niedrigen und unterworfenen Abbild ihrer selbst. Sie antwortete leise, hielt den Kopf gesenkt. Ihre

Worte schienen den Besucher zufriedenzustellen, denn er wurde weder laut noch herrisch.

Er trat näher an die Liegestatt, sah auf den Erwachten hinunter, forschend, sezierend und abschätzend. Er sagte etwas, diesmal langsam, sorgfältig artikuliert. Und der Erwachte verstand, was gesprochen wurde, eine plötzliche, in dieser Situation unerwartete Erkenntnis. Da war mehr in seinem Kopf, als er wusste, und es bedurfte der richtigen Anreize, um es zu wecken.

»Du bist bereit!«, sagte die Stimme des Mannes und es war definitiv keine Frage, sondern eine Feststellung.

Der Erwachte widersprach nicht. Er fühlte sich *nicht* bereit, zu *gar nichts.* Aber er spürte instinktiv, dass Widerspruch nicht nur sinnlos, sondern geradezu gefährlich war. Er schwieg, begegnete den Blick, bis der Mann mit dem knochigen Gesicht sich abwandte und ohne weitere Worte ging.

Dieser Abgang löste in ihm ein Gefühl der Erleichterung aus. Der Mann war eine Bedrohung. Kein Freund. Kein Helfer. Das spürte er sehr deutlich.

Das Geräusch des Tuchs im Wasser. Eintauchen, auswringen. Die kühlende Berührung auf seiner Stirn. Er blickte zur Seite, in das Gesicht der jungen Frau, die ihm wieder ihre ganze Aufmerksamkeit und Anteilnahme schenkte. Doch da war jetzt stumme Sorge in ihrem Blick, wie über ein Kind, das sich in Gefahr begeben würde, ohne dass die Mutter daran etwas ändern konnte.

Es machte ihn traurig, sie so zu sehen. Er wollte sie trösten, doch ihre Bewegungen trösteten ihn.

Ein Tag verging.

Erstmals bekam er den Wechsel von Tag und Nacht mit, kehrte sein Leben zu einem Rhythmus zurück. Er aß und trank und schlief, begann, sich zu bewegen, ganz behutsam auch aufzurichten. Jede Bewegung schmerzte, doch der Schmerz erinnerte ihn daran, dass er lebte, und nicht, dass der Tod bevorstand. Die junge Frau wechselte die Verbände, die um seinen Oberkörper geschlungen waren, und er blickte auf die frischen Narben, die seine Haut in eine zerklüftete Landschaft verwandelten. Der erste Anblick war ein Schock für ihn. Wenn diese Narben keiner Halluzination entsprangen, ja dann waren sie Zeugnis tiefer, lebensgefährlicher Verwundungen und die Tatsache, dass er noch am Leben war, grenzte an ein Wunder.

Ein zweiter Tag verging. Langsam wurde es besser. Der dritte Tag kam und er konnte aufstehen, auf seine beiden Beine, etwas wackelig, aber ohne fremde Hilfe, einige Schritte gehen, alles unter dem wachsamen Blick der jungen Frau, die ihm nicht von der Seite wich. Er aß kräftig, trank viel, spürte, wie die Kraft in seinen Körper zurückkehrte, erfreute sich an der stetig wachsenden Körperbeherrschung, am Spiel seiner Muskeln. Er begann, sich an den Anblick seiner Narben zu gewöhnen, als erneut sein Verband gewechselt wurde, und spürte die angenehme Wärme, als die Frau einen Brei aus Kräutern auf seine Narben aufzutragen begann, der, so vermutete er, den Heilungsprozess förderte und, das zumindest konnte er bestätigen, den Schmerz linderte.

Am vierten Tag kehrte der Mann zurück, sah ihn kalt an und die Frau schrumpfte wieder zusammen, verschmolz mit der Liegestatt, dem Mobiliar, fiel nicht auf und wurde diesmal auch nicht beachtet.

»Komm!«, sagte er nur.

Für Widerworte war kein Platz.

Der Verletzte gehorchte. Er richtete sich unsicher auf, ging und folgte dem Mann ins Freie. Das helle Sonnenlicht blendete ihn, doch der heiße Schein tat ihm auch gut. Es war, als würde das Licht ihm zusätzliche Kraft schenken.

Er sah sich um. Er stand außerhalb eines Gebäudes; dieses war aus Lehm errichtet und bunt bemalt. Um ihn herum herrschte geschäftiges Treiben.

»Komm!«, wurde der Befehl wiederholt. Zwei kräftige Männer gesellten sich zu ihm, ihre Haltung unmissverständlich. Er sah sich nach der jungen Frau um, doch sie war nirgends mehr zu sehen. Er hatte das Gefühl, dass er ihr niemals wieder begegnen würde, und war überrascht, wie tief das Bedauern war, dass dieser Gedanke in ihm auslöste.

Er trug ein einfaches Gewand, nicht mehr als einen Umhang, der ihm um die Schultern lag, und einen gebundenen Lendenschurz. Er lief barfuß und das war schmerzhaft. Auf dem Pflaster der Stadt war es heiß, denn die brennende Sonne erhitzte die Steine extrem. Und die losen Kiesel stachen empfindlich in seine Fußsohlen. Er stolperte ein ums andere Mal, doch niemand machte Anstalten, ihm zu helfen.

Er wollte auch nicht, dass ihm jemand half. Da war jetzt ein wenig Stolz in ihm, zurückgekehrt und gepflegt von der kundigen Hand einer jungen Frau. Er bewahrte ihn sich, wie einen kostbaren Schatz, drückte den Rücken durch, ignorierte die schmerzenden Füße.

Sie führten ihn durch die Stadt und es war ein ordentlicher Fußmarsch, der seine Kräfte stark beanspruchte. Seiner Begleitung war sein Zustand wohl bekannt, denn sie drängten ihn nicht übermäßig, machten eine Pause, gaben ihm zu trinken, warteten geradezu geduldig, damit er Luft holen konnte. Passanten kamen vorbei und musterten ihn nur kurz, aber als sie am Stadtrand angekommen waren, füllten sich die Straßen mit Kriegern. Es waren Hunderte. Alle sahen sie zuversichtlich aus, lächelten den Verletzten an, murmelten Kommentare, die Gelächter auslösten. Er verstand von alledem kein Wort.

Er fand sich an einem Hafen wieder, der eher einem flachen Strand glich, der direkt in die Stadt überging. Erstaunt musterte er das Treiben, als er auf Geheiß seiner Wachen zum Stehen kam. Hunderte von Booten lagen im Wasser, kleine Einbäume für zwei oder drei Passagiere, längere Segelboote für bis zu einem Dutzend oder mehr, und alle füllten sich mit Soldaten. Es herrschte eine beinahe schon festliche Stimmung.

Er war verwirrt. Wenn ihn nicht alles täuschte, dann wurde hier eine Invasion vorbereitet. Das löste in ihm Angst aus und es war nicht die Furcht um sein Leben. Es war, als ob sich eine Information aus dem Nebel des Vergessens nach vorne drängen wollte. Er griff danach, doch die Details entglitten ihm, nur die Furcht wurde immer stärker. Das machte ihn nun wütend. Er war wütend auf seine Unfähigkeit, sich zu erinnern. Ungeduldig. Ungnädig. Er mochte sich nicht in diesem Moment, denn er fühlte sich hilflos.

Dann wurde er an die Schulter gepackt und zu einem der Einbäume geführt. Er watete durch das Wasser, bis er kniehoch darin stand, dann kletterte er auf das schaukelnde Gefährt. Vor ihm und hinter ihm nahmen die Krieger Platz, ergriffen die Ruder, bekamen einen Befehl – der Tonfall war unverkennbar –, senkten die Blätter ins Wasser und machten sich eifrig auf den Weg. Sein Boot war das einzige, das sich bewegte. Alle anderen wurden noch bemannt und jene, die bereits bis zum Maximum ihrer Kapazität voll waren, warteten treibend ab. Der Befehl zum Aufbruch war noch nicht an alle ergangen, schoss es ihm durch den Kopf.

Der Aufbruch. Wohin?

Auch diese Information kratzte an seinem Bewusstsein. Sein Blick wanderte unwillkürlich über die Wasser. Das Licht des frühen Morgens tanzte über die Wellen. Aus dem diesigen Horizont schälte sich eine ferne Landmasse, eine Insel. Ja, sein Gefühl trog ihn nicht. Das musste das Ziel ihrer Reise sein.

Reise.

Er lachte lautlos.

Das war keine Reise. Es war ein Angriff. Und mit diesem Gedanken kehrte die Furcht zurück.

Sie kamen beim größten Segelboot an, eine lange Konstruktion, auf der rund zwanzig Krieger hockten, einer prächtiger herausgeputzt als der andere. Sie sahen dem Erwachten erwartungsvoll entgegen. Ihre Blicke und Gesten waren ebenfalls nicht direkt feindlich, sondern drückten eher Schadenfreude aus.

Schadenfreude?

Niemand sprach mit ihm. Er wurde an Bord bugsiert, sein Einbaum legte sofort wieder ab. Kräftige Fäuste packten ihn und er war viel zu schwach, um sich zu wehren. Mit Entsetzen sah er sich an den Bug geführt, wo eine Art Sitz auf einer winzigen Plattform arretiert worden war. Er musste sich darauf niederlassen, dann wurden seine Arme und Beine gefesselt, ein festes Seil um seine Hüfte geschlungen und mit der kurzen Lehne des Sitzes verknotet. Da diese oben breiter war als unten, konnte er die Fessel nicht einfach durch ein Aufstehen abstreifen. Er fand sich völlig bewegungsunfähig auf dem unbequemen Sitz festgezurrt, vor sich nur das tanzende Meer und hinter sich die Krieger, die sich unterhielten, lachten und wahrscheinlich mit dem Finger auf ihn zeigten.

Jemand reichte von hinten nach ihm und gab ihm Wasser zu trinken, reichlich, bis er den Kopf zur Seite drehte.

Nein, noch sollte er nicht sterben.

Jemand hinter ihm sprach, der höhnische Tonfall war nicht zu überhören, aber er verstand nicht einmal die Hälfte der Worte und reagierte nicht.

Dann wurden Befehle gegeben, laut und vernehmlich. Hektik brach aus. Ruder wurden ins Wasser gesenkt, Bewegung sichtbar und spürbar.

Die Boote begannen, langsam über das Wasser zu gleiten. Die See war ruhig, der Wellengang beherrschbar. Ideales Wetter für eine Überfahrt.

Der Bug des Bootes richtete sich auf die Insel.

Was auch immer nun geschehen sollte, es begann.

5

»Vorsichtig!«

Nicte blieb stehen, die nackten Beine zerkratzt, die Haare strähnig. Sie starrte ihre Schwester aus müden, rot umränderten Augen an und ihr Arm zitterte, als sie sich am Baumstamm abstützte. Die Kleidung, die sie zur Feier der Hochzeit ihrer Schwester getragen hatte, lag weitgehend in Fetzen, aufgerissen durch Äste und Dornen, durch mehrmaliges Hinfallen, strapaziert durch Nächte in Baumkronen auf kratzigen und ungemütlichen Zweigen. Dass sie es bisher durchgehalten hatte, und das, ohne andauernd zu klagen, war nicht nur ein Wunder, es war eine grandiose Leistung, die Ixchel sehr viel Stolz für ihre kleine Schwester empfinden ließ.

Sie waren jetzt lange unterwegs, viel zu lange, und die Reise fernab der Straßen, auf denen sie die Häscher Metzlis erwarteten, zog sich mehr hin als erwartet. Ixchel war gut mit dem Atlatl und eine passable Jägerin. Doch Nicte, die am Anfang so stark gewesen war, verlor nun an Kraft und das war nicht allein damit zu erklären, dass sie nicht immer zu essen bekam, wenn sie sich hungrig fühlte.

Es war einfach *alles* zu viel.

Es war auch für Ixchel zu viel.

Doch wenn Nicte nachts weinte und weinte und ihre Schwester sie nicht zu trösten vermochte, weil kein Wort den Schmerz nehmen konnte, wenn ihr doch selbst danach zumute war, ihre Trauer und Wut klagend hinauszuschreien, wie konnte sie von Nicte dann noch mehr Selbstbeherrschung verlangen? Ixchel war verloren, fühlte sich wie Treibgut in einem reißenden Fluss. Sie spürte, wie wenig erwachsen sie wirklich war, egal was sie für ein Bild ihrer selbst vorgaukelte. Aktul hatte ihr Halt gegeben, der Gedanke an ihren Vater ebenso, doch beide Stützpfeiler waren in einer Orgie der Gewalt eingerissen worden.

Wer war da noch?

Es war doch niemand mehr da.

Ixchel hatte Nicte. Nicte hatte Ixchel. Da war die Verwandtschaft in Mutal und ihre Hoffnung setzte das Mädchen auf Une, die Schwester ihres Vaters. Die hatte sie in guter Erinnerung, und wenn es jemanden gab, der wieder ein wenig Ordnung in ihr Leben bringen konnte, dann war es die selbstbewusste und starke Une. Nach Mutal reisten sie, doch sie waren keine schnellen Soldaten mit kräftigen Beinen. Sie waren Prinzessinnen auf der Flucht vor einem fähigen und erbarmungslosen Gegner. Niemals durften sie in die Hände von Metzlis Männern fallen. Und all die Vorsicht, die Vermeidung des geraden Weges, die Ferne von den gut ausgebauten Straßen, verzögerte ihre Reise mehr und mehr.

Zu sehr.

Es ging so nicht weiter. Zumindest nicht mehr allzu lange.

Es waren die Anstrengungen der Reise, sicher. Es waren aber auch die Belastungen ihrer Seelen, die Bilder vor allem vor Ixchels Augen. Der Tod ihres Vaters. Der Tod Janabs, der sein Leben für sie geopfert hatte, des tragischen Prinzen, von allen verachtet, selbst manchmal von ihr, wie sie sich schmerzhaft eingestehen musste. Der Tod des alten Aktul, der ein sehr großes Loch in ihr Herz gerissen hatte. Ixchel war nicht so leicht aus der Bahn zu werfen, aber die Grenze war erreicht. Sie wollte sich einfach nur irgendwo hinsetzen und es wäre so schön, wenn jemand sie in den Arm nehmen würde und ihr sagte, dass alles gut sei.

Alles ist gut.

Alles ist gut.

Alles ist gut.

Sie flüsterte diese Worte vor sich hin. Vor dem Einschlafen. Wenn sie versuchte, Nicte gleichfalls in den Schlaf zu wiegen. Wenn sie selbst um Ruhe rang, um Erlösung von den bohrenden Grübeleien, vom Hunger, vom Schmerz in ihrem überanstrengten, geschundenen Leib. Sie schlief dennoch nicht gerne. Die Albträume ließen nicht nach, schienen eher immer schlimmer zu werden. Oft sah sie Janab, sein trauriges Gesicht. Es ließ ihr die Brust zerspringen, auch nur an ihn zu denken. Es war alles so ungerecht. Der Sohn des B'alam hätte Besseres verdient gehabt, weitaus Besseres. Ixchel fühlte jetzt Stolz darin, seine Witwe zu sein. Sie würde darauf bestehen, dass alle es wussten und verstanden. Die Zeremonie war abgeschlossen worden und die Trauung vollendet. Ixchel war eine

Witwe, eine verdammt junge, und nein, sie hatte ihren Mann niemals zu lieben gelernt. Aber er war ein guter, ein würdiger Gatte gewesen und das war ein Punkt, den sie niemals verheimlichen oder kleinreden würde.

Egal, was andere sagten. Darüber war sie hinweg. Andere. Alle jagten sie nur, alle wollten sie benutzen. Wut und Trauer wechselten sich in ihr ab, wenn sie nur daran dachte.

Nicte setzte sich auf die Wurzel des Baumes, umschlang die herangezogenen Knie mit den dünnen Armen, legte ihren Kopf auf die Knie und murmelte leise: »Ich bin müde.«

Ja, sie war müde. Kein Schlaf konnte diese Müdigkeit bekämpfen. Es war eine bleierne Schwere, die die Götter auf sie gelegt hatten wie einen Fluch, und sie sog die Lebenskraft aus ihren Körpern.

Es war so leicht, dieser Art von Müdigkeit nachzugeben. Doch Ixchel wusste, wohin das führte. Selbstaufgabe bedeutete den Tod und all ihre Anstrengungen würden sich als sinnlos erweisen. Ein verlockender Gedanke, es einfach sein zu lassen.

Doch Ixchel war noch nicht bereit aufzugeben.

Trauer ja, Verzweiflung auch, aber da war auch die stille Glut der Wut und des unstillbaren Gefühls der Rachlust, und so wie Janab und Aktul und Chitam gestorben waren, vor ihren Augen, so sollte Metzli sterben, direkt vor ihr und, bei allen Göttern, durch ihre Hand. Und jeder auf dem Weg dorthin, der sich der Vollendung dieser Rache widersetzte. Ein stiller Schwur, der in ihr brannte wie zu jenem Zeitpunkt, kurz nach der Flucht aus B'aakal, als sie ihn sich geschworen hatte. Eine Glut, die sie am Leben erhielt und ihr die Energie gab, die sie vorantrieb, sie und ihre kleine Schwester.

»Wir ruhen uns aus«, sagte sie und schaute sich um. Dieser Ort war so gut wie jeder andere. Sie holte einige Früchte aus ihrem Beutel, die Reste dessen, was sie vor einiger Zeit gesammelt hatten, und bot Nicte eine an. Das kleine Mädchen nahm sie, hielt sie unschlüssig in der Hand. Sie musste hungrig sein, doch die Kraft zu essen hatte sie verlassen. Ixchel insistierte. Es nützte ihnen beiden nichts, sich jetzt selbst zu besiegen. Sie mussten weitermachen und dazu gehörte, dass sie bei Kräften blieben.

»Iss!«, sagte sie mit Strenge in der Stimme.

Nicte sah auf.

»Du klingst wie Mutter.«

»Das ist gut. Iss! Alles!«

Nicte lächelte schwach und biss in die Frucht. Ihr war die Lustlosigkeit anzusehen, doch sie hatte ein wenig gelernt, was Disziplin bedeutete, und sie tat, wie ihr geheißen war. Die große Schwester war ihre Heldin, der einzige verbliebene Bezugspunkt ihres Lebens. Ixchel achtete darauf, selbst etwas zu sich zu nehmen. Für sie galten die gleichen Regeln, denen sich Nicte zu unterwerfen hatte. Außerdem musste sie ein Vorbild sein, jetzt mehr denn je.

»Mutal ist nicht mehr weit«, sagte sie dann. »Wir sind bald da. Une wird sich um uns kümmern. Das hat sie immer getan. Alles wird gut werden.«

Immer die gleiche Litanei. Glaubte sie selbst noch daran?

»Nein.«

Das eine Wort hatte Nicte mit einer so inneren Überzeugung ausgesprochen, dass Ixchel kalt ums Herz wurde. Sie hatte ihre Frucht gegessen, nahezu methodisch und wischte sich etwas heruntergelaufenen Saft vom Kinn.

»Nein«, sagte sie erneut. »Nichts wird gut.«

Ixchel sah die Kleine hilflos an.

»Nicte ... ich weiß, dass ...«

»Nein«, wiederholte die Kleine mit ernstem Nachdruck. »Alle sind tot. Und es wird weiter getötet. Viele Menschen sterben. Noch mehr werden sterben. Überall Blut und Leid und keine Gnade. Es wird nicht gut. Es wird immer schlimmer.«

Sie sah Ixchel auffordernd an, als ob sie ihre Schwester herausfordere, Gegenargumente vorzutragen, die aus mehr als verzweifelter Hoffnung entsprangen. Ixchel ertappte sich dabei, wie sie nach Worten suchte und im Dunkeln zu stochern begann. Ihre Schwester hatte recht. Das Morden hatte erst begonnen. B'aakal war nicht der letzte, es war der erste Streich Metzlis gewesen. Er hatte so eine infame Tat nicht begangen, um dann aufzuhören und abzuwarten. Er war wahnsinnig, davon war Ixchel überzeugt, und machtbesessen. Er würde nicht nachlassen, ehe er nicht jeden Feind geschlagen und alle Macht an sich gerissen hatte.

Nicte hatte zu viel mitgemacht, um noch an das Gute, an Erlösung, an Frieden zu glauben. So klein und so hart, so misstrauisch, so traurig.

Ixchel spürte, wie das Mitgefühl sie zu überwältigen drohte, gespeist aus Hilflosigkeit. Sie schob die Gefühle mit Macht von sich.

»Es wird vielleicht tatsächlich schlimmer«, sagte sie also, denn sie wollte ihre Schwester nicht belügen. »Aber für uns wird es besser. Une wird sich um uns kümmern.«

»Du kümmerst dich«, sagte Nicte klar und ruhig. »Das reicht. Wir leben.«

»Aktul und Janab haben …«

»Du lebst, ich lebe. Du kümmerst dich. Bald bin ich groß.« Nicte machte eine Pause. »Dann töte ich sie alle.«

Sie lächelte Ixchel an, die ihre kleine Schwester fassungslos anstarrte.

»Hast du noch eine Frucht für mich? Ich habe jetzt doch noch Hunger.«

Ixchel gab ihr, was sie verlangte. Sie sagte nichts mehr, blickte auf den Boden und hörte zu, wie ihre Schwester erneut mit sehr methodischen Bewegungen aufaß.

Ja, natürlich.

Nicte hatte absolut recht.

Genau das würden sie tun.

6

Balkun warf sich auf den Boden und das konnte er gut.

Er hatte es in letzter Zeit nicht mehr allzu oft getan, aber es hatte eine Zeit gegeben, da war es beinahe tägliches Ritual gewesen. Damals, in Yaxchilan, als einfacher Bauer und, wenn es nichts zu ernten oder zu säen gab, als einfacher Krieger, vor seinem Aufstieg vom Sklaven zum Statthalter. Sein alter König, der vor Mutal gestorben war, hatte diese Geste der Unterwerfung oft genug verlangt und niemand hatte sein Recht darauf jemals infrage gestellt.

Es war eine ihm nur allzu vertraute Geste und es half, dass er dem Braten nie richtig getraut hatte. Tief in ihm war der Zweifel stets wach gewesen: Er als kleiner König? Das konnte nicht auf Dauer gut gehen. Das musste ein Ende finden, und ein schlimmes dazu. Also hatte er sich diese Fähigkeit, diese Billigung dessen, sich jederzeit wieder vor einem neuen Herrn zu erniedrigen, bewahrt. Das half ihm jetzt, die Fassung zu wahren.

Dennoch hatte Balkun, als er noch geherrscht hatte, solche Rituale abgeschafft, zumindest in Saclemacal. Das war möglicherweise ein Fehler gewesen, denn man warf ihm daraufhin Schwäche vor, eine Verbrüderung mit dem einfachen Volk, dem Pöbel, dem er doch selbst entstammte. Und Balkun hatte den Kritikern recht gegeben: Ja, es war eine Schwäche, ja, er entstammte dem Pöbel. So war es nun einmal. Sie hatten ihn damit nicht treffen können und so gaben sie es irgendwann auf.

Jetzt aber hatten seine Gegner recht behalten. Pöbel war er, Balkun, und dorthin kehrte er zurück. Es war alles wieder, wie es sein sollte.

Und nun lag er da, die Stirn auf den Boden gepresst, den Staub auf den Lippen. Seine Familie hatte er rechtzeitig fortgeschickt, in Sicherheit, nach Yaxchilan, zurück in die alte Heimat, deren Statthalter von Inugamis Gnaden wahrscheinlich auch sein Haupt beugte, denn exakt das war ihnen allen befohlen worden. Er wähnte sie dort in Sicherheit, seine Frau, seine Kinder, unerkannt unter Verwandten, die ihnen die Solidarität und Hilfe geben würden, die Balkun hier niemals erfahren würde. Er selbst konnte nicht fliehen. Er war zu bekannt. Und es gab zu viele, die eine Rechnung offen hatten.

Ein seltsamer Gedanke, dass ihm befohlen worden war, die Waffen zu strecken, kampflos. Eine unerwartete Geste des Aritomo Hara, der die Nachfolge des toten Herrn der Götterboten angetreten hatte. Die Nachricht war per Boten gekommen, schnell, deutlich: »Schicke deine besten Männer an diesen Ort!«, hatte es geheißen. Die besten Männer waren die Janitscharen, die als Besatzung in Saclemacal geblieben waren. Und: »Unterwerfe dich oder fliehe, aber kämpfe nicht gegen Metzli!« Balkun hatte trotz seiner begrenzten Optionen durchaus überlegt zu fliehen, aber dann hatte er sich aus mehreren Gründen dagegen entschieden. Es waren Gründe gewesen, die ihn selbst überrascht hatten: Sorge um Saclemacal, das ihm ein wenig, er gab es zu, ans Herz gewachsen war. Und die Wut, einen Eroberer durch einen anderen ersetzt zu sehen, der ungleich blutiger, rücksichtsloser und hinterhältiger vorging als selbst Inugami zu seinen schlechtesten Zeiten.

Es konnte sein, dass Metzli ihn töten lassen würde.

Es konnte sein, dass Metzli seine Unterwerfung annahm. Dann würde Balkun in der Stadt verbleiben, die er gut kannte, ein nützliches Werkzeug, ein Berater vielleicht, ein Wendehals, ein Verräter, wie er vorher doch schon einer gewesen war. Jemand, dem man trauen konnte, auf seinen eigenen Vorteil zu achten, jemand, der manipulierbar war, ein Werkzeug. Es war riskant. Es konnte tödlich enden.

Aber das war für den Mann, der ein Sklave war, nichts Neues.

In Balkun, dem einfachen Bauern, war ein Ehrgeiz erwacht: nicht mehr herumgestoßen zu werden wie eine Spielfigur, sondern selbst Teil dieses Prozesses zu werden und zu sehen, wie es gelingen konnte, das letztlich unveränderte Ziel zu erreichen: Freiheit für Yaxchilan, Freiheit für Saclemacal, Freiheit für die Maya. Ob nun frei von Inugami oder Metzli, das war letztlich egal. Es ging darum, Fremdherrschaft zu beenden, und Balkun war bereit, eine Weile so zu tun, als wolle er diese unterstützen, um Mittel und Wege für die Erreichung seines Zieles zu finden.

Ein großes, großes Risiko.

Eine Hybris vielleicht, doch das Konzept war Balkun fremd, und selbst wenn er es begriffen hätte, es war nichts, was einen wie ihn von seinem Weg abbrachte.

Und es bedurfte der absoluten Erniedrigung, der höchsten Schande. Gefallen vom Amt eines Königs gleich in den Staub eines Adligen aus dem Gefolge Metzlis, der nach Saclemacal gekommen war ohne große Armee und ohne Drohungen, als Nachgang der Nachrichten, die sich aus B'aakal in Windeseile in alle Richtungen verbreitet hatten. Es war eine Zeit der Wunder, vor allem der Wunderwaffen, und nach den Erfahrungen mit den Götterboten glaubte niemand mehr, dass die Ereignisse sich als Märchen, als Aufschneiderei erweisen würden. Nein, die Maya, die in direkten Kontakt mit den Götterboten gekommen waren, verhielten sich nun weise. Sie waren gewitzt.

Und so lagen Balkuns Kritiker, seine Feinde, seine Gegner in der eigenen Stadt, neben ihm im Staub, drückten die Stirn in den Dreck, breiteten die Arme aus und ergaben sich dem Schicksal – alle in der Hoffnung, am Leben bleiben zu dürfen, um ebendieses Schicksal eines Tages doch noch zu wenden.

Doch erst musste genau diese eine Hürde genommen werden.

Der Mann Metzlis stand vor ihm, nahm die Ehrerbietung schweigend entgegen. Seine kleine Garde konnte jederzeit ihre Köpfe nehmen und niemand in Saclemacal würde einen Finger rühren, das zu verhindern. Sie *waren* weise, sie *waren* gewitzt. Balkun war auf sich allein gestellt, und obgleich er jeden Moment sterben konnte, genoss er diese Tatsache auf gewisse Weise. Es war ein Hauch jener Freiheit, die er erstrebte und dereinst zu genießen erhoffte.

Und es war gut, dass er sich auf den Boden warf. In letzter Zeit, vor dem Auftauchen Metzlis, hatte er seltsame Anwandlungen in sich entdeckt. Sie waren leise angeschlichen, hatten sich auf sehr subtile Weise sein Vertrauen erworben. Sie hatten ihm vorgegaukelt, dass seine Prinzipien unzeitgemäß wären, dass er doch ein gutes Leben führe, respektiert, gefürchtet, machtvoll. Dass er Architekt einer neuen Zeit sei, dass er Steuermann, nicht Passagier einer neuen Epoche darstelle. Diese Art von Anwandlung hatte ihm geschmeichelt ob seiner Errungenschaften, seiner Fortschritte, seines politischen Geschicks, seines langsam wachsenden Status. Sie hatte ihm erklärt, wie weit er doch schon gekommen sei, und ihn gefragt, ob er all das wirklich wegwerfen wolle. Ja, sie war hinterhältig vorgegangen und zu lange hatte er ihr zugehört, sich von ihr einschmeicheln lassen.

Es war natürlich seine eigene Schuld. Er war weich geworden, nachlässig, ein wenig faul, hatte sich gehen lassen. Wäre er weiter auf diesem Pfad gewandelt, wer weiß, was dann aus ihm geworden wäre?

Vielleicht ein König.

Das war keine sehr schöne Vorstellung.

Und so genoss er für einen Moment den Kontakt mit der Realität des Lebens: die Füße des Gesandten von Metzli vor seinem Kopf, der den Dreck auf dem Boden berührte, und damit in einer Position, die Anwandlungen von falscher Grandeur nicht mehr zuließ. Eine schöne Erinnerung daran, wer er war, woher er kam und dass die Götter nehmen konnten, was sie so gnadenvoll bescherten, und das jederzeit.

»Erhebe dich«, sagte Aamil, der Gesandte. Balkun erhob sich langsam, den Blick weiterhin zu Boden gerichtet. Er machte nicht einmal Anstalten, sich den Dreck von der verschwitzten Stirn zu wischen. Der Mann hatte im Singular gesprochen und wohlweislich blieb der Rest der Honoratioren auf dem Boden liegen. Das war besonders erniedrigend oder eine besondere Gnade, abhängig davon, was jetzt mit Balkun geschehen sollte.

Wer stand, dessen Kopf konnte tief fallen.

»Du bist Balkun aus Yaxchilan«, stellte Aamil fest. Er war kaum älter als Balkun, ein athletisch wirkender Mann mit aufmerksamen, etwas weit voneinander abstehenden Augen. »Ich habe von dir gehört.«

Der Tonfall war gleichmäßig, ruhig, etwas neugierig, nicht gehässig, gar nicht herablassend. So sprach jemand, der sich seines Status sicher war und dies nicht zum Anlass nahm, andere daran erinnern zu müssen.

»Ich hoffe, dass nichts davon Euer Missfallen erregt hat«, erwiderte Balkun.

Aamil lächelte, beinahe sanft.

»Das weiß ich noch nicht. Es war aber bemerkenswert. Du bist einen weiten Weg gegangen.«

»Ich bin auch tief gefallen.«

»Du wurdest versklavt.«

»Jetzt bin ich Sklave Metzlis.«

Aamil nickte. »Es ist gut, dass du dies erkennst. Du weißt, was mein höchster Herr in seiner Weisheit in B'aakal zu tun entschied?«

»Er tötete alle Könige und Adlige, alle anwesenden Prinzen, alle Heerführer und Clanchefs.«

»Das ist richtig. Was sagst du dazu?« Aamils Blick war jetzt forschend, jedoch nicht lauernd. Wenn er eine Falle zu stellen beabsichtigte, dann war er gut darin, dieses Ansinnen zu verbergen. Seit sie zu sprechen begonnen hatten, wagte es Balkun, dem Mann hin und wieder ins Gesicht zu schauen, und dies wurde ihm nicht als Unbotmäßigkeit oder Respektlosigkeit ausgelegt.

So weit, so gut.

»Dass ich sehr bald sterben könnte.«

Aamil gestattete sich erneut ein feines Lächeln. »Es stimmt, was man von dir sagt. Du verfügst über eine schnelle Auffassungsgabe.«

»Werde ich sterben?«

»Das weiß ich noch nicht.«

»Wovon hängt es ab?«

»Letztlich – von dir, Balkun.«

Dieser senkte den Kopf wieder und sagte nichts. Wenn dies eine Prüfung war, würde er sie sicher nicht bestehen, wenn er sich besonders vorlaut aufführte. Was auch immer Aamil mit ihm vorhatte, er würde es nur erdulden können, da ihm keine Alternative blieb.

»Die Statthalter des Inugami sind nicht alle gleich«, fuhr der Gesandte fort. »Einige sind seine Sklaven, andere sind treue Vasallen aus Mutal. Letztere sterben, das ist unausweichlich. Das Genick von Mutal müssen wir brechen. Aber im Fall der Sklaven bekamen wir größere Freiheiten von unserem Herrn. Er sprach zu mir: ›Jene, die Inugami treu dienten, sind nicht alle gleich. Wer gelernt hat, aus seiner Versklavung, der Unausweichlichkeit das Beste zu machen, der kann sich als wertvoll erweisen.‹ So waren seine Worte.«

Er sah Balkun forschend an. »Bist du wertvoll, Balkun?«

Wie sollte man eine solche Frage beantworten? Was für den einen von Wert war, war für den anderen Tand. Metzli war in diesen Dingen wahrscheinlich noch unberechenbarer als Balkuns junge Tochter und diese strengte sich wirklich sehr an, nicht vorhersehbar zu sein.

»Welchen Wert erwartet der große Metzli in einem Menschen?«

»Das hängt von seiner Funktion ab. In allem aber Treue, Gehorsam, Pflichtbewusstsein und Tapferkeit.«

Balkun kannte sich selbst ganz gut. Er hatte ein Problem mit Treue, wenn er für die Sache seines Herrn keine Sympathie empfand. Aber er konnte Treue ganz gut spielen, darin hatte er sich geübt. Gehorsam war ihm nicht fremd, auch wenn er nicht zu allem bereit war und nicht zu jedem Preis. Pflichtbewusstsein reklamierte er für sich. Er mochte kein williger und begeisterter Herrscher in Saclemacal gewesen sein, aber er hatte alles getreulich getan und er hatte den Ehrgeiz gehabt, es auch gut zu tun. Mangelnde Tapferkeit konnte ihm auch niemand vorwerfen, weder im Kampf noch in seinem Versuch, gleichzeitig Statthalter Inugamis zu sein wie auch ein Verräter.

Alles in allem war die Bilanz nicht so schlecht. Aber würde Aamil das ähnlich sehen?

»Ich diente Inugami als Sklave und habe ihn nicht enttäuscht«, sagte Balkun wahrheitsgemäß und vergaß nur zu erwähnen, dass er nicht mehr dazu kam, den Götterboten zu enttäuschen, da Metzli schneller gewesen war. »Ich diene Metzli als Sklave und will es weiter so halten.«

Aamil entging die doppelte Bedeutung dieser Ankündigung natürlich. Er nickte ob der Worte seines Gegenübers, wirkte beinahe zufrieden oder ein wenig erleichtert. Jemand, der nicht notwendigerweise Freude dabei empfand, anderen Schmerz oder Schaden zuzufügen. Solche Menschen gab es, selbst unter jenen, die Autorität besaßen.

»Ich bin berechtigt, dich am Leben zu lassen. Du bist kein Unbekannter, wie ich schon sagte, Balkun aus Yaxchilan. Deine Zeit als Statthalter und Herr über Saclemacal geht zu Ende. Aber du verfügst über Wissen und Kenntnisse, wertvolle Erfahrungen. Du hast in Inugamis Armee gedient und gekämpft. Du weißt, wie die Götterboten denken und handeln. Du bist weit gekommen und das ehrt dich und deine Fähigkeiten.«

Balkun erlaubte sich, ein wenig Hoffnung zu schöpfen. Das klang alles gar nicht schlecht. Dass er seinen hiesigen Posten behalten würde, damit hatte er auch gar nicht gerechnet. Dass er aber bei dieser nun klaren Ankündigung eine plötzliche Wehmut empfand, zeigte nur, dass das Schicksal ihn gerade noch rechtzeitig abgesetzt hatte, bis auch aus ihm langsam ein größenwahnsinniger Potentat geworden wäre, der sich für auserwählt gehalten hätte.

Balkun musste Metzli dankbar sein. Eine seltsame Vorstellung angesichts seiner Situation.

Er verbeugte sich. »Ich diene dem großen Metzli. Ich werde tun, was er verlangt, an dem Ort, an dem es ihm gefällt«, erwiderte Balkun und hoffte, dabei gleichzeitig ernsthaft, gehorsam und nicht allzu schleimig zu wirken. Glaubhaft musste er sein. Das war schwierig.

Aamil schien überzeugt genug.

»Du gehst nach Mutal und begleitest den Herrn auf seinem Feldzug gegen Mutal. Er wird sich deiner annehmen und dir eine Aufgabe zuweisen.«

»Ich werde Krieger sein?«, fragte Balkun neutral. Das war nichts, auf das er sich freute.

»Nein«, sagte Aamil zu seiner Erleichterung. »Du wirst ihn beraten. Ein falsches Wort, eine Unwahrheit, ein Betrugsversuch, und dein Herz wird auf dem Jaguartempel den Göttern zur Speise dargebracht. Hast du das verstanden?«

»Das habe ich«, sagte Balkun. Im Gegensatz zu Inugami, der eine große Abneigung gegen Menschenopfer gehabt und diese verboten hatte, schien Metzli diesen Traditionen gegenüber aufgeschlossen zu sein. Sosehr Balkun auch die Niederlage der Götterboten erhofft hatte, er hatte diese spezielle Neuerung auch in Saclemacal aus Überzeugung umgesetzt und ihre Einhaltung peinlichst überwacht. Nicht alles war schlecht gewesen unter Inugami, wie sich jetzt herausstellte.

»Dann ist es gut. Du wirst mit einigen anderen Gefangenen sofort aufbrechen. Ich höre, du hast deine Familie fortgeschickt?«

»Ich hatte Angst.«

Aamil lachte leise, ein tief aus seiner Brust aufwallendes, fast schon melodisches Geräusch.

»Jeder hat Angst vor dem großen Metzli, der Sonne unter den Göttern. Es war weitsichtig von dir und spricht für deine Klugheit. Wenn du bedenkst, was ich dir sagte, und wenn der oberste König gnadenvoll ist, sollst du zu den Deinen zurückkehren. Metzli belohnt jene, die sich auszeichnen. Er kann gütig sein wie auch streng und es liegt allein an dir, welche Seite du kennenlernen wirst.«

»Ich werde alles tun, mich seiner Gnade als würdig erweisen.«

Aamil nickte hoheitsvoll. »So gehe. Folge den Wachen.«

Balkun erwies dem Gesandten ein letztes Mal Respekt, indem er sich tief verbeugte, eine Geste, mit der er die Erleichterung und Freude in seinem Gesicht verbarg, und tat, wie ihm geheißen wurde. Er wusste nicht, was ihm bevorstand und ob sein Ende nur hinausgezögert worden war. Aber er ergriff diese Chance mit Dankbarkeit, Neugierde und der Entschlossenheit, jede Hoffnung auf Grandeur endgültig zu begraben und lieber zu sehen, was er tun konnte, um etwas gegen Metzli zu unternehmen.

Er unterdrückte ein Auflachen.

Balkun, Bauer aus Yaxchilan, gescheiterter Statthalter, Sklave des mächtigsten Königs überhaupt, wollte gegen diesen *etwas* unternehmen.

Wenn das keine Selbstüberschätzung war, gab es keine mehr auf der Welt.

7

Trierarch Andronicus starrte auf die See und es gefiel ihm nicht, was er sah.

Die nahe Küste, von Cozumel aus gut mit dem bloßen Auge zu erkennen, schälte sich aus dem morgendlichen Dunst. Die *Marcus Aurelius* war das einzige Schiff der römischen Expedition, das sich nicht auf dem Weg zum Treffen mit den Zeitenwanderern dieser Region befand. Langenhagen hatte befürchtet, dass Cozumel ein leichtes Opfer des hochgradig derangierten Königs von Zama werden würde, ließe er die Insel unbewacht. So wurde die *Marcus Aurelius* in die Bucht befohlen, an der die Hauptsiedlung der Ixchel-Priester lag, und sollte dort Wache halten, am besten abschreckend wirken.

Wie es mit derangierten Königen so war, funktionierte Abschreckung bei ihnen nicht. Das hatte der Herr von Zama bereits unter Beweis gestellt, als er Köhler und seine Männer angegriffen und einen hohen Blutzoll unter seinen eigenen Kriegern bewusst in Kauf genommen hatte. Es war also zu erwarten gewesen, dass der Angriff auf Cozumel erfolgen würde.

Befehle waren aber Befehle, auch wenn sie ihn ins Unheil führen würden.

Und das, was er da in der Morgendämmerung beobachtete, hochgeschreckt durch die Nachtwache, bestätigte seine schlimmsten Befürchtungen. Was sich dort herausschälte, die vielen kleinen Punkte, die aus der Ferne wie tanzende Fliegen aussahen, das war eine Flotte. Sicher, sie bestand aus Ruderbooten, kleinen Seglern, Nussschalen im Vergleich zur *Marcus Aurelius*, ohne Kanonen, ohne Dampfmaschine, ohne eine hohe Reling, ohne Rammsporn – es waren Vehikel, die nicht mehr als ein Dutzend Mann aufnahmen, vielleicht auch zwanzig, wenn man sich eng setzte.

Aber es waren viele.

Andronicus trug der Wache auf, sie zu zählen. Er gab dem Ersten Offizier das Fernglas. »Ich will wissen, wie viele Krieger«, schärfte er ihm ein. Dann wandte er sich zum Bootsmann, der neben ihm stand. »Sag mir, wie lange haben wir deiner Schätzung nach?«

»Die Strömung treibt die Boote ab, sie müssen dagegen anrudern«, sagte sein Kamerad. »Sie strengen sich ordentlich an, aber es hält sie auf. Ich sage mal: mindestens eine Stunde.«

»Gut, ein Boot zu Wasser lassen. Wir müssen mit den Maya reden.«

Das bedeutete in diesem Fall mit der *Königin* Cozumels – obgleich es hier offiziell niemanden dieses Titels gab –, mit Ik'Naah, der Hohepriesterin des großen Ixchel-Tempels. Die alte Dame hatte die Würde und die Tatkraft einer Königin bewiesen und sie musste nun die Fähigkeiten einer Kriegerin aufweisen.

Es dauerte nicht lange, dann sprang Andronicus in das Ruderboot und ließ sich eilends zum nahen Strand bringen. Der Tag brach an, die Stadt erwachte und die Maya waren nicht blind. Obgleich sie weniger Details als die Römer ausmachen konnten, hatten sie auch Wachen aufgestellt und ihre hohen Zentralgebäude boten einen wunderbaren Ausblick in die Richtung, aus der der Angriff zu erwarten war. Männer mit scharfen Augen beobachteten die ferne Küste, alles in dem Bewusstsein, dass mit Zama nicht zu spaßen war. Es war daher nicht verwunderlich, dass Andronicus bereits erwartet wurde. Ik'Naah, begleitet von einigen Dienern, die ihre zerbrechliche Gestalt bei ihren schnellen Schritten stützten und durch große Wedel gegen die aufgehende Sonne und ihre Glut schützten, kam ihm auf halbem Weg entgegen. Andronicus verbeugte sich respektvoll, eine Geste, die die alte Frau mit einem Kopfnicken zur Kenntnis nahm.

»Yo'nal Ahk«, sagte sie anstatt einer Begrüßung den Namen des Königs von Zama und es klang wie ein Schimpfwort.

»Davon gehen wir aus«, erwiderte Andronicus. Er hatte seine Sprachlektionen sehr ernst genommen und gehörte zu den Offizieren mit dem besten Verständnis des hiesigen Mayadialekts, ein Grund mehr, warum Langenhagen ihm den Posten bei Cozumel befohlen hatte. »Ob er aber persönlich …«

»Er ist dabei«, schnitt die alte Dame ihm das Wort ab, nicht unhöflich, aber bestimmt. »Ein König geht immer selbst in den Krieg. Wer sich drückt, der gilt als feige und darf sich nicht Anführer nennen. Yo'nal ist verrückt, erfüllt von dem Wahn, ein Auserwählter zu sein, ein großer Mann, ein Eroberer. Er wird es sich niemals nehmen lassen, diesen Angriff persönlich anzuführen.«

»Das ist gut.«

Die alte Frau sah ihn irritiert an.

»Ist es das?«

»Dann können wir ihn töten und dem Spuk ein Ende bereiten.«

Ik'Naah blinzelte in die langsam aufgehende Sonne, überlegte und nickte. »Das würde helfen. Sein Tod wäre wichtig. Was wir aus seiner Stadt hören, ist nicht sehr ermunternd. Könige sind etwas Besonderes, ihre individuellen Vorlieben können für ihre Untertanen Segen wie auch Fluch sein. Yo'nal wird manche haben, die seinem Tode nachtrauern, aber auch viele, die darin eine Erleichterung sehen. Wenn er stirbt, wird der Enthusiasmus der Angreifer möglicherweise nachlassen, vor allem dann, wenn so viele der Ihren bei dem Versuch das Schicksal des Königs teilen sollten.«

Sie wies auf das Fort. »Das wird helfen. Wir sind rechtzeitig damit fertig geworden.«

Der Blick des Römers folgte ihrem ausgestreckten Arm.

Es würde helfen. Ik'Naah hatte viele Arbeitskräfte bereitgestellt, um das Fort zu errichten, einen quadratischen Bau aus Stein und Holz, mit provisorischen, aber dicken Mauern, einem aus mächtigen Bohlen zusammengefügten Holztor und in der Mitte einem Turm, nicht hoch, aber hoch genug. Auf diesem Turm stand eine der Kanonen der *Marcus Aurelius* und auf den Mauern waren sechs der Arkebusen angebracht, mächtige Handkanonen, die in ihrer Feuerkraft zwischen den Musketen der Legionäre und den Kanonen einzuordnen waren. Sollte die *Marcus Aurelius* scheitern oder würden die Angreifer an ihr vorbei den Strand erreichen – womit angesichts ihrer schieren Masse zu rechnen war –, kam das Fort ins Spiel. Darin gab es nicht nur eine Abteilung der Legionäre, sondern auch jene Krieger, die die Maya aufzubringen imstande waren, und sie blockierten den Zugang zur Siedlung recht effektiv. Und für einen möglichen Ausfall hatten sie die wenigen Pferde, die sie besaßen, von den trächtigen Stuten einmal abgesehen, ebenfalls hier postiert. Es war zu erwarten, dass die Maya dem Auftauchen dieser Geschöpfe mit großer Angst begegnen würden, ein Vorteil, der zum rechten Zeitpunkt genutzt werden konnte.

Maya kannten keine Festungsanlagen. Die Idee der Belagerung, der Bau von Gerätschaften zur Erstürmung von Mauern: All dies gehörte nicht zum Kampfstil der Krieger. Sie trafen sich offen, ohne zusätzlichen Schutz und es war die individuelle Kampfkraft der Beteiligten, die den Ausschlag gab.

Das half nicht gegen eine Mauer und in Ruhe zielende und feuernde Schützen.

Andronicus seufzte. Es würde ein blutiger Tag werden.

»Ik'Naah, Ihr müsst Euch gut verbergen«, wandte er sich wieder an die alte Frau, die schweigend neben ihm verharrt hatte.

»Ich bin im Tempel.«

Diese Antwort, mit ihrem kategorischen Tonfall, hatte er im Stillen erwartet.

»Der Tempel ist zu leicht zugänglich.«

»Ich bin alt.«

»Ihr seid sehr wichtig. Wenn Ihr sterbt, wird die Moral Eurer Leute sinken.«

Die alte Frau lachte auf. »Wird sie das? Dann habe ich sie nicht gut genug gelehrt. Wenn sie ihre Moral allein an mein Wohlergehen knüpfen, dann haben sie einen großen Fehler gemacht. Ich bin *alt*. Die Göttin kann jeden Augenblick mein Leben einfordern. Ich kann einfach so umfallen und bin gewesen. Die Bewohner dieser Insel wären besser dran, sich nicht allzu sehr auf meine Anwesenheit zu verlassen.«

Andronicus konnte ein Lächeln nicht verbergen. Die alte Priesterin war von besonderer Qualität, daran bestand kein Zweifel. Er würde sie vermissen, wenn sie einfach so umfiel, und wäre der Göttin ob dieser Entscheidung durchaus gram. Natürlich würde er sie niemals umstimmen können. Sich ins Fort zurückzuziehen, das kam für sie nicht infrage. Er würde sie im Tempel finden, wie angekündigt, und das war es dann auch schon.

Aber er hatte es versuchen müssen, allein schon der Form wegen.

»Ich wünsche dir Glück, Trierarch. Und ich danke dir für die Opfer, die du bringst. Möge das Licht der Göttin auf dir ruhen und dir Segen bringen.«

Damit wandte sich die alte Dame ab, nachdem der Mann ihr artig gedankt hatte. Mit ihren Dienern kehrte sie exakt dorthin zurück, wo sie herkam und künftig sein würde, und der Soldat schaute ihr nur wenige Augenblicke nach.

Es war Zeit, auf sein Schiff zurückzukehren und dafür zu sorgen, dass Ik'Naah nicht in Gefahr geriet, egal wo sie sich aufhielt.

Er ging über den heißen Sand zurück zum Ruderboot. Es war eine idyllische Gegend und noch vor wenigen Tagen hatte er hier gelegen, in einer seiner kostbaren freien Stunden. Es hatte frische Früchte gegeben und die angenehme Gesellschaft einer Mayafrau, die Gefallen an den Besuchern aus der Fremde gefunden hatte. Andronicus war kein Kind von Traurigkeit und er hatte die Nähe der Frau genossen, als sie sich nach dem Schwimmen und einer gemeinsamen Mahlzeit in ein schattigeres Plätzchen zurückgezogen hatten. Er hoffte, sie wiederzusehen, und er hoffte, dass sie sich an einem sichereren Ort verbergen würde als die alte Ik'Naah. Und er fühlte, dass es für ihn viele Gründe gab, alles in die Verteidigung dieser Insel zu stecken, was er hatte: der Tod der Gefangenen, allen voran von Trierarch Köhler, in den Händen des wahnsinnigen Königs, die Verteidigung einer Insel und ihrer Anführerin, die sie friedlich und freundlich aufgenommen hatten, und eine junge Mayafrau, die ihm ihre Zuwendung geschenkt hatte.

Andronicus lächelte den Männern zu, die bereits begannen, das Ruderboot ins Wasser zu schieben.

Gute Gründe.

8

Welch ein wunderbarer Anblick! Metzli betrachtete die Kolonne mit großer Freude. Der König von Teotihuacán wusste genau, wie sich Macht anfühlte und manifestierte. Es war sein Lebenselixier gewesen seit frühester Kindheit, bereits unbewusst aufgesogen durch das devote Verhalten fast aller Menschen, denen er begegnete. Und er wusste den Schein von der Essenz zu unterscheiden, das hatte ihn sein Vater gelehrt. Nicht die albernen Rituale der Priester bedeuteten Macht, nicht die ermüdenden Zeremonien des Hofstaats, nicht die falsche Unterwürfigkeit der Speichellecker. Es war nicht der scheinbare Gehorsam, der sich nach Verlassen seiner Gegenwart in unwillige Pflichterfüllung verwandelte. Es war nicht das falsche Lächeln, die geheuchelte Bewunderung, das poetisch-verblödete Preisen seiner angeblichen Einzigartigkeit.

Macht entwickelte sich aus der Tödlichkeit von Waffen, der Fähigkeit, Leben entweder zu nehmen oder dies zumindest überzeugend in Aussicht zu stellen. Das war die einzige Quelle, die jeder verstand, jeder akzeptierte, zumindest jeder, der einigermaßen bei Verstand war. Es war die Angst, die Gehorsam erzeugte, und die Ahnung, dass eine bloße Laune des Mächtigen zum Tode des Machtlosen führen konnte, eine Möglichkeit, deren Wahrscheinlichkeit Metzli durch ein leicht erratisches Verhalten immer gepflegt hatte. Nur wer nicht an seinem Leben hing oder an dem seiner Familie, entzog sich dieses Einflusses. Metzli achtete sehr darauf, dass seine engsten Vertrauten, die wichtigsten Amtspersonen, Familie hatten, sich wunderbar fortpflanzten, viele kleine Stammhalter in die Welt setzten, sich schöne Frauen nahmen – alles sehr kostbare Dinge, deren Ende durch ein scharfes Messer herzlich traurig sein würde. So funktionierte Macht, und nur so.

Metzli hielt die Maya für verständig. Nach der Eroberung von B'aakal hatten sie sich weitgehend rational verhalten. Die Bürger der Stadt, die versammelten Soldaten, unterwarfen sich ohne Murren, den Schock der

Ereignisse noch in den Knochen. Und die Gesandten in den Nachbarstädten brachten, soweit er bereits von ihnen gehört hatte, durchweg frohe Kunde. Große Mayametropolen erklärten ihren Anschluss, ihre Unterwerfung. Je weiter diese von B'aakal entfernt lagen, desto unsicherer war diese Zusage, desto weniger schenkte Metzli ihr Glauben. Natürlich warteten die Maya ab, vor allem in jenen Städten, die noch einen eigenen König hatten, der dem Gemetzel nicht zum Opfer gefallen war.

Metzli war allerdings Realist genug, um zu wissen, dass der Eindruck der Okkupation B'aakals mit der Zeit verblassen würde. Sobald die Maya sich daran erinnerten, dass ihr Land groß war und jeder Eroberer, Wunderwaffen hin oder her, erst einmal Entfernungen zurückzulegen hatte, um sie auch einzusetzen, würde die Unterwerfungsrhetorik schwächer werden. Und dass diese Wunderwaffen nicht in unbegrenzter Zahl zur Verfügung standen, war ebenfalls relevant, ebenso wie die Erkenntnis, dass die Schlagkraft der gegnerischen Truppen mit jeder neuen Front, jeder neuen Gegenbewegung auszudünnen begann. Die Maya waren nicht dumm und sie wussten überdies, wie man Krieg führte. Auch die Herren kleiner Städte kannten den Unterschied zwischen Taktik und Strategie. Metzli war sich sicher, dass er für neue, brutale Schocks sorgen musste, für eine permanente, gelenkte, organisierte und kraftvolle Einschüchterungskampagne. Der Weg war klar vorgezeichnet. Erst mussten die anderen Zeitreisenden ausgeschaltet werden, ihre Machtmittel zerstört oder besser erbeutet. Dann musste Metzli die Maya richtig unterwerfen, wie in B'aakal, nur in weitaus größerem Maßstab. Jede große Stadt musste mit Feuer und Schwert daran erinnert werden, wer hier nun herrschte, weiter herrschen, bleiben und die Maya nicht mehr ihren Ränke- und Machtspielchen überlassen würde. Da lag noch eine Menge Arbeit vor ihm und es würde viel Blut vergossen werden, vorzugsweise das seiner Feinde.

Und so marschierten sie auf Mutal zu. Das war der zweite Schritt einer blutigen Spur, die er durch das Land der Maya zu ziehen gedachte, und ein wichtiger dazu.

Er ließ den ersten Schritt hinter sich.

Inocoyotl würde sich um B'aakal kümmern. Er würde es gut machen, da war sich Metzli sicher.

»Herr, wollt Ihr Euch am Ende der Kolonne anschließen?«

Metzli sah den Mann an, der sich ihm respektvoll genähert hatte. Einer der höheren Clanchefs, damit auch ein Offizier, ein Mann, der sich bewährt hatte. Relativ jung, viele Kinder. Macht. Leute wie er durften sich hier, fern der Heimat und des Palastes, auf dem Feldzug direkt an ihn wenden, ohne vorher um Erlaubnis ersuchen zu müssen. Krieg verminderte die Notwendigkeit zur Höflichkeit. Metzli war ohnehin kein großer Freund des höfischen Formalismus. Er war notwendig, oft absolut unerlässlich. Menschen benötigten einen Rahmen, erwarteten ihn, waren sogar stolz auf die Unnahbarkeit ihres exaltierten Herrschers. Doch der Formalismus war auch gefährlich, neigte dazu, Selbstbetrug hervorzubringen. Irgendwann nahm man diese Form der Unterwürfigkeit für bare Münze und blendete sich selbst. Metzli selbst konnte da auf so manches verzichten. Hier, im Krieg, konnte er diesen Verzicht auch rechtfertigen.

»Am Ende, ja.«

»Die Sänfte?«

»Nein. Wir führen Krieg. Ich habe Beine.«

Der Mann verbeugte sich, zeigte nicht, was er von dieser Antwort hielt. Wenn der König die Mühsal auf sich nehmen wollte, dann sollte es eben so sein.

Metzli stand noch eine Weile so da, betrachtete die Reihen seiner Soldaten, wie sie marschierten, genoss das erhebende Gefühl, dass dieses Instrument ihm allein zu Gebote stand, und als das Ende der Kolonne sich näherte, deren Spitze bereits den Waldrand am Rande der Metropole erreicht hatte, gesellten sich seine Leibwächter zu ihm, die Zwölf natürlich und Hunderte weiterer, deren vorzüglichste Aufgabe es sein würde, das Leben ihres höchsten Herrschers zu schützen. Metzli fasste Tritt, als er sich in die Gruppe einfügte. Seine Gardisten waren seine Anwesenheit gewohnt, dass er mit ihnen schwitzte, dass er stolperte, dass er nach Wasser verlangte wie jeder von ihnen, dass er die Pausen bei ihnen verbrachte, die gleiche Nahrung zu sich nahm. Dass seine Sandalen irgendwann durch waren, dass kleine Steine die Fußsohlen ritzten und dass er die Sonne verfluchte, obgleich sie doch ein Gott war. Da war immer noch die Distanz, der Unterschied zwischen einem normalen Sterblichen und einem, der mindestens Mittler zwischen den Göttern und den Menschen war, wenn nicht selbst ein lebender Gott, aber da war auch die Brücke, die aus dem hohen, fernen König einen atmenden Menschen machte, eine Art von Kamerad, und wenn dies auch nur während der gemeinsam geteilten Strapazen des Marsches.

Es half, wenn man dereinst aufgerufen wurde, für den König zu sterben.

Die Armee verließ B'aakal, hinterließ die Berge von Asche, mittlerweile als Dünger auf die Felder verteilt. Sie hinterließ die zerhackten Stelen, die einst von der Geschichte der Könige der Stadt zeugten und diese nun der Vergessenheit anheimstellten. Die Bilder Bahlams, die seiner Väter und Großväter, die Liste seiner Taten, zersplittert unter den kräftigen Schlägen von Metzlis Soldaten. Stattdessen saßen die Steinmetze bereits daran, neue Stelen zu errichten, neue Wandmalereien wurden vorbereitet, neue Reliefs in den Sandstein der Gebäude gehauen. In diesen stand Metzli im Mittelpunkt, der König der Könige, der Herr über die Welt, und er war dort ein gütiger genauso wie grausamer Herrscher, vor dem man sich in Acht nehmen musste und der absolute Unterwerfung und Treue verdiente.

Was vorher war, sollte ausradiert werden, erst aus dem Stein und dann, mit der Zeit, aus den Köpfen seiner Untertanen. Alle sollten sie erkennen, dass die Zeit vor dem großen Metzli ein Nichts war, unwichtig, unerheblich, und dass die wahre Größe erst jetzt begann und Erfüllung alleine in der bedingungslosen Treue zum neuen Oberherrn zu finden war.

Der König von Teotihuacán hatte begonnen, seinen Fußabdruck im Land der Maya zu hinterlassen. Es sollte ein tiefer Abdruck sein, der kräftig auf den Leibern der Gefallenen lastete, und sein Fuß sollte sich nicht wieder erheben. Es war besser, wenn die Bewohner B'aakals sich mit dieser Tatsache so schnell wie möglich vertraut machten.

Umso weiter Metzli die Stadt hinter sich zurückließ, umso weniger schenkte er ihr noch einen Gedanken. Es konnte sogar gut sein, dass er sie niemals mehr in seinem Leben betreten würde. Es war nicht notwendig, hierher zurückzukehren, es war notwendig, viele andere Mayastädte zu besuchen und sie mit der Macht Teotihuacáns vertraut zu machen. Eines Tages, so hoffte er, würde er in seine Heimatstadt zurückkehren und über das größte Reich Mittelamerikas regieren, eines, dem auch andere Mächte dieser Welt, wie etwa das große Rom, Respekt zollen würden.

Das war eine neue Perspektive, der er bisher nicht viel Aufmerksamkeit geschenkt hatte, die sich ihm aber nunmehr aufdrängte.

Natürlich wusste Metzli von Rom. Er dachte an dieses Reich, als ihn seine Schritte Mutal entgegenführten. Sein Vater hatte sich immer für Geschichte interessiert, eine Neigung, die man einem mexikanischen Drogendealer möglicherweise nicht zutraute. Er hatte keine Details gekannt, aber jetzt, wo klar war, dass es viele Zeitreisende gab, hatte sich Metzli mit den Aufzeichnungen seines Vaters befasst, der fleißig so viel historisches Wissen niedergeschrieben hatte, wie ihm in Erinnerung geblieben war. Metzlis Vision ging über Mittelamerika hinaus. Er wusste, dass im Norden gigantische, dünn besiedelte Landstriche auf Expansion warteten. Er wusste, dass im Süden weitere, riesige Ländereien zu finden waren, dichter besiedelt, mit bereits relativ weit entwickelten Zivilisationen.

Verbündete oder Opfer. Das würde sich zeigen.

Sein Vater war unermüdlich gewesen in seinen Niederschriften. Er hatte auch dargelegt, was notwendig war, sobald man erst einmal den ersten Schritt gehen musste, sobald andere Zeitreisende auftauchen würden, eine Tatsache, mit der er jederzeit fest gerechnet hatte.

Metzli benötigte noch einiges an Wissen und die notwendigen Werkzeuge, um seine großen Pläne zu verwirklichen. Und Schiffe.

Ja, Schiffe.

Er würde Schiffe bauen und der Welt von der Existenz seines Imperiums künden.

Metzli lächelte bei dem Gedanken und es war kein herzliches Lächeln.

Er dachte noch an viele andere Dinge, während er marschierte. Die Bewegung hatte etwas Meditatives, half ihm, seine Überlegungen mit hoher Konzentration anzustellen. Er verstand Leute nicht, die dabei saßen oder lagen. Er musste sich bewegen, immerzu. In seinen privaten Gemächern in Teotihuacán hatte er seine Möbel so arrangiert, dass er sie in einem weiten Bogen umkreisen konnte, ohne gegen irgendwas zu stoßen, wenn er sich in Gedanken verlor. Stundenlang durchmaß er seine Räumlichkeiten, auf dem immer gleichen Weg, und war dabei gar nicht richtig anwesend. Alles, was er geplant hatte, jede Vorkehrung, hatte er exakt auf diese Weise entwickelt und daher marschierte er gerne. In der Sänfte getragen zu werden, ließ sich nicht immer vermeiden – es gab Anlässe, in denen dies erwartet wurde und er die Würde seiner Person zu unterstreichen hatte. Doch dort fühlte er sich unwohl.

So war Metzli für den Krieg sehr dankbar.

Denn er erlaubte ihm zu marschieren.

Und das hieß, er würde weitere Pläne schmieden können, größere Pläne, umfassendere Visionen, die Grundlage weiterer Märsche bilden würden.

Für Metzli konnte es nichts Besseres geben.

9

Haraldus war mit seinen fünfzig Jahren ein alter Mann. Die Knochen taten ihm weh und er freute sich jeden Tag auf das entspannende Bad, mit dem er sich gemeinhin auf die Nachtruhe vorbereitete. Die Krankheit hieß Arthritis und er quälte sich seit Jahren damit herum. Durch die medizinischen Aufzeichnungen des legendären Dr. Neumann waren viele wichtige Diagnosen auf seine Nachkommen übergegangen, unglücklicherweise aber nicht die gleichen Behandlungsmöglichkeiten. Natürlich hatte die medizinische Wissenschaft im Vergleich zur Zeit vor den Zeitenwanderern beträchtlichen Aufschwung genommen. Aber selbst Neumann hatte vor mancher Erkrankung kapitulieren müssen. Als Kaiser standen Haraldus die besten Ärzte zur Verfügung, aber außer Kräuterumschlägen und Schmerzmitteln hatte man ihm nicht viel anzubieten. Allein, wenn sein alter Leib im Wasser des Bads schwebte, klangen die Schmerzen ab und er fühlte sich fast wie normal.

Bedauerlicherweise galt es für einen Imperator, der sein Amt ernst nahm, durchaus als unschicklich, die Staatsgeschäfte im Badehaus zu erledigen. Gerade die Entgegennahme von Berichten und die Diskussion schwieriger Sachverhalte konnte man schwer bewerkstelligen, wenn man nackt im Wasser trieb und bei jedem Wortwechsel zu plätschern begann.

Bis zu seinem Bad würden auch heute noch einige Stunden vergehen.

Auf seinem Terminplan stand wie immer eine endlose Abfolge von Besprechungen. Sein Sohn und Thronfolger Aemilius war gerade gegangen, um sich auf den Weg nach Treveri zu machen, wo die neue staatliche Universität eröffnet werden würde. Haraldus hatte den Reformwillen von seinem Vater Thomasius geerbt, aber nicht ganz dessen Rücksichtslosigkeit bei der Durchsetzung seiner Ideen. Was man dem Zeitenwanderer-Kaiser noch hatte durchgehen lassen – vor allem als er noch jung und ungestüm gewesen war –, das musste Haraldus etwas vorsichtiger angehen. Das Römische Reich war heute sicher ein anderes als damals und der Schwung der Veränderung hatte einer neuen Trägheit Platz gemacht, nun, da die veränderten bürokratischen Strukturen ihr Eigenleben entfaltet und auf ihr Überleben bedacht waren – Strukturen, die große Legitimität besaßen, war ihr Urheber doch Haraldus' Vater gewesen.

Es ging alles so langsam.

Es war alles so mühsam.

Im kommenden Jahr, so war sein Plan, würde er seinem Sohn Platz machen. Nach Diokletian würde er dann der zweite römische Kaiser sein, der freiwillig zurücktrat. Sein eigener Vater hatte ähnliche Pläne gehabt, aber irgendwie immer die richtige Gelegenheit verpasst. Haraldus war ihm deswegen nicht böse. Er hatte dadurch genug Zeit gehabt, sich auf das Amt vorzubereiten und nebenher noch Spaß am Leben zu haben.

Nahm man das Amt des Imperators ernst, dann verging einem der Spaß ganz schnell, vom abendlichen Bad einmal abgesehen. Dazu ein Glas Wein, den guten roten aus Griechenland. Manchmal stieg eine seiner Mätressen zu ihm und massierte ihn an Stellen, wo es nicht wehtat. Seine Frau war vor zwei Jahren gestorben, an der Tuberkulose. Ja, diagnostiziert hatten die Ärzte es. Helfen konnten sie aber nicht.

Es ging alles so langsam.

Haraldus goss sich Fruchtsaft ein. Kein Alkohol vor dem Abend, nicht einmal ein höchst plebejisches Bier zum Mittagsimbiss, wie es sein Vater regelmäßig genossen hatte. Er war da konsequent. Er benötigte keine zusätzliche Ablenkung, keine bewusste Absenkung von Willenskraft und Aufmerksamkeit.

Der Schmerz half ihm nicht, die Konzentration zu wahren, er lenkte ab. Manche sagten, Schmerz mache wach und fokussiere die Gedanken. Das stimmte. Haraldus war sehr aufmerksam. Leider war die Aufmerksamkeit auf seine Gelenke so groß, dass andere Dinge manchmal in den Hintergrund traten. Alkohol würde die Sache noch schlimmer machen.

Er sah auf den Teller mit den Keksen.

Hanfkekse. *Die* halfen.

»Herr, der Admiral ist da.«

Der Kaiser sah auf, nahm einen Keks und biss ab. Er nickte dem Sekretär zu, der seinen Kopf durch die Tür gesteckt hatte. Die Tür ging weiter auf und ein stattlicher Mann mit poliertem Brustpanzer marschierte hindurch. Er blieb in gehörigem Abstand vor dem breiten Schreibtisch des Kaisers stehen und salutierte. Severus Africanus konnte auch auf eine illustre Familiengeschichte zurückblicken. Er war, wie Haraldus wusste, über sechzig Jahre alt und eigentlich reif für den Ruhestand. Aber niemand wagte es, ihm das auch nur nahezulegen. Sein Körper schien für die Ewigkeit gemacht und der Kaiser konnte seinen Neid oft nicht verhehlen. Es gab keinen größeren Gegensatz und es gab diese Momente, in denen Haraldus die Schwäche seines Leibes verfluchte.

Aber er hatte gelernt, die Dinge zu akzeptieren, wie sie nun einmal waren.

»Setz dich, Severus. Saft? Du darfst auch Wein trinken. Ich kann Bier holen lassen.«

Der Offizier, stocksteif, schüttelte den Kopf.

»Nichts für mich, Herr.«

Haraldus hatte es nicht anders erwartet.

»Dann setz dich aber. Ich bekomme ja noch eine Nackenstarre.«

Africanus war ein großer Mann. Haraldus reichte ihm kaum bis zur Schulter.

»Du willst mir über den Fortgang der drei Expeditionen berichten, vermute ich.«

Africanus nickte und nahm den Helm ab, den er sich unter den Arm klemmte, ehe er auf dem Schemel Platz nahm. Auch im Sitzen behielt er seine kerzengerade Haltung bei.

»Herr, in der Tat. Wir haben Neuigkeiten. Ich befürchte, es sind sehr schlechte dabei.«

Der Imperator unterdrückte ein Seufzen. Alle schlechten Neuigkeiten landeten irgendwann bei ihm, als würde er einen Sog auf sie ausüben.

»Dann sprich.«

»Die Expedition Langenhagen meldet, dass man nunmehr das Vehikel gefunden hat, mit dem die Japaner durch die Zeit gereist sind. Ein U-Boot, wie schon vermutet. Die Aufzeichnungen weisen darauf hin, dass die Japaner in etwa aus der gleichen Epoche kamen wie Euer Vater.«

»Das sind interessante und gute Nachrichten, mein Freund. Ich gehe davon aus, der schlechte Teil kommt noch?«

Africanus nickte.

»Was geschieht nun in Mittelamerika?«

»Ein Krieg droht. Die Lage ist unübersichtlich. Es kann sein, dass die Expedition da hineingezogen wird. Ich denke, wir müssen vorsichtig sein.«

»Sollten wir Langenhagen zurückpfeifen?«

Africanus machte eine verneinende Geste. »Ich bin nicht dafür. Wir müssen so viel erfahren wie möglich. Wenn von dort eine Gefahr kommt, dann ist sie genau einzuschätzen. Ich denke, Langenhagen wird einen kühlen Kopf bewahren und sich nicht zu weit herauswagen. Andererseits besteht natürlich immer ein Risiko. Ich möchte ihm nicht befehlen, sich völlig passiv zu verhalten. Seine Mission könnte sich als sehr wichtig erweisen, wenn er die Chance bekommt, sich auf eine Seite zu schlagen. Das gilt vor allem angesichts der Erkenntnisse, die wir im Osten gewonnen haben, Herr.«

Haraldus nickte. »Die anderen Expeditionen also.«

»Ja. Keine schlechten Neuigkeiten von Decius. Die Afrikaflotte kommt gut voran und ist bisher an den Küsten eher freundlich empfangen worden. Dort jedenfalls scheint nichts Ungewöhnliches vorgefallen zu sein, was auf den Einfluss von Zeitenwanderern hinweist. Das sagt natürlich nichts über das Hinterland aus. Afrika ist sehr groß. Wir kratzen sozusagen nur an der Oberfläche.«

»Die Landexpedition nach Süden wird in wenigen Tagen aufbrechen«, informierte Haraldus den Admiral. »Wir werden dem Lauf des Nils folgen, die nubischen Reiche durchqueren und dann die Großen Seen entlang weiter nach Süden. 300 Männer, bestens ausgerüstet. Von dieser Expedition erwarte ich mir Informationen, die uns Decius natürlich nicht bringen kann.«

»Sehr gut.«

»Decius setzt somit einen Weg fort.«

»Er wollte im Osten eine Landexpedition wagen, auf der Höhe von Sansibar. An den großen Seen könnte es durchaus interessant werden. Aber wenn das jetzt nicht mehr nötig ist, soll er sich im südlichen Afrika mehr Zeit lassen.«

»Wir entscheiden das, wenn wir sehen, wie es vorangeht. Decius ist noch im Westen, nehme ich an?«

»Er ist mehrmals an Land gegangen, das hat seinen Fortschritt begrenzt.«

»Er soll so weitermachen wie bisher.«

»Ja, Herr.«

Africanus musste sich nichts notieren. Genauso belastungsfähig wie sein Leib war auch sein Gehirn. Zumindest darin stand Haraldus ihm in nichts nach.

»Gut. Und die Expedition des jungen Latinus?«

»Sie hat Indien erreicht.«

»Was gibt es dort?«

»Gewürze.«

Haraldus seufzte. Africanus war ein pflichtbewusster Offizier, aber er besaß so gut wie keine Fantasie. Die implizierte Frage hinter der offensichtlichen zu verstehen, überstieg seine Fähigkeiten ebenso, wie die Ironie zu begreifen, die der Kaiser öfters in seine Worte zu legen pflegte. Andererseits, und dieser Verdacht drängte sich ihm immer wieder auf, konnte es auch sein, dass der Admiral mit Absicht so redete, um mit seinem Herrn ein Spielchen zu treiben. Wenn das der Fall war, akzeptierte Haraldus es mit Freuden. Zu viele Menschen taten in seiner Gegenwart so, als müsse man ihn mit Samthandschuhen anfassen und auf seine Launen achten. Dabei war er ein recht ausgeglichener Mensch.

»Was berichtet unser Mann?«

»Es gibt Krieg. Einen großen Krieg, Herr.«

Haraldus nickte. Da es in der Natur des Menschen lag, sich aus mal mehr, mal weniger wichtigen Gründen in gewissen Intervallen gegenseitig umzubringen und diese Tätigkeit mit allerlei Begründungen zu legitimieren, von denen drei Viertel hanebüchener Unsinn waren, überraschte ihn diese Information nicht besonders.

»Wer gegen wen?«

»Es scheint nicht die indischen Könige selbst zu betreffen – obgleich zwischen ihnen auch so mancher Händel ausgefochten wird. Es geht eher um China. Oder … nein, um noch ein anderes Reich. Die Informationslage ist nicht ganz klar.«

»Krieg mit China?«

»Wir hören Gerüchte über eine große Auseinandersetzung, die zumindest auf chinesischem Territorium stattzufinden scheint. Latinus ist sich noch nicht sicher, ob er wirklich weiter gen China reisen soll. Er möchte nicht das gleiche Risiko wie Langenhagen eingehen, glaube ich.«

Haraldus nickte. »Gegen ausreichende Vorsicht ist natürlich nichts zu sagen. Dennoch habe ich diese Expeditionen nicht entsandt, um überängstlich bei jedem Anzeichen der Gefahr innezuhalten. Latinus muss klargemacht werden, dass wir ein zentrales Interesse haben: Gibt es auf der Welt weitere Zeitenwanderer? Gerade die Ereignisse in Mittelamerika haben doch gezeigt, dass wir richtig gehandelt haben, diese Frage zu stellen. Die Japaner bei den Maya haben einen Krieg ausgelöst, so viel steht fest. Was ist, wenn die Ursache des angeblichen Krieges in China die gleiche ist?«

Die Stimme des Imperators wurde eindringlich. Von der Schwäche seines Körpers war in seiner Stimme nichts zu hören. Er hatte die volle Aufmerksamkeit seines Admirals. »Wir müssen das wissen, Africanus. Es ist ein Risiko damit verbunden, aber wir müssen das wissen. Schick eine Nachricht an Latinus und gib ihm den Befehl, sogleich die Reise gen Osten fortzusetzen. Er muss mit gebotener Vorsicht vorgehen, aber in einem indischen Hafen zu sitzen und Tempeltänzerinnen zuzuschauen, ist nicht ganz das, was ich mir von der Expedition versprochen habe. Er soll die Küste entlangfahren und möglichst weit nach Osten vordringen, ehe er wieder an Land geht.«

»Natürlich, Majestät. Ich glaube, Latinus weiß das auch. Ich möchte ihn nicht als feige darstellen.«

Haraldus winkte ab. »Er ist übervorsichtig. Er benötigt etwas Ansporn. *Tempus fugit*, Admiral. Wir haben diese Expeditionen deutlich zu spät losgeschickt, wenn du mich fragst.«

»Wären wir früher in Amerika angekommen, dann hätten wir die Japaner verpasst«, erinnerte ihn Africanus.

»Irgendwen verpasst man immer«, murmelte der Kaiser. »Aber ja, das stimmt natürlich. Jetzt sind wir ja unterwegs. Latinus soll seine Reise baldmöglichst fortsetzen.« Er holte tief Luft. »Was gibt es sonst noch?«

Africanus holte tief Luft.

»Es geht noch einmal um die Frage von gestern …«

Haraldus konnte jetzt nicht an sich halten. Er stöhnte. Der Admiral schwieg respektvoll, doch sein Gesicht zeigte Entschlossenheit, ja Trotz. Er würde versuchen, das Thema auf jeden Fall zur Sprache zu bringen, und Haraldus brachte es nicht übers Herz, den Militär einfach rauszuwerfen. Außerdem hatte er ja recht. Die Sache musste geklärt werden. Warum blieb so was immer an ihm hängen?

Nun, er war der verdammte Imperator …

»Muss das sein?«

»Es ist *wichtig*!«

»Für dich weniger als für mich.«

Africanus nahm dies ausdruckslos zur Kenntnis.

»Dennoch, Majestät, bleibt damit eine Sache im Unklaren, die allerhöchster Klärung bedarf. Gestern habt Ihr angekündigt, Euch Gedanken machen zu wollen.« Africanus beugte sich nach vorne. »Darf ich erfahren, ob Eure Gedanken gesammelt sind und Ihr eine Entscheidung zu treffen gedenkt?«

Haraldus hasste es, wenn man ihn drängte. Wenn er etwas ankündigte zu tun, dann würde es auch geschehen. Zu seiner Zeit. Seine verblichene Frau hatte das auch nie begreifen wollen. Er bedurfte nicht der ständigen Erinnerung.

»Ich gedenke, aber nicht hier und heute. Oder wartet Terzius draußen vor der Tür?«

Africanus verzog das Gesicht. Terzius war sein Pendant bei den Legionen, der zweiten offiziellen Teilstreitmacht neben der Marine. Und beide stritten sich vor allem um eines: wer von ihnen das Oberkommando über die neuen Luftschiffe erhalten würde. Seitdem der offizielle Jungfernflug des ersten militärischen Zeppelins auf der Tagesordnung stand und der Generalauftrag zum Bau von weiteren Zeppelinen gut vorankam, hatten beide Offiziere ihre Begehrlichkeiten offiziell Bahn brechen lassen. Jeder wollte, dass der Kaiser ihm das neue Spielzeug gab, und beide hatten gute Gründe dafür vorgebracht, denen Haraldus am gestrigen Vormittag lange, viel zu lange hatte lauschen dürfen. Sie waren frustriert auseinandergegangen, denn der Kaiser hatte sich nicht festlegen lassen. Und auch heute war der Imperator Roms nicht geneigt, Erhellendes zum Thema beizutragen.

»Dann wäre die Sache ja geklärt … oder zumindest wäre klar, dass ich die Entscheidung bekannt geben werde, wenn es so weit ist.«

Haraldus erzählte dem ein wenig frustriert wirkenden Africanus nicht, dass er insgeheim längst entschieden hatte. Das Resultat seiner

Überlegungen würde dem Admiral nicht passen – ihm genauso wenig wie Terzius. Denn er würde die neue Technologie weder der Flotte noch den Legionen unterstellen. Er hatte die Absicht, daraus eine dritte, eigenständige Teilstreitkraft zu machen, mit einer eigenen Hierarchie und Organisation. *Potentia nubis.* Es gab noch andere Vorschläge, aber dieser gefiel ihm am besten.

Nein, Africanus und Terzius würden ganz und gar nicht erfreut darüber sein.

Es gab nicht mehr viel zu besprechen und der nächste Termin wartete bereits. Der Admiral verabschiedete sich ausgesucht höflich und erkennbar unzufrieden. Er wusste, dass er warten musste, und er würde trotzdem zur nächstbesten Gelegenheit erneut nachfragen.

Haraldus hatte sich schon lange abgewöhnt, es allen gleichermaßen recht machen zu wollen. Er war der Kaiser, wenn jemand sich die Freiheit nehmen durfte, gelegentlich Missfallen hervorzurufen, dann doch sicher er. Er hatte ja sonst so wenig Spaß im Leben.

Für einen Moment saß er alleine in seinem großen Audienzzimmer und schaute durch die hohen Fenster hinaus in den sonnig erblühenden Vormittag. Er stand auf, goss sich Saft nach und seufzte. Der nächste Termin war ein Treffen mit dem sassanidischen Gesandten. Dieses Gespräch war jetzt doppelt notwendig, wenn man sich die Erkenntnisse des Latinus vor Augen führte. Die Sassaniden hatten Augen und Ohren im Osten, aber vielleicht waren sie in letzter Zeit ein wenig schläfrig geworden. Zeit, sie aufzuwecken.

Er blinzelte in die Sonne.

Sein Bad.

Er vermisste sein Bad.

10

Sie warteten auf ihn.

Aritomo war beeindruckt, das erste Mal seit vielen Tagen.

Seine Beine schmerzten. Der salzige Geschmack in seinem Mund stammte vom Schweiß, der ihm in Strömen vom Gesicht lief. Er war schnell unterwegs gewesen, schnell für Mayaverhältnisse. Bei ihm war die Vorhut, die das Terrain sondiert hatte, um einen Hinterhalt für die marschierenden Janitscharen zu verhindern. Aritomo hatte sich dieser angeschlossen, um schnellstens beim Treffpunkt zu sein, in der Hoffnung, dass Okada an sich gehalten hatte. Okada war kein Narr. Er war gehorsam, pflichtbewusst, nahezu pflichtversessen und er hatte Inugami beinahe noch mehr für einen Gott gehalten als die Maya. Aber er war kein Narr und darauf setzte Aritomo seine ganze Hoffnung.

Der Offizier war grenzenlos erleichtert, als er sah, dass offenbar niemand zu Schaden gekommen war. Als er die kleine Hütte erreichte, die seine Leute hier errichtet hatten, um auf die Rückkehr des U-Bootes zu warten, war er sich nicht sicher gewesen. Die See lag im morgendlichen Dunst, die Sonne war kaum aufgegangen und Aritomo hatte sich mit Lengsley auf einem Einbaum auf den Weg gemacht, um die letzten Kilometer bis zur See zurückzulegen. Ihr Abmarsch aus Mutal lastete auf ihrer beider Erinnerungen. Die Stille, der Vorwurf in den Blicken der Zurückbleibenden. Die Götterboten waren nicht göttlich, das war für viele wohl der größte Schock gewesen. Sie rannten davon. Die Unfehlbarkeit der neuen Herren hatte sich als Schimäre erwiesen.

Die Stille war wirklich sehr bedrückend gewesen. Vielleicht hätte er es als leichter empfunden, wenn man ihn angeschrien hätte, beschimpft. Das hätte möglicherweise den Abmarsch leichter gemacht, da er Angst empfunden hätte oder Erleichterung, unter Umständen sogar Aggressivität, die seine Schuldgefühle überlagert hätte. Den Gefallen hatte man ihm nicht getan. Steinerne Gesichter, anklagende Blicke, verkniffene

Münder, Ratlosigkeit und Unverständnis, Enttäuschung und Trauer, etwas Angst – aber keine Beleidigungen, kein Schimpfen.

Er würde die Blicke nicht vergessen, niemals. Das Gefühl von Schuld und Verrat. Er konnte es nicht rationalisieren, sosehr er sich auch anstrengte. Er konnte eines Tages Absolution erhalten, wenn es ihm gelang, Metzli aus der Stadt zu vertreiben, die ihm eine neue Heimat geworden war. Doch ob dies jemals passieren würde, war völlig ungewiss.

Der Anblick der drei Schiffe aber belebte seine Hoffnung. Er konnte sie nun gut erkennen, da die Sonne emporgeklettert war und die Dunstschwaden aufrissen. Einträchtig lagen sie vor Anker neben dem U-Boot, dessen Turm noch einen langen Schatten auf das Wasser warf.

Er kniff die Augen zusammen, sah die dunklen Löcher, hinter denen er die Kanonen vermutete. Er erkannte den Schlot einer Dampfmaschine und er ahnte, dass hier die Machtmittel vorhanden waren, mit denen man dem Vormarsch Metzlis Einhalt gebieten konnte – wenn sich die Römer nur dazu entschließen konnten, ihnen dabei zu helfen.

Aber warum sollten sie?

Und war er nicht vielleicht zu optimistisch?

»Ob Okada sie gezwungen hat – oder haben sie miteinander gesprochen?«, fragte Lengsley, als sie gemeinsam den flachen Strand entlangstapften. Die Männer des kleinen Außenpostens begrüßten sie freundlich. Als sie jedoch hörten, was sich in Mutal zutrug, verdüsterten sich die Gesichter. Alle erkannten sie, dass ihnen sehr schwere Zeiten bevorstanden.

Okada erwartete sie auch. Er trug die völlig durchgeschwitzte und etwas verschlissen wirkende Uniform mit aller Würde, die er aufzubringen imstande war. Er salutierte vor Hara.

»Inugami ist tot«, hatte Aritomo auch ihm eröffnet und ihm war das kurze Aufblitzen des Zweifels in den Augen des Unteroffiziers nicht entgangen. Doch dann hatten ihn die Berichte über die Vorfälle in B'aakal offenbar überzeugt, welches Misstrauen er im Stillen auch gehegt haben sollte. Dass er den unautorisierten Funkspruch Aritomos entdeckt hatte, war nicht weiter verwunderlich gewesen. Die Erklärung, dass Inugami ihm diese Scharade befohlen habe, um Okadas Angriff zu erleichtern, hatte er erkennbar nicht geglaubt. Aritomo gab zu, dass sie etwas weit hergeholt klang; doch der Steuermann war nicht bereit, die Autorität des

Ersten offiziell infrage zu stellen. Sie saßen hier alle im gleichen Boot, nicht nur im metaphorischen Sinne, und die Bedrohung durch den Feind war real. Auch Okada erkannte, dass ein Bündnis mit den Römern ihre einzige Hoffnung darstellte, jemals wieder eine solide Basis errichten zu können – und damit ein Leben, das nicht nur aus Kampf und Flucht bestand.

Aber der Zweifel würde bleiben. Aritomo war nicht wie Inugami, er inspirierte nicht auf die gleiche, selbstsichere Weise. Und Okada und Leute wie er hatten den Kapitän verehrt. Er hatte ihnen eine glorreiche Zukunft versprochen, ein Imperium, Positionen, Macht, Frauen.

Aritomo Hara war fortgerannt. Sein Versprechen war Mühsal, Gefahr und möglicherweise Erniedrigung. Sein Programm war Überleben. Das sorgte verständlicherweise nicht für die gleiche Form von Enthusiasmus.

Zweifel. Große Zweifel. Aritomo würde sich sehr in Acht nehmen müssen. Es machte seine Position ganz und gar nicht leichter, wenn er sich der Loyalität der Bootsbesatzung nicht mehr sicher sein konnte.

Ein Ruderboot wurde zu Wasser gelassen. Männer darin, nicht viele, vielleicht ein Vertrauensbeweis der Römer, vielleicht auch das Bestreben, mögliche Verluste zu minimieren. Sie kannten Aritomo nicht. Sie hatten vom Kapitän gehört, aber nicht von seinem Stellvertreter. Er nahm ihnen die Vorsicht nicht übel. Er empfand ähnlich.

Er kniff die Augen zusammen, dann lächelte er, das erste Mal wieder seit Tagen. Er erkannte die weißhaarige Gestalt von Sawada und den schmächtigen Prinzen neben ihm. Eine Last weniger auf seiner Seele. Er durfte nun nicht den Fehler begehen, Isamu eine Standpauke zu halten. Auf die Geschichte, wie er in die Gesellschaft der Römer gekommen war, freute er sich geradezu. Die beiden Männer machten nicht den Eindruck von Gefangenen. Sie wirkten entspannt, plauderten mit ihren Begleitern, lachten sogar. Das war ein gutes Zeichen.

Das Ruderboot landete an. Die Männer kamen an Land und spazierten sofort ihrem Empfangskomitee entgegen. Sawada und Aritomo begrüßten sich herzlich, ehe noch die Römer ein Wort sagen konnten. Sie schienen es nicht persönlich zu sehen, sahen dem Vorgang lächelnd zu.

Drei Römer hatten sich zu ihnen gesellt: zwei jüngere Männer mit der Haltung erfahrener Seeleute, angetan mit Uniformen, deren metallische Rüstungsteile in der aufgehenden Sonne glänzten, ganz offenbar

Soldaten, sicher Offiziere; ein älterer Herr, mit einem zivil wirkendem Gewand, etwa im gleichen Alter wie Sawada.

Dieser stellte die drei vor. Navarch Langenhagen war ein Geschwaderkommodore, soweit Aritomo verstand. Der Mann namens Basileus ein weiterer Offizier von Bedeutung. Der ältere Herr, Andochos mit Namen, war ein Gelehrter wie Sawada und würde bei der Übersetzung helfen. Die Sprache, mit der sie sich verständigen würden, war das Englische und die Römer sprachen sie nur schlecht, von Andochos abgesehen, der ein Talent für Sprachen zu haben schien. Aritomo war froh, auch Lengsley bei sich zu haben. Irgendwie würde es ihnen gelingen, sich zu verständigen.

Er machte eine einladende Handbewegung, als die Vorstellungsrunde ein Ende gefunden hatte.

»Wollen wir in die Hütte gehen? Dort gibt es Schatten und wir haben Früchte und andere Speisen. Außerdem sind wir ungestört und haben nicht so viel Publikum.« Er wies auf die Männer auf den Schiffen, die Besatzung des Außenpostens, die Krieger der Vorhut, die der Begegnung mit unverhohlener Neugierde folgten. Es ging nicht darum, ihre Diskussion übertrieben geheim zu halten. Andererseits war es immer gut, wenn man die Möglichkeit hatte auszusuchen, was an die *Öffentlichkeit* gelangte und was nicht.

Die Römer folgten seiner Aufforderung und auch Sawada und Isamu machten keine Anstalten, dem Treffen fernzubleiben. Aritomo sagte nichts, er war aber über die Haltung des Prinzen positiv überrascht. Das war nicht der gleiche Junge, der zuletzt aus Mutal entkommen war. Er war ernst, aber das auf eine reifere Art, nicht verschlossen, sondern sich seiner bewusst. Seine Bewegungen, seine sparsamen Worte, all dies zeigte einen Perspektivenwechsel, eine Weiterentwicklung. Dieser Isamu, so schoss es Aritomo durch den Kopf, würde nicht mehr vor seinen Problemen weglaufen – er würde sie zu lösen trachten.

Das war ohne Zweifel eine gute Nachricht.

Sie setzten sich. Ohne lange Vorreden und in langsamer, deutlicher Sprechweise, sprach Langenhagen als Erster, legte Herkunft und Mission dar, gab Aritomo Hinweise über das, was in Europa zu dieser Zeit passierte. Sawada würde in der Zwischenzeit mehr erfahren haben und daher behielt Aritomo seine Fragen für sich. Für historisch-politische

Betrachtungen würde es ein andermal Zeit geben, jetzt gab es Wichtigeres zu besprechen.

Er hörte dennoch mit großem Interesse zu. Langenhagen eröffnete ihm die Perspektive, dass es neben den Deutschen, die damals in Rom ankamen, und Metzli – oder seinen Vorfahren – noch weitere Zeitreisende geben mochte, obgleich es dafür bisher noch keine Anzeichen gab. Was hieß das für die historische Entwicklung der Welt? Was hieß dies für die Zukunft Japans, das zu dieser Zeit nicht mehr als eine Ansammlung sich permanent bekriegender Fürstentümer war? Aritomo war ein Patriot, er musste sich diese Gedanken machen, auch wenn das Japan seiner aktuellen Gegenwart ein ganz anderes war als das, dem er Treue geschworen hatte. Treue schwören würde.

Von so etwas bekam man bestimmt Kopfschmerzen.

»Ich bin mir sicher, Meister Sawada hat Ihnen schon alles über uns erzählt«, sagte er, als Langenhagen seine Schilderung abschloss.

Sawada nickte. »Nur die Fakten«, sagte er auf Japanisch. »Nichts, was die Römer nicht auch von den Maya erfahren könnten.«

»Wir müssen Vertrauen haben«, erwiderte Aritomo auf Englisch. Er sah Langenhagen an. »Wir brauchen Ihre Hilfe, Navarch.«

Der Römer wirkte absolut nicht überrascht.

»Was ist der neueste Stand der Entwicklungen?«

Nun war es an Aritomo, eine Zusammenfassung der Ereignisse zu geben, und er ließ nichts aus. Seine Rede dauerte länger, nicht zuletzt deswegen, weil Lengsley immer wieder mit Worten aushelfen musste, wo diese ihm fehlten. Aber nach einer guten halben Stunde hatte er den Eindruck, alle wesentlichen Informationen vermittelt zu haben. Langenhagens sorgenvolles Gesicht sprach jedenfalls dafür.

Der Navarch sagte einige Minuten gar nichts. Seine Begleiter behielten ebenfalls große Ruhe. Sie würden sich nicht äußern, ehe ihr Vorgesetzter das Wort erhob. Aritomo zeigte Geduld. Es waren schwierige Themen und schwierige Entscheidungen. Er ahnte, wie der Offizier sich fühlen musste. Jetzt zu drängeln, würde ihnen nicht weiterhelfen.

»Es fällt uns schwer, uns in einen Krieg einzumischen«, sagte der Römer schließlich.

»Sie wollen Cozumel beschützen, oder? Cozumel wird Metzli genauso zum Opfer fallen wie alle anderen Teile des Landes.«

Langenhagen nickte. »Was ist daran schlecht? Die Mayastädte werden erobert, es gibt einen neuen Oberherrn. Er wird nicht besser oder schlimmer sein als andere Mayakönige. Wir sind keine Interventionsstreitmacht, wir sind eine Forschungsexpedition. Cozumel ist unsere Basis und wir haben unangenehme Erfahrungen mit dem König von Zama gemacht. Gegen ihn vorzugehen, wenn es sich als nötig erweisen sollte – das fällt uns leichter. Beherrscht Metzli alles, ist Cozumel sicher. Wird der König die Götter der Maya verbieten und durch seine eigenen ersetzen?«

»Das wissen wir nicht.«

Tatsächlich ging Aritomo davon aus, dass er das eher nicht tun würde.

»Das wäre die einzig echte Bedrohung.«

»Aber langfristig?« Sawada hatte das Wort ergriffen. Alle sahen ihn auffordernd an. »Was passiert, wenn niemand Metzli Einhalt gebietet? Er wird ein Imperium schmieden, und wenn uns nicht alles täuscht, ist er ein Zeitenwanderer wie jene, die in Rom gelandet sind – oder wir. Was wird dieses Imperium erreichen? Welche Ziele verfolgt es? Könnte es für Rom nicht zu einer Bedrohung werden?«

Langenhagen nickte. »Das herauszufinden, sind wir hier. Und wenn sich ein Problem ergeben sollte, werden wir es beschreiben und die Fakten nach Hause schicken. Der Kaiser wird entscheiden, was zu tun ist. Ich bin nur Kommandant von vier Schiffen. Ich schütze meine Leute und sammle Wissen. Aber das ist es auch schon.«

Sawada zeigte nicht, ob er enttäuscht war oder nicht. Er schien Langenhagens Erklärung nachvollziehen zu können. Der Navarch wandte sich wieder an Aritomo.

»Ich biete Ihnen und den anderen Zeitenwanderern Obhut und Schutz. Sobald wir hier fertig sind, nehme ich Sie gerne mit nach Rom, das U-Boot auch. Wir kennen diese Technologie und können ihnen alle gute Positionen anbieten, als Lehrer, als Soldaten. Es gibt viele Möglichkeiten. Ich bin zu derlei autorisiert, es liegt innerhalb meiner Kompetenzen. Für andere Dinge ... muss ich kommunizieren. Das ist schwierig und wird dauern.«

Aritomo entging das Leuchten in Isamus Augen nicht, als jener diese Worte vernahm. Nach Rom zu gehen, das war offenbar exakt, wovon der junge Prinz träumte. Und der Gedanke war ja auch attraktiv. Die

Lebensweise, die Entwicklung des Imperiums, all das lag viel näher an dem, was Aritomo und die Seinen gewöhnt waren. Es würde niemals ein Ersatz für Japan sein, aber es würde ihrer aller Leben weitaus komfortabler und erträglicher machen. Für einen Moment gab sich der Offizier der Vorstellung hin, als Ausbilder an einer Akademie zu lehren – oder als Kapitän, als *Trierarch* eine der modernen Fregatten des Imperiums zu führen. Er konnte eine Karriere haben, exakt die, die er sich erträumt hatte, damals, als sein Weg ihn in die kaiserliche Flotte geführt hatte.

Konnte er nun auf diesen Pfad wieder zurückkehren?

Er hörte sich antworten.

Er war gespannt auf das, was er sagen würde.

»Für dieses Angebot danke ich«, sagte er mit aufrichtigem Unterton. »Aber ich kann es nicht annehmen. Zumindest jetzt noch nicht. Vor Monaten wäre das vielleicht möglich gewesen. Aber jetzt trage ich eine Verantwortung nicht nur für meine Männer, die mit mir durch die Zeit gereist sind. Ich kommandiere eine Armee, der ich geschworen habe, Mutal zurückzuerobern und Metzli zu besiegen. Ich kann nicht fortlaufen. Ich bin bereits fortgelaufen. Ich muss meine Pflicht erfüllen und diese ist groß und in letzter Zeit gewachsen.« Er hielt inne. »Ich weiß nicht, ob Sie das verstehen können. Ich wäre ein echter Verräter, nicht nur jemand, der sich taktisch zurückzieht. Ich kann das nicht. Ich habe die Maya nicht als Werkzeuge kennengelernt, als primitive Wilde, deren Schicksal mich kaltlässt. Ich habe Freunde gefunden, Respekt entwickelt und mir welchen verdient. Andere unter uns haben noch viel engere Bande geknüpft.«

Er nickte Lengsley zu. Die Römer hatten erfahren, dass der Brite mit einer richtigen Prinzessin zusammen war. Lengsley sagte nichts, doch Aritomo kannte den Mann gut genug, um in seiner Haltung und seinem Gesicht lesen zu können. Der Ingenieur würde ohne Une nicht nach Rom gehen. Er würde auch Aritomo nicht im Stich lassen. Er war ein loyaler Freund. Und Une? Darüber musste niemand lange nachdenken. Fortzurennen und ihr Erbe zu verleugnen, das würde sie ins Unglück stürzen. Nein, es war undenkbar.

»Ich verstehe«, sagte der Navarch und klang dabei, als würde er es auch so meinen. »Also können wir uns als ersten Schritt darauf einigen, nach Cozumel zurückzukehren. Wir wollen uns diese Operationsbasis erhalten und ich denke, Ihnen kann ein sicherer Rückzugort ebenfalls nicht schaden.«

»Ich bin damit einverstanden.«

»Wie viele Männer stehen unter Ihrem Kommando?«

»Ich führe rund 3000 Mann mit mir. Dazu kommt noch ein kleiner ziviler Tross – ich konnte es den Menschen nicht verbieten, sich uns anzuschließen. Insgesamt sicher 4000 Personen.«

Langenhagen runzelte die Stirn. »Auf unsere Schiffe passen die nicht. Sie werden die Küste hoch bis Zama marschieren müssen. Das ist ein Problem, denn der dortige König ist uns nicht sonderlich wohlgesinnt. Er wird gegen sie vorgehen, sobald er bemerkt, dass sie unterwegs sind.«

»Wir bleiben südlich der Stadt. Er wird uns angreifen müssen. Wir können jede Armee einer jeden Stadt schlagen, solange sie einzeln angreift.«

Aritomo wusste, dass das stimmte. Inugami hatte es mehrmals unter Beweis gestellt. Zama war keine der ganz großen Metropolen. Die hatten keine Chance gegen die Janitscharen.

»Ich kann Ihnen von See her Deckung geben, wenn es so weit kommen sollte.«

»Das sollte einem vernünftigen Herrscher, der bereits Bekanntschaft mit Ihren Waffen gemacht hat, zu denken geben.«

Langenhagen lachte auf. »Der Herr zu Zama ist kein Mann der Vernunft. Ich halte ihn für einen Irren.«

Isamu mischte sich ein. »Das stimmt, Unterleutnant Hara. Er ist nicht mit normalen Maßstäben zu messen. Selbst seine eigenen Untertanen sagen das, sonst wäre uns die Flucht niemals geglückt.«

Aritomo nickte. Die Worte beunruhigten ihn nicht sonderlich. »Dennoch haben wir keine echte Alternative. Wenn er sich den Kopf an uns blutig stoßen möchte, so soll es eben sein. Wir werden in den kommenden Monaten noch ganz andere Kämpfe überstehen müssen.«

Langenhagen sah Aritomo forschend an. Erkannte er den starken Überlebenswillen des Japaners? Die Selbstvorwürfe, die er zu überdecken trachtete? Das Verantwortungsgefühl, das sein Handeln zu lenken schien? Der Römer sagte nichts, erhob sich und schaute aus dem in die Lehmwand gestoßenen Fenster, eingerahmt mit Holzbrettern, verdeckt durch einen Vorgang, der jetzt beiseitegezogen war.

»Wir sollten so bald wie möglich aufbrechen«, sagte er dann. »Wenn Sie es wünschen, können Sie an Bord der *Gratian* weiterreisen.«

»Das Angebot ist großzügig. Aber ich bleibe bei meinen Männern. Mein Freund Lengsley wird Sie gerne begleiten, oder zumindest seine Frau. Und bei den Zivilisten sind weitere Frauen und Kinder. Wenn Sie einen Platz für sie finden könnten ...«

»Das Transportschiff ist fast leer. Wir haben die Vorräte auf Cozumel ausgelagert«, erwiderte Langenhagen. »Es fasst gut 500 Personen, wenngleich es etwas eng werden könnte. Aber mit etwas Glück dauert die Überfahrt nicht lange.«

»Ich bin froh über Ihr Angebot.«

Langenhagens Blick fiel auf Lengsley. »Sie interessieren sich bestimmt für die Dampfmaschine.«

»Ich bin froh, mal wieder eine zu sehen. Verraten Sie mir damit keine Geheimnisse?«

Langenhagen lachte. »Sie konstruieren U-Boote, mein Freund. Wer von uns beiden weiß mehr über diese Dinge?«

Der Brite nickte, erwiderte das Lächeln. Ihm war anzusehen, dass er sich in der Gegenwart des sympathischen Offiziers zu entspannen begann. Auch Aritomo empfand so. Langenhagen hatte seine eigenen Ziele, setzte eigene Prioritäten. Aber er sprach ihre Sprache und damit war nicht das bröckelige Englisch gemeint, dessen sie sich behalfen.

Langenhagen war ausgebildeter Soldat, ein Mann mit Verantwortung aus einer Welt, deren Regeln an die erinnerte, die Aritomo aus Japan kannte. Eine andere Kultur, sicher, aber fremd waren die Japaner überall auf dieser Welt der Vergangenheit, wahrscheinlich sogar, wenn sie auf ihre Inseln zurückkehren würden. Sie plauderten noch eine Weile und die Atmosphäre entspannte sich weiter. Aritomo fand einen Draht zu Langenhagen, er mochte seine freundliche Art, der es an Verbindlichkeit nicht mangelte, ohne dass der Mann dabei feindselig und herrisch wirkte. Er war ein so anderer Charakter als Inugami – als viele Offiziere, die Aritomo im Verlauf seiner Karriere kennengelernt hatte – und er war damit jemand, der durch seine Persönlichkeit Respekt erzeugte und nicht durch formale Hierarchien, große Lautstärke oder gar Schläge.

Er war die Art von Offizier, die Aritomo Hara immer hatte sein wollen. Vielleicht bekam er noch die Chance, es zu werden.

11

Ixchel und Nicte betraten Mutal erst einmal nicht. Sie waren vorsichtig und rechneten, wie immer, mit dem Schlimmsten.

Am Stadtrand, weit vor der unfertigen Stadtmauer, hatten sie ein Gehöft betreten, das von seinen Bewohnern verlassen worden war. Ob die Besitzer der Lehmhütte sich nun in das Stadtzentrum zurückgezogen hatten, in der Hoffnung, dort Sicherheit vor den Soldaten Metzlis zu finden, oder ob sie Mutal ganz den Rücken gekehrt hatten, es war nicht zu erkennen. Sie waren überhastet aufgebrochen, hatten Vorräte und Werkzeug zurückgelassen und eine Nacht hatten die beiden Schwestern damit verbracht, Dinge zu tun, die ihnen lange Zeit vorenthalten geblieben waren. Sie hatten sich gewaschen, mit Wasser aus dem Brunnen, und das lange und ausgiebig. Den Dreck der Reise von der Haut zu kratzen, hatte sich als schwierig erwiesen. Beide waren sie dünn geworden, wie Ixchel feststellen musste. Sie hatten sich neu eingekleidet, in die einfachen Stücke von Bauern, die ihnen nach der langen Reise aber wie königliche Gewänder vorkamen, allein schon deswegen, weil sie für sich beide genug *saubere* Kleidung gefunden hatten. Ixchel nahm vom Maismehl, das sie in einem Krug fand, und tat, was sie oft genug beobachtet hatte. Die einfachen Tortillas, die sie erschuf, waren nicht ganz so gut wie jene, mit denen sie in ihrem Leben bedient worden war, aber sie sättigten, vor allem da sich in den Vorratskrügen auch noch getrocknetes Fleisch und allerlei Gemüse gefunden hatte. Sie aßen, bis ihre Bäuche sich erkennbar nach vorne stülpten, und dann noch ein wenig mehr. Als alles getan war, zog Ixchel die Vorhänge vor die Fensteröffnungen, und sie und ihre Schwester rollten sich in Decken, eine weitaus gemütlichere Bettstatt als alles, was sie in den letzten Wochen hatten erdulden müssen. Sie schliefen ein, schlummerten wie tot, und erst als der späte Vormittag mit großer Beharrlichkeit Lichtstrahlen durch die Ritzen schickte, erwachten sie aus ihrer Erschöpfung. Für einen Moment lag

Ixchel nur so da, den Körper Nictes an den ihren gedrückt, eingehüllt in Decken, und lauschte den Geräuschen der Natur. Es waren kostbare Momente, ein Hauch von Geborgenheit und Frieden, und sie kostete ihn aus, bis er zur Neige ging. Er endete, als sich ihre Schwester aus den Decken strampelte, gähnte, blinzelte und mit schläfriger Stimme nach einem Frühstück verlangte.

Dagegen hatte allerdings auch Ixchel nichts einzuwenden.

Sie erhob sich und tat wie ihr geheißen. Sie blieben bei ihrem Tun völlig ungestört, trödelten ein wenig, unterhielten sich betont leise, lugten immer wieder durch die Fensteröffnungen nach draußen. Doch es war Mittag, als sie die Schritte hörten, die sie sofort und schmerzhaft aus der Blase an friedlicher Kontemplation rissen. Die Angst kehrte mit einem Mal zurück, die Vorsicht und der Fluchtreflex setzte ein, nur mühsam durch eiserne Selbstbeherrschung unter Kontrolle gehalten. Sie wussten, dass sie zu spät gekommen waren, die Anzeichen waren überall zu erkennen gewesen, schon auf dem Weg hierher. Metzlis Armee war vor ihnen eingetroffen und Mutal, soweit Ixchel das von erkletterten Baumkronen hatte beobachten können, war gefallen. Spuren eines Kampfes aber hatte sie nicht gesehen, eine Tatsache, die ihr große Enttäuschung wie auch gleichzeitig große Erleichterung bereitet hatte. Die Heimat war nicht zerstört und es hatte möglicherweise kein mit B'aakal vergleichbares Gemetzel gegeben. Une könnte noch leben, ebenso andere Verwandte, Bekannte und Freunde. Die Chance bestand, Grund zur Hoffnung.

Doch dann hörten sie die Männer. Nicte blieb ruhig. Die kleine Schwester war gewitzt durch die Flucht und ihr Leben der letzten Monate, diese wusste, wann absolute Schweigsamkeit von ihr erwartet wurde. Ixchel packte Axt und Speer, die sie die ganze Zeit mit sich geführt hatte, und lugte durch die zugedeckten Fenster, einen Spalt nur. Sie sah vier Männer, ohne Zweifel Krieger, und alle trugen sie einen ängstlichen, gehetzten Gesichtsausdruck. Es waren keine Soldaten Metzlis, das erkannte die Prinzessin auf den ersten Blick. Es waren Männer Mutals, was an der Bewaffnung gut zu erkennen war, wie auch an den Fetzen einer leise geführten Unterhaltung, die bis an Ixchels Ohren vordrangen.

Das waren *ihre* Leute.

Sie unterdrückte den spontanen Impuls, die Hütte zu verlassen. Die Angst auf den Gesichtern der Krieger war unübersehbar. Etwas stimmte demnach nicht. Es war verwunderlich genug, dass sie noch ihre Waffen trugen. War die Einnahme Mutals doch nicht so problem- und kampflos verlaufen, wie sie gedacht hatte?

Dann weitere Stimmen, weitere Schritte, und die Ereignisse überstürzten sich. Aus der Richtung der Stadt näherten sich weitere Soldaten und diesen war eindeutig anzusehen, dass es sich nicht um Mutalesen handelte. Es waren diesmal die Männer Metzlis. In Ixchel knotete sich alles zusammen, als die offenbar flüchtigen vier Krieger sich beim Brunnen verbargen. Sie sah die Erschöpfung in ihrer Haltung. Fatalismus. Angst. Ja, auf der Flucht – und das schon länger.

Ihr Blick wanderte zu den Verfolgern, die in Sicht kamen. Fünf Krieger, und nein, keiner von ihnen trug eine der Wunderwaffen. Es waren kräftige Männer, sie wirkten ausgeruht und selbstsicher, die neuen Herren Mutals. Aktul hätte den Gegenangriff befohlen, aber von den Mutalesen war keiner wie der alte Krieger. Sie waren eingeschüchtert und mutlos. Ixchel kniff die Augen zusammen.

Niemand führte sie an. Niemand gab ihnen Hoffnung.

Sie waren Opfer.

Diese Erkenntnis versetzte ihr einen Stich. So gewann man in der Tat keinen Kampf und Aktuls Lektionen standen ihr mit plötzlicher Klarheit vor Augen. Wer sich als Verlierer sah, als Schlachtvieh, der würde exakt auf diese Weise enden, das waren seine Worte gewesen. Die eine Hälfte eines Sieges bestand aus Fertigkeit und der Qualität der Waffe, hatte er gesagt, die andere aus der eigenen Einstellung zum Ausgang des Treffens.

Die Männer, die da zusammengekauert hockten, erschöpft und mutlos, mochten die Fertigkeit und die Waffe besitzen. Es fehlte ihnen aber jeder Glaube an sich selbst und einen guten Ausgang.

Ixchel war bestürzt. So tief war das stolze Mutal gefallen, und das auch noch ohne jede große Schlacht, deren schlechter Ausgang die Krieger hätte demoralisieren können. Wie gut, dass ihr Vater dies nicht miterlebte. Aber durch die Augen seiner Tochter wurde die Enttäuschung nicht geringer. Mutal gehörte ihr, ihrer Familie. Die Stadt war ihr rechtmäßiges Erbe. Gerechter Zorn erfüllte den schmalen Leib des Mädchens. Ein Entschluss reifte in ihr, eine wilde Entscheidung.

Sie sah Nicte an. »Du bleibst hier, egal was passiert.«

Die Kleine erwiderte ihren Blick. Ixchel musste ihr nichts erklären. Die große Schwester umklammerte Speer und Axt mit einer Intensität, die ihre Fingerknöchel weiß hervortreten ließ.

Ixchel verließ die Hütte. Sie versteckte sich nicht. Schnellen Schrittes marschierte sie auf den Brunnen zu. Die Männer sahen sie mit großen Augen an, zuckten überrascht zusammen. Sie erkannten sie sofort, denn sie war stadtbekannt gewesen. Ixchel, die Tochter Chitams. Sie sah Sorge in ihren Blicken. Doch das war ein Fehler.

Die Männer Metzlis riefen etwas. Sie beschleunigten ihre Schritte.

»Ich bin Ixchel«, sagte sie und schaute die Krieger ihrer Stadt an. »Metzlis Männer suchen mich.«

Das war wahrscheinlich gelogen, aber darum ging es nicht. Sie hob ihre Axt.

»Ich kämpfe um mein Leben. Ihr seid meine Soldaten.«

Einer der Männer erhob seine Stimme: »Aber wir ...«

Kein Aber.

»Gehorcht der Tochter des Chitam!«

Wenige Worte, einfache Worte, doch mit Nachdruck ausgesprochen. Sie wandte sich ab. Sie legte die Axt vor sich auf den Boden, den Speer daneben. Das Atlatl, das sie sich um den Bauch gebunden hatte, flog in ihre Hände. Einen Wurfspeer hatte sie dabei, für mehr würde sie ohnehin keine Gelegenheit haben. Ihre Hände vollführten die eingeübten, vertrauten Bewegungen. Die Angreifer lachten, riefen sich Ermunterung zu. Sie sahen nur sie, nicht die immer noch verborgenen Krieger. Sie unterschätzten die Tochter Chitams und für einen von ihnen ...

Der dort, dachte Ixchel, *der Große mit der lauten Stimme, das ist ihr Anführer. Ein Abbild von Selbstsicherheit. Nein,* verbesserte sie sich. *Ein Abbild der Arroganz.*

Die Speerschleuder kreiste. Jetzt trat ein kurzer Zweifel in die Augen ihres Opfers. Einer seiner Männer sagte etwas mit warnender Stimme. Zu spät. Zu nah. Zu schnell.

Der Wurfspeer löste sich und seine Geschwindigkeit war beachtlich. Doch Großmaul war kein Amateur und ein Angriff war ein Angriff, seine Reflexe übernahmen die Kontrolle, das ganz eigene Training, die Erfahrung im Kampf. Er duckte sich weg, schnell, nicht ganz schnell genug, aber ausreichend, um dem Tode zu entrinnen.

Der Wurfspeer senkte sich mit einem schmatzenden Geräusch in die Schulter, mit Wucht, sodass er auf der anderen Seite wieder heraustrat, den Leib des Getroffenen herumwirbelte, ihn aus dem Gleichgewicht brachte. Ausgeschaltet, nicht tot.

Ixchel war mit dem Ergebnis zufrieden. Sie war ja nur ein Mädchen.

Die Wurfschleuder fiel zu Boden, nun hielt sie die Axt, den Schild holte sie vom Rücken und sie machte nicht die geringsten Anstalten, nunmehr vor den wütend voranstürmenden Angreifern zurückzuweichen.

Jetzt wäre ein guter Zeitpunkt, dachte sie.

Sie schaute nicht auf die Krieger neben ihr. Sie starrte nur auf die heranstürmenden Männer Metzlis, die nun bereit waren, ein Mädchen zu töten.

Jetzt. Wirklich. Sie wandte den Blick immer noch nicht zur Seite.

Die wütenden Krieger hoben ihre Waffen. Sie würden ein junges Mädchen mit der gleichen Entschlossenheit niederstrecken wie jeden anderen Gegner. Sie machte einen Schritt zurück, noch einen. Sie war verloren, wenn nicht ...

Verdammte Feiglinge!, dachte sie, als eine Streitaxt mit Macht auf ihren Schild niederfuhr und ihren Arm sofort betäubte, als sie mit verzweifelter Kraft den Schlag abfederte. Mit einem Mal kam ihr der Plan nicht mehr so klug vor. Sie hatte zu viel erwartet. Sie war nicht ihr Vater. Sie war doch nur ein Mädchen.

Ixchel schlug zurück, schleuderte die Axt hoch, die Klinge aus scharfem Obsidian glitt durch die Luft. Der Krieger wich zurück, lachte auf. Er amüsierte sich über die tapfere, kleine Kriegerin.

Sein Lachen erstarb, als die Männer Mutals vortraten. Ihnen war die Angst weiterhin anzusehen, aber da war auch Scham und Entschlossenheit. Sie traten an Ixchels Seite. Einer der Männer sah sie an und nickte ihr zu. Der, der »Aber« hatte sagen wollen.

Kein Aber mehr.

Und dann gingen sie zum Gegenangriff über. Ixchel war jene, die als Erste nach vorne sprang, und nun, da die geflüchteten Krieger Mutals ihre Entscheidung getroffen hatten, blieb ihnen nichts anderes übrig, als ihr zu folgen. Sie taten es mit Todesverachtung.

Der Kampf entbrannte, er war kurz, heftig und schmerzhaft. Jetzt, unterstützt durch erwachsene Männer, die trotz ihrer Furcht wussten, wie man tötete, entfaltete sich Ixchels Vorteil. Sie wurde nicht genauso ernst genommen. Sie *war* nur ein Mädchen. Die Männer Metzlis rechneten nicht damit, dass sie genau wusste, wie sie, bezogen auf ihre Größe und ihre Kraft, im Nahkampf mit Waffen umzugehen hatte. Und ihre Ignoranz wurde ihnen zum Verhängnis. Als die Scheide ihrer Axt Sehnen und Muskeln an einem Oberschenkel durchschnitt, als sie mit einem flachen, kraftvollen Schlag eine Kniescheibe zertrümmerte und als sie die Spitze des Schildes, von unten nach oben geschwungen, in die Genitalien eines Kriegers rammte, erfuhren die Soldaten aus dem großen Teotihuacán, was es hieß, sich gegen die Tochter Chitams zu stellen.

Nicht, dass sie viel Zeit dafür hatten, diese Erfahrung zu verarbeiten.

Geführt von der Prinzessin, beseelt mit neuem Kampfesmut, gewannen die Krieger Mutals die Oberhand. Und sie ließen niemanden entkommen. Ein fliehender Kämpfer Metzlis war eine Gefahr, er konnte Hilfe holen. Sie alle mussten sterben und sie starben alle. Einer bat um Gnade, sie wurde ihm nicht gewährt. Am Ende beugten sie sich über den Anführer, der immer noch mit schmerzverzerrtem Gesicht am Boden lag, langsam fortkriechen wollte und durch einen schnellen Hieb von seinen Leiden erlöst wurde.

Nach zehn Minuten standen sie keuchend und blutend vor den Leichen der Invasoren. Ixchel trat noch einmal gegen einen der Toten, die Wildheit brannte noch in ihr und sie hatte nicht gewusst, wie es war, den Blutdurst zu spüren, die Raserei des Tötens. Es war erschreckend. Es war befreiend. Und es war gerecht, denn hier waren jene gestorben, die ihren Vater auf dem Gewissen hatten.

Sie drehte sich um. Sie wusste nicht, welchen Anblick sie bot, die Axt in der Hand, an der noch Gewebefetzen geschundenen Fleisches hingen. Ihr Körper bespritzt vom Blut ihrer Feinde, vermischt mit Schweiß und ihr Blick von einer Energie, die die Krieger Mutals nicht aus ihrem Bann ließ. Einer nach dem anderen, ohne Aufforderung, kniete nieder, warf sich zu Boden, und zollte der Herrin von Mutal den Respekt, den sie verdiente.

Ixchel sah auf sie herab und erkannte ihren Weg. Er konnte sie nicht mehr von hier fortführen. Die Götter wünschten nicht, dass die Tochter Chitams sich weiter auf die Flucht begab. Sie hatten sie an diese Stelle geleitet, in diesen Moment, in diese plötzliche, klare Erkenntnis.

»Erhebt euch«, sagte sie leise. Die Männer taten es. Alle zitterten sie vor Erschöpfung, doch sie hatten noch nicht alles getan. Ixchel hatte sie in ihrem Bann. Es galt, Befehle zu geben, die Männer zu beschäftigen. Das neue Band, das zwischen ihnen entstanden war, musste gestärkt werden. Es war die Tat, die dies vollbrachte.

»Grabt ein Loch. Sammelt alles ein. Bedeckt die Blutflecke mit Erde. Verbergt alle und alles.«

Es gab keine Widerrede, kein Aufbegehren und keinen Zweifel. Die Krieger taten, wie ihnen geheißen wurde, und sie arbeiteten mit verbissener Intensität. Nicte trat ins Freie, in der Hand eine Schale mit Wasser und einem Tuch. Sie reichte beides der größeren Schwester, starrte auf die malträtierten Leichen der Gefallenen, wie sie in Richtung des langsam tiefer werdenden Grabens geschleift wurden. Sie zeigte weder Angst noch Mitleid oder Entsetzen. Ixchel spürte den Schmerz ob dieser Erkenntnis. Noch viel mehr als ihr, der Größeren, hatten die Götter Nicte die Kindheit geraubt.

»Säubere dich«, sagte die Kleine ruhig, ohne Widerrede zu akzeptieren. »Du bist die Königin. Säubere dich.«

Ixchel blickte auf das Tuch, bereits getränkt mit dem Blut der Toten, spürte das kühle Nass des Wassers, wie es über ihre Haut glitt. Die Königin. Welch kindliche Einfalt. So einfach war die Welt nicht. Ihr Königreich umfasste eine Hütte, einen Brunnen und ein Grab. Sicher, manchmal fing man mit wenig an. Aber eine Königin?

Die Männer waren fertig. Das Grab war bedeckt und sie hatten ihre Arbeit gut getan. Die Zeichen des Kampfes waren nicht mehr zu erkennen. Einer der Krieger trat auf sie zu.

»Ich bin Yukab, ich führe diese Männer an.«

»Nein, Yukab«, sagte Ixchel, deutlich, nicht unfreundlich. Bestimmt. »Das tust du nicht.«

Der Mann blickte sie an, Verstehen leuchtete in seinen Augen auf. »Es stimmt, Herrin«, sagte er, ohne dass sie sich weiter äußern musste. »Du führst sie an.«

Und so, das spürte Ixchel, Tochter des Chitam, wurde sie tatsächlich zur Königin Mutals.

Es fühlte sich jetzt gar nicht mehr albern oder einfältig an.

12

»Was ist das?«

»Eine Gallionsfigur«, erklärte Andronicus. Obgleich die Entwicklung der römischen Schiffsbaukunst die Entwicklung der Galeone mehr oder weniger übersprungen hatte – die ersten Dampfsegler, die noch zu Zeiten Rheinbergs auf Kiel gelegt worden waren, hatten diesem Schiffstyp am ehesten geähnelt –, wusste jeder, was damit gemeint war. Die Tradition, den Bug eines Schiffes mit Ornamenten oder figürlichen Darstellungen zu schmücken, war weder den Römern noch den Deutschen fremd gewesen und sie war auch bei den modernen Dampffregatten aktueller Fertigung übernommen worden.

Normalerweise war dies eine schöne Sache, gab einem Schiff Charakter, eine Persönlichkeit, etwas Schönheit, die keinen praktischen Zweck erfüllte. Aber was sie hier sahen … das war etwas ganz anderes.

»Auf einem Ruderboot?«, meinte sein Erster Offizier fragend, der neben ihm an der Reling des Schiffes stand und mit dem Fernglas den anrückenden Feind beobachtete.

»Es ist keine Figur, mein Freund«, sagte Andronicus bitter. »Schau genau hin. Es ist ein Mensch. Man hat ihn an die Spitze des größten Bootes gebunden, und wenn du mich fragst, ist es das Gefährt, auf dem der König von Zama persönlich anzulanden gedenkt. Es ist sein Schutzschild.«

Der Erste Offizier, ein Mann namens Marcus Aemilius Strabo, zuckte mit den Schultern. »Was nützt dieser Schild, wenn er uns nicht abschreckt? Sie haben seinen Kopf mit einem Tuch verhüllt. Wir können nicht ahnen, um wen es sich handelt. Ein bedauernswerter Kerl, ohne Zweifel, aber ich sehe nicht, warum wir so große Rücksicht üben sollten.«

»Schau genau hin. Der Mann ist größer gewachsen als die Maya, seine Haut ist heller. Er ist einer der Unseren, Marcus. Einer der Gefangenen des Königs von Zama.«

Strabo kniff die Augen zusammen, nickte dann. »Vielleicht ist er tot und wir sollen nur annehmen, dass er noch lebt.« Der Einwand klang fast hoffnungsvoll.

Das war in der Tat eine Möglichkeit, die nicht von der Hand zu weisen war. Der Mann war ordentlich gefesselt, erkennbar bewegungsunfähig. Er trug einen Verband um den Leib, der einzige Hinweis darauf, dass er ein Überlebender war und kein kürzlich Verstorbener. Aber es konnte sich auch um einen Trick handeln, der Gegenmaßnahmen der Römer zu verzögern trachtete. Andronicus würde nicht den Fehler machen, die Maya zu unterschätzen. Der Fehlschlag der Männer, die am Hafen von Zama gestorben waren, stand ihm nur allzu deutlich im Gedächtnis.

Andererseits ...

»Wir warten noch. Die Boote vor dem großen werden am ehesten in Reichweite sein. Befiehl den Schützen und Kanonieren, als Erstes auf diese zu feuern.«

Strabo machte einen Schnalzlaut, der wohl Zweifel ausdrücken sollte. »Sie werden sich davon nicht beeindrucken lassen. Die Typen sind völlig verrückt.«

»Also werden wir auch keine falsche Rücksicht nehmen«, sagte Andronicus, der sein eigenes Fernglas wieder ans Auge führte und hindurchsah. Nach einem Moment setzte er das Instrument ab und sah besorgt aus.

»Schau mal auf die rechte Flanke, von uns aus gesehen. Sehe ich das falsch oder will die Flottille dort sich nicht am Frontalangriff beteiligen? Teilen sie ihre Kräfte?«

Strabo blickte in die angegebene Richtung, nickte dann. »Sie wollen woanders landen. Wir haben bereits drei mögliche, alternative Anlandeplätze identifiziert und Wachen aufgestellt. Aber Cozumel ist eine große Insel und es gibt recht viele Möglichkeiten, größere Mengen an Kriegern heranzuführen. Wir haben damit gerechnet – und wir werden nicht allzu viel dagegen tun können.«

»Ja, wir haben nur gehofft, dass nichts daraus wird«, murmelte der Trierarch. »Verdammt! Es wird ein Zweifrontenkrieg. Es ist unausweichlich. Schicke einen Boten. Ik'Naah muss benachrichtigt werden.«

»Ich bin mir sicher, sie weiß es schon.« Strabo spielte auf die Beobachtungsposten der Maya an, die zwar ohne Ferngläser, aber mit scharfen

Augen dem Angriff folgten. Die Absetzbewegung der Boote war im glitzernden Sonnenlicht auch so gut zu erkennen.

»Secutor!«, rief Andronicus nach hinten. Der angesprochene Soldat trat nach vorne. Er war als höchstrangiger Unteroffizier nicht nur für die allgemeine Disziplin verantwortlich, auf den modernen Fregatten kommandierte er auch die Breitseiten, mit denen die Kanonen ihre Feinde zu den Fischen schicken würden.

Die Expeditionsflotte war nicht mit den schwerstmöglichen Stücken ausgestattet worden. Obgleich man es nicht wissen konnte, war man davon ausgegangen, dass richtig schwere Artillerie ihnen nicht begegnen würde. Ebenso war da die Überlegung gewesen, den riskanten Unternehmungen nicht die mächtigsten Waffen des Imperiums mitzugeben, sollten sie aufgrund unglücklicher Umstände in die Hände von Feinden geraten.

Stattdessen setzte man bei der Ausrüstung auf Reichweite und Feuergeschwindigkeit. Die Kanonen an Bord der römischen Schiffe verschossen 8 kg schwere Eisenkugeln und stellten damit das kleinste Kaliber dar – hatten dafür eine höhere Feuerrate und eine effektive Reichweite von zwei Kilometern. Darüber hinaus konnten sie auch die neu entwickelten Mörsergranaten abfeuern, die bei Aufprall detonierten und weitflächige Zerstörungen anrichten konnten. Die Boote der Maya waren letztlich die idealen Ziele für dieses Kaliber und Andronicus ahnte, dass er ein Gemetzel veranstalten würde.

Er ahnte andererseits aber auch, dass ein Quartalsirrer wie der König von Zama sich davon nicht beeindrucken ließ. Andronicus war Soldat. Töten war Teil seiner Profession. Er hatte sich aber durchaus ein gewisses Ehrgefühl bewahrt. Er war kein Schlächter, wollte zumindest keiner sein.

Jetzt aber hatte er keine Wahl.

»Feuerbereitschaft?«

»Feuerbereitschaft hergestellt, Trierarch. Wir warten auf den Befehl!«

»Was sagen wir zu den Zielen?«

Der Secutor zuckte mit den Achseln. Kleine Kaliber oder nicht, die Kanonen waren relativ unbeweglich und man musste de facto mit dem Schiff zielen. Lediglich die großen Arkebusen am Oberdeck ließen sich auf Halterungen drehen und konnten auf spezielle Ziele hin ausgerichtet werden. Auch sie waren bemannt. Die Schützen hatten Befehl erhalten, individuell zu feuern, sobald die generelle Erlaubnis erteilt worden war.

»Das Schiff liegt gut, Trierarch. Wenn die Angreifer in Reichweite sind, werden wir einige treffen. Sie rudern recht dicht aneinander. Aber sie kommen breit aufgestellt herein und wir können mit einer Salve immer nur einen Ausschnitt bestreichen. Es wird notwendig sein, das Schiff am Anker zu drehen, Trierarch.«

Andronicus zeigte auf den dampfenden Schlot hinter ihm. Die Maschine stand unter Feuer, der Kessel unter Druck. Auf sein Geheiß hin konnte die Fregatte manövrieren, wenn auch nur langsam.

»Sobald die Angreifer in Reichweite sind, fangen Sie mit Salven an. Ich gebe keine gesonderten Befehle. Schnell nachladen, ausrichten, feuern. Wenn der Beobachter sagt, dass wir beidrehen müssen, um ein besseres Schussfeld zu bekommen, dann melden Sie es dem Gubernator. Mit den Arkebusen suchen wir uns ohnehin gezielt Opfer auf kürzere Distanz aus. Wir werden so lange feuern, wie es geht. Sie haben freie Hand, Secutor. Sobald Maya an uns vorbei sind und am Strand anlanden, feuern wir auf die Landseite. Unsere Verbündeten haben den Befehl, sich auf Distanz zu halten. Passen Sie aber auf, dass wir nicht das Fort erwischen. Wir brauchen es noch.«

Der Secutor salutierte. Das genaue Vorgehen war bereits besprochen worden, aber der Trierarch legte Wert darauf, die wesentlichen Dinge zu betonen – so war klar, dass es auch keine Änderungen in letzter Sekunde geben würde.

Andronicus bewaffnete sein Auge wieder mit dem Fernglas. Er richtete es gerade zur rechten Zeit auf das große Boot, dessen Kommandant ohne Zweifel der König von Zama war. Denn einer der Krieger, die vorne in der Nähe des Buges und seiner menschlichen Gallionsfigur standen, hatte sich nach vorne gebeugt, nestelte am Sack, den man dem armen Mann über den Kopf gezogen hatte, und zog ihn schließlich ab.

Darunter kam ein schweißnasses und aschfahles Gesicht hervor, das Andronicus nur zu gut kannte.

»Köhler«, stieß er hervor. »Es ist Köhler!«

Der Erste schaute und nickte, sein Ausdruck zeugte von Betroffenheit und Mitleid. »Sie missbrauchen ihn als menschlichen Schild. Trierarch, was machen wir?«

Andronicus wusste, dass die Angreifer ihn manipulieren wollten. Er wusste es, aber er war nicht bereit, dagegen etwas zu tun. Es gab Dinge, die ignorierte man nicht. Es gab Regeln, moralische Werte und es gab Kameradschaft. Langenhagen war nicht da, um den gegenteiligen Befehl zu geben. Hier entschied er und er entschied schnell.

»Secutor! Zenturio!«

»Trierarch«, hörte er Augenblicke später den Chor der beiden Männer hinter sich.

»Wir halten unser Feuer. Nur die Arkebusen und die Musketenschützen, keine Kanonen. Ich will Köhler nicht gefährden.«

»Köhler?«, fragte der Zenturio, der die Marineinfanteristen an Bord des Schiffes befehligte. Gut die Hälfte seiner Männer waren in dem Fort, zusammen mit kampfbereiten Maya, kommandiert von seinem Stellvertreter.

Der Kapitän reichte ihm das Fernglas, dann sprach er weiter.

»Ich möchte, dass eine Abteilung sich nach der Anlandung zu Köhler durchkämpft und ihn befreit«, sagte er dann. »Ich weiß nicht, ob sie ihn auf dem Boot lassen oder mitnehmen werden, ich vermute Letzteres. Möglicherweise bringen sie ihn auch um. Aber wenn nur die kleinste Chance besteht, dass wir ihn retten können, dann will ich sie genutzt sehen.« Er sah den Zenturio an. Flavius Helveticus war ein Mann von ruhigem Charakter, fast schon phlegmatisch. Auch jetzt war ihm die innere Erregung, als er das Fernglas seinem Trierarch zurückgab, nur durch winzige Bewegungen anzusehen, auf die man schon genau achten musste. Die Befehle, die ihm gerade gegeben worden waren, würden ihn und seine Männer in höchste Lebensgefahr bringen. Aber es war keine Aufgabe, die man ablehnen konnte.

»Herr, ich nehme mir fünf meiner besten Männer«, erwiderte er und nickte in Richtung der Ruderboote. »Das sind Schweine.« Er hob seinen Vitis, den Stab, der seinen Rang und seine Stellung symbolisierte. Es war eine schwere Röhre aus Metall und die Gravuren hatte der Zenturio so machen lassen, dass er in der Lage war, damit Köpfe zu spalten. Das Metall war fleckig von lange getrocknetem Blut.

Andronicus lächelte dünn. Er wusste, dass er sich auf diesen Mann verlassen konnte. Wenn es einer schaffte, diese unmögliche Aufgabe zu erfüllen, dann ganz sicher er.

»Schicken Sie einen Boten zum Fort und zu Ik'Naah, informieren Sie alle von der Veränderung unserer Vorgehensweise. Es werden mehr Angreifer erfolgreich landen, als wir erwartet haben. Secutor, wir eröffnen die Kanonade, sobald das Führungsboot mit der Geisel außer Reichweite ist. Dann wird gefeuert ohne Gnade. Ich verlasse mich darauf, dass Sie das genau im Blick haben!«

Der Secutor salutierte, das Gesicht ernst, fast verbissen. Andronicus war zuversichtlich, dass der Mann alles in seiner Macht Stehende tun würde, um das Leben Köhlers zu retten.

Die Männer traten ab, der Trierarch schaute wieder durch das Fernglas. Es würde jetzt nicht mehr lange dauern, so oder so. Es bestand die Möglichkeit, ja sogar die Wahrscheinlichkeit, dass Köhler trotz ihrer Bemühungen nicht überleben würde. Es reichte ja schon, wenn einer der Krieger auf Geheiß des Königs dem Wehrlosen die Kehle durchschnitt.

Aber er musste die Rettung zumindest versuchen.

Er spürte den Knoten in seinem Bauch und musste seine Unruhe beherrschen. Er hatte Angst vor dieser Schlacht und ihrem Ausgang. Das gab er gerne vor sich selbst zu.

Es durfte nur sonst niemand bemerken.

13

Und so war er Herr von Mutal und sie alle knieten vor ihm.

Das war *etwas* unbefriedigend.

Metzli starrte die Treppen hinab auf den großen Platz, eingerahmt durch Tempel und Grabmäler, sah die Kette von Kriegern, die den Palast von der Außenwelt abschirmten, und dachte darüber nach, wie enttäuscht er doch letztlich gewesen war, dass die Mutalesen ihm keinen echten Widerstand entgegengebracht hatten. Mit einer gewissen Bewunderung hatte er die halb fertige Stadtmauer betrachtet, ein Produkt der Götterboten, und sowohl ihre Sinnhaftigkeit wie auch ihr Potenzial eingeschätzt. Wäre es zu einer Schlacht gekommen, einer Belagerung, wenn die Mauer fertiggestellt gewesen wäre? Er hatte keine Kanonen und keine Belagerungsgeräte. Mit dem Geschütz der Götterboten auf der nun leer stehenden Plattform hätten sich die Belagerten effektiv verteidigen können. Ja, er hatte Glück gehabt. Ein ordentlich befestigtes Mutal, verteidigt von einer entschlossenen Streitmacht, hätte ihm tatsächlich das Genick brechen können.

Das war ein ernüchternder Gedanke.

Er zeigte ihm seine Verwundbarkeit auf, die inhärente Schwäche seines Plans, die Angreifbarkeit seiner Armee. Und die Gefahr war keinesfalls gebannt. Die Götterboten hatten sich aus dem Staub gemacht und formierten sich neu. Das war keine gute Nachricht. Mutal war gefallen. Einige wenige Krieger übten Widerstand, überfielen Patrouillen, vor allem in der Nacht. Metzli ließ alle Aufrührer fangen und öffentlich hinrichten. Die Nachricht kam an. Die absolute Mehrheit der Bevölkerung verhielt sich ruhig und fügsam. Metzli bekam die Enttäuschung über die Götterboten und ihren Rückzug mit, nutzte dieses Gefühl für seine eigene Propaganda, drehte das Messer noch einmal in der kollektiven Wunde um. Die feigen Götterboten, die Weichlinge, die Lügner, die Betrüger. An ihnen war nichts Göttliches, nicht ansatzweise. Jetzt aber hatte die Stadt einen würdigen, starken Herrn, und sich ihm zu unterwerfen, war ehrenvoller, als für die feigen Fremden zu kämpfen, die ihre Pflicht vergessen hatten. Keine Götter. Nicht einmal deren Boten.

Metzli nickte. Das stimmte. Wer wusste das besser als er selbst?

»Herr, der Mann Balkun ist da.«

Metzli wandte sich um. Er sah, wie seine Männer jemanden hineinführten, in Fesseln geschlagen, den Kopf gesenkt, doch bei aller Erniedrigung nicht gebrochen. Als der Gefangene den Kopf hob und Metzli ansah, ohne die Erlaubnis dafür bekommen zu haben – eine Unmöglichkeit bei Hofe, an sich ein todeswürdiges Verbrechen –, erkannte der Herrscher darin weder Trotz noch Widerstand, keine Angst, sondern Neugierde. Aber vor allem einen wachen Geist, der noch nicht bereit war, den eigenen Weg als beendet anzuerkennen. Das berührte Metzli, der zeit seines Lebens vor allem mit Speichelleckern und Furchtsamen zu tun gehabt hatte, bis in seine engste Familie hinein. Ja, sogar seine Frau. Gerade sie. Ein schwaches Weib.

Es war gut, dass er weit weg von ihr war.

Er hob eine Hand, als ein Wächter ausholte, um den Gefangenen für seine Unbotmäßigkeit zu bestrafen. »Lasst ihn. Ich gestatte es.«

Er trat fort von der Balustrade, legte die wenigen Schritte bis zu seinem Sitz zurück, setzte sich, schaute den Gefangenen an, der immer noch von Wachen gehalten wurde. Metzli kam zu dem Schluss, dass dieser Balkun keine persönliche Gefahr für ihn darstelle, jedenfalls sicher keine, mit der die beiden mit Gewehren bewaffneten Männer hinter ihm nicht fertigwerden würden.

Balkun war nicht einmal zusammengezuckt, als die Wachen ihn hatten schlagen wollen. Mut oder Dummheit? Metzli war neugierig geworden.

»Löst seine Fesseln. Er darf sich setzen. Bringt Wasser.«

Befehle Metzlis wurden nicht diskutiert, sie wurden ausgeführt. Die Fesseln fielen, ein Schemel stand bereit und ein Krug mit Wasser wurde gebracht. Metzli nickte auffordernd und Balkun nahm sich etwas von dem Wasser, dann doch immer wieder vorsichtige Blicke auf den Herrscher werfend, als ob er nicht ganz glauben konnte, dass ihm eine solche Gnade zuteilwurde. Er trank kleine Schlucke und setzte den Becher ab, als er gerade genug hatte. Maßlosigkeit im Antlitz eines Königs, das konnte sich als fatal erweisen.

»Du bist Balkun, der König von Saclemacal«, sagte Metzli.

»Ich bin Balkun, ein Bauer«, erwiderte dieser mit erstaunlich fester Stimme. »Ich war ein Krieger aus Yaxchilan, dann ein Sklave der Götterboten, dann erhoben zum Statthalter jener Stadt. Ein Sklave aber blieb ich und bin ich bis heute. Nur die Herren, die über mein Leben gebieten, scheinen sich abzuwechseln.«

Metzli lächelte. Die Antwort gefiel ihm.

»Du kennst die Götterboten gut.«

»Ich habe ihnen nach bestem Wissen gedient.«

»Du warst treu.«

»Ich war jedenfalls nicht lebensmüde.«

Metzlis Lächeln wurde breiter. Er begann, sich zu amüsieren. Es gab nicht viele, mit denen er auf diese Weise ein Gespräch führen konnte. Er fand nicht nur an den Worten Balkuns Gefallen, sondern auch am Mann selbst. »Du weißt also, in welcher Situation du bist. Worauf hoffst du, Balkun?«

Der Gefangene zuckte mit den Schultern. »Ich würde gerne am Leben bleiben.«

»Das ist alles, wonach dir der Sinn steht?«

»Ich bin nicht mehr in der Lage, große Ansprüche zu stellen.«

Metzli lachte. »Gut, sehr gut. Du lebst und ich habe nicht die Absicht, dich zu töten. Erzähle mir von den Götterboten.«

»Was will der hohe Herr wissen?«

»Was sollte ich wissen?«

Balkun blinzelte. Es war schön zu sehen, wie er ein wenig irritiert wirkte. Metzli irritierte gerne. Es war eine viel subtilere Form der Machtausübung, als Köpfe abzuschlagen. Köpfe abschlagen war natürlich auch gut.

»Es sind kluge Männer mit großem Wissen. Kapitän Inugami hatte darüber hinaus auch noch große Ambitionen.«

»Wurden diese Ambitionen von allen geteilt?«

»Die meisten Götterboten taten, was Inugami befahl. Sein Stellvertreter und der Mann, der sich Lengsley nennt, waren manchmal etwas anderer Meinung.«

Metzli kannte all diese Namen natürlich. Seine Verhörmeister waren fleißig und gründlich gewesen, schon vor seiner Ankunft in dieser Stadt.

»Der Stellvertreter? Aritomo Hara?«

»Genau der. Er war nicht so erpicht, ein Imperium zu errichten. Er wollte das Risiko nicht eingehen. Sieht so aus, als hätte er recht gehabt.«

Metzli gefiel diese Antwort besonders. Er hatte jetzt beinahe gute Laune. »Ja, sieht so aus. Er führt jetzt die Götterbotenarmee an?«

»Das habe ich gehört. Es ist logisch. Ich war aber weit weg, als Inugami starb.«

»Du trauerst seinem Tode nach?«

»Nein.«

»Er hat dich zum Herrn über eine Stadt gemacht, zu einem Mann voller Macht und Ansehen.«

»Das hat er.«

»Das erfreute dich nicht? Du empfindest keine Dankbarkeit für diese Gnade?«

Balkun zögerte einen winzigen Moment. Metzli ahnte, was in ihm vorging. Doch, würde er in Gedanken einräumen. Trotz aller Probleme hatte es ihn erfreut. Und das vor allem, weil er recht gut darin gewesen war, diese Aufgabe zu erfüllen, nach allem, was man so hörte. Wer wäre nicht froh über eine erfolgreiche Tat, eine wachsende Kenntnis? »Anfangs nicht«, sagte Balkun also wahrheitsgemäß. »Später lernte ich es zu schätzen. Aber ich verließ mich nicht auf mein Glück.« Er machte eine umfassende Handbewegung. »Auch zu Recht, wie es aussieht.«

»In der Tat. Du bist ehrlich. Eine seltene Eigenschaft. Hat Inugami sie gefördert?«

»Man durfte seine Ansichten äußern und Befehle kritisieren. Es kam bei mir selten vor, ich war weit weg vom Zentrum des Geschehens. Aber ich hörte, dass der Kapitän zum Schluss ein anderer Mensch war als zu Anfang.«

Metzli wurde nun nachdenklich und schwieg für einen Moment. Balkun blieb ruhig und wartete ab. Er fühlte sich sicher nicht unmittelbar bedroht. Metzli war für abrupte Stimmungsschwankungen bekannt, so viel hatte er bestimmt von den anderen Gefangenen mitbekommen, in deren Gesellschaft er einige Tage zugebracht hatte. Metzli erwartete daher von ihm eine gewisse Vorsicht.

»Dieser Aritomo – was wird er tun?«

»Er wird seine Männer verteidigen. Er ist pflichtbewusst.«

»Wer sind seine Männer? Nur die Götterboten, die mit ihm eintrafen, oder auch die Mayasklaven, die er mit sich führt?«

»Es sind nicht nur Sklaven. Und ja, alle. Er ist … loyal.«

»Er ist ein Krieger.«

»Ein bedachtsamer Krieger.«

Metzli war über diese Einschätzung nicht glücklich, auch wenn sie durchaus dem Bild entsprach, das er sich gemacht hatte.

»Wenn ich ihn in Ruhe lasse, was wird er tun?«

Balkun machte eine Geste der Unkenntnis. »Ich weiß es nicht. Ich weiß, was ich tun würde.«

»Du bist auch bedachtsam. Was wäre dein Plan?«

Balkun zögerte. Genaue Gedanken hatte er sich dazu bestimmt noch nicht gemacht. »Eine Stadt gründen oder eine erobern. Ich kann keine Armee unterhalten ohne eine Basis. Aber ich würde weit fortgehen von hier, sodass Euer Bedürfnis, mich zu verfolgen, geringer und geringer werden würde. Ich würde nach einem Leben in Frieden trachten. Aber ich bin Balkun. Ich empfinde nicht die Loyalität gegenüber Mutal und ich bin nicht begleitet von einer gut ausgebildeten Armee, in der viele Soldaten sind, die keine Bauern mehr sein wollen.«

Metzli nickte. »Ach so. Aritomo ist nicht nur der Herr, er ist auch der Sklave.«

»Ist das nicht jeder Herrscher?«

Der Mann aus Teotihuacán sah Balkun nachdenklich an. »Vielleicht. Die Frage ist wohl, ob der Wille der verschiedenen Kräfte in einem Reich in die gleiche Richtung geht oder ob es widerstreitende Interessen gibt, die man als Herrscher auszuhalten, ja auszugleichen hat. Ich bin eins mit den Meinen. Aritomo ist es nicht?«

»Nicht in dem Maße, wie es Inugami war.«

»Das erzählst du sehr freimütig. Ich könnte diese Information gegen ihn wenden.«

»Tut das, Herr von Teotihuacán.«

»Und du empfindest keinerlei Treue deinen ehemaligen Herrn gegenüber?«

»Ich empfinde vor allem Treue mir selbst gegenüber.«

Metzli nickte. »Eine gefährliche Antwort. So kann ich deiner Dienste niemals sicher sein. Es wäre für mich sicherer, dich zu töten.«

Wenn Balkun durch diese Drohung beunruhigt war, zeigte er es nicht. »Ich bin nur ein kleines Licht, ein Nichts. Lasst mich in die Heimat zurückgehen und meinen Acker bestellen. Ob ich meine Steuern an die Götterboten, den alten oder den neuen König zahle, ist letztlich nicht wichtig. Ich zahle sie, denn es ist in meinem Interesse, das zu tun.«

»Hm«, war alles, was Metzli darauf entgegnete. Doch dann war er zu einem Entschluss gekommen. Metzli war kein gerechter Herr, das wusste er selbst, und er hatte auch gar keinen Ehrgeiz, einer zu werden. Das hieß aber nicht, dass er mordend durch die Lande ziehen musste.

»Du sollst leben, Balkun. In deine Heimat schicke ich dich nicht, ich habe sicher noch Fragen. Aber du sollst leben, und wenn alles getan ist, darfst du deinen Acker bestellen und die Steuern zahlen. Wenn das die eine Gnade ist, nach der dir verlangt, sehe ich keinen Grund, sie dir zu verweigern.« Er sah Balkun nachdenklich an. »Du hast gegen die Götterboten gekämpft und bist von ihnen erhoben worden. Du warst mein Feind. Soll ich dich nicht auch erheben? Ich mag diese Art von Geschichten. Sie durchbrechen das Muster des Erwartbaren.«

Balkun verstand offenbar nicht ganz, was der Mann meinte. Doch er schüttelte beinahe instinktiv den Kopf. »Ein Diener der Götterboten gewesen zu sein, war das eine für mich«, sagte er dann. »Meine Herren waren seltsam, aber nicht unberechenbar gewesen, sie hatten klare Erwartungen formuliert, mir aber gleichzeitig die Mittel in die Hand gegeben, diese auch zu erfüllen. Ihr hingegen ... vor Euch habe ich weitaus mehr Angst als vor den Götterboten. Würde ich Euch an hoher Stelle dienen, ich würde keine Minute Schlaf mehr finden.«

Er verbeugte sich tief. Metzli sah ihn an, die Wachen mit aufgerissenen Augen. Mutig, ja. Und es steckte zu viel Wahrheit darin, als dass der Herr von Teotihuacán sie einfach so fortwischen konnte. Es war beinahe wohltuend, dass jemand so mit ihm sprach. Was dies auch der Grund, warum Inocoyotl nicht Herr von B'aakal werden wollte?

Weil er endlich wieder ruhig schlafen wollte?

»Wenn Ihr mir tatsächlich gnädig sein wollt, eines Tages, wenn ich meine Pflicht erfüllt habe, dann lasst mich zurückkehren in die Einfachheit und Machtlosigkeit meiner Herkunft. Herrschaft und Macht ist für Menschen wie Euch, den Göttern nahe, erhoben und gesegnet. Ich aber bin ein Bauer und es ist besser für mich, wenn ich meinen Platz kenne.«

Er sprach es mit Inbrunst, beinahe flehentlich. Metzli horchte auf. Wen wollte Balkun da überzeugen – ihn oder eher sich selbst? Da war mehr in diesem Mann, als dieser zugeben wollte.

»So sei es, Balkun«, erwiderte Metzli zu dessen Erleichterung. Er winkte. Als Balkun von den Wachen hinausgeführt wurde, legte man ihm keine Fesseln mehr an. Auch sein Kopf saß noch fest auf seinen Schultern.

Auf Balkuns Gesicht war zum Schluss etwas Optimismus zu erkennen gewesen.

14

Ihm war schlecht. Er erbrach sich, spürte, wie die warme, klebrige Flüssigkeit aus seinen Mundwinkeln schwallte, den Körper hinunterfloss. Es stank ekelerregend. Durch das ständige Geschaukel war ihm rasch übel geworden und er hatte das Gefühl, dass das eher ungewöhnlich war, dass es ihm eigentlich nichts ausmachen durfte. Doch die Nahrung, die Verletzung und die Angst vor dem eigenen Schicksal, der Mangel an Erinnerung und all das ... es brachte ihn aus dem Gleichgewicht und sein Magen reagierte.

Er würgte, spürte, wie der Reiz langsam nachließ, öffnete die Augen, fühlte, dass ihm Schweiß und Tränen die Wangen hinunterliefen.

Niemand half ihm. Es gab Gelächter und abfällige Bemerkungen, die er nicht verstand. Immerhin ließen sie ihn jetzt sehen, wohin es ging. Als er das große Schiff bemerkte, spürte er die seltsame Vertrautheit damit, ein völlig irrationales Gefühl von Hoffnung und Geborgenheit. Von dort kam er, diese plötzliche Gewissheit durchströmte ihn mit neuer Kraft. Er war einer von jenen, kaum sichtbaren Gestalten, die sich in diesem klaren Morgen über die Reling beugten. Erkannten sie ihn?

Würden sie sich um ihn kümmern? Oder gab er sich nur einer völlig sinnlosen Illusion hin?

Er wusste, welche Funktion er hier erfüllte, angebunden am großen Ruderboot des Königs. Er war nicht dumm, egal wie weit seine Erinnerung reichte oder auch nicht. Er war ein Schild, eine Geisel. Das Konzept war ihm vertraut. Es passte zu der Gewissheit, zu dem großen Schiff zu gehören, denn dort, das waren ganz offenbar die Feinde der Männer, die ihn hier gefangen hielten. Würden sie also Rücksicht nehmen? Er hoffte es fast. Es war egoistisch, ja, und vielleicht sollte er sich deswegen schämen, sein eigenes Schicksal nicht so ernst nehmen. Aber er fühlte sich schlecht, verlassen, so hilflos, dass allein ein Wunsch im Vordergrund stand: dass ihm jemand von hier forthalf, dass er sich ausruhen konnte, unter Freunden war, unter Menschen, die ihn kannten, auch wenn er nicht wusste, wer sie waren. An einem Ort, an dem ihm niemand Übles wollte. Wo er heilen konnte.

Wo ihm jemand die Kotze vom Körper wusch und nicht darüber lachte.

»Köhler«, sagte jemand hinter ihm und es klang ungelenk, ganz anders als die anderen Worte, die seinen Peinigern leicht über die Lippen gingen. Das Wort berührte etwas in ihm. Sein Name? Es hatte etwas mit ihm zu tun, dessen war er sich sicher. Oder das Schiff hieß so. Oder seine Leute nannten sich Köhler. Es war ein sehr vertrautes Wort, das in ihm das Gleiche auslöste wie der Anblick des großen Schiffes. Bis auf Weiteres, so beschloss er, würde er annehmen, dass es sich um seinen Namen handelte. Es war gut, einen Namen zu haben. Es half seinem arg angeschlagenen Selbstbewusstsein auf die Beine. Oder hatte der Ruf gar nicht ihm gegolten? Es war egal. Er hieß jetzt Köhler. An diesem Gedanken klammerte er sich fest, als die Übelkeit erneut in ihm hochstieg. Seine Bauchmuskeln zogen sich zusammen, seine kaum verheilte Wunde protestierte in lautem Schmerz. Er keuchte. Seine Augen tränten noch mehr, er musste blinzeln.

O bitte, flehte er in Gedanken, *rettet den Köhler!*

Sie bewegten sich der Insel entgegen. Der Gefesselte konnte nun Einzelheiten ausmachen. Ein großes Gebäude war unweit des Strandes zu erkennen, es unterschied sich in der Bauweise von allem, was er bisher gesehen hatte. Ihm fehlte die Eleganz und die Ausschmückung der Bauwerke, die seine unfreundlichen Gastgeber zu errichten schienen, es war sehr schlicht, trutzig, wehrhaft, irgendwie kalt. Er spürte, dass hier andere Baumeister am Werk gewesen waren und dass ihre Intention eher nicht gewesen war, den Göttern zu huldigen oder einen repräsentativen Bau für eine hochgestellte Persönlichkeit zu errichten.

Sein Blick fiel wieder auf das Schiff. Dort rührte sich nichts. Als die Flotte der Boote vorbeischaukelte, blieben die schwarzen Rohre, die aus dem Leib des Fahrzeugs ragten, ruhig. Köhler erkannte intuitiv, was das bedeutete. Das waren Waffen. Er wusste nicht, wie sie funktionierten und welchen Schaden sie wirklich anzurichten vermochten, aber ihr stummes Drohen bedeutete nur eines: Der Plan seiner Kerkermeister ging auf. Und ja, die dort auf dem Schiff waren seine Freunde. Sie …

Es krachte mächtig und Wasser spritzte. Unwillkürlich wandte Köhler den Kopf ab, spürte, wie das Wasser das Erbrochene von seinem Leib spülte. Dafür war er fast dankbar. Er hörte Geschrei, voller Überraschung und Wut. Er öffnete seine spontan zugepressten Augen und drehte den Hals. Ein Ruderboot unweit seines eigenen war getroffen worden, Reste und …

Leichenteile schwammen im Wasser, das blutrot gefärbt war. Sie hatten gewartet, die Männer auf dem großen Schiff. Er war nicht mehr in der Schusslinie, wie viele andere Boote auch, aber es blieben genug Nachzügler. Es knatterte und krachte, als unsichtbare Geschosse über das ruhige Wasser zischten, dumpf in rudernde Krieger einschlugen, sie aus den Booten rissen oder gekrümmt auf den Boden ihrer Gefährte warfen. Weitere Schreie, voller Schmerz und Entsetzen, als die großen, schwarzen Rohre sprachen. Köhler sah Feuerblumen aus den Mündungen lecken und es folgten, unsichtbar erneut, jene Geschosse, von denen er nun unwillkürlich wusste, welch zerstörerische Kraft ihnen innewohnte. Er zuckte zusammen, als es abermals knirschte, ein großes Boot mit gut zwei Dutzend Kriegern mittschiffs getroffen wurde und zerbrach. Leiber flogen ins Wasser, einige noch lebendig, mit rudernden Armen, andere bereits erschlafft, unvollständig, in Stücke gerissen. Es knatterte, als Männer mit langen, dünnen Rohren auf die nächsten Boote das Feuer eröffneten, und eine Blutfontäne sprang hoch, wo ein Krieger durch die Macht eines Geschosses an der Halsschlagader getroffen wurde.

Köhler merkte, dass er am ganzen Körper zitterte. Er *sollte* dies kennen, dessen war er sich nun sicher. Dennoch überwältigte ihn eine kreatürliche Angst, Opfer dieser großen, zerstörerischen Kraft zu werden. Ein plötzlicher Krampf durchfuhr ihn und er würgte Galle hoch. Das Stakkato von Schüssen und Geschrei erschreckte ihn mehr, als er erwartet hätte, und er wünschte sich, sich die Ohren zuhalten zu können. Er presste die Augen zu, spürte kalten Schweiß auf seiner Stirn und die Schwäche seines Körpers. Er verfluchte sich und sein Schicksal.

So bemerkte er nicht, wie sehr sie sich dem Strand genähert hatten. Es schabte und ruckelte, als der flache Rumpf des Bootes das feste Land erreichte, und mit einem Mal fühlte er sich fortgerissen, die Fesseln waren gelöst. Er öffnete seine klebrigen Augen, spürte festen Boden unter den Füßen, die angenehme Kühle des Wassers umspielte seine Fußknöchel. Der weiße Strand blendete ihn für einen Moment. Das Bild einer

Frau stand ihm plötzlich lebhaft vor Augen und er wusste nicht, woher es kam. Es war nicht die Mayafrau, die sich so fürsorglich um ihn gekümmert hatte, sondern jemand anderes und eine plötzliche Sehnsucht nach diesem Bild überwältigte ihn für einen Augenblick.

Harte Fäuste rissen ihn vorwärts. Willenlos folgte er. Sand zwischen den Zehen. Geschrei, Rufe. Weiteres, scharfes Geknatter. Auch hier entbrannte ein Kampf. Die Dinge wirbelten um ihn herum, Schwäche und Fatalismus ließen ihn zum willenlosen Spielball werden.

Gebt mir doch Ruhe! Ich kann nicht mehr!

»Köhler!«

Sein Kopf fuhr hoch. Er wurde nach vorne gestoßen, ehe er etwas oder jemanden sah, fiel zu Boden, schmeckte Sand auf seiner Zunge, vermischt mit Blut. Er wälzte sich zur Seite. Über ihm schwang jemand eine Axt, nicht auf ihn, sondern in Richtung eines anderen, und er verfolgte den Bogen des Angriffs wie in Zeitlupe. Dann rückte das Ziel in sein Sichtfeld, ein kräftiger Mann in einer schmerzhaft vertraut wirkenden Uniform, die eine heftige Wehmut in ihm auslöste. Der Mann wich dem Axthieb geschickt aus, stieß eine eigene Waffe nach vorne, eine Klinge, nicht länger als ein Unterarm, und Köhler hörte das ekelerregende Geräusch von Metall, wie es sich durch Eingeweide bohrte und an Knochen schrammte, das Gurgeln des Getroffenen, fühlte, wie Blut auf ihn herunterspritzte, sein sandiges Gesicht bespritzte. Er hob eine Hand, doch dann bekam er einen heftigen Tritt in die Seite. Er keuchte, schnappte nach Luft. Der eine Krieger torkelte getroffen zurück, ein anderer nahm seinen Platz ein und hatte Köhler daran erinnert, in wessen Obhut er in diesem Augenblick noch war.

»Köhler!«

Er zwang sich, den Kopf zu drehen. Sein Oberkörper brannte, wo ihn der Tritt getroffen hatte. Seine Wunde war aufgebrochen. Feuchtigkeit durchtränkte seinen Verband. Ein zweites Gurgeln, gefolgt von einem Aufschrei. Er sah Füße vor sich, in dünnen Sandalen, die um das Gleichgewicht des Körpers kämpften, der über ihnen aufragte. Ein Mann fiel, schwer, und plötzlich sah Köhler das Gesicht eines seiner Peiniger vor sich, mit aufgerissenen Augen, in denen das Weiße überdeutlich zu erkennen war, ein Blick, der in dem Moment brach, als der Tod eintrat. Köhler hustete.

»Köhler!«

Er hörte den Ruf, doch diesmal kam er ihm weiter entfernt vor. Oder ihm wurde einfach erneut schlecht und er verlor seine Sinne. Köhler raffte sich hoch, versuchte, sich zu orientieren. Seine Wunde pochte, sandte protestierende Schmerzwellen durch seinen Körper. Dann, ehe er sich selbst vollends aufrichten konnte, riss ihn jemand auf die Beine, mit brutaler, rücksichtsloser Kraft, und er ergab sich in die Gewissheit, erneut nur eine Geisel in …

»Entschuldigung, Trierarch, aber wir müssen ins Fort. Es sind zu viele.«

Köhlers Blick klärte sich und er starrte in das Gesicht eines besorgten Mannes in der so schmerzlich vertrauten Uniform. Die Erleichterung verlieh ihm neue Kraft und er folgte stolpernd, halb gezogen, halb selbstständig laufend, von Schmerzen getrieben, die die Energie aus seinem Leib absaugten. Er sah das Gebäude vor sich, das er von See aus erblickt hatte, ein Tor, verteidigt von Leuten, die seinen Peinigern sehr ähnlich sahen, und den Uniformierten gleichermaßen, die eine Gasse bildeten, durch die er mit seinem Begleiter eilte.

Dann strömten sie alle in den Innenhof, schlossen das Tor, verrammelten es mit einem schweren Holzriegel.

»Trierarch. Hier.«

Köhler konnte sich setzen. Er fühlte, wie Hände ihm die Tunika vom Leib rissen, den Verband lösten. Er spürte kundige Berührungen, genoss das Wasser, mit dem er benetzt wurde, trank gierig, als jemand einen Becher an seinen Mund führte, schmeckte Blut im Mund. Egal.

»Nur eine aufgeplatzte Lippe«, hörte er eine Stimme. »Bleiben Sie ruhig sitzen, ich schau mir die Schusswunde an. Die blöden Pisser von der *Gratian* waren schon immer völlig beschissene Schützen, Trierarch, wenn Sie mir die Bemerkung gestatten.«

Köhler wusste nicht, wovon die Rede war, aber er gestattete alles. Der Mann mit der weiß-roten Tunika, der offenbar für die Pflege von Verwundeten zuständig war, untersuchte, säuberte, verband, alles mit höchster Konzentration.

Umsorgt. Behütet. Unter Freunden.

Ob es diese Erkenntnis war oder der angesammelte Schmerz und das körperliche Leid, die Überanstrengung und anhaltende Desorientierung, es war letztlich gleichgültig. Köhler spürte ein Schluchzen die Kehle emporsteigen und er konnte es nicht halten. Tränen traten in seine Augen und er weinte, seine Lippen bebten, seine Schultern erzitterten, als die Erleichterung dieser Emotionen in Wellen durch seinen Leib wanderte. Er spürte Hände auf seiner Schulter, tröstend, ermutigend, verständnisvoll.

»Es ist gut, Trierarch«, hörte er wieder eine Stimme, diesmal des Mannes, der ihn mit sich geschleppt hatte. »Es ist gut. Sie sind daheim. Es ist gut.«

Drei Worte. Einfacher ging es nicht, doch sie lösten jede Verkrampfung in Köhler, all die aufgestaute Angst. Er nickte langsam, konnte aber nicht zu weinen aufhören.

»Sie formieren sich!«, hörte er einen Ruf.

»Bringt den Trierarchen in das Gebäude. Verstärkt die Mauern. Richtet die Kanone aus. Ich möchte, dass wir mit jedem Schuss treffen. Wir nehmen die Splittermörser. Ich habe die Schnauze voll von diesen Irren.«

Wer auch immer die Befehle gab, er klang hart und unnachgiebig. Köhler fühlte sich aufgerichtet und gestützt. Das kleine Fort hatte ein Innengebäude, nicht größer als vielleicht zwanzig Quadratmeter, und darin war es dunkel und stickig. Außer dem Mann, der sich um ihn kümmerte, saßen darin nur zwei alte Damen, die den Verwundeten besorgt ansahen und sofort eine vorbereitete Liegestatt zurechtrückten – eine von vielen.

Das hier war ein *Lazarett*, wie Köhler durch den Kopf schoss. Er fühlte sich beruhigt. Ihm fielen Dinge ein, er konnte Situationen zuordnen, die Realität neu erfassen. Er würde, dessen war er sich sicher, sich erinnern, vollständig, auch daran, wer er eigentlich war, von dem Namen einmal abgesehen, der ihm nun so vertraut schien, als hätte er ihn niemals vergessen.

»Sie bleiben hier liegen, Trierarch«, sagte der Sanitäter. »Sie bewegen sich nicht. Ich möchte nicht, dass die Wunde wieder aufgeht. Sie trinken viel und machen die Augen zu. Da draußen wird gekämpft, aber der Zenturio hat die Sache im Griff.«

Zenturio. Eine Erinnerung flutete in Köhlers Gehirn, an einen hochgewachsenen Mann, stolz, tapfer und ungerührt, wie dieser starb, einen unwürdigen Tod, und dass er dabei Zeuge gewesen war. Er fühlte, wie erneut Tränen in seine Augen traten. Der Tod dieses Mannes, sicher eines Gefährten, war ihm so klar und in jeder Einzelheit deutlich, dass die damit verbundenen Gefühle von Verlust und Trauer, Wut und Scham ihn förmlich zu überwältigen drohten.

Der Sanitäter wusste das natürlich nicht. »Hinlegen, Trierarch«, sagte er mit besorgter Stimme, in die sich Ratlosigkeit mischte. »Bitte, es ist besser für Sie.«

Köhler folgte den Anweisungen willenlos, versunken in den Tod eines Mannes, dessen Namen er nicht kannte. Wenn das der Preis dafür war, dass die Erinnerungen zu ihm zurückkehrten, dann wusste er nicht, ob er ihn wirklich zu zahlen bereit war.

Er schloss die Augen und dann hörte er Wasser, die Bewegung eines Tuches und angenehme, feuchte Nässe auf seiner Stirn. Er beruhigte sich etwas, genoss die fürsorglichen Bewegungen und atmete tief durch. Draußen wurde getötet, das hörte er leicht gedämpft. Etwas knallte dumpf, das war die Kanone. Vor seinem geistigen Auge sah er Männer, die das Geschütz nachluden. Er zählte mit, ganz automatisch, und als er bei der Zeit angekommen war, zu der er erwartete, dass die Kanone wieder schussbereit sein musste, wiederholte sich das Geräusch.

Köhler lächelte.

Der Drill funktionierte.

Und irgendwie wusste er, dass er daran nicht unschuldig war.

15

Ixchel winkte Yukab, Yukab winkte den anderen.

Es war eine sternenklare Nacht. Das war nicht ganz das, was sie erhofft hatten, aber man arbeitete mit dem, was man vorfand. Immerhin warf das Gebäude, an das sie sich schmiegten, einen Schatten und niemand würde sie entdecken, der nicht ganz genau hinsah und zu diesem Zweck nahe herankam.

Zu nahe letztlich, um mit seinem Wissen dann doch etwas anzufangen.

Ixchel kannte sich aus. Dies war *ihre* Stadt. Und die Orte, an denen sie gespielt hatte, waren nun zum Schlachtfeld geworden. Es bereitete ihr Schmerz und es motivierte sie, alles dafür zu tun, damit das alte Gefühl der Unbeschwertheit und Geborgenheit zurückkehrte. Dann dachte sie an ihre toten Eltern und wusste, dass das niemals geschehen würde. Selbst für den unwahrscheinlichen Fall, dass sie am Ende obsiegen würde … das Mutal, das sie kannte, war auf immer verloren, zumindest für sie.

Doch darüber nachzusinnen, war jetzt nicht angebracht. Es gab Arbeit.

Die dreiköpfige Patrouille war aufgetaucht wie erwartet. Metzlis Männer hielten sich an Zeiten und Wege, ihre Disziplin war nur noch mit der von Inugamis Janitscharenarmee zu vergleichen. Die Nächte waren ruhig, die Unterwerfung Mutals scheinbar abgeschlossen. Niemand war so verrückt, sich der Macht von Teotihuacán entgegenzustellen, und so bedurfte es der Tochter jener Dynastie, die hier vor langer Zeit von Metzlis Vorfahren eingesetzt worden war, um das Unmögliche zu wagen und das Undenkbare zu tun.

Widerstand leisten.

Ixchel stand vor einem gigantischen Berg und er war steil und zerklüftet. Die Chance, dass sie hinunterfallen und sich tödlich verletzen würde, war durchaus hoch. Doch sie musste klettern, denn alles andere hieße, ihre Heimat den Eroberern zu überlassen, und nach allem, was geschehen war, blieb dies eine ihr unerträgliche Vorstellung.

Sie musste die Zähne zusammenbeißen.

Da kamen sie.

Sie waren nicht unaufmerksam. Sie waren aber auch nicht besonders wachsam.

Einer blickte zur Seite, bewegte die Fackel in ihre Richtung. Hatte er etwas gehört? Wenn ja, dann zu spät.

Ixchel trat ins Freie. Ein Mädchen, fast eine junge Frau, etwas verwahrlost aussehend. Füße und Hände dreckig, das Haar ungeordnet. Sie kam auf die Männer zu, schaute sie mit großen, braunen Augen an. Die drei Krieger wirkten nun sehr entspannt. Einer lächelte.

»Es ist Ausgangssperre nach Sonnenuntergang«, sagte einer in gebrochenem Maya. Das Konzept *Ausgangssperre* hatte Metzli eingeführt. Vorher hatte niemand zuvor jemals von derlei gehört.

»Ich habe mich verirrt. Ich habe meine Mutter verloren«, sagte Ixchel und sorgte für einen leicht weinerlichen Ton in der Stimme.

Der Krieger, der sie angesprochen hatte, schaute prüfend auf sie hinab.

»Wo willst du denn hin?«, fragte er. »Eigentlich müssen wir dich festnehmen und einsperren.«

»Ich will nach Hause«, klagte Ixchel.

Dann schnellte ihre Rechte nach vorne, in der Hand das Obsidianmesser, und mit einem schmatzenden Geräusch bohrte sie die Klinge in den Unterleib des Mannes, schnitt sauber, mit Kraft, durch die weiche Haut und dann erblickte sie mit großer Zufriedenheit die herausquellenden Gedärme.

Der Mann schrie nicht einmal. Er starrte entsetzt an sich hinab, konnte nicht begreifen, was gerade geschehen war, so schnell, so endgültig und so tödlich.

Dann kamen Yakub und die Männer. Sie zögerten nicht, sie stießen keine Kriegsschreie aus und sie ließen ihre Gegner auch nicht lange leiden. Dummerweise hatten sich die Besatzer nicht an die Instruktionen gehalten. Einem gelang es, einen Warnruf auszustoßen, ehe eine Klinge seinen Hals durchschnitt und er gurgelnd an seinem eigenen Blut erstickte. Der Schrei hallte durch die Gassen Mutals, sein abruptes Ende fast noch alarmierender als seine Lautstärke.

Sie wandten sich sofort ab, als die Tat getan war. Ixchel blickte auch nur noch einmal kurz auf ihr Werk zurück, drei Leichen, die im Sternenlicht lagen und zeigten, dass der Widerstand Mutals noch nicht ganz gebrochen war. Dann hörten sie Schritte und machten die Fackeln aus. Es war nicht alles so glattgelaufen, wie sie gehofft hatte.

»Schnell!«, zischte Yakub nervös. Seine Augen schauten hin und her. Ixchel rannte, aber sie tat es ohne Panik. Sie spürte die ganze Zeit diese Kälte in sich, als seien die Gefühle abgestorben. Nicht einmal mehr Angst wollte sie haben. Doch der Aufforderung des Mannes leistete sie Folge. Sie hatten den Fluchtweg vorher geplant und ihre gute Ortskenntnis half ihnen dabei, ihm sicher zu folgen. Es war ihr stärkste Waffe gegen die zahlenmäßige Überlegenheit ihrer Feinde.

Aber diesmal war diese Waffe stumpfer als vorher. Dies war der dritte nächtliche Angriff, seit Metzli abgezogen war und nur eine Besatzungsmacht hinterlassen hatte, und die beiden ersten waren richtig lautlos vonstattengegangen. Am nächsten Morgen hatte man die Leichen entdeckt, von den Attentätern aber fehlte jede Spur. Ein nächtlicher Schrecken, eine unvorhersehbare Nemesis. Es ging nicht um die Krieger, die Ixchel tötete, es ging um die dadurch ausgelöste Angst und die Fehler, die Menschen aus Angst machten.

Leider gab es auch Fehler bei den Furchtlosen. Und es gab den unergründlichen Willen der Götter, die einem der Opfer gestattet hatten zu schreien. Die Götter, so fand Ixchel, sollten sich endlich einmal entscheiden, wem sie den Sieg geben wollten. Sie war es leid, die Wankelmütigkeit der himmlischen Wesen mit ihrem Leben ausbaden zu müssen.

»Halt!«, flüsterte Yakub. Sie blieben stehen, drei Männer, ein Mädchen, alle heftig atmend. Ixchel bewunderte das gute Gehör des Mannes. Durch das Hämmern des Blutes in ihren Ohren konnte sie kaum vernehmen, was den Krieger gestoppt hatte. Schritte, aus der Richtung, in die sie rennen wollten. Sie schnitten ihnen den Weg ab. Irgendeiner der Besatzer hatte nach den ersten beiden Attentaten nachzudenken begonnen. Ixchel fluchte still. Es war bedrückend, wenn ein Gegner Intelligenz zeigte. Es machte alles gleich viel schwieriger.

»Wohin?«

»Ich weiß es nicht.«

Ixchel konnte das Weiße in den Augen Yakubs sehen. Er stank vor

Angst. Erneut lauschte sie in sich hinein: keine Furcht. Das war nicht richtig, das war ungesund. Aber es half ihr, einen kühlen Kopf zu bewahren. Sie sah sich um. Natürlich kannte sie die Gegend. Es waren die Wohnhäuser und kleinen Paläste der Reichen und Wohlhabenden im Schatten des Königspalastes. Sie kannte jeden Winkel. Es gab keine Abzweigung, keine Gasse. Es gab nur den einen Weg.

Sie sah am Haus zu ihrer Rechten hoch. Es war ihr wohlbekannt. Der Eingang lag im Dunkeln. Doch sie hatte ihn oft genug benutzt.

Es widerstrebte ihr, jemanden ungefragt hineinzuziehen in ihre kleine Revolte.

Die Schritte kamen näher.

Es widerstrebte ihr noch mehr, in dieser Gasse zu sterben.

»Dort hinein!«, wisperte sie. Die Männer sahen sie fragend an, aber sie sagten nichts. Die Situation wurde brenzlig. Sie stieß die hölzerne Tür auf. Drinnen war es erwartungsgemäß dunkel, doch Ixchel kannte sich aus. »Folgt mir! Schließt die Tür! Leise!«

Das Haus war groß, hatte zwei Etagen und unten wohnten die beiden Diener, die Ixchel gut kannte. Doch sie strebte leise die steile, steinerne Treppe empor, die in das zweite Stockwerk führte. Als sie den Schlafraum betrat, hörte sie die gleichmäßigen Atemzüge des Hausherrn. Es wunderte sie nicht, dass niemand hier von dem Lärm da draußen geweckt worden war. Der alte Mann hörte sicher nicht mehr besonders gut.

Durch die nicht abgedeckten Fenster drang Sternenlicht in den Raum, hell genug, um Umrisse erkennbar zu machen. Ixchel bedeutete ihren Gefolgsleuten, ruhig zu bleiben. Die Männer bewahrten große Disziplin. Von draußen klangen Schritte und aufgeregte Rufe. Die Zeit drängte immer noch. Wenn die Soldaten Metzlis niemanden fanden, würden sie damit beginnen, die angrenzenden Liegenschaften zu durchsuchen.

»Itzanami!«, flüsterte Ixchel und legte dem Schlafenden sanft eine Hand auf die Schulter. »Itzanami! Ich bin es, Ixchel!«

Der Körper des alten Priesters, eines der ersten Männer, die Kontakt mit den Götterboten aufgenommen hatten, versteifte sich. Doch der alte Mann verfügte über eine wunderbare Selbstbeherrschung. Er richtete sich mühsam auf, die Augen auf Ixchel gerichtet, dann hob er eine Hand, fuhr über ihr Gesicht, tastend, und sie ließ es ruhig über sich ergehen.

»Prinzessin«, wisperte der Priester und plötzliche Rührung lag in seiner brüchigen Stimme.

»Ich benötige deine Hilfe«, flüsterte sie. »Wir benötigen sie.«

Der Kopf des alten Mannes drehte sich und nahm die drei kauernden Gestalten der Kämpfer in Augenschein. Immer noch zeigte er Kontrolle über seine Reaktionen – und, wie sich zeigen sollte, eine bemerkenswerte Kombinationsgabe.

»Ah«, machte er leise. »Du bist der nächtliche Geist, der unseren Besatzern so viel Freude bereitet.« Nun schwangen Stolz und Sorge in seiner Stimme mit. »Du bist auf der Flucht.«

»Sie werden die Häuser durchsuchen«, hauchte Ixchel. »Wir haben eine Patrouille angegriffen, aber es lief nicht glatt.«

»Natürlich. Komm.«

Mit überraschender Gewandtheit erhob sich Itzanami von seinem Nachtlager. Er wollte erst zu einer Öllampe greifen, überlegte es sich dann aber anders.

»Folgt mir. Bleibt zusammen. In den Keller. Leise. Wir wollen meine Diener nicht wecken.«

Allgemeines Kopfnicken, kaum auszumachen. Ixchel tastete nach der knorrigen Hand des alten Mannes, der diese fest umschloss. Das kleine Mädchen in ihr verlangte plötzlich nach einer Umarmung, doch sie schob diese Anwandlung mit neuer Kälte zur Seite. Später.

Oder gar nicht.

Sicherheit war nun das oberste Gebot und es war nicht die Illusion derselben, die sie in der fürsorglichen Umarmung des alten Freundes finden würde. Sie benötigte etwas Handfesteres.

Sie eilten die steile Treppe wieder hinab und dann eine weitere. Hier unten war es kühl, feucht und sehr, sehr dunkel. Dann entzündete sich ein Licht und der schwache Schein einer Talglampe erhellte den engen Raum. Wie viele Kellerräume wurde er für zeremonielle Zwecke benutzt, da seine Nähe zur Unterwelt ihn zu einem heiligen Ort machte. Gerade im Hause eines Priesters war nichts anderes zu erwarten.

»Hier entlang«, flüsterte Itzanami. »Es geht noch tiefer.«

Die Männer sahen Ixchel an und sie hielt inne. Da war jetzt Angst in ihren Gesichtern. Tapfere Krieger, bereit zu kämpfen, zu töten und zu sterben, auch gegen einen übermächtigen Feind, doch jetzt erfüllt von der Furcht vor den Göttern, die sie von hier in die Unterwelt ziehen konnten, der Welt der Toten, der sie nun sehr nah waren.

»Ruhig«, sagte sie. »Es ist noch nicht unsere Zeit. Itzanami ist bei uns. Er kennt die Wege. Er wird uns beschützen.«

»Kommt!«, drängte der alte Mann. Die drei Krieger überwanden ihre Furcht, zumindest fürs Erste. Dass ein Mädchen mehr Mut zeigte als sie, musste an ihrem männlichen Selbstverständnis kratzen.

Sie kamen in einen niedrigen Gang, sorgsam mit Steinen abgestützt, eine solide Arbeit, und sie waren schon so weit gegangen, dass sie das Haus längst verlassen haben mussten. Doch sie hatte die Orientierung verloren und wusste nicht, wo sie herauskamen, als der Weg wieder nach oben führte, höher und breiter wurde, in einem Kellerraum endete. Hinter einem Altar kamen sie zum Vorschein. Ixchel betrachtete die Kultgegenstände, die im Schein der schwachen Lampe zu erkennen waren. Normalerweise hatte sie als Frau hier keinen Zutritt. Doch sie wusste von Schilderungen ihres Vaters, dass hier die Götter der Unterwelt angebetet wurden und er regelmäßig an Orten wie diesen Zeremonien beiwohnen musste, denen sich sein Vater, der König, unterzogen hatte.

»Wo sind wir?«

»In deinem alten Zuhause, Ixchel. Im Königspalast. Aber tief darunter.«

»Es gibt einen Weg von deinem Haus hierher?«

Der alte Mann lachte auf und nickte. »Den gibt es. Eine weise Voraussicht deiner Vorfahren, um eine Fluchtmöglichkeit zu haben. Sie haben sicher nicht geahnt, dass wir sie in die andere Richtung nutzen würden.« Itzanami sah Ixchel fürsorglich und gleichzeitig sorgenvoll an. »Ich muss zurück, Prinzessin. Ich muss in meinem Bett liegen, wenn die Soldaten kommen und nach dir suchen. Hier bist du sicher. Metzli hat alle geheimen Zeremonien verboten. Er möchte nicht, dass sich hier unten Widerstand formiert. Nur in den Tempeln, oben, in aller Öffentlichkeit, sind die Rituale erlaubt. Pass auf dich auf. Du spielst ein sehr gefährliches Spiel. Ich will nicht auch noch deinen Tod betrauern müssen.«

Und ehe Ixchel dem Mann danken konnte, wandte er sich ab und verschwand dahin, woher sie gekommen waren. Stille senkte sich über den Keller, die Talglampe flackerte unstet. Sobald der Tag anbrach und eine weitere Nacht, würden sie versuchen, von hier zu entkommen. In den oberen Stockwerken kannte sich Ixchel bestens aus. Es sollte ihr gelingen, unerkannt zu entwischen.

Sie schaute auf die Opfergaben auf dem Altar. Verbot oder nicht, jemand sorgte dafür, dass die Götter nicht allzu erzürnt waren. Die Maisfladen waren nicht ganz frisch, aber noch essbar. Und es gab Chi. Ixchel seufzte. Würden die Götter ihr gram sein, wenn sie von den Gaben aßen?

Im Grunde war das egal. Die himmlischen Wesen waren offenbar bereits ganz grundsätzlich der Ansicht, dass Mutal zu leiden habe. Sehr viel schlimmer konnte es kaum noch kommen.

Sie sah die Männer an, die die Speisen voller Ehrfurcht, aber nicht minder hungrig beäugten. Keiner von ihnen würde es wagen, auch nur den Vorschlag zu machen. Es blieb also wieder an ihr hängen, die Götter zu beleidigen.

»Wir essen«, entschied sie.

»Aber ...«

»Wir essen.« Sie schaute Yukab an. »Oder vielmehr: Ich esse. Wenn dich lieber die Furcht auffrisst, so sei es denn. Ich bin klein und schwach und ich kann dich nicht zum Essen zwingen.«

Sie griff nach einem der gefüllten Tortillas und biss hinein, nachdem sie vorher an ihm geschnuppert hatte. Er schmeckte gut. Sie aß hungrig. Die drei Männer sahen sie an, die Speisen, wieder sie, wie ihr etwas Sauce die Mundwinkel hinab rann.

Dann griffen sie auch zu.

Wer waren sie, einer Prinzessin widersprechen zu wollen?

16

Metzli hob die Waffe und lugte durch das Zielfernrohr. Sein Vater hatte damals einige Kisten mit Waffen und Munition mit auf seine unfreiwillige Zeitreise genommen, aber darüber hinaus nicht viel mehr außer einer Menge guter Ratschläge, denen er jederzeit durch Schläge Nachdruck zu geben bereit war. Immerhin gab es Zielfernrohre, und obgleich es ihm jedes Mal in den Fingern zuckte, auch gleich abzudrücken, war dies die beste Möglichkeit zu ermessen, was dort stattfand.

Er machte sich keine Illusionen darüber, dass auch seine Feinde über optische Instrumente verfügten. Die Japaner hatten erwiesenermaßen gute Ferngläser, er hatte sich diese in Verhören genau schildern lassen. Und die Römer, als Nachkommen des technologischen Impulses anderer Zeitreisender, mussten mittlerweile ebenfalls in der Lage sein, zumindest ordentliche Fernrohre herstellen zu können. Das wäre, wenn nicht, angesichts der Existenz von Kanonen und Dampfmaschinen höchst ungewöhnlich.

Er musste daher sehr vorsichtig sein. Entfernung halten. Deckung nutzen.

Er hatte seine Männer marschieren lassen, aber langsam. Die Armee des Japaners zu unterschätzen, war nicht seine Absicht. Er hatte selbst zusammen mit einer kleinen Vorhut, die er persönlich anführte, Gewaltmärsche eingelegt, seitlich am Pfad vorbei, den die fliehende Armee Aritomos genommen hatte. So eine kleine Gruppe hatte am ehesten eine Chance, unerkannt zu bleiben. Er wollte sich einen Überblick verschaffen, also musste er einen Umweg zur Küste nehmen, damit er freie Sicht hatte, nicht verdeckt durch Berge und Wälder. Er war mit einer überschaubaren Gruppe von Leibwächtern unterwegs, was glücklicherweise niemanden unter den hier siedelnden Maya auf Gedanken brachte. Jedenfalls bis jetzt noch nicht. Das war irgendwie schade. Er hätte gerne ein oder zwei Magazine in ein aufmüpfiges Dorf geleert, einfach nur, um eine Botschaft zu senden. Es war nötig, einen gewissen Nimbus aufzubauen, und es half derzeit, wenn dieser möglichst blutig war.

Was getan werden musste, musste getan werden. Erst die Untaten, dann die Wohltaten, so hatte es ihm sein Vater gesagt und es auch praktiziert. Erst war Metzli für jede kleine Verfehlung oder Disziplinlosigkeit ausdauernd und brutal geprügelt worden, danach, in der richtigen Verfassung, hatte sein Vater seine Vision in sein kleines Herz gepflanzt. Und als Metzli Gefallen daran gefunden hatte, gab es auch keine Prügel mehr. Zur Verwirklichung der Vision hatte er dann seinen Vater umgebracht, als er von ihm gelernt hatte, was zu lernen war, und dieser am Ende nur noch lästiger Ballast gewesen war.

Funktionierte doch bestens.

Und jetzt sah er auch klar. Die Schiffe der Römer waren beeindruckend, das gab er zu. Er konnte die Schäfte der Musketen ausmachen, die dunklen Löcher der Kanonen, die an der Reling installierten Arkebusen – er kannte die Fachbegriffe nicht, aber er wusste, was es war und konnte erahnen, welche Wirkung diese Waffen entfalten würden. Obgleich er also keine echte Information über die Wirksamkeit dieser Waffen hatte, lobte er sich für die weise Entscheidung, nicht sofort in Eilmärschen den Janitscharen hinterherzueilen, sondern erst einmal Vorsicht walten zu lassen. Er hatte wirklich nichts gegen blutige Gemetzel, sie gehörten zum Geschäft. Aber es war vorzuziehen, wenn das Blut seiner Gegner vergossen wurde. Seine Männer würden es ihm mit noch größerer Treue und Begeisterung vergelten und das war ein Guthaben, das er nicht leichtfertig aufs Spiel zu setzen gedachte.

Dennoch: Aritomos Armee war sein ernsthaftester Gegner, im Bündnis mit den Römern sogar ein potenziell formidabler. Er musste Maßnahmen ergreifen, um diese Gefahr auszuschalten, aber nicht notwendigerweise hier und jetzt.

Er betrachtete die Aktivitäten seines Feindes erneut mit großer Aufmerksamkeit. Das Hochleistungsfernglas bot ein scharfes Bild in ausgezeichneter Auflösung.

Die Zeichen waren gut erkennbar. Aritomos Armee rüstete zum Aufbruch. Eine nicht unerhebliche Anzahl von seinen Kriegern war auf die Schiffe der Römer übergesetzt worden, doch der Rest würde marschieren. Wohin? Auch das war vorhersehbar. Cozumel musste ihr Ziel sein.

An der Küste gegenüber der Insel angekommen, würden die Schiffe der Römer die Armee schrittweise übersetzen können. Die Insel war bestens zu verteidigen, bot Nahrungsmittel und die Überlegenheit der Kampfkraft auf See war beinahe unüberwindlich, moderne Gewehre hin oder her. Metzli würde über kurz oder lang eine richtige Flotte benötigen, die aus mehr als aus kleinen Segelschiffen oder Ruderbooten bestand. Jetzt aber verfügte er über ein solches Instrument nicht.

Es gab noch so viel zu tun. Cozumel. Das war ihm ein potenzieller Dorn im Auge.

Er senkte das Gewehr, starrte blicklos vor sich auf den Sand. Seine Männer lagen neben ihm, alle auf sandigem Geröll, das in ihre Körper stach. Sie schwiegen still. Wenn der König nachdachte, dann störte man ihn nicht und es enthob sie von der Notwendigkeit, selbst Überlegungen anstellen zu müssen. Metzli befahl, sie führten aus. Ihr Vertrauen war groß.

»Sie teilen sich«, murmelte Metzli. »Das war dumm.«

Er erhob sich und klopfte sich den Sand aus der Kleidung. Der Mangel an exakten Karten der Küstenregion machte es ihm schwer, richtig strategisch zu planen. Er musste sich dem Rat lokaler Führer unterwerfen, über deren Loyalität er sich nicht sicher sein konnte. Das regte sein Missfallen, doch es gab keine Alternative. Allzu lange warten durfte er nicht. Waren die Krieger erst auf Cozumel, würde es erheblicher Anstrengungen bedürfen, die Feinde dort zu besiegen. Es wäre eine höchst unwillkommene Ablenkung. Metzli hatte ein Imperium zu errichten. Er hatte Größeres vor. Doch jetzt musste er Prioritäten setzen.

»Wir warten noch«, sagte er dann. »Wir schauen, ob sie weitere Soldaten übersetzen. Dann, wenn die Schiffe die Anker lichten und Abstand gewonnen haben, werden wir die Janitscharen bei Land angreifen und vernichten. Der Rest wird nach Cozumel fliehen, dagegen können wir ohne Schiffe nichts tun. Aber die Bedrohung ist abgewendet. Die Kerntruppe ist dann am Boden. Wir marschieren also erst einmal parallel Richtung Zama. Wenn die Gelegenheit günstig ist …«

Er schlug mit der Faust in die flache Hand.

Seine Worte wurden ohne jeden Kommentar akzeptiert. Die Befehle Metzlis waren von den Göttern inspiriert, es gab nichts, was man ihnen entgegensetzen konnte. Sie erhoben sich und rückten ab. Späher würden die Aktivitäten der Maya im Auge behalten und regelmäßig berichten. Metzli war zuversichtlich, dass er die Schlacht binnen weniger Tage würde wagen können. Ihm brannte die Zeit auf den Nägeln. Er musste den Schwung, mit dem er begonnen hatte, ausnutzen. Sobald die Maya ihre Kräfte reorganisierten, würde es mühsamer werden. In vielen Städten hatten bereits neue Könige ihr Amt angetreten, erzürnt über den Verrat Teotihuacáns. Bis jetzt beherrschte Metzli nicht mehr als den alten Einflussbereich Mutals sowie B'aakal, ein größeres Imperium hatte die Welt in dieser Gegend noch nicht gesehen. Doch das Gebiet der Maya war noch viel größer und ihre Bereitschaft, Leid zu ertragen, um ihre Freiheit zu bewahren, erheblich.

Metzli und seine Männer marschierten. Der Weg klärte seine Gedanken, verstärkte seine Entschlossenheit. Als er gut achtzehn Stunden später, nach einer kräftezehrenden Anstrengung, die auch den König an die Grenzen dessen gebracht hatte, was ihm möglich war, im Lager seiner Männer ankam, erwarteten ihn Trank und Speisen, die Bereitschaftsmeldungen seiner Generale und neue Nachrichten.

Nachrichten, die seine ärgsten Befürchtungen bestätigten.

»Herr«, sagte der Bote, der sich vor dem erschöpften und staubigen König auf den Boden warf, das Gesicht auf die Erde gedrückt. Metzli war zu müde für Formalitäten. Er winkte, in einer Hand einen Becher mit Wasser.

»Erhebe dich. Sprich. Wer schickt dich?«

»Statthalter Yoyotli aus Yaxchilan, Herr.«

Yaxchilan war die drittgrößte Eroberung in seinem Besitz, die Heimat jenes Balkun, an dessen Verstand und Zunge Metzli Gefallen gefunden hatte.

»Wie lautet seine Botschaft?«

»Bürger der Stadt verlassen die Gegend und folgen einem Aufruf des neuen Königs von Popo. Er organisiert den Widerstand der neuen Mayakönige. Jeder, der eine Waffe tragen kann, wird gerufen. Es haben sich viele angeschlossen. Die Felder leeren sich. Die Ernte ist in Gefahr. Die Besatzungsarmee muss ständig im Einsatz sein. Drohungen und Versprechungen helfen nicht, immer wieder verschwinden Leute.«

Metzli stieß einen Fluch aus. Müde, schlecht gelaunt, gereizt, trat er nach vorne, holte aus und stieß dem Boten mit dem Fuß in die Seite. Der

Mann schrie auf, krümmte sich, wagte aber nicht, das Gesicht mehr als wenige Zentimeter vom Boden zu erheben.

Metzli beherrschte sich, ehe er erneut zutreten konnte. Das war nicht gut. Der Mann war der Überbringer der schlechten Nachricht, nicht ihr Auslöser. Dennoch fühlte er sich nun besser.

»Geh, verschwinde!«, herrschte er den Liegenden an, der sich beeilte, der Aufforderung nachzukommen. Metzli sah in die Runde. Es war Nacht. Alle sahen sie müde aus, waren aus dem Schlaf gerissen worden, um ihn zu empfangen. Erschöpfung trübte die Gedanken, führte zu falschen Entscheidungen. Metzli wusste das. Alle sahen sie ihn ängstlich wie auch erwartungsvoll an, doch er fühlte, dass jedes Wort, das er jetzt noch äußerte, sie alle in die Irre zu führen vermochte.

»Wir schlafen«, sagte er leise. »Geht.«

Das große Zelt leerte sich. Seine Diener brachten Wasser für ein Bad, Nahrung, Getränke, bereiteten seine Schlafstatt, schnell, leise, in dem Bemühen, seinem Blick zu entkommen. Sie entkleideten ihn, wuschen seinen verdreckten Leib, reichten ihm das Essen, von dem er sparsam zu sich nahm, in tiefe Gedanken versunken, mit einem Blick, der ins Nichts zu gehen schien. Er trat niemanden mehr, nahm aber auch keinen der ihn umsorgenden Menschen bewusst wahr, und als er sich niederlegte, starrte er noch minutenlang auf das Zeltdach, das sich über ihm wölbte.

Er hatte nicht damit gerechnet, dass die Maya so schnell reagieren würden.

Er hatte sie *unterschätzt.*

Und zum ersten Mal in seinem Leben begann Metzli, König von Teotihuacán, sich Gedanken über das Konzept von Hybris zu machen. Sie führten ihn in den Schlaf und bescherten ihm bittere Träume.

17

Als Köhler erwachte, hörte er den Lärm, spürte die Worte mehr, als er sie bewusst verstand, und merkte sofort, dass etwas nicht stimmte.

Er erhob sich, langsam, denn er erinnerte sich gut an seine Verletzung und an seine körperliche Schwäche. Er hatte nicht lange geschlafen, aber sie hatten ihn versorgt, er hatte getrunken und gegessen, und er war frisch gekleidet worden. Es war nicht das sanfte Erwachen unter den Händen einer fürsorglichen Pflege, aber es war besser, anders als jedes Mal zuvor. Er spürte eine besondere Energie in sich und sie machte ihn stark. Er war auf dem Weg der Genesung, das war eindeutig. Er durfte sich nur nicht überanstrengen.

Und er hatte etwas gehört.

Er war nicht verrückt. Er stellte sich auf seine Beine, nicht halb so wackelig wie befürchtet. Im Lazarett lagen zwei weitere Männer und sie schienen nicht erwacht zu sein. Köhlers Blick fuhr suchend umher. Da fand er einen Gürtel, eine Scheide, ein Schwert. Mit automatischen Bewegungen schnallte er sich die Waffe um. Eine Vertrautheit erfüllte ihn. Das fühlte sich richtig an. Ein Regal an der Wand fand seine Aufmerksamkeit. Wieder bewegten sich seine Hände wie von Gott geführt, ohne sein bewusstes Zutun. Er steckte die zweischüssige Pistole in den Gürtel, nachdem er sie mit Kugeln und Zündhüten versorgt hatte, und dann noch eine zweite, sodass sie auf seine Wunden drückten.

Es tat nicht weh. Das kühle Gefühl der Waffen brachte ihm Sicherheit und seit langer Zeit das Gefühl, wieder Herr über das eigene Schicksal zu sein. Er schalt sich einen Narren. Nach allem, was er erlebt hatte, ernsthaft zu glauben, die Fähigkeit, jemanden zu töten, habe etwas mit echter Sicherheit zu tun, war recht absurd. Aber das Gefühl war da.

Dann trat er ins Freie. Es war immer noch hell. Maya und Römer standen auf der Balustrade, aufgeregt, gestikulierend, rufend, und sie schossen. Schläge wurden hörbar, das Knistern von Feuer. Männer eilten, als

Brandgeschosse über die Mauer des Forts flogen. Die Befestigung war in Bedrängnis. Köhler vernahm die dumpfe Sprache der Schiffskanonen und schaute hoch auf das Dach des Hauses. Die dort installierte Kanone schwieg. Sein fachmännischer Blick suchte und fand nichts. Die Munition war alle. Und der Feind ließ nicht nach.

Erinnerungen kochten in ihm hoch, von einem Hafen, einer Landestelle, einem Trupp Soldaten, plötzlich überfallen, und der Sprache der Kanonen – und dass der Feind trotz eines Gemetzels nicht nachgelassen hatte. Zama, ja, ein Wort, das schmerzhafte Bilder in ihm auslöste und Hass. Zama. Er wusste jetzt, wie er seine Feinde zu benennen hatte, und diese neue Erkenntnis erfüllte ihn mit Grimm und Entschlossenheit. Er kletterte die Treppe an der Mauer empor, und erst als er oben war, wurden die anderen Soldaten seiner gewahr.

»Trierarch!«, rief ein Offizier. »Ihr seid geschwächt. Geht wieder hinunter!«

Köhler ignorierte die Aufforderung.

»Wie ist die Situation?«, fragte er klar und verständlich, nicht wie ein kranker Mann, sondern wie ein Soldat von Autorität, und es funktionierte. Keine weiteren Aufforderungen, sich wieder zurückzuziehen, stattdessen ein Bericht. Eine Meldung. Ja, so hieß es richtig. Immer mehr Bruchstücke purzelten in Köhlers Gehirn an die richtigen Stellen. Er setzte sich selbst wieder zusammen, baute seine Persönlichkeit aus den Fragmenten, die aus seinem Unterbewusstsein emporstiegen. Mit jedem Moment wusste er mehr, wer er war, warum er hier war, wie er herkam und wohin er wollte.

Es gab keine schönere Zeit für ihn, keinen erfüllenderen Moment. Er wollte jubeln, doch die Situation war zu ernst und sie hätten ihn alle für verrückt gehalten. Es gab eigentlich keinen Grund zur Freude. Die Lage war bedenklich. Ihrer aller Leben stand auf dem Spiel.

»Die Angreifer kommen von allen Seiten. Die direkt von der See haben unter dem Beschuss gelitten, aber der König von Zama hat auch Kräfte an anderen Stellen der Insel angelandet. Er hat Leitern mitgebracht oder lässt welche bauen und er hat offenbar umliegende Dörfer gezwungen, ebenfalls Krieger zu stellen.« Der Mann, der ihn am Strand gerettet hatte, war vor ihm erschienen, ohne zu versuchen, ihn zur Rückkehr ins Lazarett zu überzeugen. Er berichtete knapp und sachlich – von Panik war bei ihm nichts zu spüren, obgleich die Situation bedrohlich wurde. »Wir müssen uns zum Schiff durchschlagen und die Verteidigung der Insel aufgeben, anders wird es nicht gehen.«

Aufgeben. Das klang ... niederschmetternd. Köhler musste positive Erinnerungen mit Cozumel verbinden, die ihm nur gerade entfallen waren.

»Wir überlassen unsere Freunde ihrem Schicksal?«, schien die einzig richtige Reaktion zu sein.

»Wir können auch mit ihnen untergehen. Das war aber nicht der Befehl des Navarchen«, entgegnete der Mann hart. Nun erfuhr Köhler auch seinen Namen: Zenturio Helveticus. Ein Soldat sprach ihn so an, um eine Meldung abzugeben. Helveticus nickte dem Mann zu und sah Köhler forschend an und dieser fühlte sich nicht nur betrachtet, sondern nahezu seziert. War er bei Verstand? War er zurechnungsfähig? Wusste er überhaupt, wer er war, wo er war und um was es ging? Köhler mochte noch nicht ganz wiederhergestellt sein und es gab dunkle Flecke in seiner Erinnerung, aber er fühlte sich sicherer als zuvor und diese Sicherheit strahlte er hoffentlich auch aus.

Dennoch: Er führte hier nicht das Kommando. Sein Rang mochte höher sein als der des Helveticus, aber er war ein befreiter Kriegsgefangener und würde sich nicht einmischen, obgleich es ihm ganz mächtig in den Fingern juckte.

So nickte er. »Gut, Zenturio. Zum Schiff.«

Helveticus wirkte erleichtert. Er hatte wohl nach den letzten Worten Köhlers Widerstand erwartet. Er machte eine Bewegung Richtung Strand. Das Donnern der Kanonen hatte nicht nachgelassen. Köhler sah Rauchwolken aufsteigen.

»Das Schiff wird bedrängt«, stellte er sorgenvoll fest. »Diese Angreifer sind wahnsinnig.«

»Ein Grund mehr, uns zu beeilen. Wir signalisieren und bereiten einen Zeitpunkt vor. Wir müssen den Strand säubern und dann ausbrechen, in einer konzertierten Aktion.«

»Was ist mit den Maya im Fort?« Hier waren Krieger wie auch Zivilisten, offenbar Priester, versammelt, eine Gruppe von vielleicht dreißig Personen, die Seite an Seite mit den Römern kämpften oder Verwundete versorgten. Sie ihrem Schicksal zu überlassen, widerstrebte ihm sehr. Es gab verschiedene Formen von Verrat, diese sehr unmittelbare vermochte er nicht zu akzeptieren. Glücklicherweise schien Helveticus seine Vorbehalte zu teilen.

»Wir überlassen ihnen die Entscheidung«, sagte er. »Es gibt einen Fluchtgang, unterirdisch, etwa fünfzehn Meter weit. Dort kann man sich in einer Grube verbergen, die mit Pflanzenmaterial abgedeckt ist. Wir haben für solche Fälle bei der Konstruktion des Forts vorgesorgt. Wenn sich die Situation bessert, etwa in der Dunkelheit, könnte man von dort dem Strand entfliehen. Ich weiß aber nicht, ob es irgendwo auf der Insel dann noch einen sicheren Zufluchtsort geben wird. Ich befürchte, das ist bald nicht mehr der Fall.«

Helveticus wirkte ernsthaft bekümmert. Die Maya von Cozumel im Stich zu lassen, fiel ihm schwerer, als Köhler befürchtet hatte. Das war ein gutes Zeichen.

»Was wird mit den Menschen hier geschehen?«, fragte er mit belegter Stimme.

»Der König von Zama ist unberechenbar. Ich traue ihm alles zu«, erwiderte der Zenturio offen. Angesichts dessen, an was sich Köhler erinnerte, konnte er dieser Einschätzung nur zustimmen. »Sie sollten das am besten wissen, Trierarch. Außer Ihnen hat nur Andochos überlebt. Er ist beim Navarchen.«

Andochos. Der Name klang vertraut und er war mit einer stillen Sympathie verbunden. Dass der Mann, dessen Namen er aber kein Gesicht aus seiner Erinnerung zuordnen konnte, noch lebte, erfreute ihn irgendwie. Es war, als hätte ihn die Last einer Sorge verlassen, von deren Existenz er gar nichts wusste.

»Die gute Terzia wird sich ebenfalls freuen, Sie wiederzusehen«, sagte der Zenturio nun lächelnd. Köhler nickte und diesmal sagte ihm der Name nichts. Es handelte sich wohl um eine Frau. War sie seine Gefährtin? Irgendwas in dieser Richtung musste es wohl sein, denn das Lächeln des Helveticus war gleichermaßen wissend wie anzüglich. Köhler beschloss, dies nicht weiterzuverfolgen, entwickelte aber auf jene Terzia nun eine gewisse Neugierde.

»Wann wagen wir den Ausbruch?«, kehrte der Trierarch zum eigentlichen Thema zurück.

»In zwanzig Minuten, höchstens. Ich hätte Sie also bald geweckt. Es ist gut, dass Sie auf sind.« Er warf ihm einen prüfenden Blick zu. »Sie sind gut genug beieinander, um eine Waffe zu tragen, wie ich sehe. Sie sollten auf sich aufpassen. Ich ...«

Köhler schnitt ihm das Wort mit einer scharfen Handbewegung ab. »Ich kann gehen. Ich atme. Ich kann Waffen tragen. Es gibt andere Verletzte, um die wir uns kümmern müssen. Ich passe auf mich selbst auf. Wie sieht der Plan aus?«

Helveticus nickte. »Wir geben das Signal. Das Schiff lässt die Boote zu Wasser und gibt Feuerschutz. Wir brechen zum Strand durch und gehen an Bord. Wenn wir Glück haben, begnügen sich unsere Feinde damit, uns ziehen zu lassen. Wenn wir Pech haben, stachelt sie das alles erst recht zum Angriff auf. Ich schätze unsere Chancen in dem Fall als nicht besonders hoch ein, aber wir haben im Kastell bald gar keine mehr.« Er sah Köhler prüfend an. »In Gefangenschaft Zamas will keiner von uns gehen. Andochos hat uns alles erzählt. Dann lieber tot sein. Tut mir leid, wenn ich das so offen sage, Trierarch. Ich bin froh, dass Sie leben und bei uns sind.«

Köhler nickte. Er konnte dem Mann nicht widersprechen. Was er erlebt hatte – woran er sich erinnerte –, war nicht angenehm. Es würde ihn für den Rest seines Lebens verfolgen.

»Entschuldigen Sie sich nicht. Ich möchte auch nicht dorthin zurückkehren. Dann machen wir uns bereit«, sagte er und fügte nach kurzer Pause hinzu: »Für das eine oder für das andere.«

So taten sie es. Köhler war nur Zuschauer, ein Passagier, jemand der mitrennen würde. Er musste mit seinen Kräften haushalten. Wie schnell würde er laufen können? Wann würde sein Körper nicht mehr mitmachen? Würde er in der Lage sein, eine Pistole zu heben und abzufeuern, einen Schwertstreich zu führen, und wenn ja, wie oft? Es gab für ihn ein persönliches Risiko, das höher war als das der anderen, unverletzten Soldaten, und er konnte nicht erwarten, dass übertriebene Rücksicht auf ihn genommen würde, die nur andere in Gefahr bringen würde.

Das *wollte* er nicht. Es würde schwer sein, diese Haltung durchzusetzen. Legionäre hatten ihr Leben aufs Spiel gesetzt, um ihn aus seiner prekären Situation zu bringen. Sie würden es auch ein zweites Mal tun, doch Köhler fand, dass es das nicht wert war.

Wenn man dem Tode einmal so nahe gewesen war, genoss man die zweite Chance. Aber man blickte auch realistisch auf den eigenen Wert.

Köhler war nicht mehr wert als jeder andere Mann und er konnte nicht akzeptieren, wenn die Kameraden das anders sahen. Die beste Chance, diesen Konflikt zu umgehen, bestand darin, es alleine zu schaffen.

Um ihn herum war es weiterhin hektisch. Köhler kletterte die Treppe hinunter, fand eine Ecke hinter der dicken Palisadenwand. Er setzte sich hin, schloss die Augen, ruhte sich aus. Er atmete tief ein, befahl sich Entspannung, achtete auf die Signale seines Körpers. Ruhe. Zwanzig Minuten, um Kraft zu sammeln. Jemand reichte ihm Wasser, Köhler nickte dem Mann zu, trank, nicht zu viel, aber ausreichend, um seinen Durst nachhaltig zu stillen. Er schaute auf seine Verbände, sie saßen fest und es war kein Blut zu sehen. Als ihm ein anderer Soldat einen passenden Brustpanzer reichte, legte er ihn an und spürte keine Beeinträchtigung. Das enge, stützende Gefühl um seinen Brustkorb vermittelte ein Gefühl von Sicherheit. War er bereit? Sicher, soweit man das überhaupt sein konnte in seiner Verfassung.

»Trierarch?«

Köhler schreckte hoch. War er ein wenig eingenickt? Verwunderlich wäre es nicht.

»Wir wären dann so weit.«

Köhler schaute auf die Formation der Männer, die sich hinter dem Tor bereit gemacht hatte. Eine Anzahl von Mayakriegern hatte sich ihnen angeschlossen, in ihren Gesichtern war der emotionale Widerstreit, den ihre Entscheidung ausgelöst haben musste, ablesbar. Hoffentlich würden sie es sich auf dem Weg zu den Booten nicht noch anders überlegen.

»Halten Sie sich in der Mitte«, sagte der Zenturio. »Clarius wird auf Sie aufpassen.«

Köhler sah an dem Legionär empor, der sich breit grinsend vor ihm aufgebaut hatte. Clarius war breit wie hoch und seine Uniform saß so eng über den Muskelbergen, das sie zu platzen drohte. Er würde Köhler im Zweifel über die Schulter werfen und dabei nicht einmal besonders angestrengt wirken.

Köhler erhob sich. Er fühlte sich nicht halb so wackelig auf den Beinen, wie er es erwartet hätte.

»Ich wäre dann so weit, Zenturio«, sagte er. Ganz glaubte er nicht daran, aber es war nicht an der Zeit, Zweifel zu äußern. Helveticus hatte ganz sicher noch andere Sorgen.

»Dann auf!«

Köhlers Kopf ruckte nach oben. Fast gleichzeitig zum Ruf des Zenturios ertönte vielstimmiges Krachen und Knallen von Seeseite her. Als hätte man auf der Fregatte auf Zuruf gewartet, eröffnete man das Feuer und beharkte den Strand mit einem Kugelhagel. Köhler konnte nichts sehen, aber er hörte die Schmerzensschreie, die panischen Befehle der Angreifer, die Flüche. Oben auf der Balustrade hob ein Mann den Arm. Das war ein Zeichen, auf das der Zenturio gewartet hatte. Er schrie den beiden Soldaten am Tor etwas zu, das Köhler nicht genau verstand. Das Blut pochte in seinen Ohren. Er fühlte sich auf unwirkliche Weise belebt.

Der Riegel wurde fortgeschoben.

Das Tor ging nach innen auf.

Mayakrieger stolperten herein, ihre Gesichter voller Überraschung und in furchtvoller Erwartung dessen, was ihnen nun blühte. Schüsse fielen, gezielt, aus kurzer Distanz. Die Erwartungen wurden erfüllt und mit einem gemeinsamen Schrei setzte sich die Truppe über die Körper der Gefallenen hinweg in Bewegung.

Köhler lief mit, an der Seite von Clarius, der sie alle überragte und schrie wie zehn Leute.

Alles verschwamm vor Köhlers Augen und die kommenden Minuten erschienen wie ein Theaterstück, in dem er nur eine Art Zuschauer war. Er entsann sich der Geräusche und der Gerüche, des Schweißes der Kämpfer, der Ausdünstungen von Angst und Anstrengung, des metallischen Geruchs vergossenen Blutes, des Gestanks von Urin und Erbrochenem. Er hörte die Kampfschreie, Laute des Schmerzes, der Verzweiflung. Wimmernde Rufe um Hilfe, das Weinen der Sterbenden, die ihrem Ende entgegensahen. Er hörte jemanden nach seiner Mutter rufen, eine Klage, die ihm das Herz zerriss. Das Stampfen der Füße auf dem Strand, das Fallen der Körper, das Stolpern, das unangenehme, satte Geräusch von Klingen, die in Leiber drangen, sich durch Knochen und Gedärm bohrten und mit einem Schmatzen, das Übelkeit erregte, wieder herausgezogen wurden. Metall stieß in Fleisch, Obsidian auf Rüstungen. Schüsse fielen, trafen, forderten Opfer, die man sah, roch und hörte. Es war ein Wirrwarr und viele der Menschen, deren Schicksal sich auf diesem Strand besiegelte, würden für Köhler niemals mehr sein als flüchtige Schatten, an denen er schwer atmend vorbeirannte, die kräftige Faust des unbeirrbaren Clarius am Oberarm, der mal stieß, mal zerrte, aufmunternde Worte sprach, mal fluchte und einem Trierarchen Dinge sagte, die man einem vorgesetzten Offizier eigentlich nicht sagen sollte.

Der dann starb, von hinten durchbohrt durch einen geschickt geworfenen Speer, dessen Spitze ihm vorne aus der Brust ragte, mit einem Male, wie aus dem Nichts erschienen, dessen fester Griff sich löste und der ohne ein Wort des Bedauerns oder des Schmerzes vornübersackte, das Gesicht bereits im Wasser, denn so weit waren sie gemeinsam gekommen.

Clarius würde er nicht vergessen.

Der tote Legionär war kein Schatten, sein Gesicht reihte sich in die Galerie all jener, die zusammen mit Köhler gestorben waren. Er stolperte weiter und nun meinte er zu verstehen, als das Wasser schon seine Waden emporspritzte, er über den Rand eines Ruderbootes ins Innere gezogen wurde, warum er ursprünglich vergessen hatte. Vergessen war gut. Wenn die Gesichter des Leids aus dem Gedächtnis verbannt wurden, dann fühlte man auch die Verantwortung nicht mehr. Man entfloh ihr auf die am leichtesten mögliche Art und jetzt, wo neue Erinnerungen sich den wiedererwachenden zugesellten, wollte Köhler wieder in die angenehme Dunkelheit völliger Ignoranz hinabtauchen.

Doch Gott tat ihm diesen Gefallen nicht.

Diesmal nicht. Er spürte die Wellenbewegungen des Bootes, hörte die Rufe der Überlebenden, die Schüsse. Die Anstrengung der Ruderer war physisch erfassbar, ihr Stöhnen, ihr Schwitzen, die verzerrten Gesichter, die sich spannenden Muskeln, forciert vom Selbsterhaltungstrieb. Wasser spritzte hoch, benetzte Köhlers Gesicht, klärte seine Sinne.

Kein Vergessen mehr für ihn.

Die Bilder der Toten standen klar vor seinen Augen und ihre Gesichter schauten missbilligend auf den Offizier hinab. Er würde sie für den Rest seiner Existenz nicht mehr loswerden und kein Flehen, kein Bitten um Pardon würde das harte Urteil aus ihrem Blick jemals ausradieren. Köhler wusste das in diesem Augenblick mit einer schmerzhaften Klarheit und er ahnte, dass dies nicht alle Gesichter bleiben würden, dass noch mehr dazukamen und dass die Galerie sein Bewusstsein mit Schmerz schmückte, den er akzeptieren musste, wollte er nicht an ihm wahnsinnig werden.

Hier lag er, am Boden des schaukelnden Ruderbootes, hörte weiter die Schreie und Rufe und Schüsse, und es war wohl dieser Moment, in dem Trierarch Köhler anfing, Krieg einfach für richtige Scheiße zu halten.

Die Erkenntnis tat ihm gut. Sie würde ihm helfen.

Sie kamen an, kräftige Hände halfen ihm auf und er kletterte die Leiter ohne Probleme hoch. Als er auf den Planken stand, fühlte er sich wie zu Hause, obgleich er mittlerweile wusste, dass dies nicht sein Schiff war. Er wurde herzlich begrüßt, beinahe überschwänglich, und mehr getrieben als selbstständig, endete er in der Kabine des Trierarchen, dem er nur ganz kurz begegnete. Er wurde ins Bett gelegt, ein Sanitäter wechselte seine Verbände und er erhielt Speis und Trank. Er hörte den Geräuschen des Schiffes zu, als er so dalag, und irgendwann, nachdem eine unbestimmte Zeit vergangen war, vernahm er ein stampfendes Geräusch. Die Dampfmaschine lief an und der Leib der Fregatte erzitterte. Es wurde weiter geschossen, aber diesmal nur, um dem Feind noch einen tödlichen Abschiedsgruß zu hinterlassen.

Cozumel wurde aufgegeben. Sie hatten verloren.

Köhler spürte Bitterkeit bei diesem Gedanken. Er würde sich dafür einsetzen, dass sie wieder zurückkehren würden. Er hoffte, dass man auf ihn hörte. Und er hoffte, dass man es ihm verweigerte, denn eine Rückkehr würde nur ein weiteres Gemetzel bedeuten.

Krieg war große Scheiße. Sie würden Clarius nicht begraben können.

Das war sehr traurig.

Über diesen widerstreitenden Gefühlen und Hoffnungen schlief er ein und es war ein unerwartet ruhiger und leichter Schlaf.

18

Die Luft roch bereits nach Herbst, ein Duft, den Imperator Haraldus mit jeder Faser seines Körpers hasste. Es gab Leute, die mochten diese besondere Atmosphäre, wenn es kühler wurde und windig, wenn die milden Temperaturen sich noch hielten, aber alles bereits von jener Zeit kündete, da man die Fenster fest verschloss und die Kamine befeuerte. Haraldus gehörte nicht dazu. Früher, als er jung gewesen war, hatte er sicher noch eine andere Einstellung gehabt. Aber jetzt, im verdammten Herbst seines Lebens, versprach diese Jahreszeit nur noch Schmerzen. Das schlechte Wetter, die Kälte, der stetig wechselnde Luftdruck: Das war für einen alten Imperator jedes Jahr eine größere Qual. Er würde noch mehr Zeit in seinem privaten Bad verbringen und die Phasen, die er außerhalb des heißen Wassers absolvierte, noch mehr hassen als sonst. Seine Laune würde sich verschlechtern, er würde morgens noch schwerer aus dem Bett kommen und sein Weinkonsum würde ansteigen, obgleich die Ärzte ihn davor gewarnt hatten. Seine Untergebenen und Diener würden vorsichtig sein, um seinen Unmut nicht zu provozieren, und exakt diese übertriebene Zurückhaltung würde ihn wütend machen. Es war eine Zeit der Ungerechtigkeit, die nun anbrach. Er würde ungerecht zu anderen sein und die ganze verdammte Welt ungerecht zu ihm.

Es war die Pflicht, die ihn aufrecht hielt. Immerhin, in seinem Alter und Zustand wurde nicht mehr erwartet, dass er jeden Krieg persönlich führte und überall herumreiste. Er hatte einen Kronprinzen, der das ganz ordentlich machte, und fähige Generäle und Gouverneure, die er nicht an der kurzen Leine zu führen hatte. Er durfte sich in sein Bad zurückziehen und musste den Palast nicht verlassen, der einige Ecken hatte, die tatsächlich warm wurden, ohne dass man dies mit einer Rauchvergiftung bezahlen musste. Es war alles etwas besser geworden durch die Technik der Zeitenwanderer. Und es war auch alles etwas schlechter geworden, denn es war nicht zuletzt ihre Medizin, die seinen alten Leib über die Gebühr hinaus am Leben hielt.

Ein Mann wie er hätte sich eigentlich schon lange zu seinen Vorfahren begeben sollen. Aber er wurde massiert, therapiert, eingecremt, bewegt, abgehorcht und mit Tinkturen und Pulvern und Pillen traktiert, die, das war eben die Krux, tatsächlich halfen oder zumindest verhinderten, dass es schlimmer wurde. Haraldus, dessen war er sich bewusst, würde noch einige Jahre machen, in denen er seine Erkrankungen nicht als Vorwand benutzen konnte, einfach nichts mehr zu tun.

Verdammter Herbst! Verdammter Winter!

Er holte tief Luft, hielt sich an der Balustrade des Balkons fest. Sonnenstrahlen tanzten über sein Gesicht, er schloss die Augen und richtete sie direkt hinein, tankte die Wärme wie ein Verdurstender. Niemand hielt ihn davon ab, ein Winterlager im wärmeren Süden aufzuschlagen, in Hispania oder in Griechenland. Aber er hasste das Reisen mittlerweile noch mehr als den Winter und das wollte einiges heißen.

»Herr, General Africanus wäre dann so weit.«

»Ich bin es aber nicht.«

Sein Diener schwieg respektvoll. Wie alle, die für den alten Imperator arbeiteten, kannte er die Launen des Haraldus mittlerweile zur Genüge und war bereit, sie zu ertragen. Der Imperator wurde ein mürrischer, oft zynischer Mann, der seine schlechte Stimmung wie einen Schild vor sich hertrug, doch niemals behandelte er seine Leute wirklich grob oder gar beleidigend. Arroganz gehörte nicht zu seinen Sünden und Eitelkeit schon lange nicht mehr. Und so nahm man ihn, wie er war, und wenn er sagte, er sei nicht bereit, war das weniger eine auf die Situation bezogene Aussage, sondern eine Analyse seines ganzen Lebens. So nahm es auch der Diener auf, der sich verbeugte und abwandte. Natürlich würde er General Africanus trotzdem hineinführen.

Haraldus seufzte und drehte sich schwerfällig um. Heute benutzte er seinen Stock. Er war nur schwer aus dem Bett gekommen, das Wetter steckte ihm in den Knochen. Sein Frühstück war ihm keine Freude gewesen, denn bereits beim ersten Schluck Kaffee – gesegnet seien die Zeitenwanderer, gesegnet die römischen Verbündeten und Freunde in Aksum! – war ihm gemeldet worden, dass der Offizier ihn sehr, sehr dringend zu sprechen wünschte. Haraldus war ein Morgenmuffel erster

Qualität, wünschte sich absolute Stille in der ersten Stunde nach dem Aufstehen, keine Geräusche, keine Gespräche, keine Störung, nur dumpfes Stieren auf das Frühstück und ansonsten … nichts. Dass Africanus diese für ihn heilige Kontemplation zu stören wagte, wies auf Dringlichkeit hin, aber ebenso darauf, dass der heutige Tag nur furchtbar werden konnte.

Natürlich hatte er zu Ende gefrühstückt, aber er hatte nach der Meldung die Ruhe verloren. Zu früh war er dann aufgestanden, zu früh in sein Arbeitszimmer gelaufen, zu früh, zu früh.

Haraldus stakste zum Schreibtisch, schaute auf die Berge an Dokumenten, die sein Sekretär ihm bereits zur Bearbeitung hingelegt hatte. Ernennungen und Beförderungen, Gnadengesuche … er würde sich mit letzteren erst am Abend befassen, wenn seine Laune besser war. In seinem derzeitigen Zustand bestand eher die Gefahr, dass er aus Prinzip einige zusätzliche Todesurteile verhängte, einfach weil ihm danach war.

Er blickte hoch, als die erwarteten Schritte erklangen. Africanus, nicht viel jünger als sein Herr, war natürlich hellwach, aktiv und bewegte sich mit gewollter Kraft. Haraldus spürte wieder den Neid in sich und schüttelte den Kopf, als der General zu einer Meldung ansetzte.

»Wirklich, nein«, sagte er. »Setzen wir uns? Kaffee?«

»Ja, natürlich. Vielen Dank!«, erwiderte der Mann und geleitete den Imperator zu einer Sesselgruppe. Im größten Sessel, Haraldus auf den Leib gezimmert, ließ sich der Kaiser nieder und ihm entrang sich ein Seufzen, als sein Körper sich endlich neu arrangiert hatte.

Diener brachten Kaffee. Die Kanne zierte ein goldenes SPQR. Das offizielle Kaffeeservice des Imperators. Eine ständige Erinnerung daran, dass er selbst seine Lieblingsdroge nur zu sich nahm, um danach dem Imperium noch besser dienen zu können.

Die Diener verschwanden. Haraldus schlürfte die Flüssigkeit und zeigte jetzt keine Eile, obgleich er sehr wohl bemerkte, wie Africanus auf seinem Sessel unruhig hin und her rutschte.

»Africanus, was ist so dringend?«

»Ich entschul…«

»Was. Ist. So. Dringend?«

Die Schärfe und Ungeduld in der Stimme des Imperators ließen Africanus sogleich zur Sache kommen. Er wusste, wann der Langmut seines

Oberherrn an seinem Ende angekommen war. »Nachrichten aus dem Osten, Herr. Von der Expedition des Latinus. Er ist noch in Indien und es sind höchst unerfreuliche Dinge geschehen. Moment.« Africanus zog einen Zettel aus der Tasche, er hatte es sich aufgeschrieben. »Er befindet sich im Reich Khalabras. Oder so ähnlich. Wohl ein Staat von beträchtlichen Ausmaßen. In der Stadt Nagapatnam.«

»Ist mir egal«, knurrte Haraldus. »Ein Reich im Osten.«

»Auf den Karten der Zeitenwanderer ist es die Kronkolonie Indien.«

»Ja, das weiß ich.« Er hatte diese Karten genauso intensiv studiert wie der General.

»Jedenfalls kein eigenständiger Staat. Heute aber ein mächtiges Reich, das jedoch jüngst schweren Angriffen ausgesetzt wurde. Jedenfalls kam es zu einer militärischen Auseinandersetzung. Offenbar ein Überfall, der sich aufgrund der destabilisierten Lage in China ergab. Wir hören, dass dort ein großer Krieg wütet.«

Haraldus nickte. In seinen Augen glitzerte nun ein wenig Interesse. Als Abkömmling eines Zeitenwanderers verfügte er über eine angeborene Leidenschaft für historische Zusammenhänge. Africanus sah man an, dass er sich ein wenig entspannte. Mit dem geweckten Interesse des Kaisers sank meistens auch seine Angewohnheit, seine schlechte Laune allzu offensichtlich zu zeigen.

»Gut. Latinus wurde angegriffen.«

»Von den Chinesen?«

»Nein, das ist das Seltsame. Die Chinesen waren nicht die Aggressoren. Es war ein anderes Reich. Der Name ist ... ich weiß gar nicht, wie man das richtig ausspricht ... ich habe es mir aufgeschrieben.« Africanus holte einen Zettel hervor. »Baekje.«

»Hört sich komisch an.«

»In der Gegend hört sich alles komisch an.«

Haraldus nickte, das sah er ähnlich. »Weiter.«

»Er hat ein Schiff verloren. Nach aktuellem Stand befindet er sich wieder auf See.«

»Was ist passiert? Hat er einen Fehler gemacht?«

»Wir wissen es nicht. Es scheint aber, als sei der Angriff ohne Provokation erfolgt. Das ist aber nicht einmal der zentrale Punkt. Latinus erklärt, und jetzt kommen wir zum interessantesten Teil seiner Meldung, dass es Hinweise auf die Anwesenheit von Zeitenwanderern in Baekje gibt.«

»Verdammt, da auch?« Haraldus schlug in plötzlicher Wut mit der flachen Hand auf den Tisch. Das Kaffeegeschirr klirrte. »Wo denn noch?«

Der General wartete einen Moment ab, um sicherzugehen, dass der Ausbruch vorbei war, ehe er wieder das Wort ergriff. »Es gibt keinen Grund anzunehmen, dass das, was auch immer diese ... Verschiebungen ausgelöst hat, begrenzt aufgetreten ist. Wir wissen von zwei Fällen und dies wäre dann der dritte – wenn sich die Meldung bestätigt.«

»Gibt es daran noch Zweifel?«, fragte der Kaiser mit irrationaler Hoffnung in der Stimme.

»Unsere Leute sitzen noch an den Berichten. Aber Latinus hat gemeldet, dass sie beschossen wurden, und zwar mit Geschützen. Geschützen, wie sie auf der *Saarbrücken* vorhanden waren. Mindestens.«

Haraldus sackte in sich zusammen und starrte auf die Kaffeetasse vor ihm, deren Inhalt nunmehr kalt geworden war. »Geschütze?«, murmelte er. »Ohne Schiffe?«

»Es gab Schiffe im Hafen, die den Angriff durchführten. Latinus bezeichnete sie als ›Dampfdschunken‹.«

»Verdammt!«, fluchte Haraldus erneut.

»Es gibt dort einen Krieg, das wissen wir ja schon.«

»Aber doch nicht gegen uns.«

»Es scheint, als reagiere man recht feindselig gegen alle Nachbarn. Die Inder sind jedenfalls sehr besorgt. Es war wohl der erste Angriff dieser Art, der als Konsequenz des Krieges in China ...«

»Dieses Baekje kämpft gegen China?«

»So sieht es aus.«

»Und nun auch noch gegen die Inder ... gegen dieses Khalabras?«

»Wenn es so heißt, ja, offensichtlich.«

»Da hat sich jemand viel vorgenommen.«

»Das ist sehr beunruhigend.«

Haraldus nickte. Dem war kaum zu widersprechen. »Was macht Latinus jetzt?«

»Er hat Kurs Osten gesetzt und will nun China erreichen. Ich weiß nicht, was er dort vorfinden wird, aber vielleicht ist der Feind unseres Feindes ja unser Freund.«

»Oder sie sind dort hinten alle verrückt und wir haben in ein Wespennest gestochen.«

Africanus hob die Schultern. »Wir wissen noch nicht genug. Latinus schickt nun tägliche Kommuniqués.«

Der Imperator stieß ein tiefes, von Herzen kommendes Seufzen aus. Er schaute hinaus durch die geöffnete Balkontür, atmete tief ein, schloss die Augen für einen Moment, als wolle er sich die Erinnerung an sein Sonnenbad vergegenwärtigen. Africanus ließ ihn gewähren, doch die innere Unruhe, die den General erfasst hatte, ließ sich nicht ganz übersehen.

»Ja«, knurrte Haraldus, die Augenlider immer noch gesenkt. »Raus damit.«

Der General verbarg sein Lächeln nicht. Der Imperator hatte ganz genau gespürt, dass das noch nicht alles war.

»Es gab wohl so etwas wie einen Austausch mit den Angreifern, zumindest die Aufforderung an die Inder, sofort zu kapitulieren. Latinus war Zeuge dieses Gesprächs. Als Latinus den Gesandten von Baekje in Latein und Griechisch sprach, gab es keine Reaktion. Sie unterhielten sich wohl auf Chinesisch, da haben die Inder genug Dolmetscher und die Leute aus Baekje ebenfalls.«

»Offensichtlich. Und jetzt kommt die Pointe, nicht wahr, Africanus? Als sie Englisch sprachen, fand sich jemand, der antwortete.«

Der General sah nicht so glücklich aus, dass man ihm die Pointe genommen hatte, dennoch nickte er. »So ist es. Es war eine holprige Verständigung, aber jemand von Adel oder ein hoher Offizier sprach gebrochenes Englisch. Er gehörte ohne Zweifel zu den dortigen Zeitenwanderern oder war von diesen ausgebildet worden. Asiatisches Aussehen jedenfalls, schreibt Latinus.«

»Gut. Ja. Es bestätigt also, dass wir es mit Zeitenwanderern zu tun haben. Aber da ist noch etwas, General. Ich sehe es dir an.«

Africanus lächelte, etwas freudlos. »Ihr kennt mich gut, mein Imperator.«

»Zu gut, wenn du mich fragst. Raus damit!«

»Der Fremde stellte sich immerhin vor. Ich habe es aufgeschrieben, einen Moment …« Wieder schaute er auf seine Notiz und versuchte, getreulich vorzulesen, was dort geschrieben stand. »Er hat sich als Sangwi Pak Yong Sik vorgestellt. Was davon genau Titel und was Name ist, das wissen wir nicht. Für solche Feinheiten gab es offenbar keine Zeit, da ist dann schon alles schiefgelaufen. Die Inder fanden ja die Sache mit der Kapitulation nicht so reizvoll und, na ja …«

Haraldus nickte. »Und weiter?«

»Er stellte sich als Vertreter von *Chosŏn Minjujuŭi Inmin Konghwaguk* vor.« Africanus brach sich erkennbar einen ab.

Haraldus schüttelte den Kopf. »Das ist nur Kauderwelsch. Ich verstehe es nicht. Hat er es übersetzt?«

»Ja, das hat er. Er freute sich offenbar, Englisch reden zu können. Er war sogar hocherfreut, Latinus kennenzulernen. Ich befürchte, das ist auch kein gutes Zeichen. Die Übersetzung lautet: Demokratische Volksrepublik von Korea. Und dann kamen da noch weitere Angaben: Siebte Infanteriedivision. Aus *Anbyon.*«

»Division?«

Africanus nickte. »Hoffentlich nicht die ganze. Das wäre … beunruhigend.«

»Sogar verdammt beunruhigend.« Obgleich die römischen Streitkräfte ihre traditionellen Organisationsformen beibehalten hatten, waren Haraldus und Africanus mit den modernen Bezeichnungen und Bedeutungen vertraut, die die Zeitenwanderer mitgebracht hatten, nicht zuletzt deswegen, um auf solche Begriffe vorbereitet zu sein, wenn eintrat, was jetzt gerade in Indien passiert war. Eine Division, und das dürfte für die Streitkräfte der Zukunft generell gelten, waren jedenfalls »verdammt« viele.

»Vielleicht nur ein Angeber?«

»Ein Angeber, der Krieg gegen China führt? Und der sich nebenher noch mit dem größten Reich auf dem indischen Subkontinent anlegt?«

»Wir wissen nicht, ob das eine mit dem anderen in Verbindung steht.«

Haraldus bemerkte, wie hohl seine Worte in seinen eigenen Ohren klangen. Natürlich, faktisch hatte er nicht unrecht. Aber andererseits war abzusehen, dass es eine Verbindung gab. Das China dieser Zeit, so viel wussten die Römer, war ein mächtiges Reich, selbst wenn es geteilt war, was wohl des Öfteren in der Geschichte vorgekommen war. Niemand würde gegen einen solchen Giganten Krieg führen, wenn er sich nicht deutlich überlegen wähnte. Und an diesem Wahn schien es nicht zu mangeln.

»Wir werden zusätzliche Missionen in den Osten entsenden«, beschloss Haraldus. »Benachrichtige den Präfekten der *Agentus in Rebus*. Ich möchte einen Plan für eine vollständig operierende Agentenbasis in Indien. Es stehen alle Mittel zur Verfügung und die Flotte wird kooperieren. Ich will, dass wir eine Botschaft etablieren und sie gut ausstatten. Ich will, dass lokale Kräfte angeheuert werden, ich möchte Händler in unserem Netzwerk, Grenzbeamte, Reisende in allen Angelegenheiten. Ich möchte, dass Seeleute uns berichten, dass viele mit Grips und Verbindungen in unsere inoffiziellen Dienste treten.«

»Das wird teuer«, gab Africanus zu bedenken.

Der Kaiser machte eine wegwischende Handbewegung. »Vollkommen gleichgültig. Ich habe das eben ernst gemeint. Geld spielt keine Rolle. Öffnen wir die Goldtruhen. Wir zahlen, was gezahlt werden muss. Ich brauche Informationen, Africanus. Schnell, zuverlässig, umfassend. Eine Besprechung, gleich heute Nachmittag, hier. Rufe auch die anderen Oberbefehlshaber herbei. Ich will jeden hier haben, den es betrifft. Aber ansonsten: absolute Geheimhaltung. Wir bereiten ein Kommuniqué vor. Aber ich entscheide, was darin stehen wird.«

Jede Schwäche, jede schlechte Laune waren aus dem Habitus des Kaisers gewichen. Es war, als ströme neue Kraft durch seinen Körper. Er wirkte nun jünger, fast so, wie es seinen Lebensjahren wirklich entsprach, ohne von Krankheiten niedergedrückt zu werden. Er sprach scharf, bestimmt, deutlich und mit Autorität. Die Informationen hatten eine bemerkenswerte Verwandlung, einen neuen Fokus und intensive Konzentration ausgelöst und Africanus fiel nichts anderes ein, als jeden Befehl seines obersten Herrn sogleich zu bestätigen.

Er wollte sich bereits erheben, als Haraldus eine Hand hob. »Einen Moment noch, mein Bester. Was ist mit Langenhagen?«

Der General hielt inne, nickte. »Die Situation ist schwierig und er befürchtet weitere militärische Auseinandersetzungen. Er plant mit den Japanern einen Rückzug auf die Insel, auf der wir einen Stützpunkt errichtet haben.«

»Gut. Oder nicht gut.« Haraldus strich sich über den sorgfältig gestutzten Backenbart. »Langenhagen soll auf sich aufpassen. Aber er soll auf jeden Fall einen Beitrag zur Bereinigung der Situation leisten. Ich denke, wir müssen jetzt beginnen, anders zu denken.«

»Anders?« Africanus verhehlte sein Unverständnis nicht.

»Anders. Strategisch … und global. Was ist, wenn die Baekje-Situation außer Kontrolle gerät und um sich greift? Die Chinesen sind auch nicht weiter von Mittelamerika entfernt als wir, Africanus. Und es wird Zeit, dass wir uns Verbündete suchen.«

»Verbündete? Wie die Japaner und die Maya?«

»Verbündete, die uns etwas nützen. Ich habe keine Namen genannt.«

Africanus sah den Imperator einige Augenblicke an, dann nickte er. »Ich verstehe. Dann sollten wir uns zusätzliche Maßnahmen überlegen. Ich …«

Wieder hob Haraldus eine Hand. »Erarbeite mir eine Liste. Wir diskutieren es später, nach dem Treffen heute Nachmittag. Eines nach dem anderen. Wir haben viel Arbeit vor uns. Und ich danke Gott, dass wir uns vorbereitet haben. Dass wir vorgewarnt sind.«

»Es könnte nichts sein.«

»Das stimmt und das hoffe ich. Es könnte aber auch alles sein, oder zumindest werden.«

Africanus salutierte und ging. Haraldus sah ihm nach, erhob sich, diesmal ohne Ächzen, ging die Schritte zum Balkon und nahm seine vorherige Position wieder ein, das Gesicht der Sonne zugewandt, die Augen geschlossen, die wärmende Kraft der Strahlen auf seiner Haut. Er fühlte sich belebt, ja, aber gleichzeitig in höchstem Maße alarmiert.

Was hätte sein Vater in dieser Situation gemacht? Oder der alte Rheinberg? Er wünschte sich, beide um Rat fragen zu können. Hin und wieder las er in ihren Aufzeichnungen. Beide hatten Tagebuch geführt, ihre Stimme, ihre Überlegungen, überdauerten so den Lauf der Zeit. Doch war das, was sie damals gedacht hatten, übertragbar auf die heutige Herausforderung?

Haraldus gab es nicht gerne zu, aber er bekam es ein wenig mit der Angst zu tun.

Und schon genoss er die Sonne etwas weniger.

19

»Ich bestehe darauf!«

»Ich weigere mich!«

Aritomo starrte Isamu an und er bemühte sich um Selbstbeherrschung. Es war nicht so, dass es ihm schwerfiel, einem Jugendlichen die Meinung zu sagen oder Anweisungen zu geben. Das Problem war, dass der, um den es hier ging, ein Prinz war und dass Sawada nicht einmal ansatzweise bereit zu sein schien, Aritomo beizuspringen. Wenn man also ganz allein darin war und darüber hinaus eine natürliche Scheu hatte, jemandem allzu barsch zu begegnen, der auf derlei schon einmal dadurch reagiert hatte, einfach abzuhauen ... dann hatte man es nicht leicht.

»Prinz ...«

Das Gesicht des jungen Mannes verzog sich unmerklich. »Isamu.«

»Isamu also. Gut, Ihr wollt kein Prinz sein und ...«

»Ich bin ein Prinz. Das hat nur keine Bedeutung mehr. Ich muss eine andere Aufgabe für mich finden. Die Pläne Kapitän Inugamis sind zerstoben. Ich bin nicht mehr Bestandteil der großen politischen Strategie. Ich bin jetzt einfach nur ich. Und ich sage *Nein.*«

»Wenn Ihr wie jeder andere sein wollt, dann befolgt meine Befehle wie jeder andere.«

Aritomo hielt das für ein gutes Argument. Leider war er mit dieser Auffassung allein.

»Nein. Sie ergeben keinen Sinn. Die Schiffe sind für die Frauen und Kinder des Trosses, die Alten, die sich mitgeschleppt haben, die Kranken – nicht für uns, die wir gesunde Beine haben.«

»Ihr seid ...«

»... kein Kind mehr!«

Aritomo wollte etwas entgegnen, scharf und eindeutig, doch eine plötzliche Erkenntnis lähmte seine Schlagfertigkeit.

Ja, Isamu hatte *recht.*

Er war nicht mehr der verschlossene, steife und leidende Junge, den er damals am Hafenrand zum ersten Mal erblickt hatte, als er zusammen mit seinen Leibwächtern und Sawada aufgetaucht war. Es war nicht nur Zeit vergangen, fast ein Jahr. Eine Phase der Veränderung und des geistigen Wachstums hatte deutliche Spuren an dem Jungen hinterlassen. Er wirkte reifer und älter, und er hatte ein Selbstbewusstsein entwickelt, das Aritomo zu spüren begann. Und er hatte recht, wenn er sagte, dass die begrenzte Transportkapazität der Flotte nicht für jene galt, die sich sicher und schnell auf eigenen Beinen bewegen konnten. Dennoch widerstrebte alles in Aritomo dem Gedanken, den Prinzen, Spross einer geheiligten Familie, wie jeden gemeinen Kämpfer an Land marschieren zu lassen, ständig der Gefahr eines Angriffs ausgesetzt. Es widersprach seiner Erziehung, seinen Grundüberzeugungen, dem eingepflanzten Respekt. Es erschien einfach in so vieler Hinsicht *falsch*, dass er es kaum in Worte zu fassen vermochte.

Er warf einen Hilfe suchenden Blick auf Sawada, doch der alte Mann schüttelte wie schon zuvor mehrmals lediglich den Kopf. Dabei war dieser doch weitaus enger mit Isamu verbunden als der Offizier. Warum bloß konnte er nicht eingreifen und den jungen Mann zur Vernunft bringen?

Vielleicht, so schoss es durch Aritomos Kopf, weil es nicht die Vernunft war. Weil er sich endlich von einigen althergebrachten Vorstellungen lösen musste und einzusehen hatte, was Isamu längst zu begriffen haben schien: dass das Japan, aus dem sie kamen und durch dessen Ideen und Regeln sie geprägt waren, keine Bedeutung mehr hatte und dass ihr Überleben und ihre Zukunft hier davon abhingen, sich neuen Ideen und Regeln zu öffnen. In gewisser Weise hatte Inugami versucht, die Welt der Zukunft in diese der Vergangenheit zu übertragen, und so war er indirekt daran gescheitert, dass ihm dieses Loslassen, diese Neuorientierung niemals völlig gelungen war.

Und er, Aritomo, schien damit auch noch seine Probleme zu haben. Am Beispiel Isamus wurde dies nun augenfällig. Im Grunde, so erkannte der Offizier, erteilte ihm der Prinz eine Lektion in geistiger Flexibilität. Er sollte über seinen eigenen Schatten springen, genauso wie es Isamu vorgeführt hatte.

Er senkte den Kopf. Im Gesicht des Prinzen fand sich kein Triumph, als dieser erkannte, dass er mit seinen Worten zu Aritomo durchgedrungen war. »Also gut«, sagte der Offizier leise. »Ihr marschiert mit uns. Ich möchte …«

»Ich bin kein Soldat. Ich marschiere beim Tross.«

Der war geschrumpft, da die meisten der Angehörigen, Freunde und Flüchtlinge aus Mutal auf die Schiffe verbracht worden waren. Es mochten noch rund hundert Personen sein, die keinen Platz mehr gefunden hatten und denen man einen intensiven Fußmarsch ohne Weiteres zutraute. Darunter viele junge Männer an der Grenze zum Erwachsenen, Leute wie Isamu und sein guter Freund Ichik, der stumm neben ihm stand und dem Austausch, gehalten auf Japanisch, schweigend und verständnislos lauschte. Jetzt aber hatte sich die Tonlage geändert und er musste merken, dass die Sache zu einem Abschluss gekommen war. Seine eigene, eben noch angespannte Haltung veränderte sich.

Aritomo warf einen erneuten Hilfe suchenden Blick auf Sawada. Aber was war von dem alten Mann zu erwarten? Er würde das letzte Ruderboot zur *Gratian* nehmen und dort mit seinem neuen besten Freund Andochos Stunden damit verbringen, Informationen aus der Gegenwart, der Vergangenheit und der Zukunft auszutauschen, versunken in Bergen von Papier, die sie gemeinsam füllen würden. Das war beruhigend, es war notwendig und Sawada hatte es verdient nach allem, was der alte Mann durchgemacht hatte. Aber konnte er nicht wenigstens …

Er sah, wie der Lehrer Isamu auf die Schultern klopfte. Früher wäre das undenkbar gewesen. Eine vertrauliche Geste, die weder dem Verhältnis eines Lehrers gegenüber einem Schüler entsprach noch dem eines Untertans gegenüber einem Spross der kaiserlichen Familie. Es hatte sich wahrlich viel verändert.

»Du machst das schon!«, sagte Sawada, lächelte Aritomo zu und zeigte hinter sich. »Ich muss mein Boot erreichen. Die warten nicht ewig.«

Und damit wandte er sich ab. Aritomo sah ihm kurz hinterher, fühlte sich etwas alleingelassen. Doch jetzt war der Zug endgültig abgefahren.

»Nun gut«, knurrte er und blickte Isamu auf eine Weise an, die sein Missfallen deutlich zum Ausdruck brachte. Ob die Nachricht ankam oder nicht, war dabei zweitrangig, denn der Prinz erwiderte den Blick mit stoischer Ruhe oder, was Aritomos Einschätzung weitaus näher kam, gesunder Starrköpfigkeit. »Im Tross. Kein Risiko eingehen. Ich will keine Geschichten hören.«

»Keine Geschichten«, erwiderte Isamu und es klang aufrichtig, nahezu kompromissbereit. Auf Ichiks Gesicht fand sich plötzlich ein breites Grinsen. Er hatte wohl gemerkt, dass sich die Auseinandersetzung nun endgültig zugunsten seines Freundes entwickelt hatte.

Aritomo entließ sie beide. Er hatte jetzt Wichtigeres zu tun. Der Weg die Küste entlang war beschwerlich und lang, und er war für eine große Menge an Soldaten nicht perfekt geeignet. Sie mussten die Route planen, und das während des Marsches, der in der nächsten Stunde beginnen sollte. Je länger sie hier blieben, desto diffiziler wurde die Versorgungssituation. Sie mussten in Bewegung bleiben und sich ihrem Ziel möglichst rasch nähern.

Lengsley begrüßte ihn mit einem schiefen Grinsen, als er zu ihm trat. Er hatte sich den Disput mit Isamu von ferne angehört und war seinem Freund natürlich nicht beigesprungen. So richtig schämte er sich offenbar dafür nicht.

»Danke für deine Hilfe«, empfing Aritomo ihn.

»Nicht meine Angelegenheit. Ich bin ein *Gaijin*. Da habe ich mich nicht einzumischen.«

»Eine Ausrede.«

»Eine sehr, sehr gute Ausrede.«

Aritomo seufzte. »Wie sieht es aus?«

»Wir haben die Späher ausgeschickt, eine sich ständig abwechselnde, weit gespannte Kette. Hoffen wir, dass sie einigermaßen unbehelligt bleiben. Wir haben auch das hier, ein Abschiedsgeschenk von Langenhagen.«

Er hielt Aritomo ein Papier entgegen, das dieser entrollte. Die Kartografen der Römer hatten ganze Arbeit geleistet und die Fahrt nicht ungenutzt verstreichen lassen. Mit Ferngläsern bewaffnet, hatten sie eine recht ordentliche Karte des Küstenstreifens bis hoch nach Zama gezeichnet. Zeit für das genaue Ausmessen war nicht gewesen, aber die Schätzverfahren hatten ausgereicht, um eine recht akkurate Vorstellung zu bekommen. Die Informationen endeten, je nach Beschaffenheit der Küste, mal wenige Dutzend, mal einige Hundert Meter im Landesinneren, sodass diese Karten zumindest über einige Abschnitte die Arbeit der Späher sinnvoll ergänzen würden. Aritomo war für dieses Geschenk sehr dankbar.

Er schaute auf die See hinaus. Der schlanke Leib des U-Boots lag im Wasser, Okada würde sich der Flotte anschließen, aufgetaucht und auf Sicht navigierend. Das Geschütz wieder auf dem Boot zu installieren, war keine einfache Arbeit gewesen, aber die Schiffe der Römer verfügten über Flaschenzüge und stabile und gut konstruierte Ruderboote – und über Mannschaftsmitglieder, die wussten, was sie taten. In einer gemeinsamen Anstrengung hatten sie die Kanone wieder an ihren angestammten Platz gebracht. Sie würde helfen, Feinde entweder abzuschrecken oder ihnen eine Lehre zu erteilen. Zusammen mit den Kanonen der Römer konnten sie sich einigermaßen sicher fühlen, wenn es ihnen gelang, den eigenen Leuten zu verdeutlichen, was es hieß, in Deckung zu bleiben. Die Janitscharen, da war sich Aritomo einigermaßen sicher, würden Befehlen gehorchen, auch solchen, deren Sinn sie nicht sofort verstanden. Der Rest würde sich hoffentlich ein Beispiel daran nehmen. Aber eine Schlacht, wenn es denn dazu kam, war unberechenbar. Sich allein auf die Kanonen zu verlassen, wäre fatal.

»Dann sollten wir den Befehl zum Aufbruch geben«, sagte Aritomo. Das letzte Ruderboot hatte sich vom Strand gelöst und strebte auf die *Gratian* zu. Dampf stieg aus den Schloten der römischen Schiffe auf. Die Flottille war abmarschbereit.

Aritomo wanderte nach vorne, an die Spitze der Kolonne, die sich in der letzten Stunde formiert hatte. Die Krieger pflegten sich und ihre Ausrüstung, als sie alle sitzend darauf warteten, dass es endlich losging, und grüßten Aritomo, als er an ihnen vorbeischritt, manche sehr respektvoll, manche selbstbewusst, aber niemand provozierend oder anklagend. Es war ein Wunder, dass es noch nicht zu Desertionen gekommen war, zu Widerstand gegen seine Führung, gegen seine Pläne. Woran das genau lag, konnte er nicht erklären. War es ein Nachwirken des Drills, den sie unter Inugami genossen hatten, ein prägender Eindruck der starken Loyalität, die der Kapitän mit seinen Männern etablierte? Oder hatte es etwas mit ihm, Aritomo, zu tun und dem Versprechen, dass sie alle ein würdigeres Schicksal erleben würden, als Sklaven Teotihuacáns zu werden. Falls das überhaupt so schlimm war. Aritomo ging davon aus, dass es keinen Deut schlechter war, Untertan Metzlis zu werden, als eines beliebigen Mayakönigs. Tatsächlich würde es sogar Vorteile haben. Die regelmäßigen Kriege der Maya untereinander würden mit dem einigenden Band imperialer Macht ein Ende finden. Andererseits war es möglicherweise exakt das, was viele fürchteten, die ein Leben von Kampf und Kriegsruhm der Langeweile eines Bauern vorzogen.

Er wusste es nicht.

Er nahm das Geschenk andauernder Loyalität entgegen und hoffte, sich dessen als würdig zu erweisen. Ob er in der Lage war, den Träumen und Vorstellungen seiner Untergebenen zu entsprechen, das wusste er nicht. Er war sich nicht einmal völlig sicher, was seine eigenen Träume waren. Seit Isamu den Wunsch geäußert hatte, nach Rom zu reisen, hatte auch dieser Gedanke durchaus an Attraktivität für ihn gewonnen. Dort würde immerhin auch die mitgebrachte Technologie des Bootes eher auf fruchtbaren Boden fallen, während sie hier mit großer Wahrscheinlichkeit verloren und vergessen sein würde, und das sehr schnell.

Ja, das war ein wichtiger Aspekt, schoss es ihm durch den Kopf, als er schließlich die Spitze der Kolonne erreicht hatte. Er warf einen zweiten, langen Blick über das Wasser auf das Boot und erinnerte sich daran, welche Bitterkeit er empfunden hatte, als er es ein letztes Mal zu betreten haben schien, damals, als er es für Inugamis Pläne bereit gemacht hatte. Vielleicht konnte man diese Bitterkeit überwinden und das Geschenk des Bootes für diese Zeit nicht einfach verfallen lassen. Das war ein Ziel, für das es sich einzusetzen lohnte.

Er schaute nach vorne. Er spürte die auffordernden Blicke der Unterführer. Das Boot musste warten.

Sie hatten erst noch etwas anderes zu erledigen.

Er hob eine Hand, dann streckte er sie in Marschrichtung und machte den ersten Schritt.

Hinter ihm erhoben sie sich alle.

20

Es war Itzanami, der die Prinzessin mit den anderen bekannt machte. Einige Tage der Ruhe – oder, wie Ixchel es ausdrücken würde, der tödlichen Langeweile – waren seit dem letzten Anschlag vergangen und die Suche war zumindest offiziell eingestellt worden. Die Wachen waren verdoppelt und die nächtlichen Patrouillengänge intensiviert worden; so bald würde eine Handvoll Rebellen keinen so erfolgreichen Anschlag mehr verüben können.

In Itzanamis Haus zurückgekehrt, wohnten sie im Keller, der von dem alten Mann nach und nach mit allerlei Möbeln etwas wohnlicher eingerichtet wurde. Eine gewisse Stimmung der Mutlosigkeit machte sich breit. Alleine, nur mit den paar Männern, würden sie nichts weiter ausrichten können. Ixchel musste größer und anders planen, aber dafür bedurfte sie auch weiterer Unterstützung. Itzanami hatte ihr diese in Aussicht gestellt.

Doch das war eine Herausforderung für sich. Es gab diese Versammlung und Ixchel wurde hinzugebeten. Sie hatte gezögert. Sollten so viele Menschen von ihrer Rückkehr erfahren, stieg die Gefahr der Entdeckung. Würde Metzli nicht jeden, der sie verriet, reichlich belohnen? Waren Itzanamis Freunde alle vor dieser Versuchung gefeit? Der alte Priester schien es anzunehmen und verbürgte sich für die Versammlung, und so ließ sich Ixchel überreden, nicht zuletzt, weil sie auch keine bessere Alternative wusste.

Dass sie unter ihrem Gewand, zur Verfügung gestellt von Itzanamis Frau, eine lange Klinge trug und bereit war, sie auch einzusetzen, war klar. Sie war zu vielem bereit, vor allem jetzt, wo Itzanami auch Nicte aus dem Versteck geholt hatte, in dem sie sie zurückgelassen hatten, um auf die Jagd nach Metzlis Männern zu gehen. Mit Nicte in der Nähe wuchs Ixchels Beschützerinstinkt zu unermesslicher Größe und Itzanami schaute sie ob ihrer Verbissenheit das eine oder andere Mal etwas irritiert an. Nein, das nette kleine Mädchen des Königs war sie nicht mehr, alles andere als das.

Die Versammlung war nicht groß, sie bestand aus einem guten Dutzend Personen, darunter mit Itzanamis Gattin nur eine Frau. Die Männer waren alle etwas älter und gehörten zu den Honoratioren der Stadt. Es waren keine Clanoberhäupter dabei, aber Geistliche, Leute aus angesehenen Familien, Personen, denen Ixchel bei Hofe bereits begegnet war. Nicht der erlesenste Kreis, nicht die allerhöchste Kategorie, es waren jene, die ein weniger weiter am Rande standen, nicht so auffällig und damit auch nicht das Ziel von Metzlis Misstrauen, jedenfalls bis jetzt noch nicht.

Vor allem waren sie bislang nicht das Ziel seiner Säuberungen. Metzli hatte hier nicht gewütet wie in B'aakal, aber er hatte es sich keinesfalls nehmen lassen, auch in Mutal das eine oder andere Exempel zu statuieren.

Es waren, wie Itzanami es nannte, echte Patrioten. Es waren wohl jene, die sich zumindest theoretisch mit der Frage auseinandersetzen wollten, wie man Mutal von der Fremdherrschaft Teotihuacáns befreien könne. Für Ixchel möglicherweise zu viel Theorie, aber Itzanami schien viel von diesem Gremium zu halten und sie war ihm Dank schuldig. Außerdem brauchte sie Verbündete in der Stadt, und sei es nur, um im Notfall Obdach zu erhalten.

Also machte sie eine gute Miene zu den Ehrbezeugungen, dem Lob, dem echten wie dem falschen Respekt und sie erzählte ihre Geschichte, ohne Ausschmückungen, die man vielleicht von einer begeisterungsfähigen, schwärmerischen jungen Prinzessin erwarten würde. Ihre Geschichte hatte nichts Schwärmerisches, das merkten sie alle schnell, und als sie fertig war, las sie in manchen Gesichtern Mitleid, das sie nicht wollte und mit dem sie nichts anzufangen vermochte. Viele waren aber einfach nur schockiert. Alle hatten die Gerüchte vernommen über das, was Bahlam und den Seinen zugestoßen war, aber diesen klaren, glaubhaften Bericht aus erster Hand zu hören, war etwas anderes. Es rüttelte auf – aber es machte vor allem Angst.

Itzanami ergriff das Wort. Er schien so etwas wie den Vorsitz innezuhaben, jedenfalls hatten sich alle Augen auf ihn gerichtet, als Ixchels Schilderungen ein Ende gefunden hatten.

»Liebe Freunde, ich empfinde es als Segen und Zeichen der Götter, dass sie die Tochter Chitams zu uns geführt haben. Ich denke, damit stehe ich in dieser Runde nicht alleine.«

Zustimmendes Gemurmel antwortete ihm, manches davon sicher nur aus Höflichkeit.

»Die Frage ist, welche Nachricht die Götter uns damit übermitteln wollen«, fuhr der Priester fort. »Ich denke, sie ist eindeutig: Gebt nicht auf, die rechtmäßigen Herren über eure Stadt leben noch, die alte Ordnung ist noch nicht verloren!«

»Welche alte Ordnung ist gemeint?«, knurrte ein anderer Mann, der ebenfalls das Gewand eines Priesters trug. Er machte einen mürrischen Eindruck und hatte sich von Ixchels Anwesenheit auch am wenigsten beeindruckt gezeigt. »Die der Götterboten oder die des alten Königs, der für uns starb und dessen Opfer wir anschließend entwürdigten? Oder reden wir von Chitam, dem Schwächling?«

Weiteres Gemurmel erklang, ein wenig Zustimmung, ein wenig Empörung, und Hinweise, dass der Mann einigen hier gehörig auf die Eier ging, und das wohl nicht zum ersten Mal.

Ixchel erhob sich. Sie spürte den Zorn in sich hochkochen ob der beleidigenden Erwähnung ihres Vaters, aber sie hatte für so etwas keine Zeit. Die Frage beunruhigte sie zudem, denn sie spürte, dass sie keine definitive Antwort darauf hatte. Welche Ordnung konnte noch Bestand haben nach den Umwälzungen seit dem Erscheinen der Götterboten? Ging es um eine Rückkehr zur guten alten Zeit, die auch Ixchel bei näherem Nachdenken nicht in allen Aspekten »gut« erschien? Ihr Vater hatte zu verschiedenen Gelegenheiten gesagt, dass es an sich kein Zurück mehr geben konnte, egal welches Schicksal die Götterboten erleiden würden. Das Neue, die Umwälzung, das hatte einen bleibenden Charakter, hatte Ideen und Vorstellungen in die Köpfe vieler Menschen gepflanzt. Man konnte die äußeren Zeichen ausradieren, die alten Strukturen wiederherstellen, aber man würde sie auf eine andere Weise mit Leben füllen müssen. Und dabei war all das, was Metzli von Teotihuacán derzeit anstellte, noch gar nicht bedacht.

Ja, die Frage des alten Mannes war nicht unberechtigt. Sie spürte seine Blicke auf ihr ruhen, etwas Verachtung, Geringschätzung gegenüber einer Frau, einem Kind fast, das als ebenbürtig anzuerkennen er nicht bereit war, Tochter eines Mannes, den er soeben als Schwächling bezeichnet hatte. Ixchel fühlte Trotz in sich aufsteigen, eine herrische Wut, den Dünkel ihrer Abstammung, und ahnte sogleich, dass jede Antwort falsch sein würde, die von diesen Emotionen geleitet wurde. Sie holte tief Luft und lächelte, weich, offenherzig, das Lächeln, mit dem sie das Herz ihrer Eltern zum Schmelzen gebracht hatte.

Eine unerwartete Reaktion. Der Alte kniff die Augen zusammen, als sehe er nicht richtig. Immerhin, er verbat ihr nicht das Wort, als sie nun zu sprechen begann.

»Keine alte Ordnung«, sagte sie leise, so leise, dass alle gezwungen waren, Ruhe zu bewahren, wenn sie ihr zuhören wollten. »Wir werden nicht vergessen, was war. Wir können es nicht. Es eröffnet neue Möglichkeiten und neue Gefahren. Opfer dieser Gefahren sind derzeit wir und das ist schmerzlich. Die Möglichkeiten haben wir noch nicht einmal ansatzweise erkannt oder erforscht. Wir müssen beides tun. Unsere Traditionen achten und bewahren und sie mit neuen Erkenntnissen in Einklang bringen. Das sehe ich als die Zukunft für Mutal und alle anderen Städte der Maya darüber hinaus.«

»Du redest wie Inugami«, spuckte der Alte hervor. Auch von dem hatte er nicht viel gehalten. Ixchel starrte ihn an. Sie lächelte jetzt nicht mehr.

»Inugami tötete meine Mutter. Ich werde niemals wie er sprechen. Aber Inugami existierte. Er hatte großen Einfluss, wollt Ihr das verneinen?«

»Verflucht sei sein Einfluss«, gab der Mann dies indirekt zu, das verschlossene Gesicht zur Seite gerichtet, als wolle er Ixchel nicht ansehen.

»Verflucht sei er und sein Tod erfüllt mich mit Freude«, sagte Ixchel in ruhigem Tonfall, jede Provokation peinlichst vermeidend. »Er soll in der Unterwelt auf ewig Qualen erleiden, die sich niemand von uns vorstellen kann. *Aber er war da.* Er wandelte in dieser Stadt. Er gab Befehle.«

»Chitam war schwach«, sagte ein anderer und der sah sie aggressiv, herausfordernd an. Ixchel spürte wieder den plötzlichen Stich der Trauer in ihrem Herzen, das Aufbegehren, den toten Vater zu verteidigen, und doch wusste sie, dass sie insgeheim ähnlich über ihn dachte.

Doch Chitam von Mutal war ihre Legitimation, deretwegen sie hier das Wort ergriff, und deswegen musste sie darauf eingehen.

»Mein Vater war klug«, sagte sie also. »Er wusste, was er erreichen konnte, und er liebte sein Volk. Hätte er es zum Aufstand aufgerufen, wäre es zum Bürgerkrieg gekommen. Spätestens nachdem die Götterboten die Stadt vor dem Angriff durch Yaxchilan gerettet hatten, wäre dies unausweichlich gewesen.«

»Sie hat recht«, sagte Itzanami, und viele nickten, denn sein Wort hatte Gewicht. »So war es. Wir wissen es alle.«

»Dann eben Bürgerkrieg«, sagte der Unbeirrbare. »Besser als das, was wir jetzt haben, unserer Freiheit beraubt.«

Ixchel holte Luft, befahl sich Ruhe.

»Die Menschen in Mutal *leben*. Sie starben nicht im Kampf gegen Yaxchilan, nicht im Kampf gegeneinander und sie wurden nicht einem sinnlosen Abwehrkampf gegen Metzli geopfert. Chitam hätte das verstanden. Er spürte keine große Lust darauf, den Tod um jeden Preis herauszufordern.« Sie hob eine Hand, ehe jemand etwas entgegnen konnte. »Und ich auch nicht. Mein Vater hatte seine Schwächen. Die haben wir alle. Aber er hat das Beste für Mutal gewollt und getan, was er konnte, um Schaden von der Stadt abzuwenden. Was jetzt geschieht, wäre früher oder später eingetreten. Metzli hegte offenbar schon lange Pläne, er war vorbereitet. Wenn es keine Götterboten gegeben hätte, dann einen anderen Vorwand. Mutal wurde schon einmal von Teotihuacán erobert, die Eroberer gründeten meine Dynastie. Wir stehen vor einer neuen Version einer alten Geschichte. Beim ersten Mal endete sie mit der neu gewonnenen Freiheit Mutals.« Sie blickte in die Runde. »Ich habe die Absicht, auch die zweite Geschichte so enden zu lassen.«

Das waren viele Worte gewesen, die längste Rede, die sie jemals in ihrem jungen Leben gehalten hatte. Sie war die ganze Zeit unsicher gewesen, ob sie überhaupt in der Lage sei, das auszudrücken, was bisher nur als diffuse Idee, niemals klar formuliert, in ihrem Kopf hin und her geschwirrt war. Sie war beinahe erleichtert. Mochten die Alten hier doch denken, was sie wollten – es war gut gewesen, eine Schärfung ihrer Gedanken und ihrer Absichten, diese Dinge einmal laut auszusprechen. Möglicherweise sogar sehr gut, dass ihr dies vor einem kritischen Publikum aufgezwungen worden war, das sie zu besonderer Konzentration angestachelt hatte. Sie sah in die Runde und versuchte zu verstehen, welche Reaktion sie wohl ausgelöst hatte. Sie erkannte nachdenkliche

Gesichter, auch kritische, aber keine offene Ablehnung, und manchmal, recht verborgen, einen unwilligen Respekt. Itzanami sah sie mit der Zärtlichkeit eines Großvaters an. Das war die Reaktion, die sie am wenigsten erwartet hatte.

Sie war auch nicht notwendigerweise hilfreich.

»Junge Frau«, sagte einer der Männer und erhob sich. »Prinzessin. Ihr erinnert Euch nicht an mich. Mein Name ist Kizak, ich war ein Freund Eures Großvaters, ein Gefährte seiner Jugend. Ich war Mitglied seines Rates und trat von diesem Amt zurück, als Euer Vater auf den Thron stieg. Ich fand ihn seitdem, verzeiht mir diese Worte, nicht immer gut beraten.«

Ixchel entgegnete nichts darauf. Kizak erschien ihr weder pompös noch unvernünftig und sie wollte eine möglicherweise kluge Antwort nicht durch eigenen Vorwitz ihrer Wirkung berauben. Das hatte ihr ihr Vater beigebracht. *Auch wenn es in dir kocht und die Worte anderer dich förmlich platzen lassen, scharfe Worte darauf drängen, gesprochen zu werden: Schweig still und höre zu. Was auf die eine Art beginnt, kann auf überraschende Weise enden und du wirst es nie erfahren, wenn du nicht ausreden lässt.*

Dankbar dafür, dass ihr dieser Ratschlag des Vaters eingefallen war, nickte sie und schwieg. Kizak schien ob dieser Zurückhaltung fast erstaunt zu sein, hatte er sich selbst doch in Erwartung spontaner Kritik unterbrochen und suchte nun, den Faden wieder aufzunehmen.

»Ihr seid nicht Euer Vater«, sagte Kizak. »Ihr seid jung.«

»Zu jung«, murrte der Erste, der gesprochen hatte und dessen Name Ixchel immer noch nicht kannte.

»Zu jung«, bestätigte Kizak. »Aber sie wird sich unserer Kontrolle nicht unterwerfen, denn wenn wir sie erzürnen, wird sie das Messer unter ihrem Gewand hervorholen und uns unsere Eingeweide um den Hals wickeln.« Er sah sie lächelnd an, während einige der Anwesenden scharf nach Luft holten. »Ist doch so, oder, Prinzessin?«

Ein Mann mit Beobachtungsgabe ... »Ich würde es vorziehen, das nicht zu tun.«

»Das würden wir alle. Was wäre die Alternative?«

»Ich verlange keinen Gehorsam. Den habe ich mir noch nicht verdient. Aber ich benötige Unterstützung, um Mutal zu befreien. Ob ich nachher herrsche oder jemand anderes als würdiger betrachtet wird, das ist eine Entscheidung, die ich den Göttern überlasse.«

Kizak lachte und sah Itzanami an. »Was sagen die Götter, alter Priester?«

»Sie sind schweigsam in letzter Zeit. Ihre Weisheit ist nicht greifbar. Es scheint, als hätten sie ihre Gesichter bedeckt.«

»Das haben sie wohl.« Kizak heftete seinen Blick wieder auf Ixchel. »Unterstützung, ja?«

»Hilfe und Zuflucht«, sagte sie.

»Gut. Das sind wir der Tochter des Königs auf jeden Fall schuldig.« Er schaute neben sich. »Das gilt auch für dich, alter Mann.« Er meinte damit jenen, der sich bisher am wenigsten erfreut über Ixchels Anwesenheit gezeigt hatte.

»Du bist älter als ich, Kizak.«

»Das stimmt, soweit es meinen Leib betrifft. Der Kopf aber …«

Gelächter flackerte durch den Raum. Kizak machte einen Schritt nach vorne, hob die Arme und es kehrte wieder Ruhe ein. Er sah Ixchel auffordernd an, jedoch freundlich.

»Hat die Prinzessin denn einen Plan?«

»Die Prinzessin hat einige Ideen, aber um daraus einen Plan zu machen, bedarf es der gesammelten Weisheit in diesem Raum«, erwiderte sie.

»Ah, Schmeichelei. Ein kluger Zug. Alte Männer sind für die schönen Worte einer jungen Frau sehr empfänglich. Hat Euch das Chitam beigebracht? Oder die edle Tzutz?«

Ixchel lächelte. »Mein Vater gehörte zu den Empfänglichen.« Erneut Gelächter, diesmal mit einem wissenden Unterton. Ixchel machte sich über die Eskapaden ihres Vaters keine Illusionen. »Der Ratschlag kam von meiner Mutter.«

»Sie war eine kluge Frau. So einiges scheint auf Euch übergegangen zu sein.«

»Euer Lob ehrt mich.«

Kizak nickte langsam. Dann hob er seine Arme und streckte sie seitlich aus. »Alsdann, Prinzessin Ixchel, Tochter des Chitam, wir hören Euch zu.«

21

Inocoyotl war Herr einer verwundeten Stadt, gehasst und gefürchtet, kaum ernsthaft respektiert und abgesehen von seinen engsten Gefolgsleuten recht isoliert – und er fühlte sich schlecht dabei. In der Nacht wachte er immer wieder auf, geplagt von Albträumen und aufgeschreckt durch die Angst, jemand könnte sich an ihm rächen für den Kataklysmus, den sein Herr über B'aakal gebracht hatte. Er vergewisserte sich dann, dass die Wachen an ihrem Platz waren und alles ruhig blieb, ehe er sich erneut hinlegte und unruhig auf seiner Liegestatt hin und her wälzte. Er schlief so schlecht, dass seine Tage trübe wurden, er nicht mehr richtig zuhörte und oft an Aufgaben erinnert werden musste. Die Konzentration kam ihm abhanden und Müdigkeit führte darüber hinaus zu noch mehr Angst, zu Pessimismus, zu Unsicherheit. Das war keine gute Voraussetzung, um eine Stadt zu regieren.

Es war keine gute Voraussetzung für gar nichts.

Es war natürlich manchmal gut, der Realität nicht die volle Aufmerksamkeit zu schenken: Die Blicke seiner neuen Untertanen sprachen Bände. Sie waren voller Angst, sicher, war doch allen das Blutbad in Erinnerung, und sie waren voller Hass, ohne jeden Anflug an Loyalität und, vor allem, ohne jeden Hauch von Unterwürfigkeit, als ob jeder allzeit bereit sei, sich an den Besatzern für das Unaussprechliche zu rächen.

Nein, das stimmte so nicht ganz. Es gab die Schleimer. Die gab es immer, zu allen Zeiten und an allen Orten. Inocoyotl ertrug sie nur mit Mühe, an sich gaben sie ihm ja keinen Anlass zur Kritik, ganz im Gegenteil. Und irgendwer musste ihm ja helfen, diese Stadt zu verwalten. Aber selbst die Schleimer würden ihm in einem unbeobachteten Moment das Messer in den Rücken stoßen, dessen war er sich sicher.

Oder all dies entsprang nur seiner regen Fantasie, gespeist durch die eigene Furcht und den eigenen Schrecken, den Inocoyotl empfand, wenn er an die Taten seines Herrn zurückdachte.

Der Statthalter tat sein Möglichstes, um wieder Normalität in B'aakal einkehren zu lassen. Er versuchte, die Funktionen der Stadt wieder zum Leben zu erwecken, die Versorgung zu sichern. Er störte die Rituale und Traditionen der Maya nicht, wie es ihm befohlen worden war, doch die Anrufungen der Mayagötter mussten selbst für die Bürger B'aakals hohl klingen, hatten sich die höchsten Wesen doch auf überzeugende und nachdrückliche Art von den Ihren abgewandt. Inocoyotl selbst fand keinen Trost in seinen eigenen Göttern, obgleich zwei Priester aus Teotihuacán hiergeblieben waren. Er fand in nichts Trost, auch nicht im Chi, von dem er reichlich zu sich nahm und der sich weigerte, seine Sinne ausreichend zu benebeln. Immerhin half er manchmal, etwas Schlaf zu finden.

Inocoyotl fühlte sich ruhelos. Er fand sich jeden Tag umherwandernd, die Stadt inspizierend. Die Spuren jener Tage des Todes waren weitgehend verschwunden, die Asche der Verbrannten lag auf den Feldern und mochte der nächsten Ernte zuträglich sein. Die Kämpfe hatten kaum Zerstörungen an den Gebäuden verursacht. Die Bewohner der Stadt gingen ihrem Tagwerk nach. Es gab Patrouillen in der Stadt, aber es war bisher noch nichts vorgefallen. An der Oberfläche wirkte alles ruhig, beinahe langweilig. Wenn man nicht wusste, was sich hier noch vor Kurzem zugetragen hatte, dann konnte man fast der Ansicht sein, alles sei wie immer. Wie vorher. Ganz normal.

Vielleicht war Inocoyotl auch einfach nur paranoid.

Er hatte nicht mit dem gerechnet, was sein Herr getan hatte. Ja, Metzli war unberechenbar und konnte grausam sein, wie es Könige nun einmal waren. Aber dieses Massaker ... es fehlte ihm an jedem Respekt für die Würde jener, die er dahingemäht hatte wie Vieh: Könige, Priester, hohe Clanführer, Frauen, ohne Ausnahme. Wenn sie den Tod verdienten, dann sei es so, doch es gab andere Methoden, dies zu erledigen, und sei es nur, sie als Gefangene nach Teotihuacán zu führen und den Göttern zu opfern. Das war für die Betroffenen sicher auch nicht besser, aber es war eine Art von Respekt, die Inocoyotl akzeptiert hätte. Wehrlose zu schlachten und sie alle wie Holz aufzuschichten und in Brand zu stecken, das war würdelos. Es entsprach auch nicht den Traditionen der großen Stadt, der er schon so lange diente.

Und er war nicht der Einzige, der so empfand.

Niemand sagte es laut, aber Inocoyotl war geschult darin, in den Gesichtern zu lesen und zu lauschen, wenn alle dachten, er höre nichts oder habe seine Aufmerksamkeit auf etwas anderes gelenkt. Seine ständige Müdigkeit, sein trüber, blinzelnder Blick halfen ihm dabei. Wenn er beim gemeinsamen Essen mit Soldaten und Würdenträgern seiner Stadt scheinbar einnickte oder gedankenverloren in einen leeren Becher starrte, hörte er doch ganz genau zu. Und das Unwohlsein hatte offenbar weitere Opfer gefunden, die sich leise äußerten, sehr verhalten und ihm gegenüber schon gar nicht. Das war vielleicht die unangenehmste Erkenntnis: dass er, Inocoyotl, als treuester Gefolgsmann Metzlis galt, als unumschränkter Exekutor seines Willens, als loyal und ohne jeden Zweifel. Und dass er in der Lage sein würde, Vergleichbares zu befehlen, nur um die eigene Autorität aufrechtzuerhalten. Dass man ihm dies zutraute. Dabei würde er das niemals tun. Nicht so.

Das schmerzte. Es war nichts, wogegen er etwas machen konnte – diese Angst hielt schließlich vor allem die Bewohner B'aakals unter Kontrolle und das war wichtig –, aber es schmerzte. So war Inocoyotl nicht. Er hatte nichts gegen das notwendige Blutvergießen, er wusste, wie die Dinge getan wurden, und kein hoher Würdenträger aus Teotihuacán war zimperlich. Aber *notwendig* – was das bedeutete, da schien zwischen ihm und seinem König eine Kluft zu bestehen.

Er hoffte, dass all dies bald ein Ende nehmen würde.

Metzli hatte es ihm ja versprochen. Sollte er sein Imperium errichten, das war Inocoyotl recht. Doch er wollte von dieser speziellen Aufgabe so bald wie möglich entbunden werden, denn er war kein Herrscher, sondern nur jemand, der für Herrscher sprach und ihnen die Augen in der Ferne ersetzte. Das konnte er gut, es war ein Spiel, das er verstand und dessen Regeln normalerweise nicht von ihm erwarteten, Urteile über andere Menschen zu fällen, die deren Tod zur Folge haben konnten.

Glücklicherweise war das bisher in dieser Stadt auch bisher nicht nötig gewesen. Der Schock saß noch tief. Keine Aufstände, keine Anschläge, keine Rebellion. Die Erinnerung an jene blutigen Ereignisse gemahnte die Bewohner B'aakals zur Vorsicht. Aber wie lange würde es dauern, bis exakt jene Erinnerung dazu führte, dass man sich des Wertes der eigenen Freiheit und der süßen Versuchung der Rache entsann? Was würde geschehen, wenn die Kunde in die Stadt drang, dass die anderen

Mayastädte sich beratschlagten, neue Könige tatkräftig dabei waren, die Schande von B'aakal nicht ungesühnt zu lassen? Es konnte nicht mehr lange dauern und Inocoyotl hatte bereits jetzt vor diesem Moment große Angst. Wie sollte er dann noch die Kontrolle bewahren?

Metzli wusste hoffentlich, was er da tat.

Am heutigen Tag führten ihn seine ruhelosen Schritte, begleitet von der unvermeidlichen Leibwache, zu den großen Zisternen der Stadt, einer architektonischen Meisterleistung, die jedes Quäntchen Regenwasser aufsammelte und für die Bewässerung zur Verfügung stellte. In diesen Techniken waren die Maya seinem eigenen Volk mindestens ebenbürtig, und obgleich die Besatzer gerne eine gewisse Arroganz an den Tag legten, weil Teotihuacán so viel größer und prächtiger war, wusste Inocoyotl es doch besser. Und er wusste ebenso, dass er sich mit einer derartigen Arroganz keine Freunde machen würde, vor allem dann nicht, wenn die Bewohner B'aakals eines Morgens erwachten und zu dem Schluss kamen, die Sache mit der Eroberung durch einen fremden Feind noch einmal unter einem neuen Licht zu betrachten. Inocoyotl achtete darauf, den Großtaten seiner neuen Untergebenen sichtbaren Respekt zu erweisen. Es war schlimm genug, dass Metzli alle Stelen, die die Geschichte der Herrscher dieser Stadt dokumentiert hatten, vernichten ließ. Weitere Demütigungen konnten sich nur als schädlich erweisen.

»Herr, ich erbitte Eure Gnade!«

Die Stimme riss ihn aus den Gedanken und er hob eine Hand, als seine Garde die Waffen in Richtung eines alten Mannes streckte, der sich ihm in unterwürfiger Haltung genähert hatte. Der Mann trug einfache Kleidung und war offensichtlich unbewaffnet, die einzige Gefahr für Inocoyotls Gesundheit bestand in dem strengen Geruch, den der Greis verströmte. Doch der Statthalter war einiges von seinen Reisen gewöhnt und rümpfte nicht einmal die Nase.

»Lasst ihn vortreten«, befahl er ruhig.

Die Krieger nickten und gaben den Weg frei. Der Alte warf sich vor Inocoyotl auf die Erde, drückte die Stirn auf den Boden, die Arme ausgestreckt. Der Statthalter mochte diese Geste nicht, fand immer noch, dass sie ihm nicht recht zustand, und gemahnte sich zur Geduld, die notwendigen Sekunden abzuwarten, bis es nicht mehr als unwürdig galt, einen

Bittsteller aufzufordern, sich wieder zu erheben. Als der Alte sich aufgerappelt hatte, wagte er nur einen scheuen Blick in das Antlitz des Statthalters, ehe er seine Augen starr auf den Boden vor seinen Zehenspitzen richtete und zu reden begann.

»Segen der Götter für Euch, edler Herr«, sagte er. »Erlaubt einem alten Mann, eine Bitte vorzutragen.«

»Es sei dir gestattet«, erwiderte Inocoyotl. »Sprich offen heraus!«

Wieder flackerte der Blick nach oben, als wolle der Alte sich vergewissern, dass der Statthalter Metzlis es ernst meine. Inocoyotl fasste sich in Geduld. Er wollte nicht herrisch und ungeduldig auftreten. Es geschah viel zu selten, trotz aller seiner Rundgänge, dass sich ein normaler Bewohner der Stadt an ihn wandte. Er wollte die Gelegenheit nutzen und einen guten Eindruck hinterlassen.

»Herr, es geht um meinen Sohn.«

»Was ist mit ihm?«

Der Alte zögerte, suchte wohl nach den richtigen Worten.

Angst, Angst, Angst – Inocoyotl konnte mit niemandem hier ein normales Gespräch führen.

»Er … er hat einen Fehler begangen. Ich bitte nicht um Verzeihung, er ist jung und leicht zu beeinflussen, wie junge Leute es nun einmal sind. Ich habe ihn gewarnt, ihn angefleht, ihm die Folgen seines Tuns deutlich gemacht, aber es hat nichts genützt. Er hat die Entscheidung getroffen und … aber er ist mein Sohn.«

Inocoyotl hatte Kinder, sogar ziemlich viele, und manche davon waren so, andere so geraten, nicht immer ein Quell von Freude und Stolz für ihren beschäftigten Vater. Er konnte also in etwa nachvollziehen, was den alten Mann umtrieb, wenngleich es hier sicher um eine sehr ernste Situation ging – sonst hätte sich der Alte nicht an den Statthalter persönlich gewendet.

»Was genau ist sein Fehler?«, fragte Inocoyotl betont freundlich.

»Er verließ die Stadt. Er ist nach Po unterwegs. Er meint, er wolle gegen … er wolle sich …«

»Er möchte gegen die Herrschaft Metzlis kämpfen, an der Seite einer der noch freien Städte«, vervollständigte Inocoyotl den Satz für ihn, immer noch betont freundlich und ohne jede Anklage in der Stimme.

Der Alte nickte hektisch.

»Er wird gegen den Herrn kämpfen, den göttlichen Metzli, und so er nicht den Tod findet, wird er in Gefangenschaft geraten.« Der Alte machte eine Pause. »Der große Metzli wird in seiner strahlenden Güte doch Gefangene machen, oder?«

Eine berechtigte Frage, fand Inocoyotl, und eine, die er nur schwer mit großer Gewissheit beantworten konnte. Metzli hatte seine grausame und seine milde Seite, und beide interagierten auf mitunter überraschende Weise miteinander. Bei seinem Feldzug hatte er all jenen gegenüber, die sich ihm friedlich unterwarfen, große Gnade walten lassen und unnötige Unterdrückungsmaßnahmen vermieden. Alle, die sich gegen ihn stellten, waren entsprechend ihres Ranges behandelt worden: Hohe Würdenträger und Adlige waren tot. Aber selbst jene Soldaten, die hier in B'aakal an jenem schwarzen Tag gegen die Krieger aus Teotihuacán gekämpft hatten – und dies überlebten –, waren nicht schwerer bestraft worden als mit vorübergehender Gefangenschaft. Krieger waren Bauern, das wusste auch Metzli. Entzog er den Städten, die er eroberte, durch grausame Willkür die Arbeitskräfte, war die Ernte in Gefahr – und damit nicht zuletzt die Versorgung der Armee, die der König mit sich führte. Eine schlechte Ernte war auch Nährboden für Unzufriedenheit und Aufstände. Metzli riskierte das nicht, ein Beweis seiner Weisheit.

Doch, ja. Er würde Gefangene machen. Wer aufgab und die Waffen fortwarf, hatte eine gewisse Chance, den Kampf zu überleben. Inocoyotl war sich dessen nach kurzem Nachdenken einigermaßen sicher.

»Das kann gut sein. Mein Herr ist kein unnötig grausamer Mann«, sagte er also, und löste damit eine gewisse Erleichterung bei dem Alten aus. »Es hängt davon ab, wie beharrlich dein Sohn Widerstand leistet und wann er einsieht, dass sein Kampf sinnlos ist. Das wirst du sicher besser einschätzen können als ich.«

»Wenn mein Sohn gefangen wird, wird er dann versklavt?«

Auch hier war Metzlis Haltung durchaus ambivalent. Er war weitaus weniger ein Freund der Sklaverei, als es eigentlich der Tradition der Stadt entsprach, und sein Denken ging deutlich mehr in die Richtung der Götterboten, die alleine für ihre Armee eine Art von Sklaverei beibehalten hatten, die jedoch mit Privilegien verbunden war, die manch freien Maya dazu veranlasst hatten, sich freiwillig dem Regime der Boten zu unterwerfen. Metzli schien die Sache tendenziell ähnlich zu sehen. Sein

Drang, große Bevölkerungsteile zu Unfreien zu machen, war jedenfalls nicht sehr ausgeprägt.

Seltsam, Inocoyotl hatte sich darüber nie große Gedanken gemacht und doch schien es ihm aufgefallen zu sein.

»Das ist möglich, aber auch unwahrscheinlich«, sagte er also und erneut schien die Antwort dem Bittsteller zu gefallen. »Viele gefangene Soldaten aus B'aakal wurden freigelassen, nachdem sie Metzli Treue schworen. Warum soll es deinem Sohn anders ergehen?«

»Dann bleibt nur noch die Gefahr, dass er woanders im neuen, prächtigen Reich angesiedelt wird, nicht wahr?«, fragte der alte Mann, diesmal etwas selbstsicherer, als habe er gemerkt, dass der neue Statthalter kein Bedürfnis hatte, sich wie ein Unhold zu gebärden.

Dazu fiel Inocoyotl nichts ein. Wer wusste schon, was für Pläne Metzli in seinem Herzen mit sich herumtrug? Die Idee des Massakers von B'aakal hatte er auch mit kaum jemandem geteilt, und mit ihm schon gar nicht.

»Ich weiß es nicht«, sagte er also mit entwaffnender Offenheit. »Der Herr weiht mich nicht in alle seine Pläne ein. Ich weiß es einfach nicht.«

Der Alte sah den Statthalter an, als wolle er nicht ganz glauben, was dieser sagte. Aber Inocoyotl log nicht und er drückte seine Ehrlichkeit so gut aus, wie er konnte. Vielleicht kam das bei dem Bittsteller tatsächlich an, er zog die Worte jedenfalls nicht offen in Zweifel.

»Ich bitte Euch, edler Herr, verwendet Euch für meinen Sohn. Sollte er überleben, so lasst ihn nach B'aakal zurückkehren. Ich werde alles tun, damit er nicht wieder den gleichen Fehler macht, und ich werde ihn für seine Dummheit bestrafen, so er nicht einsichtig ist. Er wird Treue schwören, Eurem Herrn und Euch selbst. Ich verspreche es. Niemals mehr wird er übel auffallen. Ich verspreche es. Bitte, edler Herr, ich bitte Euch. Verwendet Euch für ihn.«

Wieder drückte der Alte seine Stirn in den Dreck und verharrte in dieser Haltung, sodass Inocoyotl nichts anderes übrig blieb, als auf ihn hinabzublicken und darüber nachzudenken, ob er dieses Versprechen abgeben könnte. Natürlich war es ihm theoretisch möglich, aber welche Folgen ergaben sich daraus? Sprach sich herum, dass Inocoyotl diese Art von Hilfe zu geben bereit war, würden weitere Bittsteller an ihn herantreten, mit ähnlichen oder noch schwierigeren Fällen. Und wenn es ihm nicht gelang, zumindest für einige etwas zu erreichen, weil ihm Metzli einfach nur ins Gesicht lachte, würde seine Stellung als Statthalter immer problematischer werden. Andererseits, wenn er nichts tat und die Bitte ablehnte, tat er sich ebenfalls keinen Gefallen. Seine harte Haltung würde nur bestätigen, dass er eine Kreatur seines Herrn war und man nichts von ihm erwarten durfte.

Und es war ja eigentlich auch so. Metzli hielt durchaus große Stücke auf den alten Diplomaten, aber das hieß noch lange nicht, dass dieser irgendeinen Einfluss auf den eigenwilligen Herrscher hatte. Inocoyotl erinnerte sich wirklich nur an die eine Bitte, die er jemals geäußert hatte und die nur seine eigene Zukunft betraf, nicht die anderer Menschen. Hier hatte sich sein Herr entgegenkommend gezeigt, zumindest in gewissen Grenzen. Bei einem solchen Fall aber ...

Es war schwer. Sehr schwer.

Und der Alte lag immer noch vor ihm, reglos, das Gesicht auf den Boden gedrückt. Inocoyotl konnte einfach weggehen und ihn liegen lassen. Aber das würde auch nicht helfen. Egal was er tat, er beging einen Fehler.

Das Leben wurde langsam so richtig mühselig.

»Erhebe dich«, sagte er schließlich. Und als der Mann wieder stand, fuhr er fort: »Nenne mir den Namen deines Sohnes. Ich werde mit dem Herrn über ihn reden, wenn ich die Gelegenheit bekomme. Ich weiß allerdings nicht, wann das der Fall sein wird. Ich verspreche nichts. Erwarte nicht zu viel. Metzli ist ein Herrscher von großem Willen und klaren Vorstellungen, er hört meinen Rat, entscheidet aber selbst. Setze deine Hoffnungen nicht zu hoch an. Ich kann dir das Ergebnis nicht vorhersagen.«

Doch egal, wie vage und vorsichtig sich Inocoyotl ausdrückte, wie viele Hintertüren er sich offen hielt, der Alte hörte natürlich nur das, was er hören wollte. Er verneigte sich vielmals, sprach Dankesworte, die wie aus einer Flussquelle aus ihm heraussprudelten, ließ diese in Lobpreisungen übergehen, deren Überschwänglichkeit Inocoyotl beschämte und irritierte. Er war froh, als der Alte sich endlich zurückgezogen hatte, sicher nicht zuletzt, um die gute Nachricht der Familie zuzutragen, was wiederum bedeutete, dass der Fortgang ihres Gespräches, mit inhaltlichen Anpassungen, schnell in der Stadt die Runde machen würde, bis die Geschichte nichts mehr mit dem zu tun hatte, was tatsächlich gesagt worden war.

Inocoyotl sah dem Mann nach. Er unterdrückte ein wenig staatsmännisches Seufzen und setzte seinen Spaziergang fort. Er würde sich diese langen Ausflüge künftig verkneifen müssen, dessen war er sich sicher. Wenn die Bittsteller in Mengen kamen, würde er ohnehin nicht mehr richtig vorankommen. Der Palast, das stand ihm immer deutlicher vor Augen, wurde zu seinem goldenen Gefängnis und sein Leid als Herr über B'aakal würde in Kürze eine neue Qualität erreichen.

Inocoyotl, der im Licht von Metzlis Gunst badete, war ein trauriger Mann.

22

Ik'Naah legte das Gewand mit in jahrelanger Praxis geübter Sorgfalt an. Sie bekam dabei durch zwei Frauen Hilfe, die schweigsam und voller Furcht an ihr herumzupften, den Kopfschmuck aufsetzten und dafür Sorge trugen, dass dieser fest saß, auch dann, wenn die Hohepriesterin dem König von Zama Respekt zollen würde.

Die alte Frau war sich noch nicht sicher, ob sie das tun sollte. Auf der einen Seite konnte es nur noch schlimmer werden, für alle und besonders für sie, wenn sie sich unwillig und respektlos zeigte. Auf der anderen Seite hatte der König diesen Respekt nicht verdient.

Ik'Naah hörte die Schreie und das Wehklagen der Verwundeten, der Gefangenen und die herrischen Worte der Eroberer. Cozumel war gefallen, daran bestand kein Zweifel, und die Römer waren entkommen. Sie hatten ein Versprechen auf Rückkehr hinterlassen und die alte Frau wollte ihnen gerne glauben. Sie hegte keinen Groll gegen die Fremden, die ihr Blut gelassen hatten und die viele der Feinde in den Tod schickten, ehe sie aufgaben. Die Römer hatten mehr getan, als zu erwarten gewesen war. Jetzt aber lag die Verantwortung für das Wohl von Stadt und Insel auf den Schultern der alten Frau, wo sie ja auch hingehörte. Mit oder ohne die Römer, Zama wäre in jedem Fall gekommen und es wäre in jedem Fall blutig geworden, vor allem wenn ein König diese Stadt regierte, der das Töten liebte und dem Blut eine Freude war.

»Danke, das muss genügen.«

Die Frauen verbeugten sich und stellten ihre Arbeit ein.

»Geht. Verbergt euch irgendwo. Verlasst den Tempel«, befahl Ik'Naah. Eine der Frauen zögerte, doch die andere zog sie mit. *Sehr vernünftig.*

Der König hatte den Haupttempel unbehelligt gelassen. Das war entweder tatsächlich ein Zeichen von Respekt oder schlicht die Erkenntnis, dass es seinem Ansehen und Herrschaftsanspruch nicht dienlich sein konnte, das Gebäude einfach zu stürmen und die heiligen Diener der

Göttin dahinzumetzeln. Cozumel war von Bedeutung für das gesamte Volk der Maya, ein Wallfahrtsort, der viele Frauen anzog. Selbst ein Irrer wie der König von Zama stieß hier an seine Grenzen – oder einige seiner eigenen Priester hatten ihm diese aufgezeigt. Ik'Naah wollte gerne an die Vernunft glauben, auch wenn sie befürchtete, dass dieser Glaube ein falscher war.

Sie trat hinaus ins Freie. Sie verbarg ihre Gefühle hinter einer Maske starrer Selbstbeherrschung, schaute nicht nach rechts oder links. Sie ignorierte die hoffnungsvollen Blicke ihrer Leute, die zusammengetrieben wie Vieh und bewacht durch die Krieger aus Zama ihren Schritten folgten. Sie ging langsam, sie war ja auch alt und es eilte ihr nicht, diesem Mann zu begegnen. Vor ihr lag in jedem Fall eine Demütigung und möglicherweise der Tod.

Yo'nal Ahk wartete auf sie; im Gesicht stand der Triumph, den er nicht zu verbergen trachtete. Er schaute ihr entgegen, neben ihm seine engsten Gefolgsleute, einige noch mit dem Blut ihrer Opfer bespritzt. Auch Yo'nal selbst war nicht unversehrt geblieben, wie Ik'Naah erkannte. Wie ein wahrer König hatte er sich an den Kämpfen beteiligt. Wie schade, dass er dabei nicht den Tod gefunden hatte. Doch diesen für sie höchst unergründlichen Ratschluss der Götter musste sie wohl akzeptieren.

Sie blieb einige Meter vor ihm stehen, neigte den Kopf. Wenn er nun erwartete, sie würde sich in einer Geste völliger Erniedrigung vor ihm auf den Boden werfen, dann hatte er sich getäuscht. Es gab Grenzen für sie. Sie war die Herrin dieser Insel und Auserwählte der Göttin, und obgleich sie dem König sicher Respekt zeigen sollte, war sein Handeln Unrecht und seine überlegene Stellung widersprach der natürlichen Ordnung der Dinge. Ik'Naah hatte nichts, was sie Yo'nal Ahk noch entgegenstellen konnte, keine Waffen, keine Gefolgsleute und keine Verbündeten – zumindest keine, die ihr in diesem Moment noch halfen. Aber das hieß nicht, dass sie ihre Würde leichtfertig opfern musste.

Außerdem war sie alt und gebrechlich. Egal wie der König reagierte, auf ihr Leben kam es nun wirklich nicht mehr an.

Sie verbeugte sich also. Ein wenig. Wie es eine alte Frau eben noch schaffte, ohne das Gleichgewicht zu verlieren.

Jedenfalls verzog Yo'nal das Gesicht, ein wenig zumindest. Erfreut war er also nicht. Er bewahrte seine Haltung, bekam keinen Wutanfall, das hätte angesichts der würdevollen Haltung der alten Frau albern ausgesehen. Er starrte auf die gebeugte Priesterin hinab, die nichts sagte.

Also musste er sprechen.

»Ik'Naah. Endlich treffe ich dich. Meine Botschafter haben viel von dir zu berichten gewusst.«

»Edler König, großer Herr«, murmelte sie. »Ich sehe Euch.«

»Ja, ja, das tust du wohl.« Yo'nal schaute sie einen Moment schweigend an. »Cozumel ist mein, wie es schon lange hätte sein sollen. Mein Vater war weich und zurückhaltend, ich habe das nie verstanden.«

»Euer Vater respektierte die Göttin.«

Yo'nal lachte auf und es klang nicht fröhlich.

»Jeder respektiert alle möglichen Götter«, erwiderte der junge Mann. »Die Göttin Ixchel ist sicher für Frauen von größter Bedeutung. Für einen Mann aber ist sie zweitrangig. Ich habe, wie gesagt, die Zurückhaltung meines Vaters nie verstanden.«

Ik'Naah erlaubte sich ein Lächeln.

»Er entsandte Eure Mutter dereinst zu mir, auf dass ich sie segne. Sie schien unfruchtbar zu sein. Ich vollzog alle Rituale mit ihr. Eine schöne Frau, Eure Mutter. Der Segen der Göttin tat ihr gut. Sie gebar kein Jahr nach ihrer Rückkehr einen Sohn.« Sie machte eine bedeutungsvolle Pause, weidete sich ein wenig am Ärger des jungen Mannes. Es war ein kleiner Sieg und sie war sich einigermaßen sicher, dass sie dafür bezahlen würde. Aber es war die Sache wert. Yo'nal starrte sie an und er wusste nicht, was er sagen sollte. Ein wenig von der dummen Überheblichkeit war gewichen, aber bei Weitem nicht genug, um ihn erträglich zu machen.

»Was wird aus uns, den Priesterinnen und Priestern, den Bewohnern der Stadt?«, fragte Ik'Naah nun. Der König war offenbar beinahe dankbar dafür, dass sie das Thema wechselte und ihn auf vertrautes Terrain zurückführte. Seine Antwort war barsch, als er sprach.

»Alle sind mir untertan und folgen meinen Befehlen. Ich regiere auf Cozumel. Wer auch immer sich gegen mich stellt, wird sterben. Wer mir dient, soll leben. Ich werde neue Priester einsetzen. Deine Zeit ist abgelaufen, Ik'Naah.«

Natürlich war sie das. Die alte Frau machte sich über diese Perspektive keine Illusionen. Jahrelang hatte sie sich dem Streben Zamas entgegengestellt. Jetzt hatte der junge König das Selbstbewusstsein und den Vorwand gefunden, sich die Insel untertan zu machen, und was für ein großartiger Triumph das war. Die erheblichen Verluste waren ihm völlig gleichgültig. Und ob nun eine alte Frau zusätzlich auf den Berg der Leichen geführt wurde, war ebenfalls unerheblich. Ik'Naah straffte ihren Leib, so gut sie konnte. Sie spürte, wie die kalte Hand des Todes nach ihr griff, einen Schauer der Erwartung über ihre Haut fahren ließ.

Hatte sie Angst?

O ja, sie hatte Angst und sie dankte Ixchel dafür, dass die Göttin sie daran erinnerte, dass sie nur ein Mensch war, Sprecherin der Höchsten, manchmal ihr Werkzeug, aber niemals mehr als eine Sterbliche. Sie hoffte, nach ihrem Tode gnädige Aufnahme in den Armen der Göttin zu finden, auf dass ihr Leben in der Unterwelt keine Qual werden würde. In puncto Qualen, da hatte sie das Gefühl, würde sich der junge Mann vor ihr gerne noch das eine oder andere ausdenken.

Sie fühlte, wie Krieger an ihre Seite traten und sie hart ergriffen. Sie leistete keinen Widerstand. Ihr gebrechlicher Körper war dazu gar nicht in der Lage.

»Ich nehme an«, sagte sie ruhig, »dass Ihr mir keinen Ruhestand in Ehren und Frieden zuerkennen wollt.«

Der König machte einen Schritt auf sie zu und zischte: »Ich selbst werde dir das Herz aus dem Leib schneiden und es den Göttern opfern!«

Es war laut genug, dass alle Umstehenden es hören konnten. Gemurmel erhob sich. Der Unwillen in der Menge der Zusammengetriebenen wurde spürbar. Ik'Naah bekam es mit der Angst zu tun, nicht um sich, aber um die Ihren. Sie sah, wie Krieger ihre Waffen hoben, drohend, allzeit bereit, dem anschwellenden Protest ein blutiges Ende zu bereiten.

Dann gab es Bewegung.

Sie hörte, wie jemand etwas schrie.

»Nein!«

Eine allzu vertraute Stimme. Ihr wurde kalt. Sie sah sich um, soweit sie das konnte. Ja, er war es. Irgendwie hatte es Yatzak, der alte, gute Yatzak, geschafft, die Absperrung durch die Männer aus Zama zu überwinden. Er lief schnell, so schnell, wie sie es ihm niemals auf seinen dünnen, vom Alter gekrümmten Beinen zugetraut hätte, und stellte sich vor den König, der den alten Mann erstaunt und mit grausamem Amüsement anschaute, eine Hand hob, um die Krieger zurückzuhalten, die sich des Alten bemächtigen wollten.

Nein, Yatzak, dachte sie voller Bitterkeit und Trauer. *Tu das nicht!*

»Herr, verschont sie! Sie ist eine alte Frau!«, rief Yatzak atemlos und beging seinen Fehler. Er griff nach vorne, wollte den König wie zum Nachdruck seiner Bitte berühren. Doch ehe er die Bewegung auch nur halb vollzogen hatte, durchstieß ihn die Obsidianklinge eines Leibwächters. Eine schnelle Bewegung, begleitet durch das schmatzende Geräusch, mit dem das Fleisch durchtrennt wurde.

Ik'Naah stieß einen kleinen Schrei aus.

Yatzak sah an sich hinab, auf die blutende Wunde, und die Kraft verließ ihn. Er schaute Ik'Naah an, die Tränen in den Augen hatte und die keinen Laut mehr hervorbrachte, als ihr alter, guter Freund sterbend neben ihr zu Boden sackte.

Die Menge wurde jetzt sehr unruhig. Die Bewohner der Insel protestierten. Bewegung wurde sichtbar, ja spürbar, und der König sah sich um, sein Gesicht von plötzlichem Zorn entstellt. Er beugte sich nieder, zog sein Messer und griff zur Leiche Yatzaks. Er öffnete den Brustkorb des Toten mit einem schnellen, geschickten Schnitt, der große Kraft und Übung bewies, dann griff er mit einer Hand hinein, während die andere weiter das Messer führte. Sekunden später riss er das tote Herz des Alten aus der Brust und hielt es blutüberströmt in die Luft.

»Das ist das Herz von Cozumel!«, schrie er. »Ich spucke darauf! Es ist genauso wenig wert, den Göttern geopfert zu werden, wie es diese alte Vettel ist! Brennen sollen alle, die sich mir widersetzen, und verderben im Angesicht des großen Zama!«

Und dann drehte er sich um und drückte Ik'Naah, die versteinert und fassungslos dem grausamen Schauspiel gefolgt war, die warme, blutende Masse ins Gesicht. Die Krieger hielten sie eisern fest, als er die Fetzen des Fleisches mit Intensität auf ihrem Kopf, dem Oberkörper verschmierte und dabei immer wieder lachte, als sei dies die schönste Belustigung, die er sich vorstellen konnte. Dann zerdrückte er den Rest, sah die entgeisterte Priesterin an, deren Tränen sich mit dem Blut des Toten, des alten Freundes, des Geliebten ihrer Jugend vermischte und die zu wenig mehr imstande war als einem stummen, fassungslosen Zittern.

Er spuckte sie an.

Der Speichel traf sie an der Wange.

Und das war zu viel.

Ein vielstimmiger Schrei erhob sich, ein kollektives Entsetzen, eine große, große Wut. Der König von Zama machte einen Schritt zurück, für einen Moment erschrocken, sah, wie ein Krieger von der eingekesselten Menge überwältigt wurde, wie man ihm die Waffen entriss.

Er fasste sich schnell.

»Tötet sie!«, gellte sein Schrei. »Tötet sie alle, bis sie sich ergeben!«

Die Krieger heulten ihre Zustimmung.

Es war so furchtbar. Furchtbar, was jetzt geschah.

Yo'nal Ahk wandte sich Ik'Naah zu. Seine Hände waren immer noch rot vom Blut Yatzaks, doch es schien ihn nicht zu stören. Er ignorierte das Töten, das um ihn herum anhob, die Schreie, die Verzweiflung. Seine Augen schienen zu glühen.

»Haltet sie am Leben«, sagte er leise zu den Männern, die sie im Griff hatten. »Säubert sie. Gebt ihr Kleidung. Sie soll brennen, so habe ich es befohlen. Wenn das hier vorbei ist, sollen es alle sehen. Ich werde sie auf ihren geliebten Tempel stellen und sie wird brennen, lichterloh, und das Haus ihrer nichtswürdigen Göttin mit ihr.«

Damit wandte er sich ab, hob seine Klinge, ergriff seinen Speer, und half seinen Kriegern, die wütende, rebellierende Menge derer von Cozumel zu dezimieren, und er hörte nicht auf, bis er genug hatte.

Ik'Naah sah es sich an.

Sie konnte einfach nicht wegsehen.

Es dauerte, bis der König befriedigt war.

Es dauerte wirklich lange.

23

Es war nicht so, dass man die Gefangenen, die in Mutal festgehalten wurden, weil man sie auf der einen Seite nicht töten, auf der anderen Seite aber auch nicht in die Freiheit entlassen wollte, schlecht behandelte. Balkun saß im Innenhof eines großen Gebäudes, das von Metzlis Soldaten besetzt worden war, und obgleich die Hitze ihm zu schaffen machte, klagte er nicht. Zwei Dutzend Männer waren seine derzeitige Gesellschaft, alles Leute aus den Städten, die einst die Allianz ausgemacht hatten, für die Bahlam und die anderen Herrscher gestorben waren. Es waren Gesandte, keine Könige, Männer von Einsicht und mit Kenntnissen, derer sich Metzli zu bedienen trachtete. Balkun fühlte sich durchaus wohl in dieser Gesellschaft. Hochgestellte Persönlichkeiten, die tief gefallen waren, dazu zählte er jetzt auch. Er verstand sich gut mit ihnen. Ja, er hatte einst für ihren Feind, den Herrn der Götterboten, eine Stadt regiert. Aber das gemeinsame Schicksal, von Metzli verraten worden zu sein, einte sie in ihrem Leid. Und man vertrieb sich die Zeit mit Spielen und Diskussionen, denn der Herr von Teotihuacán war unterwegs – Eroberungen festigen, Feinde zerschmettern, Triumphe feiern – und hatte für seine Gefangenen keine aktuelle Verwendung.

Sie erhielten zwei Mahlzeiten und ausreichend Wasser. Sie blieben unbehelligt. Die meisten waren schon ältere Herren, keiner von ihnen dachte auch nur im Traum daran, mit den Wachen handgreiflich zu werden. Es entwickelte sich eine stille Übereinkunft mit ihren Bewachern: Sie wurden weder schikaniert noch unnötigen Anstrengungen unterworfen und die Gefangenen machten dafür absolut keinen Ärger. Ein Arrangement, das sich für beide Seiten als hilfreich erwiesen hatte. Das hieß nicht, dass es gar keine Spannungen gab. Und hin und wieder kamen neue Gefangene hinzu, oft auch jüngere, und diese mussten sich an die vorsichtige Balance im Verhältnis untereinander sowie zu den Wachen erst gewöhnen.

Es war später Abend am Ende eines langen, sonnigen Tages, den sie alle mit allerlei Beschäftigungen im spärlichen Schatten des Hofes zugebracht hatten. Ihre Nachtlager waren leider nur dünne Matten und jedem taten die Knochen weh, den Älteren ganz besonders. Balkun schlief noch einigermaßen gut, hatte aber Probleme, Ruhe zu finden – er verbrannte einfach nicht genug Energie während des Tages und so wollte die Müdigkeit sich nie recht einstellen. Auch an diesem Abend, es war schon nach Sonnenuntergang, hockte er auf seiner Matte und starrte in den klaren Sternenhimmel. Es hatte sich noch nicht richtig abgekühlt, aber das würde noch kommen und er sehnte sich danach. Das Einzige, was sie hier zu wenig bekamen, war die Gelegenheit zum Waschen, sowohl ihrer Kleidung wie auch ihrer Körper. Er stank. Sie stanken alle.

Es war nicht schön.

Balkun lauschte den Geräuschen der Nacht. So manches Mal hörte er schlurfende Schritte von Wachen, aber nicht oft. Die nächtlichen Diensthabenden waren nicht die eifrigsten. Sie zogen es vor, an einem Platz zu bleiben, und meistens, so hatte Balkun herausgefunden, dösten sie.

Etwas knisterte und fiel zu Boden.

Balkun reagierte erst gar nicht. Eine plötzliche Bewegung mochte die Aufmerksamkeit auch müder Soldaten erwecken. Dann drehte er sich mit gelassener Neugierde um. Unweit seiner Lagerstatt, die er immer etwas abseitshielt, um seine Ruhe vor dem lauten Geschnarche zu haben, lag etwas, was vorher nicht da gewesen war. Er griff danach und hielt ein zusammengeknülltes Stück Papier in Händen, darin ein Stein, um es werfen zu können. Das schwere und dicke Material des pergamentähnlichen Papiers hatte sich nur mit Mühe um den Stein winden lassen, es war mit einer kleinen Schnur nachgeholfen worden.

Er schaute sich um. Über irgendwelche Mauern war das nicht geschleudert worden, aber aus einem der Fenster zum Innenhof – das war möglich. Hatte er irgendwo einen heimlichen Verbündeten? Einen alten Freund?

Nein. Balkun schüttelte den Kopf in der Dunkelheit. Seine Freunde waren, soweit sie noch lebten, Gefangene in der Janitscharenarmee, die aus Mutal geflohen war – so hörte man! –, oder in Yaxchilan. Seit der Saclemacal regiert hatte, war die Anzahl seiner Freunde stark geschrumpft. Ja, er musste sich Mühe geben, überhaupt einen Namen nennen zu können.

Herrscher hatten keine Freunde. Verräter hatten keine Freunde. Verlierer hatten keine Freunde.

Recht betrachtet, fiel ihm absolut niemand ein.

Er entfaltete das Papier. Die Wachen schliefen, er musste sich keine Sorgen machen. Der Innenhof war fest geschlossen und niemand würde entkommen können. Es gab nicht einmal nächtliche Rundgänge direkt unter den Schlummernden. All das war auch Teil der stummen Übereinkunft: Gefangene und Wachen störten das jeweilige Schlafbedürfnis nicht. Ein gutes Arrangement – wenn man überhaupt Schlaf fand.

»Balkun«, las er. Also eindeutig an ihn adressiert. *»Wenn du gegen Metzli bist, lege den Stein am Fuße der Stele ab, direkt neben dem Symbol für Mutal.«*

Das war alles. Keine Aufforderung, keine Versprechen und natürlich kein Absender. Die Frage war berechtigt, die man ihm hier stellte. Die bloße Tatsache, dass er Gefangener war, hieß ja nicht, dass er die Absicht hatte, sich gegen den neuen Herrn zu stellen. Vielleicht wollte er nur seine Nützlichkeit abwarten und auf Freiheit hoffen, die ihm ja in der Tat auch versprochen worden war. Balkun hatte ja schon einmal eine gewisse Flexibilität in seinen Loyalitäten unter Beweis gestellt.

Aber er konnte ja nützlich sein, indem er so tat, als wolle er sich gegen Metzli wenden, aber dann seine unbekannten Freunde an diesen verriet! War dieser Gedanke denjenigen überhaupt gekommen, die ihn hier zu kontaktieren suchten?

Andererseits war es natürlich möglich, dass ihm sein Ruhm vorauseilte, sein Ruf als jemand, der auf eine gewisse Weise vertrauenswürdig war und der gewissen Prinzipien folgte, ob nun unter Zwang oder auch nicht. Vielleicht erinnerte sich jemand seiner. Kein Freund notwendigerweise, aber etwas Respekt genügte ja manchmal schon.

Balkun langweilte sich und war neugierig.

Also legte er den Stein an die bezeichnete Stelle und hockte sich wieder auf seine Matte. Würde jemand auftauchen und nachsehen? Das war natürlich Blödsinn, sagte er sich. Ein Blick in den Innenhof genügte völlig, um den Standort des Steins zu verifizieren. Die Idee war also nicht dumm. Man fiel nicht auf und die Nachricht kam an.

Irgendwann fielen ihm die Augen zu. Er träumte wilde Sachen, die in ihm eine Mischung aus Gefühlen auslösten, aus denen er sich am Morgen nur schwer und sehr benommen löste. Seine Familie hatte eine Rolle gespielt, und der Gedanke löste Melancholie in ihm aus. Als er sein Frühstück zu sich nahm und die sinn- und ziellosen Gespräche des Tages ihren Anfang nahmen, erfüllte der Gedanke an seine Lieben sein Bewusstsein. Es war immer schwer, wenn sich das aufdrängte, und er versuchte so weit wie möglich, diese Form der Selbstzerfleischung unter Kontrolle zu halten. Ja, es gab Menschen, die es schlimmer getroffen hatte, deren Verwandte gestorben waren, verschollen oder die selbst auf grausame Weise Metzlis Taten zum Opfer gefallen waren. Aber Leid war individuell, das hatte Balkun verstanden, und es war niemals absolut gleich für alle. Das Leid des einen gegen das des anderen aufzurechnen, führte zu nichts. Es mochte manchmal die Intensität des Gefühls etwas lindern, solange aber die Ursache noch bestand, war es das Wichtigste im eigenen Denken und konnte nur kurzzeitig relativiert werden. Das Beste war, gar nicht daran zu denken, und Balkun benötigte den Vormittag, um diesem sich selbst gegebenen Ratschlag zu folgen.

Es geschah nichts von Bedeutung bis zum nächsten Abend. Wieder hockte er auf seiner Matte, halb aus Schlaflosigkeit, halb aus Neugierde, ja mit stiller Erwartung, dass es eine erneute Kontaktaufnahme geben würde. Die Wachen hatten sich in der spärlichen Interaktion des Tages jedenfalls nicht auffällig benommen und der Stein lag immer noch da, wo Balkun ihn abgelegt hatte, scheinbar zufällig.

Er wäre beinahe eingenickt, als er die Berührung an seiner Schulter spürte. Er zuckte hoch, machte aber keinen Lärm und drehte sich um. Ein Schatten ragte über ihm auf. Einer der Wachmänner. Er tippte Balkun erneut auf die Schulter und bedeutete ihm mitzukommen. Der Gefangene folgte schweigsam. Sie gingen nicht weit, verließen den Hof und endeten in einem Raum ohne jedes Mobiliar, erleuchtet durch eine Talglampe, die ein schwaches, flackerndes Licht abgab. Darin wartete eine weitere Gestalt und der Wachmann ließ sie mit einem Nicken allein.

Die Gestalt war ein Mann, gebeugt, deutlich älter als Balkun.

»Wir haben dem Krieger Metzlis viel bezahlt«, sagte eine heisere Stimme. »Kakaobohnen, Obsidian, die willigen Dienste zweier Frauen, frischen Chi. Wir haben nicht viel Zeit und ja, ich weiß nicht, ob er uns nicht doch verraten wird. Du hast jetzt die Gelegenheit, wieder zu gehen und dich schlafen zu legen.«

»Wer bist du?«, sagte Balkun einfach und hockte sich auf den nackten Boden. Er war jetzt hellwach. An Schlaf war nun wirklich nicht mehr zu denken. Der drängende Unterton des Sprechers machte ihm deutlich, dass er sich in einer gefährlichen Situation befand, möglicherweise einer tödlichen.

»Mein Name ist Itzanami. Ich bin ein Priester in Mutal, ein Mann von vormals großem Einfluss.«

»Unter Metzli hat sich das bestimmt geändert.«

Der Mann lächelte. Seine wettergegerbte Haut war im diffusen Licht kaum zu erkennen. Er war alt.

»Es hat sich geändert. Wir sind in unseren Ritualen nicht beschränkt worden. Aber manche Bewohner der Stadt sind der Auffassung, dass es sich als opportun erweisen könnte, lieber den Göttern aus Teotihuacán zu huldigen. Die Attraktivität unserer eigenen Götter hat nachgelassen – es scheint, dass sie Mutal ihre Gunst entzogen haben, und dann ist man des Betens irgendwann auch müde.«

Balkun war fasziniert, mit welcher Rationalität der Priester, dessen Lebensinhalt in der Anbetung der Götter bestand, diesen Tatbestand beschrieb. Er konnte nicht einmal Wehmut oder Zorn erkennen. Es war klar, dass Itzanami nicht hier war, um mit dem Gefangenen religiöse Dinge zu diskutieren.

»Eine schwierige Zeit«, kommentierte Balkun mit einer Erkenntnis, die an jedem Tag zu jeder Zeit irgendwie Gültigkeit hatte.

»Balkun, wir sind der Ansicht, dass die Herrschaft Metzlis nicht ewig währen kann.«

»Wer ist ›wir‹?«

»Jene, die diese Ansicht vertreten.«

Balkun lächelte. Das Spiel konnte er auch.

»Nun, ich stimme zu. Metzli ist ein Mann von großen Fähigkeiten, aber unsterblich ist er nicht. Sobald er tot ist, wird seine Herrschaft ein Ende haben.«

Itzanami lächelte zurück. Gegen diese höchst diplomatische Antwort hätte nicht einmal Metzli selbst etwas einwenden können. »Wir wären natürlich daran interessiert, dieses ›sobald‹ ein wenig zu beschleunigen.«

Balkun wusste das natürlich.

»Ein großer Plan, und verwegen dazu.«

»Verwegen in der Tat. Schwer durchzuführen. Aber wir halten Metzli für den Dreh- und Angelpunkt. Die Bewohner von Teotihuacán haben nie ein riesiges Reich errichtet. Ihr Einflussgebiet war und ist groß, größer als das meiste, was je von einer Mayastadt beherrscht wurde – aber niemals *so* groß. Metzli tanzt aus der Reihe.«

»Ein guter Tänzer.«

»Das mag sein. Aber was ist, wenn ihm etwas zustoßen sollte? Werden seine Nachfolger es ihm gleichtun? Sein ältester Sohn ist zwölf, hören wir. Es wird einen Regenten geben oder gleich einen neuen König, je nachdem. Wie groß ist die Wahrscheinlichkeit, dass dies zum Rückzug aus dem Gebiet unseres Volkes führen wird?«

»Ich weiß es nicht.« Das war die Wahrheit. Balkun hatte so gut wie keine Ahnung über die Machtverhältnisse, die Kultur und das Funktionieren von Teotihuacán, einer Stadt, die bisher für ihn nur eine eher mythische Dimension gehabt hatte. All das, was der Priester hier erzählte, konnte die Wahrheit sein oder bloßes Wunschdenken. Balkun wusste es nicht besser oder anders.

»Wir spekulieren auch«, sagte Itzanami mit entwaffnender Offenheit. »Es ist riskant, damit zu rechnen, aber es ist besser, als sich auf den Bauch zu legen und für den Rest seines Lebens die Stirn in den Staub zu drücken.«

Balkun enthielt sich eines Kommentars. Auch vor Mayakönigen hatte man sich niederzuwerfen. Der wichtige Unterschied war aber, dass Priester von hohem Rang diese unwürdige Haltung im Regelfall erspart geblieben war, während Metzli sich mit den Feinheiten des Protokolls in dieser Hinsicht noch nicht angefreundet hatte. Itzanamis Verbitterung war daher nachvollziehbar, hatte aber mit der Realität all jener, die keine hohen Würden trugen, wenig zu tun. Balkun war noch nicht so lange über seinen Stand erhoben worden, um sich nicht lebhaft daran erinnern zu können. Er kannte das Gefühl, mit dem sich der Dreck in die Stirn bohrte. Er erinnerte sich lebhaft.

»Ich verstehe. Ihr wollt meine Hilfe.«

»Das wäre schön.«

»Welcher Art?«

Der Priester beugte sich weit nach vorne, Balkun entgegen.

»Töte Metzli.« Das war ganz, ganz leise gekommen, ein Hauch von einem Wispern. Es war beinahe unverständlich gewesen.

Balkun klappte den Mund auf und wieder zu. Ein starkes Stück.

»Wenn ich das tue, ist *mein* Tod die unmittelbare Konsequenz. Möglicherweise sterbe ich bei dem Versuch. Nein: Wahrscheinlich tue ich das.«

»Nicht, wenn man es richtig macht.«

Balkun ließ keinen Zweifel daran, dass er diese Ansicht nicht teilte.

Itzanami sah es ihm sicher sofort an, denn er hob beschwichtigend die Hände. »Es werden sich Gelegenheiten ergeben!«

»Gelegenheiten für mich zu sterben, ganz sicher.«

»Es gibt keine Möglichkeit, das Risiko völlig auszuschalten. Gefangener des Metzli zu sein, ist gleichfalls riskant.«

Balkun konnte dem nicht widersprechen. Er durfte sich nicht in falscher Sicherheit wiegen, wenngleich seine aktuellen Lebensumstände dies natürlich beförderten. »Ich höre mir deine Vorschläge an und werde dann entscheiden«, sagte er schließlich und schien damit die Erwartungen des Priesters vorerst zu erfüllen.

Dieser jedenfalls sah zufrieden aus, faltete die Hände vor seinem Bauch und schaute kurz in die flackernde Flamme der kleinen Lampe. »Mutal wird sich nicht kampflos ergeben«, sagte er dann.

»Mutal hat sich doch bereits kampflos ergeben, wenn ich mich nicht irre.« Balkun konnte sich diese Bemerkung nicht verkneifen und er sah, dass er damit einen wunden Punkt berührt hatte.

Itzanami jedenfalls wirkte nicht beglückt ob dieses Kommentars. »Es war ein taktischer Rückzug – so nannte es der Götterbote Aritomo.«

Balkun beugte sich nach vorne. Das regte ihn jetzt doch ein wenig auf. »Du nennst ihn immer noch einen Götterboten? Meinst du das ernst, Priester? Die Fremden sind durch die Zeit gereist, für uns unerklärlich – und für sie selbst ganz offensichtlich auch. Sie sind gute Handwerker, kennen viele Geheimnisse, aber nichts davon ist Magie, nichts völlig unverständlich, nichts, was man nicht durch intensives Studium nachvollziehen könnte. Die Fremden selbst hatten doch begonnen, uns dies zu lehren, ist es nicht so? Und wenn es um den Krieg ging, stand Inugami da und hat Blitze aus dem Himmel gegen seine Feinde geschleudert und die Götter über die Erde wandeln lassen oder hat er seiner Armee lediglich beigebracht, wie man einen Krieg besser, effizienter führt, als es die Maya vorher gemacht haben? Keine Götterboten, Itzanami von Mutal! Es sind Menschen wie wir und sie bluten, sie leiden, sie ficken, sie sterben. Ich habe es gesehen, du hast es gesehen und Inugami, Herr der Götterboten, ist so tot, wie es auch ein Maya sein kann. Wir sollten aufhören, sie so zu nennen. Es verstellt uns den Blick auf das, was sie wirklich sind.«

Itzanami widersprach nicht. Er wirkte ein wenig betroffen, aber er widersprach nicht, sondern nickte sogar, langsam und nachdenklich. »Was sind sie also wirklich, Balkun?«

»Gestrandete. Verlorene. Verstoßene.«

Itzanami blinzelte. »Ja«, sagte er versonnen. »Ja, so wird es wohl sein. Aber sie *haben* Macht.«

»Ihre *Ideen* haben Macht. Alles andere haben wir ihnen überlassen, geblendet von ihren Ideen, ihrem Auftauchen und den Werkzeugen des Todes, die ihnen zu Gebote stehen – und die nicht einmal stark genug waren, um Mutal zu verteidigen, was sie selbst einsahen.«

»Ja.« Und noch einmal: »Ja.« Itzanami fuhr sich mit der flachen Hand über das Haar. »Wir haben uns sicher blenden lassen«, sagte er leise. »Wir wollten glauben, wir wollten auserwählt sein. Sieh, wohin es uns gebracht hat. Ein Grund mehr, das Schicksal wieder in die eigenen Hände zu nehmen, oder?«

Diese Haltung gefiel Balkun. »Dann erzählt mal, was für Vorstellungen der Widerstand in Mutal hat«, meinte er nun lächelnd.

Itzanami holte tief Luft. »Gut. Als Erstes erzähle ich dir von Ixchel, der Tochter des Chitam.«

»Warum?«

Was hatte ein noch nicht einmal richtig erwachsenes Mädchen mit der Sache zu tun?

»Nun – sie ist unsere Königin.«

Balkun schluckte seine Antwort herunter und hörte erst mal einfach nur zu.

24

Aritomo wusste nicht, woran er es spürte. War es unter Umständen eine Art von Intuition, die er seit seinem Aufenthalt in dieser Zeit entwickelt hatte? War es möglicherweise ein Hinweis, eine Regung, ein Blick, den er unbewusst aufgenommen hatte und der das Warnsignal in ihm auslöste? Er würde es nie erfahren, aber das kribbelnde Gefühl drohender Gefahr erfüllte ihn mit plötzlicher Energie. Die Schmerzen seiner Füße schwanden aus seiner Aufmerksamkeit. Er sah sich um, kniff die Augen zusammen. Hatte niemand die gleiche Empfindung? Bildete er sich etwas ein? Aritomo wäre nicht überrascht, wenn er sich als Opfer überreizter Nerven herausstellen sollte. Wenn man wochenlang nicht zur Ruhe kam, dann war das die Konsequenz, vor allem in einer fremden Umgebung, verfolgt von Feinden, mit einem höchst ungewissen Schicksal vor Augen.

Feinde. Das Wort dachte er und es schmeckte metallisch in seinem Mund, als würde er bluten. *Die Nerven*, sagte er sich. *Schlechte Mundhygiene. Was auch immer.*

Entspann dich!

Er sagte es immer wieder, wie ein Mantra, und es half ihm, nach außen hin Ruhe zu bewahren, weitere Schritte zu machen, als sei nichts. Es war wahrscheinlich auch nichts, außer dass Aritomo Hara möglicherweise gerade durchzudrehen drohte.

Dann hörte er das Geräusch, den fernen Knall, charakteristisch, durchdringend, und den Schrei, der daraufhin folgte.

Und da wusste er, dass er keinesfalls durchdrehte.

»Alarm!«, schrie er aus voller Kehle und er sah um sich erschreckte Gesichter, aus der Meditation des Marsches gerissen, plötzlich aufmerksam, aber ohne ein Ziel für ihre Aufmerksamkeit.

»Deckung!«, rief er erneut und seine Kehle brannte. »Sucht euch alle Deckung! Lengsley! Signal an die Flottille. *Signal, jetzt!*«

Aritomo schrie und rief und befahl. Es dauerte, bis die Anordnungen Wellen schlugen, wie ein Stein, der in ein sehr träges, schlammiges Gewässer geworfen wurde. Alle waren sie müde. Die Späher hatten nichts gemeldet, ihr Warnsystem versagt. Alle schreckten sie auf, viel zu langsam, und die gerühmte Disziplin setzte erst schrittweise ein.

Krieger sahen sich um, verwirrt, erwarteten zu Recht eine Bedrohung, die doch keiner erblickte. Dann stand da eben noch ein Mann, den Speer erhoben, die Augen landeinwärts gerichtet, und im nächsten Moment fehlte ihm die Hälfte seines Schädels, er wurde zurückgeworfen, prallte auf den Boden, der Blick der eines Toten. Gehirnmasse spritzte auf Umstehende, Knochensplitter schlugen gegen erhobene Schilde, Angst machte sich breit.

Metzli.

»Disziplin!«, rief Aritomo und er benutzte die Mayabefehle, die Inugami mit den Janitscharen eingeübt hatte. »Disziplin! Formation!« Er wurde gehört. Unterführer trugen seine Worte weiter. Organisation überdeckte das beginnende Chaos. Krieger liefen, aber nun nicht mehr kopflos. Einige weitere starben, gefällt von einem unsichtbaren Riesen, zerquetscht durch eine Macht, die aus dem Nichts über sie hereinbrach.

Aber *Disziplin. Formation.*

Schilde wurden erhoben, Männer warfen sich zu Boden, nicht getroffen, sondern Schutz suchend. Sie waren immer noch Ziele, aber weniger eindeutige. Deckungen wurden gesucht, wie sie es oft geübt hatten. Felsen, Bäume, Sträucher nur, zumindest als Sichtschutz. Geschosse zischten an ihnen vorbei und schlugen in Rinden ein, ließen Holzsplitter prasseln. Jeder Schuss, der eine Deckung traf, war eine Verschwendung für den Feind.

Auch Metzli hatte nicht Munition auf ewig. Jeder Fehlschuss war ein langfristiger Gewinn für seine Gegner.

Aritomo fraß Dreck, als er sich zu Boden warf, in eine Mulde am Strand, mit Steinchen, die sich schmerzhaft in seinen Körper bohrten. Besser als jede Kugel. Er hob den Kopf an. Eine vieltausendköpfige Truppe war in kürzester Zeit zu Boden gegangen und viele lagen weiterhin wie auf dem Präsentierteller. Aber viele andere waren in relativer Sicherheit und keiner war in Panik ausgebrochen.

Inugami hatte das Richtige getan.

Aritomo wunderte sich über diesen befremdlichen Gedanken, aber er schalt sich dafür nicht. Inugami war kein Prophet gewesen, aber von hoher praktischer Intelligenz. Eine gut geölte Maschinerie aus den Janitscharen zu machen, war eine in vielerlei Hinsicht richtige Entscheidung gewesen.

Und jetzt rettete sie Leben.

Und der Feind ließ nicht nach.

Es *musste* Metzli sein. Er hatte diese Gewehre mit großer Reichweite und von bemerkenswerter Präzision. Dann kam das Donnern, mitten in diesen Gedanken hinein. Das der Küste am nächsten gelegene Schiff hatte das Feuer aus den Schiffskanonen eröffnet, über die auf den Boden gepressten Maya hinweg, in Richtung eines unsichtbaren Feindes, ziellos, aber laut, erschreckend und hoffentlich sehr beeindruckend. Es zischte über seinem Kopf. Irgendwo krachte es.

Aritomo jedenfalls *war* beeindruckt. Er hatte *Angst.* Richtige Angst. Er lag noch nie unter Geschützfeuer. Dies war das erste Mal und die zweite Salve jagte beängstigend nah über ihn hinweg. Er spürte Druckwellen, er hörte den Krach und er betete, dass nur jene getroffen wurden, die ...

Ein vielstimmiges Geschrei erklang.

Keine Furcht und kein Schrecken, sondern der anfeuernde Ruf einer Armee, die sich auf das Schlachtfeld begab, um die Entscheidung zu suchen. Aritomo sah hoch und die Wand aus Männern, die aus dem nahen Wald brach und auf das Ufer zustürmte, war von beeindruckender Unausweichlichkeit. Eine dritte Salve krachte und jetzt sah Aritomo die Wirkung, wie die Geschosse Löcher in diese bewegliche Wand rissen, Löcher aus Blut und Eingeweiden, aus Entsetzen, Angst und großem Schmerz, und wie der Ansturm ins Stocken geriet. Geschrei. Ermunterung. Panik. Aber auch da: Disziplin. Formation.

Nur ein wenig Panik.

Nur kurz.

Denn es gab auch bei den Kriegern aus Teotihuacán jemanden, der verstand, wie gekämpft wurde.

Aritomo traf seine Entscheidung. Er erhob sich, winkte in Richtung der Schiffe. Der Feind war nahe. Die Geschütze würden ihn empfindlich treffen, aber wenn er über die auf den Boden gepressten Maya kam, war keine organisierte Schlacht möglich. Es würde in einem Gemetzel enden. Und wenn die Angreifer weiter vordrangen, würden sie auf die Liegenden einhauen, was zu verhindern war.

Aritomo schrie: »Obsidian! Obsidian! Auf, Männer, in Formation!«

Das Wort und seine Bedeutung kannten sie alle. Es war, als würde sich ein Teppich in Bewegung setzen, aus dem Boden springen, wie Ameisen, die eine neue Art der Selbstorganisation entdeckten. Der Gegner schoss mit seinen Gewehren, sparsam, gezielt und tödlich. Doch jetzt waren die Janitscharen des Inugami unbeirrt und die Obsidian-Formation, in der sich die Einheiten fanden, Unterführer das Kommando übernahmen, Schilde erhoben wurden und Speere bereitet, war etwas anderes als eine Horde auf dem Boden liegender Opfer.

Opfer. Die gab es. Viele. Aritomo schritt nach vorne, sah Lengsley neben sich. Er hielt eines der wenigen, kostbaren Gewehre. Wenn ihnen die Munition ausging, dann war dies nicht mehr als ein obskures Artefakt. Nein, korrigierte sich Aritomo. Die Römer konnten damit möglicherweise etwas mehr anfangen. Ganz sicher sogar. Obskurität gehörte der Vergangenheit an. Sie waren jetzt weiter.

Sie waren bald tot.

Aritomo stolperte, und erst als er zum Stillstand kam, merkte er, dass er das mit Absicht getan hatte, um langsamer voranzukommen. Das Geschrei des Kampfes vor ihm zerrte an seinen Nerven. Männer starben, so viele und so schnell. Das Geschützfeuer hatte aufgehört. Er wusste, dass die Verteidigung jetzt stand, so gut es ging. Sie hatten eine Chance. Sie erhoben ihre Waffen. Aber es war eine Zeit der Angst für ihn. War es Feigheit? Kreatürliche Angst überkam ihn, er fühlte ein Zittern in seinem Körper. Er spürte den kalten Schweiß auf der Stirn. Er atmete das Sterben um sich herum ein, nahm es mit allen Sinnen auf. Das Ende so vieler Leben, so viel Agonie.

Das konnte nicht richtig sein.

Dann war da Lengsleys Arm auf seiner Schulter und er nickte ihm zu. Sein Blick war etwas verschwommen. *Angst, Angst, Angst*, hämmerte es in seinem Kopf. Er drohte ihr zu erliegen.

Ein feiner Anführer war er. Ein feiner Offizier.

Vielleicht war es der Sarkasmus seines eigenen, bitteren Selbsturteils, das ihn aus der Umarmung der Panik riss. Vielleicht war es auch Lengsley, der ihn berührte, und dessen Stimme beruhigend klang, obgleich er gar nicht bewusst wahrnahm, was er eigentlich sagte. Oder es waren die ersten Läufer vom Schlachtfeld, die ihm geschickt wurden mit der Bitte um Befehle.

Erwartungen, Hoffnungen, Verzweiflung: Alles wurde auf ihm abgeladen. Er durfte jetzt nicht zerbrechen, denn sonst zerbrach alles. Aritomo holte tief Luft. Es schnürte ihm die Kehle zu, aber er holte *tief* Luft. *Handeln*, sagte er sich. *Du musst handeln. Und wenn du es nicht kannst, dann musst du zumindest so tun, als ob.*

Sonst zerbricht alles, hier, heute, an diesem Strand.

Und so tat er es und er begann, Befehle zu geben, und sie wurden dankbar akzeptiert. Aritomo brach nicht zusammen und er ergab sich nicht der Panik. Er sah wieder, er hörte und er sprach, und doch betrachtete er sich dabei wie ein unbeteiligter Beobachter, wie entfernt von sich selbst, und hatte dabei vor dem Angst, was nach der Schlacht kommen würde, wenn alles vorbei war.

Nicht daran denken. Jetzt. Nur jetzt.

Was passierte? Er benötigte den Überblick. Lengsley half ihm. Sie versuchten zu verstehen, wer wo kämpfte. Es gab zu viele Tote, zu viele Verletzte. Die Männer aus Teotihuacán hatten sich eine taktisch günstige Stelle gesucht, um den Angriff zu starten, aber ... sie waren weniger, das Bild schälte sich heraus.

Noch waren sie weniger. Jeder Schuss traf jetzt. Es gab Ziele. Doch die Janitscharen mussten stehen, um gegen jene zu bestehen, die auf die traditionelle Art angriffen. Und die Angst vor dem unsichtbaren Feind war nicht zu übersehen. Noch hielt die Disziplin. Aber wenn selbst ein japanischer Offizier den Drang niederkämpfen musste, einfach wegzurennen, wie würde es dann seinen Kriegern gehen?

»Offensive!«, sagte er dann das eine Wort. »Wir müssen jetzt den Gegenangriff starten, in den Wald vordringen. Wir müssen die Schützen finden oder von ihren Positionen vertreiben. Offensive, Lengsley. Wir müssen stürmen und die Geschütze können uns dabei nicht helfen, wenn sie uns nicht treffen wollen. Das müssen wir selbst erledigen.«

Der Brite starrte ihn an. »Das ist Wahnsinn. Das ist Wahnsinn! Wir rennen los und sind noch ...«

»Wir rennen los und sind bewegliche Ziele und vorher machen wir das, was wir mit Langenhagen abgesprochen haben.«

Während er noch redete, hatte Aritomo die Küstenlinie beobachtet. Die Römer positionierten ihre Schiffe. Und das U-Boot war eingetroffen. Sie hatten eine Chance, ein Zeitfenster und das war *jetzt*.

Er hörte nicht auf die weiteren Einwände Lengsleys. Er gab seine Befehle und jetzt war das Zittern aus seiner Stimme verschwunden. Nun wusste er, was zu tun war, zu tun blieb. Es war eine verzweifelte Geste, aber er konnte nicht die Leute als Zielscheiben an einem Ort stehen lassen und er durfte keine wilde, unkoordinierte Flucht riskieren. Er musste die Disziplin wahren, er musste die Initiative zurückgewinnen und das hieß: Gegenangriff.

Lengsleys Proteste erstarben, als auch er merkte, wie die Maschinerie sich in Bewegung zu setzen begann.

Dann hob Aritomo die Hände, winkte in Richtung der Küste, gab das vereinbarte Signal und schrie aus Leibeskraft: »Jetzt! Die Geschütze! Jetzt!«

Der Befehl wurde weitergetragen, pflanzte sich fort wie ein Feuer und überall, wo er vernommen wurde, warfen sich die Krieger wieder zu Boden. Die angreifenden Männer starrten auf die Liegenden hinab, einen Moment perplex, und dann hörten sie das Donnergrollen.

Drei römische Fregatten und das U-Boot hatten das Feuer eröffnet und der Sturm fuhr über das Schlachtfeld. Körper und Bäume wurden zerfetzt, als die Projektile auftrafen, Erdreich in die Luft gewirbelt, Splitter rasten durch die Luft, schlugen durch weiche Haut, prallten an Steinen ab, erhöhten Chaos und Gefahr. Das Geschütz des U-Bootes sprach erneut, ein drittes Mal, viermal, schoss deutlich schneller als die römischen Kanonen, die umständlicher nachzuladen waren. Dann gab Aritomo das Zeichen und er sah, wie die Flaggen auf den Fregatten hochgingen, das Signal weitergetragen wurde, das Geschützfeuer erstarb.

»Mutaaal!«, schrie Aritomo, die Stimme heiser, sich überschlagend. »Mutaaal!«

»Mutaaal!« riefen sie alle, rappelten sich auf und begannen den Sturm gegen den Wald, landeinwärts, eine Anhöhe hinauf, und sie rannten mit dem Mut der Verzweifelten und der Entschlossenheit der Disziplinierten, in Einheiten, auf Befehl und keiner tanzte aus der Reihe. Die Linien brachen nicht, als erneut die Schüsse fielen, diesmal mehr, schneller, hektischer, und Aritomo frohlockte fast, als er merkte, dass die Schützen aus Teotihuacán mehr und mehr ihrer eigenen Leute in den Rücken trafen. Sie wussten, wie man das Gewehr benutzte, aber sie wussten nicht richtig, wie man es einsetzte in einem Schlachtengetümmel wie diesem, und Metzli wusste es auch nicht.

Er weiß es nicht.

Diese Erkenntnis nahm in Aritomo kurz breiten Raum ein, als er hinter seinen Truppen nach vorne stürmte. *Er weiß es nicht.* Metzli war möglicherweise ein Zeitenwanderer oder der Abkömmling eines solchen – für letztere Theorie sprachen einige Informationen über die Herkunft und Vorgeschichte des Herrschers, die nun in einem neuen Licht erschienen. Aber er war möglicherweise ... nein, mit großer Sicherheit *kein* Soldat, war nicht ausgebildet, um mit den Werkzeugen, die auf ihn gekommen waren, richtig umzugehen. Er besaß eine praktische Intelligenz und eine schnelle Auffassungsgabe und würde nun lernen, richtig lernen, aber ...

Aritomo fasste neuen Mut.

Er blieb im Hintergrund, gab Befehle, nahm Meldungen entgegen. Gekämpft und geblutet und gestorben wurde weiter vorne, bis an den Waldrand hinein. Er hörte es, und je weiter er vorrückte, desto mehr Leichen fand er auf dem Boden, Krieger beider Lager, und manche Verletzte, die ihm um Hilfe flehend die Hände entgegenstreckten. Inugami hatte so etwas wie ein Sanitätscorps gebildet, eine Gruppe von hundert Männern, die auf Schlachtfeldern von hinten nachkamen und sich um Verletzte kümmerten. Doch ihre Möglichkeiten waren begrenzt. Sie trugen Verbandszeug bei sich, Schienen, Tragen – und lange, sehr scharfe Messer, mit denen sie jenen den schnellen Gnadenstoß verpassten, die jenseits aller Hilfe waren.

Auch hier und jetzt vollbrachten sie ihr grausames Werk und Aritomo wurde Zeuge großer Menschlichkeit im Leben wie im Tode. Einem Krieger wurde die Blutung gestoppt und der böse zerfleischte Arm verbunden, er würde ihn verlieren, daran bestand kein Zweifel. Doch die Sanitäter wussten, wie man amputierte, sie wussten, wie man desinfizierte, und begannen bereits, dem Verletzten einen betäubenden Kräutersud einzuflößen, der ein leichtes Delirium auslöste. Wenn er den Schock überstand, würde er leben und mit etwas Glück nie wieder ein Schlachtfeld betreten müssen. Einem anderen Krieger, der offenbar einen Bauchschuss erhalten hatte, war nicht mehr zu helfen. Er schrie vor Schmerzen und hustete Blut. Ein Sanitäter beugte sich zu ihm hinab, umarmte den Kopf, tröstete den Mann mit sanften Worten, hielt ihn fest und sagte dann eine Art Gebet, während sein Kamerad, ohne dass der Verletzte es sehen konnte, sein Messer zog. Es war eine schnelle, fachmännische Bewegung und der sich windende Leib des Getroffenen erschlaffte, als er von seinem Schmerz erlöst wurde.

Aritomo zwang sich, genau hinzusehen.

Er trug eine eigene Verantwortung für alles, was hier geschah. Er durfte den Blick nicht abwenden.

Es machte ihn fertig, verletzte ihn mehr, als er jetzt zu sagen in der Lage war. Er schritt weiter nach vorne, mit brennenden Augen, und manchmal, wenn er über eine besonders grausam entstellte Leiche schritt, schnürte es ihm den Brustkorb zu und er rang wieder mühsam nach Luft. Doch es ging weiter, und er gab Befehle und hörte die Meldungen und erfuhr so, dass der Feind in seinem Ansturm nachließ und im nahen Wald die Gewehre des Metzli weitaus weniger effizient eingesetzt werden konnten als auf dem freien Feld.

Das hieß, dass er die richtige Entscheidung getroffen hatte.

Das gab ihm weitere Hoffnung.

Sie schritten, sie liefen, sie schrien und viele starben. Aber es war ein Gegenangriff, der den Namen verdiente, und er zeigte seine Wirkung, langsam, quälend, aber unabwendbar.

Der Kampf endete nach einer weiteren Stunde. Das Geschrei verklang. Ruhe setzte ein, durchbrochen vom Stöhnen und Weinen der Verwundeten. Die Schüsse wurden weniger, leiser, verstummten ganz. Aritomo kam zur Ruhe. Die Aufregung ließ nach.

Als er sich schließlich mit den Offizieren und Lengsley zusammensetzte und versuchte, eine Bestandsaufnahme zu machen, war er erstaunt, wie viele seiner Soldaten noch am Leben waren oder auf eine Weise verletzt, die eine Heilung vielversprechend machte. Es war ein Unterschied, und das wusste nun auch Metzli von Teotihuacán, ob man auf eine dicht gepackte Menge an unvorbereiteten Menschen schoss, die sich nicht wehrten, völlig überrumpelt wurden und in Massenschock verfielen, oder auf eine professionelle und hart trainierte Armee, die wusste, wie man blutete, wie man gehorchte, wie man marschierte, wie man sich aufstellte und wie man angriff. Der Blutzoll war schmerzhaft, ja, und der Schrecken über die Gewehre und ihre Wirkung saß tief. Aber es war nicht das Massaker, das zu erwarten gewesen wäre.

»Es ist ein Unentschieden«, fasste am Ende Lengsley die Lagebesprechung zusammen. »Keine Seite hat letztendlich die Oberhand bekommen, keine hat richtig gesiegt. Aber wenn wir noch weitere solche Schlachten schlagen müssen, wird der allmähliche Verlust sowie der andauernde Stress, die permanente Wachsamkeit und Furcht ihre Spuren hinterlassen. Er kann uns viel besser mürbe machen als wir ihn.« Er sah Aritomo an. »Wir müssen schneller vorankommen, um uns aus dieser Situation befreien zu können.«

Der Japaner sah den Briten erschöpft an. Wie alle anderen Krieger erfasste ihn nun die Müdigkeit nach der Schlacht und es war eine physische wie auch psychische. Er schaffte ein vages Nicken, fühlte sich nicht in der Verfassung, in diesem Moment strategische Gedankenspiele anzustellen. Er trank Wasser und Saft, als sei er völlig dehydriert, und lehnte andere Nahrung ab. Er wollte schlafen, einfach nur schlafen.

»Herr!«

Aritomos Kopf fuhr hoch, als er die drängende Stimme des Läufers vernahm, der schwer atmend vor ihm zum Stillstand kam. Eine Vorahnung riss ihn aus seiner einsetzenden Lethargie und er stand auf. Der Mann sah alarmiert aus.

Das war nicht gut.

»Sprich!«, sagte Lengsley.

»Der Tross … Herr, die Männer Metzlis haben den Tross angegriffen.«

Aritomo fluchte und machte einen Schritt auf den Boten zu, der sichtlich nach Worten rang und versuchte, trotz seiner Atemlosigkeit noch vollständige Sätze herauszubringen.

»Was ist geschehen?«, fragte er den Mann drängend.

»Herr … Männer Metzlis umgingen unsere Reihen … es gab viele Tote unter jenen, die keine Krieger sind … und es wurden Gefangene gemacht.«

Aritomo erstarrte. Er wusste, was nun kommen würde. Er wusste es ganz genau.

»Gefangene?«, echote Lengsley, um den Boten aufzufordern, endlich weiterzureden. Dem Briten war anzusehen, dass auch er ahnte, was jetzt kommen musste.

»Der junge ... Prinz.«

Natürlich.

Aritomo setzte sich wieder. Er schloss die Augen.

»Wurden sie verfolgt?«, fragte Lengsley.

»Gesehen, aber nicht verfolgt. Es waren zu wenige unserer Männer in der Nähe und die unsichtbaren Schützen hatten das Feld gut unter Kontrolle. Sie setzten sich mit einem guten Dutzend Gefangener ab, darunter der junge Prinz und sein Freund. Sie verschwanden im Wald, als der Feind zum Rückzug antrat. Wir wissen nicht, was aus ihnen geworden ist.«

Der Bote senkte das Haupt, als erwarte er eine Bestrafung. Doch abgesehen davon, dass Aritomo nicht zu jenen gehörte, die die Überbringer schlechter Nachrichten für den Inhalt ihrer Botschaften tadelten, musste er sich an seine eigene Verantwortung erinnern. Er hätte daran denken müssen, dass der Tross der Zivilisten in besonderer Gefahr sein würde. Er hatte es nicht ausreichend beachtet. Es war seine Schuld genauso wie die anderer, sogar mehr noch.

»Herr«, hörte er die Stimme eines anderen Läufers. »Signale von den Schiffen. Der Herr Langenhagen wünscht eine Konferenz. Er möchte Informationen.«

»Ja«, murmelte Aritomo. »Ja.«

»Ich mache das, wenn es dir recht ist«, sprang Lengsley hilfreich ein, sein besorgter Blick sprach Bände.

»Ja«, sagte der Japaner erneut, halb erleichtert, halb schuldbewusst. »Ich muss nachdenken. Ich benötige einen Moment.«

Sie verstanden die Botschaft, zogen sich zurück und Aritomo verließ die Versammlung, wanderte einige Meter, auf das Wasser zu, das beruhigende Rauschen des Ozeans, und setzte sich in die Nähe des Strandes, irgendwohin. Das Meer hatte eine besänftigende Wirkung auf ihn, wie schon immer.

Es wurde etwas mehr als nur ein Moment.

25

Die alte Frau sah, dass sich der König von Zama richtig Mühe gemacht hatte.

Nein, er wollte sicher nichts dem Zufall überlassen. Nachdem er unter den Bewohnern Cozumels ein Blutbad hatte anrichten lassen, wurde der Rest der Einwohner, völlig eingeschüchtert, auf dem zentralen Platz vor dem Großen Tempel zusammengetrieben. Der Blick der Krieger sprach Bände. Ein Wort des Königs genügte und sie würden den Massenmord fortsetzen, bis niemand mehr da war, der unter den Klingen der Messer bluten konnte. Angst und Mutlosigkeit stand den Überlebenden ins Gesicht geschrieben. Die alte Frau wollte nicht hinsehen und doch konnte sie den Blick nicht abwenden. Welch schreckliches Schicksal ihre wunderschöne Insel befallen hatte und was für entsetzliche Dinge ihr noch bevorstanden.

Sie würde davon nichts mehr erleben, so viel stand fest.

Der König befahl, aus den Wäldern brennbares Material heranzuschaffen, und lange Kolonnen an Kriegern machten sich an die Arbeit. Trockenes Holz wurde am Fuße und innerhalb des Großen Tempels aufgeschichtet, bis das ganze Gebäude aussah, als hätte es einen Festungsring aus Gehölz erhalten. Natürlich hatte man vorher alle Wertgegenstände entfernt, sogar die Statue der gütigen Ixchel war herausgetragen worden, so viel Respekt hatte man der Göttin noch erwiesen. Alle hatten sie ihr nachgeblickt, als hofften sie, dass sie den Kopf wenden und sie vor der letzten, tödlichen Erniedrigung bewahren würde. Doch die Göttin hatte sich abgewendet. Von ihr war keine Hilfe zu erwarten. Von niemandem.

Zum Schluss, als nach stundenlanger Arbeit die Vorbereitungen zur Zufriedenheit Ahks beendet worden waren und die Abenddämmerung bereits zu erahnen war, hatte man ein letztes Stück brennbares Material auf dem Tempel platziert: Ik'Naah selbst.

Sie war halb heraufgetragen worden, verhüllt in traditionelle Gewänder, einen letzten Rest an Würde bewahrend. Seit dem brutalen Tod Yatzaks hatte sie offenbar eine plötzliche, unerwartete Schwäche ergriffen. Zwei kräftige Männer schleppten sie die Stufen hinauf bis zur großen Plattform. Dort wurde sie an einen Holzpfahl gebunden, eine an sich sinnlose Tat. Die alte Frau wäre nirgendwo hingegangen und hätte keinen Ausweg gehabt. Doch es gefiel dem Herrn von Zama, die unbeugsame Priesterin auf jede nur denkbare Art und Weise zu erniedrigen, und sie wie ein Stück Vieh anzubinden, das war ihm ein großes Wohlgefallen.

Als die Gefesselte da oben stand und hinunterblickte auf ihr Cozumel, da erfasste sie eine große Wehmut. Sicher, sie war alt und sie wäre ohnehin bald gegangen. Aber ihr langes Leben hatte sie darauf konzentriert, die Insel gedeihen zu lassen und der Göttin zu dienen. Es mochte Hybris sein, eine Anmaßung, die aus ihrer Situation geboren war, aber für ihr Ende hatte sie sich etwas mehr, etwas anderes erwartet. Das letzte Opfer hatte sie dennoch bereitwillig auf sich genommen. Auf dem Tempel, dem sie ihr Leben gewidmet hatte, zu stehen und zusammen mit ihm zerstört zu werden, um ihre Insel in den Händen eines Wahnsinnigen zu wissen, dem es an Respekt vor allem und jedem fehlte – das entsprach zwar nicht ihren Vorstellungen eines würdigen Todes. Ganz und gar nicht.

Aber es ließ sich nicht mehr ändern.

Sie schaute über Cozumel. Von hier oben hatte sie trotz der einbrechenden Dunkelheit einen schönen Ausblick. Sie sah alles, was ihr ans Herz gewachsen war und ihr nunmehr endgültig entrissen würde. Sie beschloss, nach dem Eintritt in die Unterwelt zu fragen, was all dies bedeutete, wo sie fehlgegangen war, warum diese Strafe als nötig erachtet worden war. Sie war sich nicht sicher, ob die Götter ihr eine Antwort geben würden. Sie war sich so vieler Dinge nicht mehr sicher.

Unten auf dem Platz schrie der König von Zama irgendwas. Die Alte bildete sich ein, den Speichel aus seinem Mund fliegen zu sehen. Das war natürlich albern, ihre Augen waren kaum gut genug, um mehr als eine undefinierbare Masse an Zuschauern auszumachen. Sie konnte nur mit größter Mühe die zusammengetriebenen Überlebenden ihres eigenen Volkes und die Krieger aus Zama auseinanderhalten. Es war gut, dass sie alle so weit weg waren. Jetzt musste sie ihre Gesichter nicht mehr sehen, ein Schleier der Gnade lag über ihrem Sichtfeld. Ahk war nicht mehr als ein kleiner, bunter Punkt, der wie ein Gockel auf und ab schritt. Sie lachte. Es war ein kurzes und trockenes Lachen, das schnell in ein Husten überging, aber es war die einzige Regung, die ihr jetzt noch angemessen erschien.

Dann ein letzter, ein lauter Befehl. Sie musste ihn nicht genau verstehen, um zu wissen, was er bedeutete. Ihr Körper straffte sich ein letztes Mal in den Fesseln, eine unwillkürliche Reaktion, eine sinnlose Bewegung.

Dann flog eine Fackel, deren Auftauchen sie am Kontrast der Helligkeit vor dem einsetzenden Abend gut ausmachen konnte. Das aufgeschichtete Holz nahm die Flamme gierig auf und das Feuer fraß von der dargebotenen Nahrung wie die Götter von einer Opfergabe. Schnell stieg Rauch auf und verstellte ihr die Sicht. Auch dort unten würde niemand sehen können, wie sie verbrannte, möglicherweise also nicht ganz das Schauspiel, das der König sich erhofft hatte.

Die Alte war dankbar für die kleinen Triumphe, die ihr das Schicksal noch vergönnte. Sie würde jetzt nicht mehr lange Zeit haben, sich darüber zu freuen.

Sie hörte die Flammen krachen und knistern. Sie spürte, wie die Temperatur sich erhöhte, stetig, aber mit immer schnellerer Geschwindigkeit. Der heiße Fraß des Feuer war durch nichts mehr zu stoppen und neben dem trockenen Holz verschlang der Hunger der Flammen auch die Zeit.

Die Frau hustete.

Das Feuer musste mittlerweile auch auf die aufgeschichteten Holzstapel im Inneren des Tempels übergegriffen haben. Der Stein, aus dem das mächtige Gebäude bestand, würde natürlich nicht brennen – aber alles andere. Es war viel Holz verbaut, in Form von Balken und Türrahmen, es gab Vorhänge und Wandteppiche und es gab Möbel, die herauszuschleppen sich die Eroberer nicht die Mühe gemacht hatten. Alles fing Feuer und erhitzte den Stein mit einer urtümlichen Macht, die langsam aus einem Schlaf zu erwachen schien.

Wodurch würde sie sterben? Durch das Feuer selbst? Am Rauch ersticken? Oder würde sie backen wie ein Tortillateig?

Sie spürte die Wärme an ihren Füßen. Die Plattform brannte nicht, aber das wachsende Inferno unter ihr war für sie nun deutlich spürbar.

Dann griffen die Flammen auf die Plattform über. Natürlich hatten die Männer Ahks dafür gesorgt, dass die Priesterin auf jeden Fall brennen würde. Es gab für sie kein Entkommen. Der Rauch wurde noch dichter, sie konnte absolut nichts mehr erkennen. Ihre Augen tränten. Wenn Ahk meinte, sie würde schreiend in Flammen aufgehen, dann hatte er sich getäuscht. Sie war keine Närrin.

Sie traf die Entscheidung. Es war der beste Weg.

Die Gefesselte holte tief Luft. Der beißende Rauch drang in ihre Lungen, es brannte. Ein schwerer Hustenanfall ließ sie erschüttern. Doch unbeirrbar sog sie die dreckige Luft erneut in ihre Lungen, spürte den erwarteten Schwindel, sah die tanzenden Lichter vor ihren Augen. Alles war besser, als vom Feuer gefressen zu werden. Und so, ganz für sich allein, niemanden sehend und ungesehen, erstickte die Priesterin der Ixchel am Rauch ihres brennenden Tempels, nur Augenblicke nachdem gnädige Bewusstlosigkeit sie umfangen hatte.

Als die Flammen nach ihrem Körper griffen, die Haut emportanzten und sie schwarz färbten, als ihr kunstvoll gewobenes und schön verziertes Gewand erglühte und glitzernde Funken über das brennende Fleisch versprühte, war sie bereits tot. Sie war nicht friedlich gestorben und sicher nicht zufrieden. Ihre letzten Gedanken hatten der Insel gegolten, der Stadt und ihren Leuten. Auch der Frau, für die sie ihr Leben hingab, ob sie nun wollte oder nicht. Ein tröstlicher Gedanke.

Der Tempel brannte für Stunden. Der König von Zama betrachtete es mit großer Freude. Niemandem wurde erlaubt, diesen Ort zu verlassen, ehe nicht die letzten Flammen erstarben.

Als am nächsten Tag die rauchenden Ruinen des ausgebrannten Tempels besichtigt wurden, der die ganze Nacht wie ein leuchtendes Fanal die Macht des Königs von Zama bezeugt hatte, fand man nur klägliche Überreste der toten Priesterin, wie sie am Boden lag, verkrümmt, kaum noch erkennbar. Sie wurde wie alles andere an Asche und Resten vom Stein gekratzt und als Dünger verwendet und niemand sprach ihr eine Eulogie oder nahm auch nur ihren Namen in den Mund. Ahk, der König, hatte es so verfügt. Kein Grabmal, keine Erinnerung, nichts sollte darauf hinweisen, dass die alte Ik'Naah jemals über Cozumel gewandelt war.

Als ihre Reste auf den Feldern verstreut wurden, schien sie endgültig eins mit der Insel, der sie ihr Leben gegeben hatte.

Erst Stunden später, in der Dunkelheit der Nacht, wurde eine andere, verhüllte Gestalt aus der Stadt geschafft. Man hatte für sie einiges geopfert: das Leben einer alten Priesterin, viel Gold und Obsidian zur Bestechung von Soldaten aus Zama, und den Schmerz der Bevölkerung, die weiterhin glauben würde, dass Ik'Naah dort verbrannt worden war. Was man ebenfalls auf sich genommen hatte, war der Zorn der Hohepriesterin selbst, die Flüche und Verwünschungen auf ihre treuen Retter hatte regnen lassen. Doch sie konnte nichts machen. Sie musste sich fügen.

Sie war zu wichtig.

Und Cozumel war noch nicht verloren, solange sie lebte.

26

»Sie wissen, wer Sie sind, Trierarch?«

Köhler lächelte schwach, fasste sich an den Kopf, als müsse er dessen Inhalt zu größerer Anstrengung ermutigen.

»Ich füge die Stücke zusammen. Aber es fehlt noch einiges.«

»Gut. Ich gebe Ihnen die Zeit, die Sie brauchen.«

Erschütternde Dinge hatte Langenhagen erfahren, als kurz nach der Schlacht das Schiff aus Cozumel zu ihrer kleinen Flottille gestoßen war. Die Kunde vom Fall der Insel und die Angst vor den Konsequenzen für die Bewohner stand allen ins Gesicht geschrieben, aber dennoch wollte Langenhagen die Entscheidung zur Flucht nicht kritisieren. Das Schiff zu opfern, gar in die Hände des Feindes fallen zu lassen, dazu noch in die eines so grausamen wie dem König von Zama, wäre wahrlich keine Alternative gewesen. Die Frustration und die Wut ob der Entwicklung der Ereignisse potenzierte noch den bleibenden Eindruck des gerade abgewehrten Angriffes durch Metzli, dessen Verluste schwer wogen und der ihre Rolle in diesem Konflikt infrage stellte.

Nein, korrigierte sich Langenhagen, als er Köhler eine Tasse Kaffee einschenkte. Der Trierarch sah gezeichnet aus, hatte abgenommen und die Verletzungen waren noch deutlich zu erkennen. Er war gut versorgt worden und auf dem Weg der Besserung, aber trotzdem ...

Nein, korrigierte Langenhagen sich erneut. Fragen bezüglich ihrer Rolle gab es nicht mehr, nicht seit letzter Nacht, der Nacht nach der Schlacht.

»Wir haben Anweisungen aus Rom erhalten«, eröffnete er Köhler, dessen Schilderung er sich in Ruhe und ohne Zwischenfragen angehört hatte. »Unsere Mission hat sich ein wenig verändert. Alles verändert sich.«

»Neue Befehle?«, echote Köhler und trank seinen Kaffee mit dem Genuss eines Mannes, der zu lange auf jede Art von Labsal hatte verzichten müssen. Der Verband um seinen Brustkorb lag fest an und die anderen Wunden, Abschürfungen und Prellungen, waren ebenso versorgt worden. Dennoch sah der Mann immer noch nur wie ein Schatten seiner selbst aus. Immerhin, der intelligente Blick, seine starke Neugierde und Auffassungsgabe, all das blitzte immer häufiger durch. Köhler wurde wieder der Alte, soweit man das von einem Menschen erwarten konnte, der so viel durchgemacht hatte.

»Die Situation im Osten«, sagte Langenhagen. »Die haben sich gestern Nacht die Finger wund gefunkt und wir haben nicht alles empfangen. Das Wetter hat nicht richtig mitgespielt. Aber so viel ist klar: Es gibt auch in Asien Zeitenwanderer und sie haben bereits profunden Einfluss auf die dortigen Reiche genommen. Es herrscht Krieg. Wir müssen damit rechnen, dass Technologie aus der Zukunft in unsere Zeit gesickert ist, möglicherweise mehr und umfangreicher als alles, was die Zeitenwanderer nach Rom gebracht haben, von dem Auftauchen der Japaner hier einmal ganz zu schweigen. Wir müssen uns vorbereiten. Es könnte sein, dass das Imperium in echter Gefahr ist … nicht sofort, aber in absehbarer Zeit.«

Köhlers sorgenvoller Gesichtsausdruck passte zur Situation. Er stellte die Tasse ab.

»Wie betrifft uns das?«

Langenhagen seufzte.

»Wir sollen Verbündete suchen. Und wenn wir keine finden, sollen wir sehen, ob wir uns welche schnitzen können.«

Köhler sah Langenhagen mit großen Augen an. »Spinnen die?«

Es war klar, wer mit »die« gemeint war und der Navarch verübelte ihm seine Reaktion keinesfalls. Er musste zugeben, dass seine erste Reaktion auf die neuen Befehle ebenfalls in diese Richtung gegangen war, und die Worte, die er gerade noch hatte runterschlucken können, waren deutlicher gewesen als die harmlose Frage Köhlers. Wer genau diese Anweisung ausgekocht hatte, wusste er nicht – vielleicht die Admiralität oder der Beauftragte für Äußeres im Consistorium. Oder Haraldus selbst.

»Es sind legitime Befehle. Ich wünschte mir auch, wir hätten andere, aber ich werde nicht anfangen, die Weisheit unserer Vorgesetzten infrage zu stellen.«

Beide grinsten sich an. Natürlich taten sie Letzteres permanent. Aber es war das eine, diese Frage zu formulieren, und das andere, daraus Konsequenzen zu ziehen. Es war ja verständlich, in welche Richtung ihre Admirale dachten. Aber die Umsetzung – die stellte sie vor ein ernsthaftes Problem.

»Verbündete. Wofür?«

»Ich glaube, in Rom hat man Angst vor einem großen Krieg.«

»Das hört sich unrealistisch an.«

»Ist das so? Deswegen gibt es die Expeditionen doch. Um einer solchen Gefahr vorzubeugen – oder sie zumindest rechtzeitig zu entdecken. Sieht so aus, als hätten sie ihren Zweck erfüllt. Tun wir doch nicht so, als hätten wir das nicht zumindest für möglich gehalten.«

Köhler nickte ergeben.

»Wer sind also unsere neuen Verbündeten im anstehenden globalen Konflikt – wie nennen wir dieses schöne Ereignis? Einen Großen Krieg? Einen Weltkrieg?« Köhlers Aussage klang zynischer, als er sie vielleicht meinte, doch Langenhagen teilte seine Stimmung. Die Admirale dachten nur in der Kategorie von Strategie und Krieg, und sie kamen offenbar nicht einmal auf die Idee, dass sich die Dinge anders entwickeln könnten. Warum sollten so ferne Länder Rom immer nur angreifen? Warum sollte es Rom nicht gelingen, mithilfe von Diplomatie und Ökonomie einen Ausgleich zu erzielen? Warum musste es immer gleich zum Gemetzel kommen?

Langenhagen wusste, dass er sich etwas vormachte. Auch nach dem Eintreffen der Zeitenwanderer war keine neue Friedensepoche in Rom ausgebrochen. Erst hatte es einen Bürgerkrieg gegeben. Dann war Thomasius gegen die Hunnen marschiert und hatte diese Gefahr ausgeschaltet, ehe sie wirklich in die Nähe des Imperiums kommen konnte – und das war wirklich ein Gemetzel gewesen. Die Reiche im Osten, vor allem das Persische Reich, waren nur schwer davon zu begeistern gewesen, dass Rom zu neuer Blüte gelangt war, und hatten die Errungenschaften des Imperiums mit Neid und Missgunst betrachtet. Sie aber, so wusste Langenhagen, waren letztlich durch Handel und Austausch befriedet worden, nicht durch lange Kriege. Es gab bei den Persern nun auch Dampfmaschinen und die Herren auf dem Thron zu Ktesiphon waren sehr darauf bedacht, ihre Söhne (und einige Töchter) auf die Akademien

Roms zu schicken, um mehr zu lernen. Der Friede war manchmal etwas brüchig und es war keine Herzlichkeit in ihrer Beziehung, aber bei Gott, wo war das schon der Fall?

»Ich weiß es nicht. Die Maya?«

»Metzli wäre möglicherweise besser geeignet.«

Langenhagen sah Köhler für einen Moment konsterniert an. Dann nickte er langsam und ihm war anzusehen, dass er sich dem Gedanken mit Widerwillen widmete. Dass ausgerechnet Köhler zu diesem Schluss kam, zeigte, dass sein Verstand wieder einigermaßen gut funktionierte, auch wenn dem Navarchen diese Alternative gegen den Strich ging.

»Ja. Na ja.« Mehr fand er nicht zu sagen, was Köhler anspornte, seine Ansicht zu untermauern.

»Er ist Herr des größten Staatswesens in der Region und er ist damit beschäftigt, es noch zu vergrößern. Er verfügt über beachtliche Streitkräfte, ist mit dem Konzept der Zeitreise offensichtlich vertraut und verfügt über modernste Waffen, von denen wir noch eine Menge lernen könnten. Er ist machtbewusst und er ist ein Arsch, aber das trifft auf neunzig Prozent der Alleinherrscher der Weltgeschichte zu, inklusive einer illustren Reihe römischer Kaiser. Und er wäre möglicherweise gar nicht abgeneigt, wenn er dadurch seine eigene Machtbasis stabilisieren und ausbauen könnte.«

Der Navarch sah jetzt wirklich so aus, als habe er in einen sauren Apfel gebissen. Es war entsetzlich, aber Köhler hatte mit alledem recht.

»Eine solche Sichtweise unseren aktuellen Verbündeten zu verdeutlichen, dürfte schwer sein. Wie passen unsere japanischen Freunde in dieses Bild?«

Köhler zuckte mit den Achseln. »Wir bieten ihnen Aufnahme im Imperium an. Wo wollen sie noch hin? Rom kann ihnen ein einigermaßen zivilisiertes Leben anbieten, ein geordnetes Staatswesen, vertraute Institutionen und eine Aufgabe für jeden Einzelnen, in der Flotte, in den Akademien, wo auch immer. Ich möchte behaupten, dass die Anpassungsschwierigkeiten geringer wären als hier im Land der Maya. Hier haben sie es durchgehalten, weil ihr Kapitän selbst ein kleiner Metzli sein wollte. Diese Aussicht auf Herrschaft und Ansehen hat sich nun erledigt. Was also ist die einzig sinnvolle Alternative? Rom. Das aber können wir ihnen leicht anbieten und unsere Admiralität wird die Technologie der

Japaner mit Kusshand entgegennehmen. Wir haben für so etwas doch sogar ein Regelwerk.«

Langenhagen wusste, worauf Köhler anspielte. In Vorbereitung der drei Expeditionen hatte der Kaiser ein Gesetz erlassen, das regelte, wie Zeitenwanderer, auf die man treffe, Aufnahme in Rom finden konnten. Dazu gehörte die Maßgabe, dass für die Übergabe moderner Technologie und anderen Wissens eine lebenslange Apanage gezahlt werde, ein Stipendium, das dem betroffenen Zeitenwanderer bis ans Ende seiner Tage ein komfortables Auskommen ermöglicht. Sobald die Japaner das Boot an die Imperiale Marine übergeben würden, wären sie für diese Art der Unterstützung zweifelsfrei qualifiziert. Not leiden jedenfalls musste da keiner.

Doch würde Aritomo dem zustimmen? Und war er überhaupt derjenige, der noch das Heft des Handelns in der Hand hielt, wenn die Römer seiner Mannschaft erst einmal ein Angebot machten? Langenhagen wusste nicht genug über die Zeitenwanderer aus Japan, um das einschätzen zu können. Es hatte offensichtlich Friktionen gegeben, aber ob diese sich nur auf das Verhältnis des Ersten Offiziers zu seinem Kommandanten bezogen hatten oder tiefere Risse durch die Mannschaft des Bootes gezogen hatten, darüber konnte er derzeit nur spekulieren. Er wusste, dass der junge Prinz nach Rom wollte. Vielleicht war er der Einzige, der es offen aussprach, und andere dachten nur daran. Aritomo wäre derjenige, der den Damm zu brechen hatte, da war sich Langenhagen sicher.

»Es schmerzt mich, das zugeben zu müssen«, sagte er also leise, »aber diese Einschätzung ist nicht so absurd, wie sie auf den ersten Blick klingt. Das, was Metzli sich geleistet hat, dieser kaltblütige Massenmord, ist allerdings mehr, als mein Magen vertragen hat.«

»Andererseits zeigen meine Erlebnisse in Zama, dass die Maya im Zweifel auch nicht besser sind.«

»Wenn ich es richtig verstanden habe, ist dieser Ahk schon eine sehr spezielle Nummer.«

Köhlers Gesicht wurde zu einer Maske, als der Name seines Peinigers fiel. »Das kann wohl sein, ich will es sogar gerne glauben. Aber ich glaube, hier geht es um Realpolitik. Wir haben den Befehl, nach Verbündeten zu suchen und das bedeutet für uns doch die Frage: Wer ist da der attraktivste Partner?«

Langenhagen schaute gedankenverloren in seine leere Kaffeetasse. »Das kommt wohl darauf an, wie wir das definieren«, sagte er dann. »Geht es allein um Macht und Organisation – oder legen wir auch Wert auf Zuverlässigkeit? Metzli ist ein Bündnis eingegangen, hat sogar die Führung desselben angetragen bekommen und hat Friedensgespräche mit Inugami eröffnet – nur um alle Beteiligten zu ermorden und die Macht an sich zu reißen. Ich bin mir nicht sicher, ob das der beste Leumund für ein Bündnis ist. Was ist, wenn ihm jemand irgendwann ein besseres Angebot macht?«

»Ja, dagegen kann ich nichts sagen«, murmelte Köhler nachdenklich. »Das ist ein Argument gegen ihn, und ein starkes dazu.«

»Dennoch« – und es war Langenhagen anzusehen, dass ihm diese Worte eine gewisse Überwindung kosteten – »ist die Tatsache nicht von der Hand zu weisen, dass wir alle Optionen offenhalten müssen. Nachher ist es unsere Pflicht, unsere Handlungen in Rom zu rechtfertigen. Das Problem ist aber noch ein anderes: Wir sind in diesen Konflikt bereits involviert. Selbst wenn wir so kaltschnäuzig wären, die Maya Metzli zum Fraße vorzuwerfen, um einen starken Verbündeten zu gewinnen, wäre damit unsere eigene Vertrauenswürdigkeit nicht in den Augen dieses Mannes beschädigt? Und wenn er dann scheitert, würden wir die Maya damit nicht in die Arme jener treiben, die Rom einst als Feind betrachten?«

»Ja, das ist alles zu bedenken«, murmelte Köhler. »Ich bin ja eigentlich Offizier und kein Politiker. Man muss auf dermaßen viele Dinge achten ... wir sind da manchmal ziemlich leichtfertig in unserem Urteil über unsere Herren. Wenn sie sich Mühe geben, dann müssen sie ... viele Bälle auf einmal jonglieren.«

Der Navarch lachte leise. »Nun, das müssen wir jetzt auch, Köhler. Sie haben am eigenen Leibe erfahren müssen, wohin Fehlentscheidungen führen können.« Langenhagen unterbrach sich, als sei ihm noch etwas eingefallen. »Apropos Fehlentscheidungen. Es lastet mir auf der Seele, was in Zama passiert ist. Es war möglicherweise unvorhersehbar und wir sind bestimmt auch hereingelegt worden, das enthebt mich aber nicht meiner Verantwortung. Ich weiß nicht, ob es für Sie Bedeutung hat, aber ich muss ... ich fühle mich gedrängt, Sie um Entschuldigung zu bitten.«

Für einen Moment breitete sich betretenes Schweigen aus. Köhler beendete es mit einem Seufzen. Er schüttelte den Kopf.

»Ich erinnere mich noch nicht an alles«, sagte er dann leise. »Viele Dinge sind noch sehr verschwommen. Aber ich habe mit der Zeit wieder eine ganz gute Idee davon bekommen, wer ich bin, woher ich komme und warum ich Dinge tu oder sein lasse. Ich bin relativ zuversichtlich, dass ich diese Entscheidung mitgetragen habe, und ich verstehe die Risiken, die wir eingehen müssen. Einige davon haben wir ja gerade besprochen. Der Tod der Kameraden schmerzt mich sehr, ich werde sie niemals vergessen und ich werde mich hinsetzen und den Verwandten schreiben, wie es meine Pflicht als überlebender kommandierender Offizier ist. Diese Briefe werden eine Qual für mich sein. Ich werde darin aber auch von der Verantwortung reden, davon, dass wir eben nicht in die Zukunft sehen können und dass wir uns auch einmal irren. Das gilt auch für einen Navarchen. Ich kann Ihnen Ihre Albträume nicht nehmen und Sie mir nicht die meinen. Aber wir sollten bemüht sein, uns gegenseitig keine neuen zu bereiten. Das werden andere tun, da bin ich mir sicher. Wir sind hier noch nicht fertig.«

»Das sind wir in der Tat nicht.« Langenhagen blickte ernst drein, doch wer ihn gut kannte, wusste um die Erleichterung in seinen Augen. Da war etwas gewesen, das ihm in der Tat schlaflose Nächte bereitet hatte, und ein wenig hatte er nun Absolution gefunden.

Er erhob sich. »Wir setzen unseren Weg fort und behalten alle Optionen im Auge. Aber der Befehl ist klar: Unsere Expedition hat eine neue, eine globale Bedeutung für das Imperium erhalten. Es ist absolut notwendig, dass wir uns mit dieser Bedeutung befassen und sie ernst nehmen, denn sie könnte sich als entscheidend für die künftige strategische Lage Roms erweisen. Das ist jetzt eine neue Verantwortung und wir müssen sie ernst nehmen. Ich werde eine Konferenz aller Kapitäne und Ersten Offiziere einberufen und die Sache mit ihnen besprechen.«

»Was ist mit Leutnant Aritomo? Sollten wir ihn nicht dazubitten?«

Langenhagen runzelte die Stirn, dann schüttelte er den Kopf.

»Nein«, sagte er leise. »Erst mal nicht.«

27

Lucius Latinus schaute den Mann an und wusste nicht, ob er lachen oder weinen sollte. Er blieb natürlich voller Selbstbeherrschung, denn jede falsche Regung oder Geste konnte verhängnisvolle Folgen haben. Was sie vor einer Woche falsch gemacht hatten, als sie dem Treffen zwischen dem Gesandten aus Baekje und dem Stadtkommandanten von Nagapatnam beigewohnt hatten, wusste er bis heute noch nicht. Er hatte sich mit den Gelehrten der Expedition zusammengesetzt und sie hatten ihre Köpfe zerbrochen, die Ereignisse immer und immer wieder diskutiert. Wahrscheinlich hatte das alles mit ihnen gar nichts zu tun gehabt, sie waren nur zwischen die Räder gekommen. Die Inder jedenfalls hatten sich nach dem Angriff auf ihre Stadt nicht überrascht gezeigt, betrachteten sie die Feindseligkeiten auf dem Gebiet ihres großen Nachbarn doch schon lange mit Sorge.

Latinus fühlte Schuld, denn er hatte ein Schiff und den Großteil der Mannschaft verloren und sie waren keine angenehmen Tode gestorben. Er gab es nicht zu, aber das lastete auf seiner Seele und jetzt musste er besonders vorsichtig sein. Hier, im großen China, hoffte er auf ein wärmeres Willkommen.

Falls er nicht in exakt den Krieg hineinlief, dessen Ausläufer er gerade zu spüren bekommen hatte. Doch er musste der Sache auf den Grund gehen, dafür war er hier und Haraldus erwartete nichts Geringeres als umfassende Erkenntnisse von ihm.

Der Mann vor ihm, der nach dem Anlegen der römischen Schiffe an Bord gekommen war, um ihn zu begrüßen, wirkte jedenfalls nicht bedrohlich. Mit seiner kleinen Gestalt, dem runden Babygesicht, den lackschwarzen, kunstvoll gelegten Haaren sowie dem farbenprächtigen und beinahe schon schreiend auffälligen Gewand, das auf sorgfältige und absolut nicht nachvollziehbare Art und Weise um seinen plumpen Körper gewickelt war, hatte er fast etwas Komisches. Latinus hatte den Seinen eingeschärft, absolute Selbstbeherrschung und höchste Höflichkeit zu zeigen, vollkommen gleichgültig, wie witzig manche Gestalten ihnen auch erscheinen mochten, denen sie begegneten. Diese eiserne Disziplin hielt.

Aber dass sich dieser Mann in seinem Gewand überhaupt bewegen konnte, war ein kleines Wunder.

Nicht, dass er das tat. Er war das Fallreep hinüber zum Schiff gelaufen, in Trippelschritten, und das war ein ausreichend erheiternder Anblick gewesen. Latinus war stolz auf seine Mannschaft, denn das Schauspiel war von allen mit tödlichem Ernst beobachtet worden. Seit sich der Dicke vor ihm aufgebaut hatte, begleitet von zwei weitaus beweglicher wirkenden Soldaten in schwarzen Rüstungen, deren Speere und Schwerter einen gehörigen Eindruck machten, hatte er sich aber nicht mehr bewegt.

Latinus war froh, Baragam bei sich zu haben. Der Händler, den er in Indien dazu hatte überreden können, ihre Reise zu begleiten – Teil der Überredung hatte mit den Goldvorräten der Expedition zu tun –, war schon mehrmals in China gewesen, wie sein Vater vor ihm, und er sprach leidliches Chinesisch. Genug, um Geschäfte abzuwickeln, genug, um mehrmals von gewitzten Chinesen übers Ohr gehauen zu werden, ein Grund dafür, dass er sich Latinus' Angebot gegenüber als sehr empfänglich erwiesen hatte.

»Ich bin Lucius Latinus, Kommandant dieser Expedition. Ich fühle mich durch Eure Gegenwart sehr geehrt!«, sagte er langsam und deutlich und verbeugte sich dabei, hoffentlich tief genug. Baragam nickte und übersetzte, und wie immer hörte Latinus die Laute des Chinesischen mit großem Interesse. Eine Sprache, die weich und fließend und dann plötzlich hart und kratzig sein konnte, eine unglaubliche Modulation und Vielfalt hatte, die sich ihm hartnäckig verschloss, obgleich der Inder sich nicht hatte nehmen lassen, einige Lektionen mit ihm zu absolvieren.

»Ich grüße den Gesandten des mächtigen Liqian«, erwiderte sein Besucher mit etwas piepsiger Stimme und deutete eine Verbeugung an, eine Geste, die ihm sichtliche Überwindung kostete. »Mein Name ist Li und ich bin der Sekretär des großen Ying Zheng, des Statthalters dieser Provinz. Ich soll Euch in seinem Namen willkommen heißen.«

Latinus fühlte sich auf unangenehme Weise an seine Erlebnisse in Indien erinnert. Auch dort war der erste Kontakt zivilisiert und höflich vonstattengegangen. Die Inder waren höflich und zivilisiert geblieben, die Fremden aus Baekje hatten aber irgendwann genug davon gehabt und mit tödlicher Gewalt begonnen. Die Dinge waren schneller eskaliert, als er es erwartet hatte, und das mit bösem Ausgang.

Er zwang diese Gedanken zur Seite. Es wäre ein Fehler, die Probleme der Vergangenheit, die Beinahekatastrophe, als Muster für die Gegenwart zu missdeuten. In diese Falle durfte er nicht laufen. Hier waren nur Chinesen. Und diese waren, wenn alles stimmte, auch vor allem Opfer.

»Ich bin …«

»Es ist bedauerlich, was Euch in Nagapatnam zugestoßen ist«, unterbrach ihn Li, ohne mit der Wimper zu zucken. Er tat nicht einmal so, als wolle er höflich abwarten, was der Navarch zu sagen hatte.

»Ihr … habt davon gehört?«

»Man berichtete uns. Unsere Spähschiffe haben die Flottille beobachtet, wie sie unsere Küsten entlang in Richtung Westen fuhr. Wir haben von einem Angriff abgesehen, da die Flotte Baekjes mit ihren Maschinen unseren Dschunken überlegen ist. Hätten wir sie angegriffen, wäre Euch die Katastrophe möglicherweise erspart geblieben.«

»Es war in der Tat … bedauerlich«, erwiderte Latinus, dessen Unbehagen durch die burschikose Art des Sekretärs nicht gemindert wurde. »Vielleicht habt Ihr eine Erklärung dafür? Warum wurden wir angegriffen?«

»Eine Erklärung?« Li gestattete sich eine Art Lächeln, nicht mehr als die Andeutung eines Zuckens seiner Lippen. Latinus hätte es gar nicht bemerkt, wenn er dem Mann nicht seine konzentrierte Aufmerksamkeit geschenkt hätte. »Eine Erklärung?«, wiederholte er. »Baekje ist von wahnsinnigen Dämonen besessen, die den König verdorben haben. Wahnsinnige Dämonen, das ist die Erklärung.«

Weitere Worte fügte er nicht hinzu.

Latinus akzeptierte die Erklärung des Mannes natürlich nur mit Widerwillen. Er wollte keinen Streit anfangen. Dass in Baekje Zeitenwanderer aufgetaucht waren, daran bestand für den römischen Offizier kein Zweifel. Doch welcher Natur genau diese waren, woher sie kamen und welche Absichten sie hatten … Außer dass sie eine starke Xenophobie an den Tag legten, wusste er wenig über sie. Jedoch die Titulierung als »wahnsinnige Dämonen« ließ wenig Spielraum für eine positive Einschätzung und die Chinesen mussten ihre eigenen Erfahrungen gemacht haben. Das hing sicher mit dem großen Krieg zusammen, von dem sie bereits in Indien gehört hatten.

»Wir sind jedenfalls sehr dankbar, dass wir hier friedlicher empfangen werden. Unsere Absichten sind gut, wir wünschen keinen Streit. Wir forschen.«

»Im Auftrag des römischen Kaisers?«

Es war bemerkenswert, dass der Chinese besser über Rom Bescheid wusste als Rom über China.

»In seinem Auftrag überbringe ich Segenswünsche und die Hoffnung auf einen friedlichen Austausch.«

»In der Tat, diese Hoffnung teilen wir.«

Jetzt bewegte sich der Mann, drehte sich halb nach rechts und dann nach links, betrachtete das Schiff.

»Ihr seid weit fortgeschritten in der Schiffsbaukunst«, erklärte er dann mit Anerkennung in der Stimme. »Wir könnten voneinander lernen.« Er wies auf den schlanken Schlot der Dampfmaschine. »Auch das sieht sehr interessant aus. Ihr habt die Maschine gebaut?«

»Jedes römische Schiff trägt eine«, sagte Latinus vage. »Euch ist das Prinzip bekannt?«

Li lächelte fein. »Aber ja. *Steam engine*, nicht wahr?«

Latinus starrte den Chinesen an. Hatte der Chinese gerade ein englisches Wort verwendet? Wie alle Offiziere hatte auch Latinus auf der Akademie und in Vorbereitung seiner Expedition Englischlektionen erhalten, der weit verbreiteten Sprache der Zukunft, die zu seiner Zeit im Grunde noch gar nicht existierte. Er wechselte einen Blick mit Antonius Sattmann, seinem Ersten Offizier, der ihm nur zunickte. Ja, er hatte es auch gehört.

»*Steam engine*«, erwiderte Latinus sorgsam moduliert. »In der Tat. Wir haben in Baekje gesehen, dass sie dort ebenfalls im Einsatz ist. Ihr habt den Begriff von dort gehört, nehme ich an?«

»Nein.«

Latinus starrte wiederum, unhöflich, gewiss, aber es gab für diese kategorische Antwort nur zwei Interpretationen: Entweder wussten die

Chinesen von der technologischen Revolution in Rom, was nicht völlig abwegig war, oder die Zeitreisenden in Baekje waren nicht die einzigen in dieser Region. Li hatte das englische Wort benutzt. Das wäre in Rom höchst ungebräuchlich gewesen. Es gab längst lateinische und griechische Neologismen für die Technologie, die seit Jahrzehnten im Imperium gebräuchlich war.

Demnach ... gab es auch in China Kontakt mit Zeitenwanderern. Das war die wahrscheinlichste Hypothese. Latinus verbarg seine Überraschung und seine brennende Neugierde aber offenbar nicht gut genug, wie das plötzliche, wenngleich nur angedeutete Lächeln seines Gegenübers zeigte.

»Wir haben viel zu bereden«, sagte Li mit einem wissenden Gesichtsausdruck. »Ich lade Euch ein, Navarch, und zwei oder drei weitere Eurer Männer ... sowie Euren Dolmetscher, denn wir sprechen alle nur sehr wenig und sehr schlecht die englische Sprache ... zu einem Abendessen im Palast des Statthalters. Wir lassen Euch abholen und garantieren mit dem Namen des Kaisers für Eure Sicherheit. Nehmt Ihr das Angebot an?«

Latinus wusste, welches Risiko er einging, und erneut drohten die schlimmen Ereignisse der jüngsten Vergangenheit sein Urteilsvermögen ungebührlich zu beeinflussen. Doch er wusste, was er dem Ziel der Expedition schuldig war. Im Zweifel war der Tod einer so kleinen Gruppe zu verschmerzen, wenn die Expeditionsflotte vorsichtig und aufmerksam blieb.

Und das würden sie.

Außerdem glaubte er diesmal nicht an eine Wiederholung der Ereignisse.

Er verbeugte sich vor Li.

»Ich nehme die Einladung mit größter Freude an. Wird mir erlaubt, dem Statthalter ein Gastgeschenk zu überbringen?«

»Das wird ihn erfreuen.«

»Dann werden wir bereit sein.«

»Zur achten Stunde. Ihr habt sicher eine Uhr.«

Li grinste beinahe, als er das sagte. Der Sekretär zeigte langsam Gefühle und Latinus hatte den Eindruck, als würde hinter dem seltsamen Äußeren ein intelligenter und flexibler Geist stecken. Das war es, was man ihm bei der Vorbereitung der Expedition immer wieder eingeflößt hatte: Lass dich nicht vom äußeren Anschein beeindrucken!

»Wird ein Zeitenwanderer zu Gast sein?«, fragte er dann unvermittelt. Baragam sah Latinus stirnrunzelnd an. Es war für ihn eine leichte Überforderung, aus dem Stegreif einen Neologismus in die chinesische Sprache einzuführen, und Latinus bedauerte, dies vorher nicht mit dem Dolmetscher abgesprochen zu haben. Er wiederholte die Frage auf Englisch und Li schien genug von der Sprache zu verstehen, um den Sinn zu erfassen, was erstaunlich genug war.

Und er beschloss, kein Unverständnis zu heucheln, was gleichfalls für ihn sprach.

»Wir nennen sie *lǚxingzhě.*«

Latinus warf Baragam einen fragenden Blick zu. Der zuckte mit den Achseln. »Reisende«, sagte dieser auf Griechisch.

»Ein passender Name, wie mir scheint«, sagte der Navarch. »Werden wir die Ehre haben?«

Li lächelte. »Das ist unsere Absicht, denn Ihr habt Glück, edler Latinus. Ein Abgesandter der *lǚxingzhě* befindet sich in der Stadt auf einer Ausbildungsmission. Wir werden ihn bitten, am Essen teilzunehmen.«

Latinus spürte eine plötzliche Anspannung. Li war mitteilsam, weitaus mehr, als er erwartet hatte. Vielleicht würde er ihm zumindest eine weitere Information entlocken können, die entscheidende, wert, sofort in die Funkkabine zu stürzen und den Sender in Betrieb zu nehmen.

Latinus spürte, wie seine Handflächen feucht wurden.

»Darf ich … wäre es sehr unhöflich, um seinen Namen zu bitten?«

»Aber absolut nicht«, sagte Li. »Es handelt sich um Lieutenant Ishaya Bakut.«

Er sprach den Dienstgrad kaum verständlich aus, aber Latinus verstand ihn trotzdem.

Li wandte sich ab, nachdem er sich verbeugt hatte. Er trippelte von Bord, ohne eine weitere Aufforderung abzuwarten, und verschwand am Kai in der Menge der Schaulustigen, die sich mittlerweile dort versammelt hatte.

Latinus sah ihm nach. »Ishaya Bakut … Lieutenant?«

»Ein englischer Dienstgrad. Ein britischer, wenn mich meine Unterweisungen nicht täuschen.«

»Noch mehr Briten?«

Sie erinnerten sich an den Kauffahrer, der mitten in Asien bei den Hunnen gelandet und von dessen Schicksal sie bisher nur Bruchstücke erfahren hatten. Selbst der große Feldzug gegen die Hunnen, den Kaiser Thomasius damals angestrengt hatte, war nur für einige zutage geförderte Artefakte gut gewesen. Sie hatten niemals ein lebendes Mitglied der Besatzung getroffen, von einem ehemaligen Piratensklaven einmal abgesehen, der aber gestorben war, ehe er etwas Erhellendes zum Schicksal jener tragischen Zeitenwanderer beigetragen hatte.

Aber vielleicht war es so. Noch mehr Briten.

»Wir werden es sehen.« Er sah Sattmann an. »Ich nehme dich mit, Antonius. Dich und Magister Procopius. Das Kommando übernimmt hier Trierarch Modestus. Er wird klare Anweisungen bekommen für den Fall, dass wir nicht zurückkehren werden.«

»Oder in Stücken.«

Latinus mochte Sattmanns Galgenhumor. Er nickte.

»Oder in Stücken.«

Es würde in jedem Fall ein hochinteressantes Abendessen werden.

28

»Du bist ein Kaiser?«

»Ich war es nie und werde niemals einer sein.«

Isamu sah Metzli an, und obgleich er wusste, dass es möglicherweise ein Fehler war, machte er sicher einen trotzigen Eindruck. Doch hierher verschleppt zu werden, den unnötigen Tod von Zivilisten mit ansehen zu müssen, die Beleidigungen der Entführer zu ertragen – das alles hatte in ihm Trotz ausgelöst. Er war wieder in der Situation, der er zu entfliehen trachtete: ein Spielzeug, herumgeschubst, benutzt, nicht Herr seines Schicksals.

Es kotzte ihn einfach an.

Das Lager des Herrn von Teotihuacán war im Aufbruch begriffen, nachdem man die Wunden geleckt und die heftigen Wutanfälle des Göttlichen Herrschers ertragen hatte, Anfälle, die jeden hier in Angst und Schrecken versetzt hatten, nicht nur die Schar der gut drei Dutzend Gefangenen, die die Soldaten Metzlis mitgebracht hatten. Es sprach gegen diesen doch so außergewöhnlichen Herrn, dass er sich so wenig beherrschen konnte, stand er einmal ernsthaftem Widerstand entgegen. Es sprach für ihn, dass trotz seines Zorns niemand sterben musste, weder Gefolgsmann noch Gefangener. Allein die Gefahr, dass dies rein theoretisch passieren könne, hing wie ein Damoklesschwert in der Luft und hatte dazu beigetragen, dass die Unterwürfigkeit aller eine besondere Intensität angenommen hatte. Der Anfall ungezügelter Wut, das laute Gebrülle, hatte fast zwanzig Minuten angedauert und war überall zu hören gewesen.

Isamu fühlte sich nicht unterwürfig.

Er hatte lange genug mit Sawada gesprochen, um zu wissen, was Gefangenschaft bedeuten konnte. Tatsächlich hatte er eine recht genaue Vorstellung davon. Sein ganzes bisheriges Leben war mehr oder weniger Gefangener gewesen. Und nun, da er seine ersten eigenen Schritte ging, geriet er in eine echte Gefangenschaft. Ihm entging die Ironie des Schicksals nicht. Er hätte auf sie verzichten können, aber sie entging ihm nicht.

»Aber doch«, sagte Metzli. Dass er Englisch mit ihm sprach – ein schlecht akzentuiertes, grammatikalisch innovatives und schwer verständliches Englisch –, war der beste Hinweis darauf, woher der Mann kam oder von wem er abstammte. »Der junge Kaiser. *Kaiserbaby.*« Er lachte leise, etwas meckernd, und Isamu bemühte sich, sein Gesicht nicht in jene Maske arroganter Verachtung zu verziehen, die er bei Hofe gelernt und viel zu oft aufgesetzt hatte.

»Ich war in der Thronfolge. Aber nicht auf Platz 1. Jetzt bin ich nur ich.«

Metzli hörte auf zu lachen und sah den jungen Mann aufmerksam an. »Wie viel und was genau ist das?«

Das war eine bemerkenswert kluge Frage, die Isamu sich bisweilen ebenfalls stellte. Er gemahnte sich, den Herrn von Teotihuacán nicht zu unterschätzen.

»Ich denke, das entwickelt sich noch.«

Das sagte Lengsley immer.

Er vermisste Lengsley.

Metzli wirkte beinahe amüsiert, nickte nachdenklich. »Eine gute Antwort. Hast was im Kopf, ja? Wir haben das eine oder andere gemeinsam, denke ich. Ich würde dich ungern töten.«

In diesem Punkt fand Isamu sich in vollständiger Übereinstimmung mit dem Göttlichen Herrscher.

»Ich würde ungern sterben«, sagte er, vielleicht eine Spur zu schnippisch. Doch der Herr von Teotihuacán schien das gar nicht zu bemerken. Er saß auf seinem Schemel und blickte durch die Öffnung seines Zeltes auf die Aufbruchstimmung vor sich. Bald würde auch seine Unterkunft abgebaut werden.

»Es gibt nicht so viele von uns«, sagte Metzli nachdenklich. »Deine Freunde in ihrem U-Boot, dann vor langer Zeit diese Leute, die in Rom eingetroffen sind. Nicht viele. Wir sind kostbar, uns verbindet ein Schicksal. Ich möchte unser Leben nicht verschwenden, auch wenn wir nicht auf der gleichen Seite stehen.« Er warf Isamu einen langen Blick zu. »Was ich übrigens durchaus bedaure.«

»Ihr habt Kapitän Inugami getötet.«

Das klang vorwurfsvoller, als es gemeint war. Isamus Trauer diesbezüglich hielt sich durchaus in Grenzen.

»Ja, das habe ich. Die Umstände.« Metzli sah Isamu an, als wolle er um Verständnis heischen. »Das ist so, wenn man herrscht. Man tut so, als würde man alles unter Kontrolle haben, aber dann ...« Er schnippte mit den Fingern, eine beinahe schon fatalistische Geste.

»Was hat Euch dazu getrieben, einen Massenmord und Vertrauensbruch von epischen Ausmaßen zu begehen?«, fragte Isamu kalt.

»Sagte ich es nicht? Die Umstände. Du musst mir schon zuhören, mein Junge.«

Isamu ließ sich von der Leutseligkeit dieses Mannes nicht täuschen. Er kannte solche Menschen, es gab sie auch bei Hofe in Japan. Hinter ihrer scheinbaren Freundlichkeit und dem Lächeln verbargen sich Machtinstinkt und die Bereitschaft zur Brutalität.

Metzli schaute hinaus und erhob sich. »Wir müssen aufbrechen.«

»Wohin geht es?«

»Ich bin mir nicht sicher, ob du das wissen musst«, erwiderte Metzli, überlegte kurz, dann zuckte er mit den Achseln. »Es schadet aber auch nicht, dass du es weißt, denn richtig geheim halten kann ich es kaum, wenn ich mit meiner Armee durch das Land marschiere. Ich werde deine Freunde eine Weile in Ruhe lassen, die sind nämlich bald beschäftigt genug. Ich möchte zuerst das ganze Mayaland unter meine Kontrolle bringen und marschiere nun gen Norden und Westen, alle Städte entlang, auf einem weiten Bogen zur Westküste, und jeder, der sich mir in den Weg stellt, wird sich unterwerfen müssen oder sterben.« Metzli nickte, mehr zu sich selbst. »Danach werden wir sehen, was von den Zeitreisenden noch übrig geblieben sein wird und ob diese nicht besser den Schwanz einziehen.«

»Beschäftigt?«, echote Isamu.

Metzli lächelte. »Cozumel ist in die Hände Zamas gefallen. Ich habe den Eindruck, dass ich mich mit dem dortigen König erst ganz zum Schluss befassen werde. Er soll mir deine Freunde unter Kontrolle halten, bis ich mit dem Rest von Mittelamerika fertig bin. Das Gebiet ist größer, als man denkt. Es bleibt viel zu tun.«

Er winkte und zwei Krieger nahmen Isamu in die Mitte.

»Du sollst leben«, teilte der König ihm mit. »Bis auf Weiteres jedenfalls. Ich empfinde es als meine Pflicht, du bist Verwandtschaft. Du wirst nach Mutal gebracht, zusammen mit den anderen Gefangenen. Ich kann keinen Ballast auf meinem Feldzug gebrauchen. Wir werden uns wiedersehen und unterhalten, ganz in Ruhe. Ich bin neugierig auf dich und dein Leben und darauf, ob ich noch etwas anderes aus dir machen kann als einen Gefangenen oder Sklaven.«

War das ein Versprechen? Sollte es Isamu Hoffnung machen? Wenn, dann nur insofern, als er zu der Erkenntnis kam, nicht sofort sterben zu müssen.

Isamu sagte nichts, als er hinausgeführt wurde. Er war erleichtert, noch ein wenig leben zu dürfen, und die Aussicht, nach Mutal zurückzukehren, erschreckte ihn auch nicht. Letztlich war Metzli kein anderer oder schlimmerer Herrscher, als Inugami es gerne geworden wäre, von Details einmal abgesehen. Er hatte vor ihm nicht mehr Angst als vor einem beliebigen König. Aber seine Hoffnung, eines Tages mit der römischen Expedition diese Gegend verlassen und in Europa ein anderes, besseres Leben führen zu können, rückte endgültig in weite Ferne und er wusste nicht einmal, ob er seine Weggefährten jemals wiedersehen würde.

Er ließ sich abführen und man ging nicht einmal besonders grob mit ihm um. Die Kolonne, die Metzli gen Mutal zu entsenden trachtete, stand schon bereit, als er sich zu ihr gesellte. In den Blicken der Gefangenen gab es eine seltsame Mischung aus Mutlosigkeit und Hoffnung, vor allem bei den Mutalesen, die letztlich zurück nach Hause gingen. Was würde mit ihnen geschehen? Die Tatsache, dass sie nicht sogleich getötet worden waren, sprach für Metzli. Oder verfolgte er doch noch andere, finstere Pläne?

Isamu zwang sich, diesen Pfad nicht zu gehen, den seine Grübeleien einschlagen wollten. Es war besser, erst einmal alles zu nehmen, wie es war.

Aber die größten Hoffnungen in Bezug auf sein persönliches Schicksal hatte er nicht.

»Macht euch bereit. Wir marschieren in Kürze!«, brüllte jemand, offenbar der Kommandant ihrer Wache. »Es werden lange Tage. Wer einen Fluchtversuch unternimmt, der stirbt, und wer nicht mehr laufen kann, sollte gute Freunde haben – wir tragen niemanden und wir warten auch nicht. Wir machen Pausen und es gibt Wasser und Maisbrei, das muss genügen. Der Herr meinte, ihr sollt leben, aber das heißt nicht, dass ihr unsere Ehrengäste seid. Setzt euch noch und trinkt. Bald werdet ihr keine Möglichkeit mehr zur Ruhe haben.«

Isamu setzte sich. Er trank. Er wusste, was er seinem Körper schuldig war. Er wusste aber auch, wozu dieser imstande sein konnte, denn er hatte schon allerlei Strapazen überstanden. Eine gewisse Zuversicht erfüllte ihn. Der Marsch würde ihn nicht umbringen.

»Herr. Götterbote ... was wird mit uns geschehen?«

Er sah auf und blickte in die erwartungsvollen Augen eines Mannes. Isamu sah sich um und fand sich plötzlich im Zentrum der Aufmerksamkeit. Götterbote? Warum nannte man ihn so? Und warum sollte ausgerechnet er mehr wissen als alle anderen? Bevor er auf die falsche Fährte kam, erinnerte er sich daran, dass Metzli nur mit ihm geredet hatte, zumindest soweit er wusste.

Eine Frage. Er musste eine Antwort geben.

»Wir gehen nach Mutal«, sagte er also. »Mehr weiß ich auch nicht. Wir sollten tun, was die Wachen sagen, und uns gegenseitig helfen. Setzt euch alle und trinkt. Wir werden uns anstrengen müssen.«

Vielleicht wurde von ihm noch mehr erwartet. Er sah, wie einige ihre Blicke enttäuscht senkten. Was wollten die von ihm? Er war doch nur ein Gefangener wie sie alle. Er war nicht Inugami. Er war kein Prinz der Maya. Er wollte gar kein Prinz mehr sein.

Er würde sie nicht anlügen und keine falschen Hoffnungen verbreiten.

»Wir helfen dir«, sagte der Mann plötzlich und zustimmendes Gemurmel ertönte. »Wenn du uns hilfst. Der Herr von Teotihuacán schätzt dich.«

Isamu wollte erst abwehren, doch er hielt inne, denn es wurde ihm klar, dass der Mann durchaus recht hatte. Es war eine seltsame Art der Wertschätzung, aber es gab sie. Und wenn er sie nutzen konnte, um das Los seiner Mitgefangenen zu verbessern, dann wollte er genau das tun.

Isamu nickte und lächelte den anderen zu, und er fand seine Reaktion erwidert.

Aus irgendeinem Grunde fühlte er sich jetzt etwas besser.

29

Itotia saß im sonnendurchfluteten Hof und betrachtete ihre beiden Söhne, wie sie spielten. Es war ein friedliches Bild, nicht zuletzt deswegen, weil weder der achtjährige Tochtli noch der zwölfjährige Yolotli heute zu streiten beabsichtigten. Ihre ruhige Eintracht beim Errichten eines Gebäudes aus Sand, das sich mehr und mehr der Architektur einer großen Tempelpyramide annäherte, war eine willkommene Abwechslung. Natürlich hätte die Frau des Metzli jede Form der Streitschlichtung und Zurechtweisung einer der zahlreichen Kinderfrauen überlassen können, die ihr zu Gebote standen, aber Itotia nahm ihre Rolle als Mutter ernst, nicht zuletzt, um den Einfluss ihres Mannes zu minimieren. Dies fiel ihr aktuell recht leicht, der Feldzug gegen die Maya erwies sich für ihr Familienleben als heilsam.

Leider löste er aber ansonsten nur Unruhe aus.

»Herrin, der ehrwürdige Nenetl, wie angemeldet.«

Die Stimme der Dienerin war ausgesprochen leise und unterwürfig. Das war Gewohnheit. Wenn ihr Ehemann zugegen war, dann geziemte es sich für die Dienenden, sich sehr, sehr zurückhaltend zu verhalten. Itotia teilte allerdings weder den Jähzorn noch die Verachtung ihres Gatten und sie lächelte der Dienerin freundlich zu, um ihr das auch zu zeigen.

»Nenetl. Sicher. Bringe ihn in das Nähzimmer. Ich komme sofort. Sag der Kinderfrau, sie soll sich zu meinen Söhnen setzen.«

»Herrin.«

Itotia erhob sich und zog das weite Gewand zurecht. Zwei Kinder hatte sie zur Welt gebracht und immer noch gehörte sie zu den begehrenswertesten Frauen der Stadt. Ihre Hand war der des Metzli würdig gewesen, Tochter aus höchstem Hause, gebildet und wunderschön. Als junges Mädchen hatte sie gewisse Illusionen gehabt, was es bedeuten würde, an der Seite des Königs zu sitzen und beinahe wie eine Göttin angebetet zu werden. Illusionen, die recht schnell mit einer Realität konfrontiert worden waren, die ihr das Leben schwer machten.

Sie wanderte durch den Palast und kam im Nähzimmer an. Dies war ihr Reich, ihr Refugium. Ja, sie nähte hier – deswegen war es überhaupt eingerichtet worden. Ihre diesbezüglichen Fähigkeiten waren überschaubar. Sie konnte leidlich mit dem Handwerkszeug umgehen, ihre Stickereien waren passabel, und wenn es um einfache Kleidung für ihre Söhne ging, konnten sich die Ergebnisse einigermaßen sehen lassen. Es gab natürlich niemanden hier, der ihr mit kritischer Miene Hinweise zur möglichen Verbesserung ihrer Kunst gab. Sie war die Frau des Metzli und daher war alles, was sie tat, absolut perfekt und anbetungswürdig. Itotias größte Herausforderung war es, stets einen realistischen Blick auf sich selbst zu behalten. Im Falle des Nähens fiel ihr das leicht, denn in Wirklichkeit war dieser Ort eher armseliger Kleiderproduktion gleichzeitig der Platz im Palast, den sie sich für vertrauliche Gespräche mit Personen auserkoren hatte, deren Anwesenheit ansonsten Misstrauen hervorrufen konnte. Das Zimmer lag abgelegen und ein Nebeneingang des Palastes befand sich in unmittelbarer Nähe. Die Dienerin war ihre enge Vertraute und hatte sich zeit ihres Lebens als zuverlässig und treu erwiesen. Nenetl würde unerkannt herein- und auch wieder hinauskommen.

Wie andere vor ihm.

Der ältere Mann mit der Adlernase verbeugte sich tief, als sie das Zimmer betrat. Sie winkte ihm zu. Im Nähzimmer legte sie keinen Wert auf Formalitäten. Tatsächlich empfand sie diese als immer unwichtiger, je mehr sie lernte, welche Leere sie verbargen oder übertünchten.

»Setzt Euch, mein Freund«, sagte sie und wies auf den Schemel. Sie selbst hockte sich daneben und ihre Hände griffen wie automatisch nach einer Stickerei, an der sie seit geraumer Zeit saß und deren Fortschritte nur deswegen beachtlich waren, weil sich seit der Abreise ihres Gatten Gespräche wie diese deutlich vervielfacht hatten.

Etwas lag in der Luft.

Sie blickte in Nenetls besorgtes Gesicht und presste die Lippen aufeinander.

Es musste eine Menge in der Luft liegen.

»Sprecht, mein Freund. Was führt Euch zu mir?«

Der Mann rückte auf dem zugegebenermaßen unbequemen Schemel in eine akzeptable Position.

»Eine dringende Angelegenheit. Es tut mir leid, Euch damit behelligen zu müssen, aber ...«

Itotia hob eine Hand. »Kein Gerede, edler Nenetl. Ihr seid ein Freund meiner Familie seit den Zeiten meines Vaters. Ich saß auf Euren Beinen als kleines Mädchen.«

»Ihr seid die Königin.«

Itotia verzog das Gesicht. »Ja, das bin ich. Und deswegen seid Ihr heute bei mir.«

»So ist es, Herrin.« Er machte eine Kunstpause, um den wichtigen Teil des Gesprächs angemessen einzuleiten. »Es gärt in der Stadt. Ich sage es unumwunden. Die Clanführer, die Priester ... viele der Mitglieder des Thronrates ... es ist nicht so, dass es ernsthafter oder offener Widerstand wäre, aber die Ambitionen des Königs werden nicht von allen geteilt. Ja, wir haben in der Vergangenheit öfters mal Krieg gegen die Maya geführt. Das große Mutal wird von einer Dynastie regiert ... oder vielmehr wurde ... die einer unserer eigenen Adligen dort eingesetzt hat. Doch zu keinem Zeitpunkt haben wir eine dauerhafte Herrschaft angestrebt, einfach weil das nicht praktikabel ist. Wir sind nicht genug und wir haben im weiten Mayaland alleine schon aufgrund der Entfernungen das Nachsehen. Die Maya sind kriegerisch, mindestens ebenso wie wir, und nur schwer unter Kontrolle zu halten. Möge der große Metzli auch viele Dinge in der Art der Kriegsführung ändern, möge er auch über magische Götterwaffen verfügen – das Land und die Menschen stehen ihm entgegen und das ist kein Kampf, den er auf Dauer gewinnen kann. Vielleicht errichtet er sein Reich und vielleicht kann er es selbst durch unermüdliche Anstrengung beisammenhalten, durch härteste Unterdrückung und durch ständige Kontrolle. Aber was werden Eure Söhne tun ... was wird der Thronerbe machen, wenn ihm dies eines Tages in den Schoß fällt? Was, wenn ein verirrter Pfeil den großen Metzli trifft und zu früh aus dem Leben reißt?« Nenetl beugte sich nach vorne. »Was, wenn ein großer Mayakönig den Aufstand gegen die Fremdherrschaft anführt und dann Rache an unserer großen Stadt zu nehmen gedenkt? Wir können das Mayaland mit seinen vielen Metropolen nicht dauerhaft regieren, aber die Maya, einig und entschlossen, können sehr wohl für

Teotihuacán eine ernsthafte Bedrohung darstellen. Und wenn der Krieg erst die Straßen unserer Stadt erreicht hat …«

Nenetl beendete den Satz vorzeitig, aber Itotia wusste auch so, worauf er hinauswollte. Sie hatte ihm aufmerksam zugehört und mit großem Erschrecken festgestellt, wie trefflich der alte Freund ihre eigenen, bisher sorgsam verschwiegenen Befürchtungen in Worte gekleidet hatte. Natürlich waren dies keine Dinge, die sie jemals mit ihrem Gatten hätte besprechen können. Sobald Metzli Widerworte hörte oder auch nur die kleinste Kritik an seinen Entscheidungen, und diese Worte kamen nicht aus dem Munde eines Mannes, der von hohem Rang war, auf den er in Ausübung seiner Herrschaft angewiesen blieb, dann wurde der König von Teotihuacán brutal. Er schlug. Er schlug gerne. Bei Frauen empfand er absolut keine Hemmungen. Die letzten blauen Flecke, die sie trug, waren nun verheilt, da Metzli zuletzt mit anderen Dingen beschäftigt gewesen war und dann die Stadt verlassen hatte. Doch sie erinnerte sich gut daran, wie sie auf dem Boden gelegen und um Gnade gebeten hatte, so lange, bis Metzli erschöpft innegehalten und sie zurückgelassen hatte. Wie einige Male vorher. Das Leben mit dem König war ein Leben mit der Angst gewesen und Itotia wünschte sich viele Dinge, aber eine baldige Rückkehr Metzlis gehörte sicher nicht dazu.

Ihre Gedanken wanderten wieder zu ihren Söhnen, deren friedliches und freundliches Spiel ihr Herz erwärmt hatte. Mehr als einmal hatte sie sich zwischen die Kinder und einen wütenden Metzli geworfen, mehr als einmal die Schläge empfangen, die für diese gedacht waren. Es ging nicht darum, dass man Kinder nicht schlug – selbstverständlich tat man das, wenn es nötig war. Aber nicht, wenn es unnötig erschien. Und ihr Gatte zog da keine klare Grenze, je nach Laune. Manchmal, so glaubte sie, prügelte er nur aus Spaß, zur Entspannung. Sie dachte für einen Moment an die unmarkierten Gräber draußen vor der Stadt. Seit der große Herr seinen Vater umgebracht und sich selbst auf den Thron gesetzt hatte, waren sieben Leibdiener und -sklaven gestorben und keiner hatte etwas verbrochen, das den Tod verdient hätte.

Und es wurde mit jedem Lebensjahr schlimmer.

Fast wünschte sich Itotia manchmal, der verirrte Pfeil, von dem Nenetl eben gesprochen hatte, würde sein Ziel finden. Es würde ihr Leben um eine schwere Bürde erleichtern.

Ihre Blicke trafen sich und sie schlug die Augen nieder. Nenetl hatte sie verständnisvoll angeschaut, fast zu sehr. Welche Gerüchte gingen um? Wie viel erzählte man sich in der Stadt? Wer wusste vom gloriosen Leben der Itotia, von ihrem stillen Leid unter der harten Hand ihres geliebten Gatten, des gottgleichen Herrschers? Möglicherweise mehr, als sie ahnen konnte.

»Es gärt also«, sagte sie dann leise, fuhr mit den Fingerspitzen über die Stickerei. Der stilisierte Jaguar schien ihrer Bewegung mit den Augen zu folgen. Das Stück war ihr tatsächlich recht gut gelungen.

»Metzli vernachlässigt die Stadt und jagt einem Traum nach, der nur der seine ist.«

»Nicht nur der seine.«

»Ja. Gut. Er hat sich seine Generale sorgsam ausgesucht. Sie teilen seinen Wahnsinn.«

Da, er hatte das Wort gesagt. Nenetl war ein alter Mann, er hatte wenig zu verlieren. Itotia wusste, dass er mit einem solchen Vorwurf sein Leben in die Hände der Königin gelegt hatte. Dieses Vertrauen zeugte gleichzeitig von Entschlossenheit und einem gewissen Maß an Verzweiflung, an Sorge um das Schicksal der Stadt. Nenetls Familie diente Teotihuacán, seit man zurückdenken konnte, sie war in vielfacher Hinsicht mit dem Wohl und Wehe der Stadt verbunden. Itotia mochte ihm sein Verhalten nicht vorwerfen – und ja, da war Wahnsinn in Metzli. Wer wusste das besser als sie?

Itotia nickte, kaum sichtbar.

»Nenetl, warum erfahre ich all dies?«

»Es gibt eine Stimmung in der Stadt, die in eine beunruhigende Richtung geht. Eine Stimmung, über die ich Euch deswegen berichte, weil es in Eurer Hand liegt, wie diese zu kanalisieren ist ... zum Wohle Eurer Söhne.« Nenetls Stimme wurde leiser, kaum hörbar. »Ich will es sagen, wie es ist. Sollte sich eine Allianz der Clanführer finden, die den König absetzt oder sich anderweitig gegen ihn auflehnt, wird die erste Tat sein, Euch und Eure Kinder zumindest als Geisel zu nehmen. Und ich sage: zumindest. Ich muss Euch nicht an die Geschichte unserer Stadt erinnern. Das Messer ist leicht gezogen und ein Menschenleben ist nur dann etwas wert, wenn es sich selbst verteidigen und auf Hilfe bauen kann. Wer allein ist und wem die Macht fehlt, der ist ein Opfer wie schon so viele.

Ich möchte nicht, dass Ihr – und noch viel weniger Eure Söhne – ein Opfer werdet. Aber wenn es zum Schlimmsten kommen sollte, ist dies unausweichlich.«

Itotia hörte die Wahrheit in Nenetls Stimme und sie hörte echte Sorge und Anteilnahme. Jemandem zu vertrauen, gerade in den höchsten Kreisen Teotihuacáns, war eine riskante Einstellung. Intrigen und Verrat waren allgegenwärtig, wenn es um die Macht ging. Metzli hatte diese Schlangengrube einigermaßen unter Kontrolle, wenn er zugegen war und intervenieren konnte – Itotia gestand ihrem Gatten zu, dafür sogar ein Händchen zu haben. Doch nun war er fort und es war eine Leere entstanden, die nun von all jenen gefüllt wurde, die sich bisher aus Angst um ihr Leben im Hintergrund gehalten hatten.

Menschen wie sie selbst. Es war diese Erkenntnis, die ihr plötzlich durch den Kopf schoss, die durch Nenetls Worte ausgelöst wurde. Sie selbst gehörte doch zu jenen, die die Abwesenheit des Königs als Erleichterung empfanden ... und die Erwartung seiner Rückkehr mit der Erwartung neuer Begrenzungen, Erniedrigungen und Ängste verbanden.

Nenetl wusste das. Daher sprach er mit ihr. Er musste zu jenen gehören, die bereit waren, sich zu verschwören. Und er wollte vorfühlen, wie sich Itotia dazu stellte, ob sie empört reagierte, abwehrend, furchtsam oder entschlossen – und ob sie auch nur andeutete, dass sie sich anschließen würde.

Würde sie?

Der Gedanke hielt einiges an Verheißung. Und er war ihr nicht gänzlich neu.

»Wenn diese Dinge, von denen Ihr redet, wahr werden ... welches Schicksal wird denn mir und meinen Söhnen blühen, sollte ich mich dieser Sache ... geneigt zeigen?«

Nenetl lächelte. »Die Legitimität einer jeden Aktion gegen Metzli wäre ungleich größer – und Euer ältester Sohn könnte als regulärer Thronfolger bestätigt werden, mit der Königin als seiner Regentin.« Erneut senkte er die Stimme zu einem verschwörerischen Flüstern. »Niemandem geht es um Euch oder Eure Kinder. Es geht allein um Metzli und das, was viele für seinen Wahnsinn halten. Regiert Euer Sohn, geführt von Eurer Hand, begleitet von einem ausgesuchten Thronrat, dann würde niemand mehr irgendwelche Befürchtungen haben.«

Itotia hörte diese Worte wohl, allein der Glaube fehlte ihr noch ein wenig. Sie kannte die Geschichte der Stadt so gut, wie Nenetl es angedeutet hatte, und wusste, dass es in der Vergangenheit bereits zu Umstürzen gekommen war. Egal, mit welchen guten Absichten die Aufständischen angetreten sein mochten, oft genug verloren sie die Kontrolle über die Ereignisse, wenn es erst losging. War gar das Volk aufgehetzt, gab es keine Mauer mehr, die eine Flut der Zerstörung und des Mordens aufhalten konnte. Die Verschwörer mochten ihr ein Versprechen geben, aber hatten sie auch die Mittel, es einzuhalten?

Doch was war die Alternative? Sich dem Schutz der Leibwache anzuvertrauen, die Metzli für sie zurückgelassen hatte? Aus irgendeinem Grunde war das keine Aussicht, die sie sonderlich beruhigte.

»Gut«, sagte sie leise. »Ich verstehe.«

»Was für eine Haltung wollt Ihr einnehmen?«

Itotia fühlte sich gedrängt. Konnte man ihr nicht Zeit lassen, in Ruhe darüber nachzudenken? Es waren so viele Faktoren, so viele Unwägbarkeiten zu beachten – das war nichts, was man einfach so entschied.

»Kommt übermorgen wieder«, sagte sie dann. »Ich muss mich besinnen.«

Nenetl zeigte keinen Unwillen und verbeugte sich nur. Ohne ein weiteres Wort erhob er sich und verließ das Nähzimmer. Er kannte den Weg nach draußen. Die Königin blieb allein zurück, fuhr mit den Fingerspitzen über die Stickerei. Ob sie den Jaguargott um Hilfe anflehen sollte? Sie war schon länger nicht mehr im Tempel gewesen, unziemlich lange.

Itotia holte tief Luft.

Metzli aus ihrem Leben beseitigen, Sicherheit für ihre Söhne, Ruhe für ihre Seele.

Worüber dachte sie da eigentlich lange nach?

30

»Dieser Statthalter …« Ixchel sah in die Flammen der Lampe und das flackernde Licht zeichnete Schatten auf ihre Haut, die sie weitaus älter aussehen ließen, als sie war. Auch ihre Stimme hatte schon lange jede jugendliche Leichtigkeit verloren. Die Stirn in Falten gelegt, sah sie aus wie die Königin, die zu sein sie vorgab.

»Er ist nur eine Kreatur Metzlis«, sagte Itzanami und sah sie besorgt an. Er kannte diesen Gesichtsausdruck und er las die Ruhelosigkeit, die von der Prinzessin ausging. Seit Wochen verübten sie nun schon keine Anschläge mehr, um nicht unnötige Aufmerksamkeit auf sich zu lenken, und bauten stattdessen lieber ihre Organisation aus. Es war ein mühsames Geschäft und es war keines, das sofortigen Gewinn brachte, dafür aber unkalkulierbare Risiken enthielt. Wem konnte man trauen? Wer war ein Agent des Feindes? Wer wollte mitmachen, weil er es irgendwie romantisch fand, und würde dann kneifen, wenn es ernst wurde? Ixchel war jung, ihre Menschenkenntnis war trotz aller Erlebnisse begrenzt und sie verließ sich in vielen Dingen auf das Urteil des Priesters, der die Leute kannte. Und gerade weil dieser auf gewisse Kriterien wert legte und der Ungeduld nicht nachgeben wollte, war es für Ixchel sehr schwer. Itzanami verstand das. In einer Ecke seines Erinnerungsvermögens ruhten die Erfahrungen, die er in diesem Alter gemacht hatte.

»Er ist ein Symbol«, erklärte sie. »Symbole leben gefährlich.«

Ixchel musste es wissen. Der Priester schüttelte den Kopf. »Ich weiß, was du denkst: ein Attentat auf den Statthalter, ein Fanal des Widerstands. Ich sage dir, was geschehen wird. Wenn du Erfolg hast, wird sein Nachfolger wild um sich schlagen, er oder Metzli selbst. Und wenn du keinen Erfolg hast … wird der Statthalter es selbst tun, aus Angst um sein Leben. Gar nicht so sehr, weil er meint, ein zweites Attentat könnte erfolgreicher sein, sondern weil er weiß, dass sein König kurzen Prozess mit ihm machen wird, sollte er Mutal nicht in den Griff bekommen.«

Ixchel spuckte aus. Natürlich war ihr klar, dass der alte Mann mit seiner Prognose recht hatte. Sie wirkte grimmig, verschlossen. Die Unruhe in ihr brodelte, die Energie wollte sich Bahn brechen. Doch für eine Frau ihres Alters verfügte sie über eine bemerkenswerte Selbstbeherrschung. Es war die Rolle, die sie angenommen hatte, die disziplinierend auf sie wirkte und sie umhüllte wie ein Kokon, der ihre Bewegungen, ihre Gefühle und ihre Reaktionen in eine tiefe Fassung drückte. Itzanami betrachtete dies mit Bewunderung und Sorge. Was würde passieren, wenn es einmal zu viel wurde und der Kokon platzte? Er hatte die Befürchtung, dass kein schöner Schmetterling daraus hervorkommen würde, sondern ein blutrünstiges Monster, das seine so lange aufgestaute Energie in wilder Raserei entlud.

Ixchel musste *etwas* tun.

Doch den Statthalter zu ermorden, würde nicht helfen.

»Was dann?«, murmelte sie leise, schaute den Priester an. Waren es die Flammen, die sich in ihren Pupillen spiegelten, oder waren es die mühsam beherrschten Gefühle von Zorn und Ablehnung, die ihre Augen brennen ließen? Itzanami hoffte auf Ersteres, denn das Zweite würde ihn sehr beunruhigen. Und seine Antwort würde der jungen Frau nicht gefallen. Aber er hatte beschlossen, sie niemals zu belügen, alleine um ihr zu gefallen. Tatsächlich hatte sie selbst darauf bestanden. Also musste sie es auch aushalten.

»Wir müssen noch weitere Verbündete gewinnen, Prinzessin. Wie viele sind wir jetzt, alle zusammengezählt? Dreißig? Vierzig vielleicht? Und die Hälfte davon alte Männer und Frauen, die am warmen Feuer Reden schwingen und die Vision eines freien Mutal beschwören, aber zu der eigentlichen Tat wenig werden beitragen können. Bedenke unsere Begrenzungen!«

»Das tu ich und ich glaube, allein das ist die größte Begrenzung, die ich mir auferlege«, gab Ixchel zurück, fast schnappend, wie ein mühsam gebändigtes Raubtier. »Wenn ich ständig nur an das denke, was ich nicht kann, verliere ich den Blick für das, was möglich ist. Itzanami, ich schätze den Rat all der weisen Männer um mich herum, aber ich bekomme tagein und tagaus nur zu hören, dass dieses und jenes eben *nicht* möglich sei.« Sie beugte sich nach vorne, musterte ihn intensiv. Ja, doch, das Brennen war mehr als eine bloße Reflexion. Itzanami bewegte sich unruhig auf seinem Schemel, als sie weitersprach: »Sag mir, was möglich ist. Was tun wir?«

»Warten und uns organisieren.«

»Wie lange?«

Itzanami zögerte. Eine genaue Antwort wusste er nicht. Es hing doch davon ab, was sie vorhatten.

»Sicher noch einige Monate«, sagte er dann, wohl wissend, dass dies nicht die Antwort war, die Ixchel hören wollte.

»Monate?« Sie spuckte das Wort förmlich aus. »Und Metzli schlägt seinen Pfad der Eroberung derweil ungestört durch das ganze Land der Maismenschen, pickt sich eine Stadt nach der anderen, bis er die Runde gemacht hat und wieder triumphierend in Mutal einzieht? Oder B'aakal? Welche Stadt wird er zur ersten machen? Ich habe das Gefühl, es wird nicht die unsere sein. Wenn er seinen Feldzug erst beendet hat, geehrter Priester, dann ist es zu spät.«

Itzanami schüttelte den Kopf. »Das kann man so nicht sagen. Wenn es uns gelingt, den Kontakt mit Widerstandskämpfern in anderen Städten aufzunehmen und dann dafür zu sorgen, dass immer dort Aktionen stattfinden, wo er nicht wieder schnell eingreifen kann ... Aktionen wie jene, die hier in Mutal getan wurden. Dann wird sich dies wie ein Lauffeuer ausbreiten, mit radikaler Geschwindigkeit, wenn es sich herumspricht. Und es wird Metzlis Leute auf Trab halten. Er kann nicht überall sein. Und seine Armee ist irgendwann müde oder dezimiert.«

»Wenn«, murmelte Ixchel, wenngleich ihr nun anzusehen war, dass ihr der Gedanke durchaus gefiel. »Zwei Wenn. Wie nehmen wir denn Kontakt mit den anderen Städten auf? Wie schaffen wir es, einen Aufstand zu koordinieren?«

Itzanami schüttelte erneut den Kopf. »Gar nicht, was die letzte Frage betrifft. Koordinieren können wir nichts. Wir können informieren: Der Widerstand ist nicht allein, und wenn wir gewisse Regeln einhalten, gewisse Zeiten abwarten und die Augen dabei offen halten nach Nachrichten aus den anderen Städten, ist das alles, was möglich ist. Jede Stadt handelt für sich und jede Stadt wird ihr Glück selbst suchen müssen. Die Zustände sind auch unterschiedlich. Manche Statthalter sind klug und vorausschauend, mit ihnen fällt es uns schwer, andere sind Idioten. Mancher Soldat aus Teotihuacán ist von den Ideen seines Herrn beseelt, andere sind weniger enthusiastisch und engagieren sich nur, soweit es absolut notwendig ist. Können wir das für jede Stadt vorhersehen oder herausfinden? Das ist nicht möglich. Aber wir können helfen, den Leuten ein gemeinsames Bewusstsein für den Widerstand zu geben, und das allein ist kaum in Kakaobohnen aufzuwiegen.«

Ixchel sah Itzanami halb bewundernd, halb überrascht an. Der Priester hatte sich Gedanken gemacht und seine Argumente hatten etwas für sich. Ja, sie unterlagen in ihrem Handeln Grenzen. Aber das hieß nicht, dass man gar nichts tat. Andererseits …

»Metzli ist von hier schon lange weitergezogen. Wir hören, dass sich die freien Städte neu organisieren, ein gemeinsames Vorgehen gegen die neue Gefahr planen. Dies ist die richtige Zeit für uns«, sagte sie schließlich. »Wo bleiben unsere Aktionen?«

Da war die Ungeduld wieder. Und diesmal musste Itzanami einsehen, dass die Prinzessin nicht unrecht hatte.

»Wenn sie nur isoliert in dieser Stadt auftreten, kann er sich auf Mutal konzentrieren. Aber die Idee ist, dass wir ihm exakt das verwehren – sich auf eine Quelle von Störenfrieden zu werfen, während die anderen nur zuschauen und warten, bis sie selbst an der Reihe sind. Verstehst du, Ixchel? Es ist eine Taktik der Nadelstiche, nur müssen sie eben überall wehtun, sodass der neue höchste König nicht weiß, wo er sich zuerst kratzen soll.«

»Ja.« Die Prinzessin nickte. »Ja. Ich verstehe es jetzt.« Sie sah Itzanami auffordernd an. »Reisen zwischen den Städten sind verboten oder zumindest stark kontrolliert. Die Straßen werden alle bewacht.«

»Aber die Nacht ist dunkel und Mutal ist groß«, erwiderte Itzanami. »Und man kann auch jenseits der Straßen vorankommen. Das dürfte dir nicht unbekannt sein.«

Ixchel lächelte, vielleicht doch ein wenig geschmeichelt. »Das ist wahr. Gibt es Freiwillige?«

»Die finden sich. Was aber viel wichtiger ist: Welche Nachricht sollen die Leute bringen? Sollen Sie von Ixchel hören, die nach Mutal zurückgekehrt ist?«

Die Prinzessin sah Itzanami an und erkannte das Lauern in seinem Blick. Das war genauso ein Vorschlag, wie es ein Test war, das erkannte sie plötzlich. Sie lächelte den Priester an.

»Und wenn einer unserer Boten gefangen wird, wissen die Besatzer, dass ich hier bin. Sie werden Mutal auf den Kopf stellen, um mich zu finden. Nein, wir unterzeichnen die Botschaft nicht mit meinem Namen. Wir nennen uns ... die Söhne Chitams. Da kommen die nicht einmal auf die Idee, dass ausgerechnet seine leibliche Tochter damit gemeint sein könnte. Und unsere Freiwilligen werben wir über Mittelsmänner an, niemanden aus dem inneren Kreis.«

Itzanami stieß hörbar Luft aus, dann erwiderte er Ixchels Lächeln. Sie hatte den Test bestanden. Sie dachte weiter, wog Konsequenzen ab. Itzanami lehrte sie gut, und obgleich sie ganz sicher Widerwillen bei der Erkenntnis spürte, dass ihr das eine oder andere noch fehlte, nicht nur an Wissen, sondern auch an Reife, war ihr deutlich anzusehen, dass sie dem Priester für die bisherigen Lektionen sehr dankbar war.

»Dann sollten wir anfangen, eine Botschaft aufzusetzen«, sagte der Mann.

»Das sollten wir.«

31

»Wir werden Cozumel zurückerobern müssen«, sagte Langenhagen und legte das Fernglas beiseite. »Wir benötigen eine Basis, so oder so. Und nach dem, was ich gehört habe, ist der König von Zama nicht unser Freund. Und er ist ganz bestimmt nicht unser künftiger Verbündeter.«

»Er ist niemandes Freund. Er ist einfach nur ein Irrer«, erklärte Köhler, der neben dem Navarchen an der Reling stand. Die Insel lag vor ihnen, gut zwei Seemeilen entfernt, und das Wetter war klar. Drei Einbaumsegler hatten sie erreicht, Flüchtlinge von der Insel, die die herankommende Flottille bemerkt und sich ein Herz gefasst hatten. Die Berichte von der Okkupation der Insel durch den Herrscher Zamas, die Eskalation der Gewalt, der öffentlichen Verbrennung der Hohepriesterin auf dem Ixchel-Tempel – all das waren erschreckende Neuigkeiten, die sie während der Schilderungen mit stetig wachsendem Entsetzen aufgenommen hatten. Die Stimmung war schlecht, als diese Nachrichten die Runde machten. Die an Bord befindlichen Flüchtlinge von Cozumel waren deprimiert, mehr als nur erschrocken. Die Soldaten, die die Gastfreundschaft auf der Insel genossen hatten, zeigten sich grimmig entschlossen, manche wütend. Gerede machte die Runde, leise und lauter ausgestoßene Drohungen und Verwünschungen. Langenhagen hatte diese Emotionen genau gelesen. Ja, die Soldaten würden die Disziplin bewahren, da war er zuversichtlich. Es waren ausgewählte Männer, die wussten, was sie hier taten und wem sie zu gehorchen hatten. Aber er war kein Narr. Sie waren weit weg von zu Hause und er musste *mit* seinen Männern arbeiten, nicht gegen sie. Was auf Cozumel geschah, war die direkte Fortsetzung dessen, was der König von Zama Köhler und seinen Leuten angetan hatte, nur in weitaus größerem Maße. Andochos und Sawada waren übereinstimmend der Meinung, dass der Mann völlig wahnsinnig war, und der Arzt der *Gratian* stimmte dem unumwunden zu, obgleich er sicher kein Fachmann für mentale Erkrankungen war.

Langenhagen musste all dies beachten, wenn er seine Entscheidung treffen wollte.

»Wenn wir die Berichte zusammenfassen und unsere allgemeinen Kenntnisse über die militärische Stärke einzelner Mayastädte, dann können wir davon ausgehen, dass der König von Zama etwa 2000 Bewaffnete ins Feld geführt hat«, sagte Langenhagen. »Er hat Verluste erlitten, über deren genaue Anzahl wir nichts wissen. Rechnen wir also weiterhin mit 2000 Männern. Es sind in unserem Sinne Fanatiker, entweder aus Angst vor ihrem irren König oder aus echter Überzeugung, das haben wir ja mittlerweile gemerkt. Sie sind rücksichtslos, sich selbst und anderen gegenüber. Wir müssen uns das also nicht zu einfach vorstellen.«

»In der Tat«, sagte Köhler. »Wir sollten uns genau überlegen, wie wir vorgehen. Und wir sollten schauen, wie wir das U-Boot einsetzen. Das Geschütz ist bemerkenswert, es schießt genauer, schneller und weiter als jede unserer Kanonen. Ich würde mich dafür einsetzen, dass wir diesen Vorteil so weit wie möglich nutzen.«

»Das hätte noch einen anderen Vorteil«, sagte Langenhagen. »Wenn das U-Boot seine Munition weitgehend aufbraucht ...«

Köhler nickte wissend. Ja, sie waren Verbündete, doch das konnte sich ändern. Was auch immer geschah, ein voll funktionsfähiges U-Boot war nicht nur ein Segen, es war eine potenzielle Gefahr. Mit leerer Munitionskammer war die Gefahr weitaus geringer. Beide Männer hassten es, so denken zu müssen, aber es blieb ihnen nichts anderes übrig. Es gab für sie hier, fernab der Heimat, keine Hilfe, zumindest keine, die sie sich nicht selbst organisierten. Und das hieß, dass sie jede potenzielle Gefahr genau im Blick haben mussten.

»Wir müssen Leutnant Hara überzeugen«, sagte Köhler.

»Er ist einsichtig.«

»Er steckt mitten in der größten Krise seines Lebens und seines Kommandos«, erinnerte ihn Köhler.

Langenhagen machte eine abwinkende Handbewegung. Ja, ihm war keineswegs entgangen, dass Aritomo Haras Selbstbewusstsein angeknackst war. Jeder Mann seines Alters wäre an alledem, was sich zugetragen hatte, irgendwann gescheitert. Hara hatte sich bemerkenswert gut gehalten. Langenhagen hielt den Mann für einen weitaus besseren

Offizier als dieser selbst. Es mochte bald die Notwendigkeit geben, dies dem Japaner deutlich zu machen.

»Er macht auf mich den Eindruck, dass ihn die Sache zu überfordern droht. Aber er reißt sich zusammen, Navarch.«

»Dann helfen wir ihm, die richtigen Entscheidungen zu treffen.«

»Werden ihm seine Leute folgen, wenn sie merken, dass wir eine so zentrale Rolle spielen?«

Langenhagen seufzte. Das war die Frage. Und sie kannten die anderen Japaner nicht gut genug, um das einschätzen zu können. Die meisten, außer Sawada und einigen wenigen Bewaffneten, saßen mittlerweile wieder im Boot, ihrer Heimat. Was dort besprochen wurde, konnte auch Aritomo Hara nicht wissen. Langenhagen hielt es für einen Fehler, dass er das Boot sich selbst überlassen hatte. Aber jemanden an Bord zu schicken, hätte Misstrauen ausgelöst und damit mehr geschadet als genutzt. Hara schien zuversichtlich zu sein, dass der aktuelle Kommandant des Bootes, der Mann namens Okada, sich fügen würde.

»Ich rede mit Sawada. Er wird es am besten einschätzen können. Und er kann *uns* am besten einschätzen. Von allen Japanern können wir mit ihm am offensten reden.« Er legte Köhler eine Hand auf die Schulter. »Ich hoffe, die Erinnerung kehrt langsam zurück?«

»Die Dinge werden mit jedem Tag klarer.«

»Das ist gut. Ich würde ganz ungern auf Sie verzichten, Trierarch.«

Köhler grinste. »Die Gefahr besteht sicher nicht.«

»Das beruhigt mich. Ich gehe nach unten und inspiziere die Waffenkammer.« Langenhagen nickte Köhler zu und wandte sich ab.

Der blieb an der Reling stehen und nahm gedankenverloren den Anblick Cozumels in sich auf. Aus dieser Entfernung lag die Insel friedlich da, ein nahezu idyllisches Bild, und damit sehr weit von der bitteren Realität entfernt.

Dann spürte er eine Bewegung neben sich und erkannte zu seiner Freude die Botanikerin und Geologin Terzia neben sich. Sich wieder an sie zu erinnern, war ihm bemerkenswert leichtgefallen. Ein Blick hatte genügt, und viele Gefühle und Bilder fanden ihren Platz in seinem Gedächtnis. Er hatte bisher nur wenig Gelegenheit gehabt, seine Bekanntschaft mit ihr zu erneuern. Er fühlte sich noch unsicher. Was war, wenn ihm wichtige Details ihrer Beziehung noch entfallen waren? Wie etwa die Frage, ob sie überhaupt jemals so etwas wie eine Beziehung gehabt hatten?

»Und? Eine Entscheidung getroffen?« Sie wies in Richtung der Insel, sprach leichthin, doch die feine Spannung in ihrer Stimme war kaum zu überhören.

»Die Überlegungen der Schiffsführung werden Zivilisten zu gegebener Zeit mitgeteilt«, näselte er in gespielter Arroganz.

Terzia lachte. »Natürlich. Wir greifen also an? Das ist gut.«

Terzia hatte auf Cozumel eine schöne Zeit verbracht, sich in endlose Studien vertieft und mit vielen Frauen Freundschaft geschlossen, die entzückt gewesen waren, ihr Interesse an der Pflanzenwelt mit Hingabe zu befriedigen. Es bestand durchaus die Möglichkeit, dass einige dieser Gesprächspartnerinnen nicht mehr am Leben waren. Terzia wusste das und fühlte sicher die gleiche Wut über das brutale Vorgehen der Invasoren wie alle anderen.

Doch das war im Grunde nicht das Thema, über das Köhler mit ihr reden wollte. Etwas anderes ging ihm seit geraumer Zeit durch den Kopf und jetzt sah er die Gelegenheit – wenn er genügend Mut aufbrachte –, es zur Sprache zu bringen. Unsicherheit oder nicht, es konnte sein, dass er zu den Opfern eines Angriffs auf Cozumel gehören würde. Und daher war es notwendig, das eine oder andere … Er räusperte sich.

»Meine Zeit … die Gefangenschaft und alles, was danach passiert ist … ich hatte Anlass, über einige Dinge nachzudenken und mein Leben etwas … distanzierter zu betrachten.«

Terzia sah ihn interessiert an. Ihr Lächeln blieb, doch da war der Anflug einer Sorge in ihrem Blick.

»Distanzierter?«

»Ich weiß nicht, ob dies das richtige Wort ist. Wenn man manchmal nicht mehr damit rechnet, den nächsten Tag noch zu erleben, und ständig nach Erinnerungsfetzen angelt, nicht weiß, wer genau man ist und was für Überraschungen einem noch bevorstehen … es verändert die Perspektive, ja? Und das bleibt, auch wenn man sein Ich so einigermaßen wieder zusammengebaut hat.«

»Hast du das, Trierarch?«

»Ich bin zuversichtlich. Es gibt sicher noch dunkle Flecken. Aber so im Großen und Ganzen …«

»Und diese neue Perspektive – führte sie auch zu neuen Erkenntnissen?«

»Sollte sie das nicht?«

Terzia lachte erneut. »Du bist ein Mann, Trierarch. Ob du dir mit der linken oder mit der rechten Hand den Hintern kratzt, am Ende wirst du immer heimlich an den Fingern riechen.«

Köhler blinzelte. Das war tatsächlich mal eine andere Perspektive. War er wirklich so simpel – und galt das für alle Männer? Nein, Terzia konnte das nicht ernst meinen. Sich ehrwürdige Gelehrte wie Sawada und Andochos so vorzustellen, dass es diesem Bild entsprach, fiel ihm sehr schwer. Sie wollte ihn bestimmt nur sticheln.

»Ich kam zu dem Schluss, dass mein Leben kostbarer ist, als ich gedacht habe.«

»Aus dem Mund eines Berufssoldaten ein gewichtiger Satz.«

»Zum einen werde ich nicht ewig Soldat bleiben, zum anderen stecken auch unter Uniformen Menschen.«

»Das will ich zugestehen. Und?«

Jetzt kam es. Das war sicher der schwerste Teil. Er holte tief Luft und widerstand der beinahe überwältigenden Versuchung, sich am Hintern zu kratzen. Vielmehr legte er seine Hände ineinander, in dem Versuch, für sie eine andere, sinnvolle Beschäftigung zu finden.

»Ich ... es ist dir ... möglicherweise ... nun.« Erneut ein Räuspern. Er war wirklich nicht gut in diesen Dingen. »Was ich sagen möchte, auch wenn die Situation nicht geeignet erscheint ... man weiß ja nicht, was kommt ... wann man wieder die Gelegenheit hat ...«

Terzia lauschte seinem Gestammel mit der geduldigen Aufmerksamkeit einer Gelehrten, die versuchte, aufgrund von Beobachtung wissenschaftliche Rückschlüsse zu ziehen. Dann hob sie eine Hand und Köhler verstummte, beinahe dankbar.

»Trierarch, ich habe durchaus bemerkt, dass du mir dauernd auf die Titten starrst.«

Köhler runzelte die Stirn. Terzia war eine gelehrte Frau. Gelehrte Frauen redeten so nicht.

»Und ich denke, dass dich mehr antreibt als bloße Lust. Richtig? Für jemanden, der mich nur flachlegen möchte, hast du dich zu sehr angestrengt.« Sie machte eine Pause. »Auf deine Art und Weise natürlich.«

Köhler murmelte: »Ich war aufdringlich?«

»O nein. Niemals. Deine Blicke schon, aber bei Gott, was soll man von Wesen erwarten, die Haare im Gesicht tragen?«

Terzia saß der Schalk in den Augen und Köhler war sich durchaus bewusst, dass sie sich auf seine Kosten amüsierte. Aber das war nicht schlimm. Es beruhigte ihn in gewisser Weise. Sie hätte ja auch entsetzt aufschreien und armewedelnd davonrennen können.

Obwohl – nein. Eigentlich nicht.

Er spürte, wie sich Arme um seinen Hals legten und fühlte etwas Warmes, Feuchtes auf seinen Lippen, nur für einen winzigen Moment, ehe sich Terzia wieder löste. Sie lächelte ihn etwas verträumt an.

»Wir müssen der Mannschaft ein gutes Beispiel sein«, sagte sie leise. »Selbstbeherrschung, Disziplin, du weißt schon.«

»Natürlich«, sagte er absolut ohne jede Überzeugung in der Stimme.

»Aber ich bin froh, dass du es gesagt hast.«

»Ich habe gar nichts gesagt.«

»Ich habe es trotzdem verstanden. Und wir setzen dieses Gespräch fort.« Sie drehte den Kopf, schaute wieder in Richtung Cozumel. »Wenn das alles vorbei ist.«

32

Es war nicht sonderlich überraschend, einem Mann mit schwarzer Hautfarbe zu begegnen. Latinus war Offizier der römischen Flotte und gerade dort war die Völkervielfalt des Imperiums auf schöne Weise abgebildet. Wenn ein Großteil des Reiches das nördliche Afrika umfasste und man darüber hinaus durchweg freundschaftliche Beziehungen zu den angrenzenden afrikanischen Königreichen unterhielt, war die Frage nach der Hautfarbe für einen römischen Offizier von sekundärer Bedeutung. Welche Absichten und Ideen sich hinter der Stirn des Betreffenden verbargen, das zählte. Dennoch hatte er mit einem so offensichtlich aus Afrika stammenden Mann hier in China *nicht* gerechnet. Er bewegte sich mit Selbstverständlichkeit und ohne Zurückhaltung unter den chinesischen Notabeln, die zum Abendessen eingetroffen waren, und er grüßte manchen aufgeplusterten Bonzen mit erstaunlicher Eloquenz und Gelassenheit. Es wurde deutlich, dass er eine besondere Stellung in der Gesellschaft innehatte, denn obgleich er dem Statthalter, einem älteren, würdigen Herrn, erkennbar Respekt entgegenbrachte, fehlten die Unterwerfungsgesten, mit dem andere Offizielle sich vor diesem in den Staub warfen.

Und das wurde auch so akzeptiert. Der höchst ehrenwerte und offenbar steinalte Nan Bao, eine Art Baron, jedenfalls von Adel, betrachtete die ganze Szenerie ohnehin mit der Stille und Würde eines Mannes, der kaum noch sehen und nur noch mit Schwierigkeiten hören konnte und der diese Nachteile nutzte, um eine Aura abgehobener Distanz um sich zu errichten.

Angesichts der Tatsache, dass sein Sekretär, der sie bereits auf dem Schiff besucht hatte, dahingegen eifrig in Gespräche vertieft war, wurde schnell klar, wer hier wahrscheinlich den größeren Einfluss hatte, Titel hin oder her. Latinus entwickelte die Ahnung, dass der lustig aussehende Li mehr war, als sein Auftreten erst einmal vermuten ließ.

Beihai war eine große Stadt und sie war reich, ein Handelsumschlagplatz von Bedeutung. Dies zeigte sich auch in dem palastartigen Gebäude, dass Nan Bao als seine Residenz in Beschlag legte. Latinus bewunderte die schöne Architektur, die sich in so vielen von dem unterschied, was er aus Rom gewohnt war, und freute sich darüber, dass sich der bisherige Empfang als freundlich und friedlich entpuppt hatte. Alles war sehr prächtig. Die Gewänder waren wunderbar, vor allem farbenfroh, und er bewunderte den Glanz von Seide, die es in dieser Hülle im Imperium nicht zu sehen bekam. Der weitläufige Palast war ein kleines Dorf, umgeben von beachtlichen Mauern, und das Hauptgebäude war so groß wie manche kaiserliche Residenz im Reich der Römer. Latinus und die Seinen wurden hofiert und man war bemüht, ihnen jeden Wunsch von den Augen zu lesen. Der Navarch gab zu, dass er insbesondere den Damen bei Hofe gebührende Aufmerksamkeit schenkte. Die Chinesinnen waren von weitaus schmalerer Statur als die Frauen, die er kannte, aber der Liebreiz der Hofdamen schlug ihn sofort in ihren Bann, und wenn er nicht falschlag, zog auch er Aufmerksamkeit auf sich. Die ganze Atmosphäre war angenehm, trotz aller Formalität, und er kam aus dem Staunen kaum heraus. Der tiefschwarze Afrikaner war dabei nur ein Aspekt unter vielen.

Insbesondere gab es keinerlei Anzeichen dafür, dass man ihnen Böses wollte.

Der Afrikaner trug die chinesischen Gewänder mit einer gewissen Selbstverständlichkeit, die er sich sicher antrainiert hatte. Er musste sich bereits einige Zeit hier aufhalten. Als er in der Begrüßungsrunde bei Latinus angekommen war, lächelte er dem Navarchen zu und reichte ihm die Hand, nicht auf die römische Art, aber auf die, die die Zeitenwanderer nach Rom mitgebracht hatten. Latinus war die Geste daher bekannt und er schlug ein.

»Sie sind Lieutenant Ishaya Bakut?«, fragte er auf Englisch und die ungewohnten Worte kamen ihm nur schwer über die Lippen.

Der Mann nickte. Er war sicher über das erste Zusammentreffen mit Sekretär Li bestens informiert worden. »Das bin ich. Abkommandiert als Militärberater zum großen Nan Bao, zumindest derzeit. Navarch ist Ihr Rang? Eine Art Admiral?«

»Das kommt der Sache nahe, ja. Geschwaderkommodore. Ich leite die

Expedition des Römischen Reiches als direkter Bevollmächtigter des Imperators Haraldus.«

»Sie sind ein Mann von Rang. Ich begrüße Sie.« Bakut zeigte ein breites Lächeln und einen erwartungsvollen Blick.

Latinus beschloss, ihn nicht zu enttäuschen. »Bitte verzeihen Sie meine direkte Frage: Woher stammen Sie?«

Bakut lachte auf. »Ich nehme Ihnen die Neugierde nicht übel. Wollten Sie nicht eigentlich fragen: Aus welcher Zeit?«

Latinus nickte. »Das auch. Sie kennen die Geschichte Roms?«

»Nein, nur oberflächlich. Aber wir haben von Umwälzungen gehört und unsere Spione in Indien berichteten allerlei wundersame Geschichten. Aber ich habe die Ankunft Ihrer Schiffe beobachtet, die Schlote der Dampfmaschinen und die Kanonen. Es bedarf keiner großen Fantasie, um zu erkennen, dass Rom das Gleiche passiert ist wie China und Baekje: die Ankunft von Zeitreisenden, aus welchem Grunde auch immer dieses Phänomen aufgetreten sein mochte.«

Latinus fühlte sich in allem bestätigt. Er atmete tief durch. »Sie sind Zeitenwanderer?«

»Das bin ich. Aus dem Jahre 2009.«

Latinus riss die Augen auf. »2009? Das ist ...«

Bakut lächelte immer noch. »Ihre kamen aus ...?«

»1914!«

»Ja, dazwischen liegt natürlich ein ziemliches Stückchen. Zu jenem Zeitpunkt war mein Land noch Kolonie der Briten. Sie wissen, wer die Briten sind?«

»Wir sprechen gerade ihre Sprache, nicht wahr?«

Bakut nickte. »Dann werden Sie ungefähr verstehen, wovon ich rede. 1914 ist eine Weile her für mich, aber wir können den Bogen leicht schlagen. Mein Heimatland ist ... nein, es war, um ehrlich zu sein ... die Bundesrepublik Nigeria im Westen Afrikas. Ich bin ... nein, war ... Offizier der Streitkräfte, in einer Einheit, die wir die Dritte Motorisierte Division nannten. Eigentlich nennen wir uns immer noch so, aber das ist mehr Nostalgie. Teile unserer Einheit wurde während eines Manövers, begleitet von britischen und amerikanischen Militärberatern, in der Zeit versetzt. Fast 900 Mann, voll bewaffnet, mit schwerem Gerät und einem kompletten Militärstützpunkt.«

Latinus starrte Bakut an. »Wie bitte?« Das war schwer zu glauben. Ein Kleiner Kreuzer – gut. Ein U-Boot, nach dem, was man von Langenhagens Expedition hörte – auch gut. Die Briten, die es zu den Hunnen verschlagen hatte, waren Besatzungsmitglieder eines Handelsschiffes gewesen. Es erklärte das Phänomen an sich nicht, aber es war irgendwie leichter zu begreifen. Aber *das*? Das war eine ganz andere Dimension.

Der Offizier nickte, sichtlich wenig überrascht von Latinus' Reaktion. »Mit Gebäuden, Vorratslagern, frisch gefülltem Munitionsdepot, Werkstätten, Hospital und allem Drum und Dran. Was haben Ihre Zeitreisenden mitgebracht? Ich merke Ihnen an, dass es nicht ganz so viel war.«

»Ein Kriegsschiff«, erwiderte Latinus und begann eine knappe Schilderung der Ereignisse von damals. Er erzählte damit keine Geheimnisse. Die Geschichte der ursprünglichen Kaiserkrieger war in ganz Rom bekannt, und darüber hinaus. Die *Saarbrücken* konnte jeder im Hafen von Ravenna besichtigen. Bakut hörte aufmerksam zu und unterbrach nicht. Er war fasziniert und stellte dann Nachfragen, die deutlich machten, dass er ein gutes Verständnis von den Problemen hatte, die ein solcher Transfer mit sich brachte – politisch, militärisch und psychologisch. Latinus begann, sich für den Mann zu erwärmen. Er hatte ohne Zweifel eine gewisse Bildung und Eloquenz. Das größte Hindernis bei ihrem Gespräch waren die eher begrenzten Englischkenntnisse des Römers.

»Es gibt viele Gemeinsamkeiten, aber auch viele Unterschiede zu unserer Geschichte – zuallererst die Tatsache, dass wir erst vor knapp vier Jahren hier eingetroffen sind, während die Ankunft Ihrer Zeitreisenden schon um einiges zurückliegt«, zog Bakut seinen Schluss.

»Mussten Sie auch einen langen Krieg führen?«

»Wir wurden sicher auch in die hiesige Politik mit hineingezogen. Die Bedingungen waren aber ganz andere, weil beinahe unmittelbar nach unserem Erscheinen auch die Gegenspieler aufgetaucht sind.«

»Baekje.«

Bakut nickte, jede Freundlichkeit war aus seinem Gestus verschwunden. Was und wer auch immer dort regierte, es machte ihm ernsthafte Sorgen. »Sie haben Bekanntschaft mit den Koreanern gemacht, wie ich höre.«

»Ich weiß nicht einmal, wie sie sich nennen. Koreaner? Zu der Zeit unserer Zeitenwanderer gehörte dieses Gebiet zu Japan.«

»Zu unserer Zeit war es ein geteiltes Land: Nord- und Südkorea. Der Süden war ein vergleichsweise wohlhabender und friedlicher Staat, der Norden eine finstere Diktatur mit einer Ideologie, die sich Kommunismus nannte, aber in Wirklichkeit nichts anderes als ein aufgebauschter Personenkult um eine exaltierte Herrscherfamilie war.«

Latinus kommentierte das nicht. In puncto Personenkult war die gesamte römische Geschichte in allen Anklagepunkten schuldig. Obgleich seit Thomasius dieser Aspekt der kaiserlichen Herrschaft immer weniger Relevanz bekommen hatte, war diese Form von Verherrlichung keinesfalls überwunden. Gerade Traditionalisten, die die demokratischen Reformen der neuen Dynastie nicht gut verkraftet hatten, benutzten den Kaiserkult als mythische Legitimation für die Propagierung eines absoluten Herrschaftsanspruches. Oder anders gesagt: Der Kaiser hatte immer recht und alle anderen hatten die Klappe zu halten.

Haraldus, der derzeitige Träger des Purpur, war dafür bekannt, sich selbst nicht für unfehlbar zu halten, ein Zug, den Latinus für sehr sympathisch hielt.

»Lassen Sie mich raten: Die ›Gegenspieler‹ kommen aus dem nördlichen Teil?«

Bakut nickte bekümmert. »Aber so was von. Eine Eliteeinheit des Großen Nachfolgers.«

»Des was?«

»Des Genies der Genies.«

»Wie bitte?«

»Des Marschalls.«

Bakut zeigte ein nun fast jungenhaftes Lächeln. Latinus schätzte ihn auf fünf bis sechs Jahre jünger als seine 33 Lebensjahre ein und er wusste, dass »Lieutenant« in jedem Fall ein relativ niedriger Dienstgrad war.

»Der neue Machthaber von Baekje hat dem noch eine Reihe weiterer Titel hinzugefügt. Die Nordkoreaner haben das mächtigste koreanische Reich binnen eines Jahres erobert, danach die beiden anderen koreanischen Nachbarreiche hinzugefügt und dann haben sie China den Krieg erklärt, um ›Juche‹ als Weltheilsideologie zu verbreiten. Ihr Ziel ist übrigens erklärtermaßen der Welteinheitsstaat unter Führung der Koreanischen Arbeiterpartei.«

»Der was? Unter Führung von was?«

Latinus hatte kaum etwas verstanden. Nur die Worte »erobert«, »Krieg« und »mächtig« klangen in seinen Ohren. Angesichts seiner eigenen Erfahrungen konnte er sich aber ausmalen, dass alles andere, inklusive dieses »Juche«, nichts Erfreuliches für sie bereithielt.

Bakut lächelte immer noch, aber jetzt war es eher ein Ausdruck von Traurigkeit. »Sie sehen, wir haben uns noch über das eine oder andere zu unterhalten. Es ist gut, dass Sie mit Ihrer Expedition zu dieser Zeit gekommen sind. Wir haben selbst vor einigen Wochen damit begonnen, Schiffe auszusenden und uns auf die Suche nach Verbündeten zu begeben. Baekje hat große Pläne und leider haben diese Leute auch die Machtmittel, um sie durchzusetzen. Wir wissen, dass den Nordkoreanern das Gleiche passiert ist wie uns: Sie sind mit einer Truppe versetzt worden und mit einem Stützpunkt.«

»900?«

Bakut schüttelte den Kopf. »Mehr als wir. Viel mehr.«

»900 waren es bei Ihnen?«, fragte Latinus. Erst hatte er die Befürchtung, dass Bakut ihm nicht mit weiteren Details antworten würde – man konnte diese Information als militärisches Geheimnis bewerten, ohne die eigene Fantasie zu sehr anstrengen zu müssen –, doch der Zeitreisende zögerte nicht.

»Ein Großteil der Division war auf einer Übung. Im Stützpunkt befanden sich rund 900 Männer und allerlei Gerät. Viele Offiziere, die keine Lust auf ein anstrengendes Manöver hatten.« Er runzelte die Stirn und fügte bedauernd hinzu: »Zu viele Offiziere. Das hat uns nachher hier nicht geholfen. Dazu einige britische und amerikanische Militärberater.« Er verzog das Gesicht. »Auch Offiziere. Eine Handvoll Zivilisten, die nahe der Anlage lebten. Für die war es in gewisser Hinsicht am schwersten. Sehr einfache Leute, völlig entwurzelt. Wir haben ihnen geholfen, so gut es ging. Sie bekamen Land. Sie wollen mit alledem nichts zu tun haben.«

Latinus beschloss, später nach Details zu fragen.

»Und wie viele kamen aus diesem Nordkorea?«

»Wir wissen es nicht genau. Das ist ein Staatsgeheimnis da drüben. Aber unsere Spione haben genug Informationen für eine grobe Schätzung zusammengetragen. Nageln Sie mich nicht fest. Wir vermuten vier- bis fünftausend.«

»Oha!«

Bakut nickte. »Genau.«

Es erklang ein Gong und sie mussten ihr Gespräch unterbrechen. Alle setzten sich an vorherbestimmten Plätzen und der altehrwürdige Statthalter nickte hoheitsvoll, als ihn einer der Diener am Ärmel zupfte. Latinus vermutete, dass man sich das übliche Zeremoniell sparte, um die fremden Gäste nicht unnötig zu langweilen, dennoch hob der Sekretär zu einer längeren Rede an, die er natürlich vor allem für die chinesischen Gäste in seiner Muttersprache hielt. Bakut flüsterte Latinus bisweilen zusammenfassende Begriffe zu, die darauf schließen ließen, dass ein tiefgehenderes Verständnis der Worte nicht notwendig war. Allgemeines Blabla hörte sich letztlich in allen Sprachen gleich an.

Dann sagte der Nan einige Worte, etwas heiser und nur schwer verständlich. Es war ein Willkommensgruß und eine Einladung zum Essen.

Latinus hatte halb erwartet, dass auch von ihm einige Worte erwartet wurden, doch niemand forderte ihn auf, eine vergleichbare Rede zu halten. Das kam ihm durchaus entgegen.

Und so begann das Menü. Latinus war mittlerweile einiges an fremdländischer Küche gewöhnt und auch die Chinesen hatten mittlerweile Erfahrung in der Bewirtung von Ausländern gemacht. Bakut bedeutete ihm lächelnd, dass die eher »speziellen« Speisen heute wohl nicht auf den Tisch kamen. Reis und Nudelgerichte jedenfalls mundeten den Römern und die dargebotenen Fisch- und Fleischvariationen waren ebenfalls sehr schmackhaft. Dazu wurde eine Art Wein gereicht, der offenbar nicht aus Trauben gewonnen worden war, etwas stärker als die Tischweine, die die Römer bevorzugten. Latinus bediente sich nur sehr sparsam. Er musste bei klarem Verstand bleiben. Auch Bakut griff mehr zu Wasser als zu Wein.

»Welchen Status haben Sie in China?«, fragte er Bakut schließlich, um den Gesprächsfaden wieder aufzunehmen. »Gäste? Bürger?«

Bakut tupfte sich die Lippen ab. »Mittlerweile Bürger. Geehrte Bürger mit Privilegien. Wir sind im Krieg involviert und wir konnten einige wichtige Erfolge erzielen – im Rahmen des Rückzugs.«

»Des Rückzugs?«

Bakuts Gesicht drückte wieder Trauer und Schmerz aus. »Wir haben jedenfalls im Krieg gegen Baekje noch keine Offensive gewonnen.«

»Aber eine versucht.«

Der Nigerianer nickte. »Zwei. Eine gegen unseren Rat, gleich am Anfang des Krieges, endete in einem entsetzlichen Gemetzel.«

Latinus konnte es sich vorstellen. Wie damals vor Thessaloniki, als die Zeitenwanderer den Ansturm der Goten gebrochen hatten. Das lernte jeder Offiziersanwärter in den Akademien des Reiches, in allen grausamen Details.

»Die zweite erfolgte auf unseren Rat hin und war besser vorbereitet. Leider entdeckten wir zu spät, wie stark die Truppe der Koreaner wirklich war. Kein Gemetzel, aber ein recht chaotischer Rückzug für uns, und seitdem ... seitdem begradigen wir die Front, und das in die falsche Richtung.«

Latinus sah sich um. »Dann ist diese Stadt doch auch in Gefahr? Wenn die Schiffe Baekjes bis nach Indien vorfühlen?«

»Ja, deswegen bin ich hier. Ich prüfe, ob und wie weit Beihai verteidigt werden soll. Ich gehe davon aus, dass wir sie verteidigen müssen, da sie von großer wirtschaftlicher Bedeutung ist. Unser Vorteil: Die Nordkoreaner sind keine leidenschaftlichen Seefahrer. Sie haben zwar eine maritime Präsenz, aber die ist eher defensiver Natur. Es hat noch keine große Seeschlacht oder Invasion von Seeseite her gegeben. Und wir wissen mittlerweile, wie Schützengräben funktionieren, und die Chinesen zeigen sich sehr anpassungsbereit, was die Nutzung des Schießpulvers anbetrifft. Wir hängen furchtbar hinterher mit der Produktion von Kanonen und Schusswaffen und befestigen die großen Städte im Landesinneren. China hat zwei wesentliche Vorteile: viele Menschen und gigantische Räume. Wir haben den Kaiser davon überzeugt, dass er beides nutzen muss, wenn er gegen Baekje bestehen möchte – auch wenn es schmerzhafte Entscheidungen erfordert.«

»Deswegen die Frontbegradigung«, sagte Latinus. »Sie spielen auf Zeit, halten den Gegner auf, damit er sich an der Grenze, die Sie vorbereiten, die Zähne ausbeißt – Sie haben ordentlich Hinterland und können sich das leisten.«

Bakut nickte. »Zu einem hohen Preis, wie Sie sich denken können. Die Koreaner gehen mit den eroberten Landesteilen nicht gut um. Es gibt Berichte über allerlei Gräueltaten, vor allem gegenüber jenen, die sich den Befehlen der neuen Herren widersetzen. Hier ist ja niemand sehr zurückhaltend, wenn es um Gewalt geht. Ich komme aus einer Zeit und einer Situation, in der auch … Dinge getan wurden.«

Für einen Moment verdüsterte sich Bakuts Gesichtsausdruck. Latinus bekam beinahe den Eindruck, als hätte die Zeitreise für die Nigerianer in vielerlei Hinsicht eine Verbesserung ihres Lebens bedeutet – wenn der Krieg nicht wäre, in den sie hineingezogen worden waren. Latinus beherrschte seine Neugierde. Es gab noch so viel zu lernen!

»Aber diese Nordkoreaner halten sich für so was wie eine auserwählte Rasse. Sie gehen sogar mit ihren eigenen Vorfahren ziemlich eklig um.«

»Alle? Oder nur ihre Anführer?«

Bakut nickte erneut, führte ein Glas mit Wein zum Mund und nippte daran. Er sah Latinus mit einem anerkennenden Ausdruck an. »Sehr gut, Navarch. Sehr gut. Ja, das ist eine unserer Strategien im Kampf gegen Baekje, wenngleich sie bisher noch wenig Erfolg zeitigte. Wir bekommen aktuell so wenige Informationen. Unser Spionagenetz ist löchrig. Aber ja: Was ist mit jenen Zeitenwanderern, die eigentlich gar keine Lust darauf haben, als neues Herrenvolk die Welt zu regieren? Was ist mit jenen Untertanen, die die Unterwerfung durch ihre zukünftigen Cousins nicht tatenlos hinnehmen wollen? Die muss es geben. Und wenn wir sie finden, dann wollen wir mit ihnen reden. Und mehr.«

»Ich kann Ihnen da leider nicht weiterhelfen«, sagte Latinus. »Unsere Erfahrungen mit Baekje waren bitter und blutig. Und sie gereichen uns zur Warnung. Ich habe entsprechende Nachrichten an meinen Kaiser geschickt.«

»Kurzwelle?«

»Wir haben Stationen im ganzen Reich. Dazu in ausgesuchten Nachbarstaaten: Aksum, Persien. Wir bezahlen ordentlich dafür.«

»Ich bin beeindruckt. Dafür hatten wir noch keine Zeit. Wir konzentrierten uns auf die Waffen.« Bakut zögerte. »Es wäre … eine Kooperation wäre …«

»Ja. Das ist auch etwas, das mein Kaiser entscheiden wird.«

»Natürlich.« Bakut lächelte. »Ich kenne das mit den Kaisern. Der hat hier auch eine Menge zu sagen.«

Latinus wollte etwas sagen, wurde aber unterbrochen, als sich der Sekretär an ihn wandte. Immerhin hatte dieser lange und höflich genug gewartet, bis Bakut und er Gelegenheit zu einem intensiven Austausch gehabt hatten. Jetzt bat er freundlich lächelnd um die Aufmerksamkeit des römischen Gesandten, die dieser ihm sofort widmete. Hinter dem pompösen Auftreten des Offiziellen war ein scharfer Geist verborgen, davon bekam Latinus zumindest eine Ahnung.

»Geehrter Navarch, wie lange wünscht Ihr in Beihai zu verweilen?«

Bakut übernahm bereitwillig die Rolle des Dolmetschers.

»Wir haben das Ziel unserer Mission aufs Erste erreicht. Es wird nun von den Befehlen abhängen, die wir erhalten. Ich gehe davon aus, dass unser Herr durchaus geneigt ist, Euch zu bitten, Eure Gastfreundschaft noch ein wenig auszudehnen. Wir wollen uns bemühen, Euch nicht mehr als unnötig zu Last zu fallen.«

»Es könnte sein, dass Kaiser Wen Interesse daran zeigt, Euch zu treffen.«

Latinus blinzelte. Das kam nicht unverhofft, aber unerwartet. »Der Kaiser selbst?«

»Er wurde sogleich von Eurer Ankunft unterrichtet. Ich bin niemand, der des Kaisers Gedankengänge vorhersagen könnte, ich würde mich aber nicht wundern, wenn er Euch nach Kaifeng einlädt. Er hat vor einem Monat den Friedensvertrag mit dem Norden unterzeichnet und ich denke, dass er wieder in der Hauptstadt sein sollte.«

»Mit dem Norden? Ihr hattet eine zweite Front?«

Li sah für einen Moment etwas säuerlich drein. »Ja. Ärgerlich, nicht wahr? Nach dem Ende der Jin-Dynastie gab es leider ... Differenzen, die die Einheit des Reiches infrage stellten. Das war, lange bevor der edle Bakut und seine Männer bei uns eintrafen. Der Krieg gegen Baekje hat die Aufmerksamkeit aller Beteiligten auf die eigentliche Bedrohung fokussiert. Es gibt jetzt keine zweite Front mehr.«

Latinus merkte, dass er noch eine Menge über die hiesige Geschichte zu lernen hatte. Er versuchte, seinen Mangel an Verständnis nicht allzu deutlich zu zeigen. Andererseits war diese Art von Bruderzwist der römischen Geschichte nicht fremd, alles andere als das. Es war doch überall auf der Welt das Gleiche. Der Gedanke hatte etwas Bitteres.

»Sollte der Kaiser meine Anwesenheit erwünschen, werde ich natürlich seinem Ruf folgen.«

Li lächelte hocherfreut, als ob diese Antwort nicht eine absolute Selbstverständlichkeit gewesen wäre. »Das ist gut, sehr gut sogar. Und seid Euch versichert, dass unsere Gastfreundschaft keine Grenzen kennt. Solltet Ihr Versorgungsgüter benötigen, gebt uns eine Liste. Gerne auch in Englisch.« Den letzten Satz sagte der Bonze mit einem feinen Lächeln auf Englisch, kaum verständlich, aber als Geste des guten Willens, die Latinus auch als solche akzeptierte.

»Ich fühle mich geehrt und bin sehr dankbar«, erwiderte er. »Wir benötigen in der Tat das eine oder andere.«

Li öffnete die Arme. »Wir helfen gerne.«

Damit überließ er Bakut und Latinus wieder sich selbst.

»Diese Sprache, das Chinesische …«, begann der Römer, doch Bakut unterbrach ihn sogleich.

»Wenn Sie kein echtes Sprachgenie an Bord haben, lassen Sie mich gleich sagen: Die Chinesen lernen Englisch oder Latein oder Griechisch schneller als wir umgekehrt deren Sprache. Sie ist die Hölle. Verstehen Sie mich nicht falsch: Es ist eine ganz wunderbare Sprache, voller Nuancen und Feinheiten, sehr poetisch – die Literatur ist beeindruckend, ich habe mich intensiv mit ihr beschäftigt, um zu lernen. Aber ich bin jetzt seit vier Jahren hier und ich kann mich leidlich – sehr leidlich – verständlich machen. Und ich bin jemand, dem das Lernen nicht so schwerfällt – ich bin mit vier Sprachen hierher gekommen: Englisch, Französisch, Hausa und Yoruba. Manche meiner Männer können bis heute wenig anderes tun, als sich in der Schenke etwas zu bestellen und mit einer Hure den Preis auszuhandeln. Aber trotzdem …« Bakut beugte sich nach vorne, sprach leiser. »Wenn Rom einen dauerhaften Kontakt etabliert, sorgen Sie dafür, dass Sie Leute finden, die Chinesisch lernen – junge Leute mit Köpfchen, denen fällt so was leichter. Sie können sich weder dauerhaft auf Dolmetscher verlassen noch darauf, was die Chinesen Ihnen auf Englisch auftischen. Der Zugang zu der Art, wie diese Leute hier denken, erfolgt über die Sprache, Navarch. Sie ist der Schlüssel. Sie werden niemals auf Augenhöhe kommunizieren können, wenn es Ihnen nicht gelingt, die Sprache durch eigene, vertrauenswürdige Leute zu meistern.«

Latinus nickte langsam. Bakut hatte offenbar seine Erfahrungen gemacht, sonst hätte er diesen Rat nicht so eindringlich formuliert. Und er trug dazu bei, dass er Vertrauen für den jungen Offizier zu entwickeln begann.

»Noch etwas Wein?«, fragte der Offizier und hielt Latinus die Flasche hin.

»Ich glaube nicht. Mir schwirrt der Kopf. So viele neue Ideen und Eindrücke – und mögliche Konsequenzen. Ich muss das alles erst einmal ordnen«, sagte Latinus mit entschuldigendem Tonfall.

Bakut lachte. »Also noch etwas Wein.« Und schenkte ihm ein.

Latinus seufzte. Vielleicht hatte der Mann auch einfach recht.

33

Als Nenetl sich neben Inocoyotl auf den Boden setzte, die Beine im Schneidersitz verschränkte und mit gerunzelter Stirn auf das kleine Feuer starrte, das im Kamin den Raum erwärmte, ahnte der Statthalter bereits, dass der Mann nicht nur einfach etwas auf dem Herzen hatte. Nenetl war ein Adliger von hohem Rang, Mitglied bei Hofe und er hatte sich im Dienst des Metzli ausgezeichnet. Inocoyotl war ihm oft begegnet, bei offiziellen Gelegenheiten ebenso wie bei den notwendigen Menschenopfern und bei wichtigen Anlässen jeder Art, aber auch darüber hinaus, bei Familienfeiern. Über Teile seiner weitläufigen Verwandtschaft waren die beiden Clans miteinander verbunden und das erzeugte ein gewisses Vertrauen. Hinzu kam, dass er Nenetl als vernünftig und intelligent kannte, durch ein langes Leben gewitzt, und das war ein Bild, von dem er hoffte, dass es einst auch von ihm selbst gezeichnet werden würde.

Heute erst war jener aus dem fernen Teotihuacán hier eingetroffen und die Erschöpfung stand ihm ins Gesicht geschrieben. Inocoyotl hatte bedauerlicherweise erst von seiner Ankunft erfahren, als es bereits zu spät war, ihm einen gebührenden Empfang zu bereiten, und die Tatsache allein, dass sich Nenetl nicht hatte ankündigen lassen, wies darauf hin, dass er kein großes Aufheben um seine Person wünschte. Inocoyotl war begierig gewesen, Neuigkeiten aus der Hauptstadt zu erfahren, und beglückt, dass Nenetl ihm Botschaften seiner Frau übermittelte. Ihr ging es gut, ebenso den Kindern, von denen die meisten ohnehin erwachsen waren. Teotihuacán stand noch. Es gab genug zu essen. Es waren keine Feuer ausgebrochen. Man musste für diese Dinge Dankbarkeit empfinden.

Aber dieser eine Gefallen war ganz sicher nicht der Anlass für die beschwerliche und dabei seltsam klandestine Reise, die der ältere Herr mit bemerkenswerter Energie hinter sich gebracht hatte.

»Es ist spät«, sagte Inocoyotl und schob dem Mann einen Becher mit dampfendem Kräutertee entgegen, den dieser mit einem dankbaren Nicken annahm. »Es war ein langer Tag.«

Ein dezenter Hinweis, ohne Vorwurf in der Stimme, und Nenetl war nicht so dumm, als dass er ihn nicht begriffen hätte. Er umschloss den Becher mit beiden Händen, das bemerkenswert schmale, beinahe asketisch wirkende Gesicht war im Widerschein der Flammen gut zu erkennen. Natürlich. Beide konnten jetzt den Schlaf gut gebrauchen. Doch der Mann hatte etwas auf dem Herzen und Inocoyotl bekam den Eindruck, dass er es so schnell wie möglich loswerden wollte. Er war selbst neugierig genug, um jede Müdigkeit zu verscheuchen.

»Es wird nicht lange dauern. Ich habe gewartet, bis der Palast zum Schweigen gekommen ist. Du wirst verstehen, warum.«

Inocoyotl fühlte sich unwillkürlich alarmiert. Geheimniskrämerei? Davon hielt er nicht allzu viel, vor allem, weil es im Regelfall Probleme bedeutete. Er schwieg und wartete ab. Sein Gegenüber starrte noch einen Moment sinnierend in seinen Becher. Inocoyotl konnte nicht glauben, dass Nenetl nach Worten suchte, dafür kannte er den Mann zu lange und zu gut. Etwas musste ihm schwer auf der Seele liegen. Inocoyotl roch förmlich das aufziehende Unheil.

»Der Herr setzt seinen Feldzug fort«, sagte Nenetl und berichtete damit, was Inocoyotl natürlich schon wusste. »Er errichtet sein Reich, wie er es angekündigt hat.«

»Unser göttlicher Herrscher pflegt seine Pläne in die Tat umzusetzen«, kommentierte Inocoyotl ohne jede Wertung.

»Ich bringe Nachricht von daheim«, sagte Nenetl. Zuhause, das war Teotihuacán, nicht diese Stadt, unabhängig davon, welche rechtliche Stellung sie innehatte. »Ich bin mir nicht sicher, wie viel du von dem hörst, was sich dort tut, in Abwesenheit unseres gnadenvollen Herrn.«

»Nicht viel. Metzli ist hier, im Land der Maya, und von dort erhalte ich seine Befehle.«

»Viele Befehle?«

»Nein, wenige. Er ist beschäftigt. Er ... vertraut seinen Statthaltern.«

Die beiden Männer wechselten einen bedeutungsvollen Blick. Beide wussten um die Grenzen von Metzlis Vertrauen. Nenetl ergriff wieder das Wort.

»Es gibt … Unruhe. Die Oberen der Stadt fragen sich, wohin die Taten Metzlis führen sollen. Es besteht eine gewisse Unsicherheit, kann man sagen. Der König sollte seine Pflichten in der Heimat nicht vernachlässigen. Die Priester finden, dass es eine Sache ist, den Maya zu zeigen, wer das Sagen hat, eine andere, sich mit der Bürde einer eigenen Verwaltung, eines Imperiums zu belasten. Metzli hat seine Pläne offenbar mit niemandem besprochen, dem Thronrat nicht, den Ältesten nicht, den Clanführern nicht, niemandem. Nicht einmal mit seiner Frau, wenn ich das anfügen darf. Ich hatte das Vergnügen, mich kurz vor meiner Abreise diesbezüglich zu versichern.«

Der Statthalter B'aakals runzelte die Stirn. Warum betonte Nenetl das so? »Das stimmt.« Nenetl sah Inocoyotl auffordernd an, sodass dieser noch hinzufügte: »Leider.«

Ein karges Wort, leise ausgesprochen. Es verriet nur ein wenig von der Gefühlslage des Statthalters, der Vorsicht walten lassen musste. Er kannte Nenetl, ja, und das schon lange, aber er war ein Produkt des Hofes und damit gewieft in Intrigen und einer gewissen Gnadenlosigkeit. Er galt nicht als durchweg unaufrichtig und so hatte er sich das einfache »Leider« verdient. Mehr aber auch nicht, zumindest bis jetzt.

»Leider«, bestätigte Nenetl. »Wir wurden alle überrumpelt. Viele von uns … der Massenmord an Mayakönigen, die uns als ihre Verbündeten annahmen … es wird darüber geredet, dass dies einem Verrat nahekommt, unwürdig sei eines Königs von Teotihuacán. Es … steht vielen quer, daheim. Es geht nicht darum, mal eine Mayadynastie abzusetzen. Es geht darum, dass hier ehrlos gehandelt wurde. Unnötig ehrlos. Nicht alle daheim sind mit dieser Art der Vorgehensweise sehr glücklich.«

»Nicht nur daheim«, erwiderte Inocoyotl bedeutungsvoll. Nenetl lächelte. Ein weiterer Hinweis darauf, dass er sprechen konnte und dass er sich ein Stück weiter aus dem Fenster zu neigen vermochte.

»Nein. Wir sind alle mitgetragen und begeistert von den Siegen unseres Herrn. Wir häufen Reichtümer an, aber …«

Inocoyotl ergänzte: »Wir dürfen sie nicht mit nach Hause nehmen, denn jetzt herrschen wir, und die Maya auszuplündern, ist keine gute Grundlage für eine dauerhafte Regierung.«

»Das hast du gut verstanden. Du regierst diese Stadt weise und in diesem Sinne.«

»Ich vermute, dein Lob ist ein wenig vergiftet.«

Nenetl stellte den Tee ab, hob abwehrend die Hände. »Nein, keineswegs, nicht vergiftet. Du bist hoch angesehen, mein Freund, viel höher noch, als du dir vorstellen kannst. Deine Erfolge sind legendär, du kannst auf ein langes Leben in treuen Diensten zurückblicken. Deswegen rede ich mit dir.«

»Um mich vor der Unzufriedenheit daheim zu warnen?«

Nenetl schüttelte den Kopf. »Nein. Um herauszufinden, wie du darüber denkst.«

»Ah.« Inocoyotl presste die Lippen aufeinander. »Warum ist es wichtig, wie ich denke?«

»Du ahnst es nicht? Muss ich es offen aussprechen?«

»Hast du Angst davor?«

Nenetl nickte. »Ja, große Angst. Ich habe Angst davor, dass du aufspringst und die Wachen rufst und mich sogleich foltern lässt, um alles zu erfahren, ehe ich einen qualvollen Tod sterbe.«

Inocoyotl lächelte und nickte. »Dennoch bist du hier und sprichst zu mir.«

»Jemand musste es tun. Ich bin alt. Meine Kinder sind alle erwachsen. Ich habe wenig zu verlieren. Allein die Liebe zum großen Teotihuacán bleibt mir und es ist diese, die mich hierher treibt, zu dir.«

»Warum zu mir?«

»Du bist wichtig, sagte ich das nicht? Hier und in der Heimat.«

Inocoyotl seufzte. »Ich verstehe dich richtig: Wir reden hier über Verrat?«

Nenetl hielt inne, als müsse er erst überlegen, ob es sich um den angebrachten Begriff handelte.

»Das ist ein hartes Wort. Meinst du, dass Metzli von seinem Weg abgebracht werden kann, wenn wir ihn alle herzlich darum bitten?«

Eine absurde Vorstellung, über die beide Männer in spontanes Lachen ausbrachen.

»Nein, nicht wahr?«, fuhr Nenetl fort. »Also müssen andere Methoden angewandt werden. Du nennst es Verrat. Das ist eine Sichtweise. Ich nenne es die Tat von Patrioten, die ihre Heimat und ihre Traditionen bewahren wollen. Jetzt kannst du dir aussuchen, welche von beiden Interpretationen du bevorzugst.«

»Keine«, sagte Inocoyotl. »Ich bevorzuge, es Wahnsinn zu nennen. Du weißt doch, welche Machtmittel unserem König zu Gebote stehen. Solange wir siegen, stehen auch alle Clanführer und Soldaten treu zu ihm. Ja, wir plündern nicht und nehmen keine Sklaven, zumindest nicht viele. Aber es gibt viele Positionen und Ehrungen zu verteilen. Schau mich an!« Inocoyotl machte eine umfassende Handbewegung. »Ich bin Herr über B'aakal, vormals das Amt eines Königs. Es ist eine große Stadt, mächtig unter den Maya. Ich bin so weit aufgestiegen, wie ich es mir niemals hätte erträumen können. Bin ich der Einzige, der solchen Segen erwarten kann? Aber nein. Die Maya waren fanatische Städtebauer. So viele Köpfe werden noch rollen und müssen ersetzt werden. Und ist nicht unter mir eine ganze Hierarchie offen für die Ehrgeizigen? Wir müssen weder den Kakao noch den Obsidian, nicht das Gold der Maya plündern, um die Begehrlichkeiten unserer Leute zu befriedigen. Es gibt viele Statthalterpositionen zu vergeben, viele Kommandostellen, viele Ämter und Aufgaben, Karrieren, Aufstieg, wie er für die meisten nicht möglich gewesen wäre zu Hause. Krieg schafft Möglichkeiten für den Siegreichen, Nenetl. Sag nicht, dass du diesen Reiz nicht erkennst!«

»Ich erkenne ihn«, gab der Alte zu. »Und wie ich sagte: Du bist weise und kennst dich aus. Deswegen bist du der Erste im Mayaland, mit dem ich spreche. Wenn du einsichtig bist, werden dir andere folgen und manchmal verblasst der Glanz der Verlockungen, wenn man sich mit den möglichen Konsequenzen auseinandersetzt.«

»Folgen?«, vergewisserte sich Inocoyotl. »Ich will nicht, dass mir jemand folgt.«

»So habe ich es nicht gemeint. Niemand will dich zum König machen.«

»Das beruhigt mich. Wer soll es denn dann werden?«

Nenetl schüttelte den Kopf, nahezu entsetzt darüber, dass Inocoyotl die Dinge jetzt klar beim Namen nannte. Natürlich war das reine Schauspielerei. Sie beide wussten ganz genau, was Gegenstand ihres Gespräches war. Inocoyotl war es leid, um den heißen Brei herumzureden.

»Der Thronfolger. Metzlis Sohn. Unter der Regentschaft seiner Mutter und der Ältesten, bis er alt genug dafür ist. Wir wollen nicht mit den Traditionen brechen, wir wollen sie hochhalten. Es geht nicht um eine Revolution.«

»Wie nennst du es dann?«

»Eine … Korrektur.«

Inocoyotl schüttelte in komischer Verzweiflung den Kopf. Die Aufständischen hatten sich offenbar bereits gut vorbereitet. Jedenfalls hatten sie bereits vorsorglich die korrekte Form der Sophisterei etabliert und diese würde sich bestimmt zu gegebener Zeit als offizielle Erklärung verbreiten. Aber vielleicht war es sogar mehr als nur eine Frage der Legitimation. Der Druck musste daheim in der Tat erheblich sein, sonst hätte Nenetl die beschwerliche Reise nicht auf sich genommen. Und Inocoyotl war der Einzige hier, der in gewissen Kreisen dafür bekannt war, nicht in allem dem Herrscher unverbrüchlich ergeben zu sein. Er war sein eigener Mann, hatte eine gewisse Statur und Erfahrung.

Sie brauchten ihn, wurde ihm damit klar. Sie brauchten ihn, wenn ihr Plan auch nur ansatzweise von Erfolg gekrönt sein sollte. Er war *Legitimation*, auf seine Art.

Er spielte vielleicht nicht die Schlüsselrolle, aber er war essenziell für die geplante … Korrektur.

Nenetl schaute ihn schweigend an. Erwartete er eine spontane Antwort? Inocoyotl war kein Mann der Spontanität, er überlegte, und lieber einmal mehr als zu wenig.

»Du benötigst Zeit, das sehe ich«, sickerte es nun auch bei seinem Besucher durch und der Statthalter seufzte leise.

»Wenn nur Zeit mir helfen würde, dann wäre es schön. Aber ja, ich muss darüber nachdenken.«

Nenetl sah ihn etwas ängstlich an, als er fragte: »Wenn du dich gegen uns entscheidest …«

»Es war dein Risiko, dich an mich zu wenden«, unterbrach ihn sein Gegenüber mit Schärfe in der Stimme. »Es ist meine Entscheidung, nicht wahr? Und wenn ich mich dazu entschließe, meine Loyalität höher zu stellen als meine Bedenken, dann bin ich dir zu nichts verpflichtet, egal was du jetzt andeutest. Dein Risiko, mein Freund. Es wird erst meines, wenn ich mich dir anschließe. Das möchte ich klarstellen. Du bringst mich genug in die Zwickmühle, da kann ich nicht auch noch falsche Rücksichten nehmen.«

Nenetls Gesicht versteinerte sich, als er diese Worte hörte, hatte er doch sicher in jedem Fall mit Verschwiegenheit und Diskretion gerechnet. Doch er warf Inocoyotl seine Haltung nicht vor, begann nicht zu argumentieren. Er war jetzt in vielfacher Hinsicht in der Hand des Statthalters und er hatte sich selbst dorthin begeben. Wenn er jemanden für diese Entscheidung verantwortlich machen konnte, dann nur sich selbst.

Er erhob sich langsam und deutete eine Verbeugung an. »Ich bleibe in der Stadt, bis du dich entscheidest. Du kannst mich jederzeit rufen.«

»Das werde ich tun. Bald«, versprach Inocoyotl und er gedachte, dieses Versprechen auch einzulösen. Das war sicher das Mindeste.

Als Nenetl gegangen war, stützte Inocoyotl den Kopf in die Hände. Das Schicksal meinte es nicht gut mit ihm. Es präsentierte ihn mit Herausforderungen, denen er sich nicht entziehen konnte, nach denen er aber auch nicht verlangte. Der Weg in seinen endgültigen Ruhestand war, so zeigte sich, noch viel steiniger als erwartet.

Es war, wie er immer mehr feststellte, einfach alles ziemlicher Mist.

34

»Das ist ein guter Plan«, sagte Aritomo und lehnte sich im Stuhl zurück. Die Messe der *Gratian* war voll: alle Kapitäne der Römer, ihre Ersten Offiziere, Sawada, Andochos, Okada, Lengsley, Aritomo selbst, dazu drei Mayaoffiziere der Janitscharenarmee, einige Dolmetscher und einige weitere Offiziere, die Aufzeichnungen machten. Auf dem großen Tisch in der Mitte lag eine Karte der Region, eine Mischung aus den Messungen, die die Kartografen gemacht hatten, sowie den Schilderungen der Maya, die durch die Japaner ein gewisses Verständnis für die Natur moderner Karten bekommen hatten. Ihr Angriffsgebiet war somit abgesteckt und sie hatten jede mögliche Herangehensweise geprüft. Der Plan, mit dem sie am Ende alle zufrieden waren, war durchaus wagemutig, aber in jedem Fall Erfolg versprechend, zumindest insofern man dies vorhersagen konnte.

Langenhagen stand vor der Karte, beugte sich ein wenig über sie und sah dann Aritomo an, nickte als Antwort auf seine Bemerkung. Dem Navarchen war seine Müdigkeit anzusehen, das Haar wirkte ungeordnet, da er sich in den vergangenen Stunden mehrfach mit der Hand durch dieses gefahren war. Die Augen waren gerötet. Er blinzelte öfter als sonst und seine Stimme war etwas langsamer, schleppender geworden. Es wurde an der Zeit, dass er Ruhe fand.

Aber erst musste er dies hier zu einem Abschluss bringen.

»Dann fasse ich es zusammen«, sagte er mit müder Stimme. »Die Detailplanung folgt sofort, aber wir benötigen alle ein wenig Ruhe. Hier.«

Alle Augen richteten sich wieder auf die Karte. Nicht nur Langenhagens Gesicht konnte man die Strapaze einer stundenlangen, manchmal sehr intensiven Diskussion ansehen. Es gab hier niemanden, der sich nicht nach etwas Entspannung sehnte, und es war eine sehr spezielle Anstrengung, in einem engen Raum zu sitzen und sich die Köpfe heißzureden. Nicht allen bekam sie gut. Und nicht alle vertrugen so viel Kaffee.

»Zwei parallele Angriffe«, sagte Langenhagen. »Einer zu Lande auf Zama, das nicht mehr so gut verteidigt ist und für die Armee unserer japanischen Freunde eine leichte Beute darstellen sollte. Das Angriffssignal erfolgt durch die Signalpistole.« Er warf einen langen Blick auf Hara, der nickte. Er hatte auf die Existenz der Signalwaffe in den Beständen des U-Bootes hingewiesen. »Wir wiederum führen kurz darauf einen Angriff auf Cozumel durch. Unsere Hoffnung ist folgende: Wenn der Angriff auf Zama als erster startet, wird der König Kräfte von der Insel zur Verteidigung abziehen – möglicherweise schon vorher. Unser Aufmarsch wird von seinen Spähern sicher nicht unbeobachtet bleiben.« Langenhagen machte eine Pause und studierte die Karte. »Davon hängt es natürlich ab. Wenn sich zeigt, dass er keine Truppen aus Cozumel abzieht, müssen wir Zama trotzdem erobern. Damit haben wir dem König seine Rückzugsbasis genommen und die Tatsache dürfte auch ihre Auswirkungen auf die Moral seiner Armee haben. Ich gehe aber davon aus, dass wir durch unseren Aufmarsch das eigentliche Ziel bereits vorher erreicht haben werden: Der König wird seine Heimatstadt niemals kampflos hergeben. Er wird für ihre Verteidigung sorgen – und wir werden die Möglichkeit haben, Cozumel leichter von der Seeseite zurückzuerobern.«

»Das mit der Moral ist ohnehin nur ein theoretisches Argument«, sagte Aritomo. »Die Krieger auf der Insel werden gar nicht rechtzeitig erfahren, wenn wir Zama einnehmen. Dann werden sie schon mit der Verteidigung gegen die Flotte befasst sein. Der zentrale Punkt ist, dass wir beide Schwerpunkte Zamas mit einem Schlag auslöschen, sodass wir Zeit und Gelegenheit haben, unsere Position auf Cozumel anschließend zu konsolidieren. Der eigentliche Gegner ist Metzli. Und er wird kommen, früher oder später.«

Der letzte Halbsatz hing in der Luft. Darüber, wie es danach weiterging, wie mit der Bedrohung durch die Krieger Teotihuacáns umzugehen sei, welche Zukunft Mutal haben solle, da gab es unterschiedliche Vorstellungen, nicht direkt konträre, aber nur schwer zu vereinbarende. Da sowohl Langenhagen wie auch Aritomo mittlerweile einen gewissen Instinkt für Politik entwickelt hatten, taten sie, was gewiefte Politiker in solchen Fällen immer taten: Sie vertagten das Problem.

Eines nach dem anderen.

Viele Probleme blieben ungeklärt, nicht nur die Frage nach dem »Danach«. Auch das Schicksal Isamus war eine Herausforderung, für die Japaner – weniger für die Maya – von symbolischer Bedeutung. Aber die kurzzeitig ventilierte Idee eines Einsatzkommandos, das man losschicken solle, um den Prinzen zu befreien, wurde sogleich wieder verworfen. Sie wussten ja nicht einmal, wohin er gebracht worden war und ob, wenngleich das keiner offen aussprach, er überhaupt noch lebte. Ohne wichtige Informationen war an ein Eingreifen überhaupt nicht zu denken, das mussten auch die Japaner schließlich einsehen. Die Frustration über eine weitere unerledigte Sache aber blieb im Raume hängen und machte die darauf folgenden Diskussionen nicht einfacher.

Langenhagen sah sich um. Niemand sah so aus, als wolle er noch etwas einwenden. Sie hatten die Aktion von allen Seiten beleuchtet. Wie jeder Plan würde wahrscheinlich auch dieser scheitern, sobald der Feind auftauchte, der zumeist in diesen nicht eingeweiht war und daher nicht immer wusste, welche Rolle er zu spielen hatte.

»Haben wir damit alles besprochen? Weiß jeder, was er zu tun hat? Gibt es noch Fragen?«

»Mehr als genug Fragen«, sagte Aritomo, der nach dem ersten Angriff Metzlis, den sie mit Mühe zurückgeschlagen hatten, abgehärmter wirkte, verbissener und ein wenig verzweifelter. Langenhagen verfügte über Menschenkenntnis, doch es war schwer, durch die undurchdringlich erscheinende Maske von Aritomos starrem Mondgesicht zu blicken, egal wie sehr er es auch versuchte. »Aber keine Fragen, auf die mir derzeit jemand Antwort geben könnte«, fügte der Japaner hinzu. »Wir machen es so und wir hoffen, dass alles gut geht.«

Der Japaner erhob sich und verbeugte sich knapp vor dem Navarchen. »Ich danke Ihnen für die gute Kooperation. Ich weiß nicht, was daraus werden wird, aber es ist unsere beste Chance auf Überleben und es hilft mir, meiner Verantwortung gerecht zu werden. Ich gehe nun und instruiere meine Leute.«

Sprach's, nickte der Runde zu, und verschwand, gefolgt von den Mayaoffizieren, aber ohne Lengsley, der nicht vom Kaffee aus römischen Vorräten lassen konnte. Auch der Rest der Runde löste sich nun auf und nach einigen Minuten war er mit Langenhagen allein und der Brite sah den römischen Navarchen auffordernd an.

»Fragen Sie«, sagte er.

»Das war eben keine sehr inspirierende und hoffnungsvolle Rede von Leutnant Hara«, sagte Langenhagen vorsichtig, um keine Gefühle zu verletzen oder gar hinter dem Rücken eines anständigen Mannes zu lästern.

»Das stimmt«, bestätigte Lengsley. »Er hat es nicht leicht.«

»Das gilt für uns alle.«

»Er ist nicht freiwillig Heerführer geworden, und schon gar nicht mit großer Begeisterung. Er steckt schlichtweg in einem Dilemma. Er tut etwas, von dem er weiß, dass es einen Schuh zu groß für ihn ist. Aber sein Pflichtgefühl treibt ihn voran. Nichts gegen Selbstdisziplin, aber sie hat ihre Kehrseite – wenn ich das sagen darf als jemand, der nie Soldat gewesen ist.«

Der Brite legte auf diese Tatsache durchaus wert, wie Langenhagen hatte feststellen müssen.

»Sie dürfen alles sagen, Lengsley. Meine Schiffe sind voller Zivilisten und auch für die bin ich verantwortlich. Sie meinen nicht, dass Leutnant Hara an der Aufgabe wachsen wird? Dinge tun das mit Menschen und wecken Fähigkeiten, die sie vorher nicht in sich vermutet hätten.«

»Das stimmt. Das ist auch bereits geschehen. Aritomo Hara ist gewachsen. Ein sehr schmerzhafter Prozess, der ihm einiges abgefordert hat. Aber er hat derzeit das Gefühl, dass er an seine Grenzen gestoßen ist. Kennen Sie das nicht? Als ob man vor einer Wand steht. Hinter einem stehen alle mit erwartungsvollen Blicken und man selbst schaut nur nach vorne, direkt auf die dicke Mauer, und schlägt sich an ihr den Kopf blutig.«

»Eine schöne Metapher.« Langenhagen ging zur Pantry und suchte nach einer einigermaßen gefüllten Kanne Kaffee. Die Metallkanne war noch heiß und er hatte Glück. Er trank zu viel von dem Zeug, das war ihm klar. Es würde sich eines Tages rächen. Hoffentlich war er dann schon wieder daheim.

Das war wahrscheinlich die Krux der Sache. Daheim war etwas, auf das er seine Gedanken und Hoffnungen richten konnte. Was war »daheim« für Aritomo Hara, einen zweifelsohne patriotischen Offizier, dessen Heimat zwar geografisch existierte, mit dem Ort, von dem er kam, aber absolut nichts zu tun hatte und der hier, in seinem neuen Domizil, vor allem deswegen Wurzeln geschlagen hatte, weil die Pflicht es ihm befahl?

»Was können wir tun, um ihm zu helfen?«, fragte Langenhagen den Briten. »Ohne ihn zu beleidigen, ohne ihn in den Augen seiner Gefolgsleute herabzuwürdigen? Das will ich nicht.«

»Ihre Einstellung ehrt Sie«, sagte Lengsley. »Und tatsächlich haben Sie schon viel getan. Diese Besprechung beispielsweise, sie half ihm, eine Entscheidung zu fällen. Sie hat geholfen, seinen Anweisungen eine neue Rechtfertigung zu verschaffen. Das hilft ihm. Die Verantwortung ist verteilt. Die Last auf seinen Schultern ist weniger geworden. Nehmen Sie ihm Dinge ab, ohne dass es so aussieht. Es muss zum natürlichen Gang der Dinge gehören, sich wie selbstverständlich ergeben. Dadurch helfen Sie ihm.«

»Ich werde tun, was ich kann.«

Lengsley presste die Lippen aufeinander, überlegte einen Moment, dann sprach er: »Und anschließend machen Sie ihm ein Angebot, dass er nicht ablehnen kann – wenn alles getan ist. Geben Sie ihm eine Chance in Rom. Geben Sie ihm eine Möglichkeit, hier abzudanken, ohne das Gesicht zu verlieren. Er darf nicht als pflichtvergessen erscheinen, nicht als Verräter oder Deserteur. Das Boot ist der Schlüssel. Seine Herkunft. Ein angesehener Lehrer auf der Offiziersakademie, eine Beraterposition, in der er sein Wissen aus der Zukunft anbringen kann. Wenn er möchte, ein Kommando in Ihrer Flotte – ohne das Schicksal eines ganzen Volks in seinen Händen. Hara ist kein schlechter Anführer, kein unfähiger Offizier. Aber er ist kein Inugami und kein Metzli. Ihm fehlt der Größenwahn, um ein Herrscher zu sein. Ich könnte das auch nicht.« Lengsley grinste. »Mir dürfen Sie auch ein Angebot machen. Ich bin Ingenieur. Die Welt braucht mich.«

Langenhagen lachte auf. Der Brite gefiel ihm immer besser. Und seine Fürsorge für Hara war aufrichtig. Der Navarch mochte das. »Sie alle bekommen dieses Angebot, Lengsley. Das versichere ich Ihnen. Sie alle bekommen es und ich werde tun, was in meinen Kräften steht, damit sie eine Zukunft in Rom haben. Das ist keine Frage. Und wenn dies bedeutet, dass ich Leutnant Hara einmal in seinem Leben lächeln sehe, ist es das wohl wert.« Langenhagen hob seine Tasse. »Ich bin auch kein Herrscher. Wenn mein Kaiser möchte, dass hier jemand regiert, dann soll er jemanden schicken. Ich verstehe Hara sehr gut und möchte nicht in seinen Schuhen stecken.«

»Dann sollten wir ihn beide in der Tat so gut unterstützen, wie es möglich ist – und solange es sich als notwendig erweist«, schloss der Brite. »Ich gehe jetzt, genau das zu tun. Wir sprechen uns.«

Und damit wandte sich Lengsley ab. Langenhagen sah ihn den Aufgang emporklettern, der zum Deck führte, und blickte dann auf das Chaos, das die Besprechung hinterlassen hatte, in der Hoffnung, dass sich die Umsetzung ihres Vorhabens als weniger durcheinander erweisen würde.

Er schaute auf seine Tasse und stellte sie hin, ohne davon zu trinken.

Es war jetzt wirklich genug.

35

»300 Männer in Mutal«, sagte Itzanami. »Auf 300 können wir zählen, wenn wir den Befehl geben.« Ixchel beugte sich zusammen mit den anderen Verschwörern über den Stadtplan, ein Produkt der Götterboten, die Pläne hatten anfertigen lassen, um ihre Art der Stadterweiterung durchführen zu können, vor allem die Konstruktion der leider nie fertiggestellten Befestigungsanlagen. Es sprach für den neuen Statthalter Metzlis, dass dieser begonnen hatte, diese Arbeiten zu einem Abschluss zu bringen, wenngleich nicht mit der gleichen Intensität wie vorher. »Dann haben wir Boten aus den anderen bereits eroberten Städten erhalten, zumindest einige. Es gibt überall Gruppen, die bereit sind und nur auf ein Signal warten. Wir können nicht viel mehr sagen, als dass sie existieren, aber immerhin. Außerdem hat Inugamis Herrschaft eine Konsequenz: Die Aufständischen in Saclemacal, in Yaxchilan und in einigen anderen Siedlungen erwarten von uns die Führung. Sie wollen, dass Mutal der Auslöser ist, dem sie sich anschließen.«

Er sah Ixchel an, die den Priester überrascht anblickte. »Ja«, sagte er. »Ich hätte damit auch nicht gerechnet. Ich weiß nicht genau, was die kurze Herrschaft der Götterboten bei den Menschen hinterlassen hat, aber vielleicht vergleichen die Leute die Reformen des Inugami mit der Regierung aus Teotihuacán und finden, dass sie sich nicht verbessert haben. Es ist jedenfalls so, wie es ist: Sie blicken alle nach Mutal und das stellt uns natürlich vor ein Problem, vor mehrere sogar. Einige davon sind sehr praktischer Natur.«

»Kommunikation«, sagte Ixchel nur. »Das Thema hatten wir ja schon. Wir haben unseren Aufstand bereits beendet, ehe die anderen davon auch nur erfahren. Also müssen wir ein Datum festlegen, ausreichend weit in der Zukunft, und dies allen vorher mitteilen.«

»Es ist nicht so wichtig, dass wir alle zugleich zuschlagen«, gab Itzanami zu bedenken. »Metzli selbst ist auf dem Weg ins Hochland, arbeitet sich die Küste vor und unterwirft die dortigen Städte. Bis er wieder hier ist, wird es eine Weile dauern. Und die bereits eroberten Städte werden sich nicht gegenseitig zu Hilfe kommen, denn sie unterliegen den gleichen Beschränkungen in der Kommunikation wie wir. Jeder ist in dieser Sache auf sich allein gestellt. Ich glaube nicht an den großen Aufstand, der das Joch der Besatzer abwirft. Wir sollten eine andere Strategie verfolgen, wie ich schon sagte: Nadelstiche, die die Eroberer auf Trab halten. Nicht nachlassen, Erschöpfung auslösen, Ernüchterung, auch Angst. Überall Löcher ins Fundament bohren.«

»Dennoch ist es ein schönes Symbol. Nicht für eine wie auch immer geartete Entscheidungsschlacht, aber für gemeinsame Aktionen. Wenn Metzli merkt, dass es so etwas wie eine Koordination gibt – auch wenn diese letztlich nur eine Illusion ist –, wird ihm das zu denken geben. Und wenn nicht ihm, dann vielen seiner Gefolgsleute. Erschöpfung und Angst, nicht wahr?«

Itzanami lächelte. Ixchel dachte wie eine Generalin. Sie konnte ihre Herkunft nicht verleugnen.

»Wir werden ein Datum festlegen, wenn wir so weit sind. Endlos lange dürfen wir das nicht hinauszögern. Metzli ist irgendwann mit seinem Feldzug durch oder er wird eine Pause einlegen. Er ist kein Gott, egal für was er sich hält, und seine Männer sind es auch nicht. Alles findet seine Grenzen. Wir dürfen ihm keine Chance geben, zur Ruhe zu kommen. Er soll den Tag verfluchen, an dem er begann, seine grandiosen Pläne in die Tat umzusetzen.«

»Ja, Prinzessin. Und noch ein schönes Stück Information: Metzli hat Gefangene nach Mutal entsandt. Sie dürften demnächst eintreffen, ihr Kommen wurde durch Boten vorangekündigt. Es scheint, als habe es eine Schlacht gegen die Armee der Götterboten gegeben, die unentschieden ausgegangen ist. Es gelang Metzli aber, einige der Flüchtlinge zu ergreifen, darunter den jungen Götterbotenprinzen.«

Ixchel sah auf. »Wie hieß er noch gleich ... Isamu?«

Sie hatte ihn das eine oder andere Mal von ferne gesehen, ein immer ernster, verschlossen wirkender junger Mann, der auf sie auch ein wenig traurig gewirkt hatte. Er war durchaus stattlich in seiner Uniform, die er ein ums andere Mal getragen hatte, und sein Gesicht angenehm, wenn da nicht diese maskenhafte Starre, das Verbergen aller Gefühle den Zugang verweigert hätte. Ixchel hatte ihren Vater einmal nach ihm gefragt, doch er hatte nicht viel sagen können: Der junge Prinz war von Inugami quasi »unter Verschluss« gehalten worden, obgleich das Gerücht umging, aus ihm den neuen König des neuen Mayareiches zu machen. Dann war Isamu verschwunden, was große Hektik ausgelöst hatte, so viel hatte man ihr berichtet. Seitdem hatte niemand mehr etwas von ihm gehört.

Wenn es sich als wahr herausstellte, dann hatte Metzli eine wertvolle Geisel erbeutet. Was würde er wohl mit ihm anfangen?

Ixchel legte die Stirn in Falten. Das war gar nicht die richtige Frage, fiel ihr ein.

Was konnte *sie* mit ihm anfangen?

Der Gedanke ließ sie plötzlich nicht mehr los. Der Priester sagte irgendwas und sie hörte gar nicht mehr richtig zu, ihr Blick ging an ihm vorbei, fiel auf die karge Wand des unterirdischen Verstecks. Etwas formte sich in ihrem Kopf, eine Notwendigkeit, eine Möglichkeit …

»Prinzessin?« Jetzt hatte der alte Mann gemerkt, dass sie nicht bei der Sache gewesen war.

»Wir sollten uns um Isamu kümmern«, sagte sie unvermittelt.

Itzanami hob die Augenbrauen, offenbar über dieses Ansinnen etwas erstaunt. »Kümmern, Prinzessin?«

»Ja, das sollten wir tun.«

»Wie sollen wir das tun? Und warum?«

»Warum? Weil hier in Mutal … nein, andere Frage: Von den 300 Männern, wie viele haben die Götterboten zu ihrer Zeit aktiv unterstützt, so wie ein gewisser Itzanami?«

Der Priester verzog das Gesicht, nahm die Frage aber offenbar ernst genug, um darüber nachzudenken. »Viele dienten in der neuen Armee, zumindest zeitweise. Andere waren und sind an den Bauarbeiten beteiligt. Es sind keine Sklaven darunter, wenn du das meinst.«

»Das beantwortet die Frage nur teilweise«, sagte Ixchel und legte ihre Stirn in Falten. »Wie viele dieser Männer würden den Götterboten heute noch treu dienen, wenn sie noch über Mutal herrschen würden – wenn Inugami noch am Leben wäre?«

»Alle«, sagte Itzanami sofort und ohne jeden Zweifel in der Stimme.

»Sie würden nicht den Widerstand erwägen, wie sie es jetzt tun?«

»Nein, wohl nicht.«

»Also empfinden sie den Götterboten gegenüber eine gewisse Loyalität, aus welchen Gründen auch immer?«

»Die sehr durch die Flucht des Aritomo Hara gemindert wurde!«

»Natürlich. Aber Diener des Metzli zu sein, ist die Perspektive, im Vergleich dazu selbst einmal das Zentrum eines wachsenden und viel zu früh zerstörten Reiches gewesen zu sein, doch eine ganz andere, nicht wahr? Und die Götterboten werden doch mit dieser kurzen, goldenen Zeit in Verbindung gebracht, ist es nicht so?«

Itzanami nickte, Verstehen glomm in seinen Augen auf. »Bei vielen gibt es bestimmt eine gewisse ... Nostalgie, was das angeht.«

»Ah ja. Und sind diese 300 die Einzigen, die so nostalgisch empfinden? Ich kann nicht durch die Stadt laufen und die Leute fragen. Wie ist die Stimmung? Was sagt das Volk?«

Itzanami nickte erneut und lächelte. »Ich denke, ich ahne, worauf du hinauswillst. Ja, es stimmt. Die 300 sind sicher nicht die Einzigen. Es wird mehr geben, deutlich mehr. Ah, ja.« Er lachte leise auf. »Deswegen kümmern wir uns.«

»Wir tun das, was notwendig ist, um Mutal zu befreien. Und wir müssen uns über die Zeit danach im Klaren sein. Schau mich an, ehrenwerter Priester: Bin ich die künftige Königin von Mutal, wenn wir Erfolg haben?«

»Das hoffe ich. Ich erwarte es. Aber auch da«, er sah sie besorgt an, »gibt es natürlich viele Unwägbarkeiten, Bestrebungen, Ehrgeiz ... Ich verstehe.« In seinen Augen war plötzlicher Respekt zu erkennen. »Du denkst weit, Prinzessin, und ich sehe, dass du über mehr Weisheit verfügst als ich.«

»Das würde ich so nicht sagen«, erwiderte sie lächelnd. »Aber wenn man im Zentrum eines Problems steht, stärkt das die eigene Aufmerksamkeit und Konzentration nicht unerheblich.«

»Isamu soll dir und deinen Taten zusätzliche Legitimation verleihen. Jeder in der Stadt hat gewusst, dass Inugami den Jungen mit Respekt behandelt hat, egal aus welchen Gründen er dies auch tat. Er ist ein Symbol für Inugamis Herrschaft gewesen, zumindest war ihm diese Rolle zugedacht worden.«

»Er wollte sie wohl nicht.«

»Ja.«

»Aber vielleicht zieht er irgendeine Rolle in Freiheit keiner Rolle in Gefangenschaft vor«, fuhr sie fort.

»Das erscheint nicht sonderlich abwegig.« Itzanami erhob sich und sah Ixchel an. »Ich will herausfinden, wo er sich aufhält, wie er bewacht wird und ob wir ... Zugänge haben. Und wo wir über Gefangene reden: Unser alter Freund Balkun scheint nicht völlig unaufgeschlossen zu sein. Ich glaube, dass er bereit sein wird, etwas zu tun, und er könnte Metzli nahe kommen. Der Göttliche Herrscher scheint ihn zu schätzen.«

»Auch ihn benötigen wir, wenn es an der Zeit ist.«

»Dann stellt sich mir nur noch die eine Frage: Wenn wir siegreich sind, wie sieht die Zukunft aus, an die du so langfristig denkst, Ixchel? Ist es die Konsolidierung deiner Herrschaft im Mutal, der Wiederaufbau geregelter Beziehungen mit den anderen Städten, dann vielleicht ein Gespräch mit ...«

Ixchel schüttelte den Kopf. »Ich glaube nicht, dass wir dafür noch Zeit haben, mein Freund.«

»Warum nicht? Wir können ...«

»Die Zeit, Itzanami, die Zeit«, murmelte Ixchel, als habe sie dem Mann gar nicht zugehört. »Es passieren sehr seltsame Dinge im Land der Maya, seit die Götterboten hier eingetroffen sind. Ich habe die Befürchtung, dass noch weitere passieren. Wir brauchen nicht nur eine stabile Ordnung, wir brauchen auch Verbündete. Wir können nicht zurück in die alte Zeit.«

Itzanami sah Ixchel erschrocken an. »Was ... was soll das bedeuten?«

»Wir können nicht zurück. Wir können nicht mehr in einzelne Städte zerfallen und unsere Kräfte damit verschwenden, uns gegenseitig umzubringen. Wir müssen einig sein. Nicht nur gegen Teotihuacán, sondern gegen ...«

»Die Römer?«

Ixchel machte eine umfassende Bewegung, nach außen gerichtet, voller Ratlosigkeit. »Im Grunde genommen gegen alles, was da draußen ist und was zu uns kommen wird. Was bereits gekommen ist. Die Zeit der Genügsamkeit ist vorbei, unsere Isolation am Ende. Weißt du, ich habe den Lektionen der Japaner durchaus Aufmerksamkeit geschenkt. Einmal hat mir mein Vater von etwas erzählt, etwas aus der Geschichte des Landes Japan.«

»Ich war dabei«, sagte Itzanami leise. »Ich war dabei. Inugami sprach aus der Geschichte seiner Heimat. Wie es in selbst gewählter Isolation lebte, bis eine Flotte aus einem anderen Land diese aufbrach und man gezwungen war, sich anzupassen oder unterzugehen. Wie diese Veränderung Reformen und Umstürze auslöste, die Gesellschaft umkrempelte, neue Ideen Einzug hielten und neue Bedrohungen. Er hat es natürlich aus seiner Sicht erzählt, wies mehrmals auf die Größe Japans hin, seine Eroberungen, seinen Herrschaftsanspruch, seine Überlegenheit allen anderen Völkern gegenüber. Ich weiß nicht, ob ich das alles glauben soll, aber er hat uns diese Geschichte natürlich aus einem speziellen Grund erzählt. Es war eine Analogie unserer eigenen Situation. Und die Aussage war: Es gibt keinen Weg zurück mehr. In gewisser Weise hat Metzli das am besten begriffen, besser noch als wir Maya. Anstatt etwas gegen diesen Wandel zu tun, hat er ihn ergriffen, gezähmt und führt ihn nun an, egal welche Opfer das nach sich zieht.«

Er sah Ixchel prüfend an. »Das war es doch, was du gemeint hast, oder?«

»Ja. Es gibt kein Zurück, genauso ist es. Und wir dürfen uns bei diesem Wandel nicht von anderen führen oder zwingen lassen. Wenn wir Maya unsere Eigenständigkeit behalten wollen, dann nur, indem wir selbst zu den Besitzern dieser Veränderung werden. Wir müssen tun, was zu tun ist, die Entscheidungen treffen und mit den Konsequenzen arbeiten. Aber wenn wir uns all dies diktieren lassen, können wir weder bewahren, was uns aus unserer eigenen Vergangenheit teuer ist, noch gestalten, was wir anpassen müssen. Wir werden dann zu Bällen in einem Spiel. Wir werden geworfen, wir treffen Dritte, aber unsere Flugbahn beeinflussen wir nicht mehr.«

Ixchel leckte sich über die Lippen, wirkte hoch konzentriert.

»Wir müssen Inugamis Idee verwirklichen, aber auf unsere Art. Wir müssen einig sein und unseren Platz in der Welt behaupten. Wir tun dies mit Verbündeten, um unsere Gegner abzuschrecken. Allein sind wir in dieser Welt hilflos und uneinig sind wir dem Untergang geweiht. Ich weiß nicht, welche Rolle ich in dieser Sache zu spielen habe – ob überhaupt eine. Aber ich bin die Tochter Chitams und Mutal ist mein Erbe. Um meiner Stadt willen muss ich mein Erbe sowohl ernst nehmen wie auch verleugnen, denn allein für sich hat es keinen Wert mehr. Wir müssen genau das tun, was Inugami vorhatte – nur auf unsere eigene Weise.«

»Imperium«, sagte Itzanami.

»Imperium«, sagte Ixchel.

Beide sahen sich an. Ixchel wusste nicht, was in Itzanamis Kopf vorging, sie saß nur etwas erschöpft und gleichermaßen entschlossen im düsteren und feuchtwarmen Keller in einer Stadt, in der sie gejagt wurde und nur wenige Freunde hatte. Das waren nicht gerade die idealen Ausgangsbedingungen für hochfliegende Pläne. In Itzanami sah sie einen ihrer Freunde, und durchaus einen, auf den sie sich mehr verließ, als sie eigentlich von ihm verlangen durfte.

Der Priester wiederum sah in ihr die Königin.

Im Grunde genügte das für den Augenblick.

36

Das Gefängnis war nicht so schlimm, wie Isamu es erwartet hatte. Es wurde nur etwas eng, denn sie waren nicht die einzigen Gefangenen. Die Mutalesen wurden mit einer bunten Mischung aus Häftlingen konfrontiert, darunter Statthalter des Inugami, einige Handwerksmeister, die offenbar als nützlich angesehen wurden, sowie Adlige, die das Massaker in B'aakal überlebt hatten. Die meisten wussten nicht, welches Schicksal ihnen blühte. Jene, die sich aufgrund ihrer Fähigkeiten ausmalen konnten, nach einer gewissen Frist und nach Abgabe bestimmter Versprechungen wieder freigelassen zu werden, waren eindeutig in der Minderzahl. Isamu wusste nicht, was aus ihm werden würde. Irgendwelche Fähigkeiten hatte er nicht. Für Metzli war er wohl so eine Art lustiges Maskottchen, mit dem er sich schmücken und bisweilen parlieren konnte. Das war sicher nicht die Art von Leben, die der junge Prinz sich ausmalte. Er hatte ihn einen Verwandten genannt. Das machte ihm eher Angst, als dass es Zuversicht auslöste. Mit dem Herrn von Teotihuacán wollte er sicher nicht verwandt sein.

Er fand das eine oder andere bekannte Gesicht wieder, wenngleich er die meisten nur von ferne gesehen hatte und ihnen oft keine Namen zuordnen konnte. An eine Person erinnerte er sich aber gut: Balkun, der Krieger aus Yaxchilan, der Zeuge des Brandanschlags auf Chitam gewesen war und dessen beherztes Eingreifen zur Rettung der Familie führte. Inugami hatte ihn danach zum Statthalter von Saclemacal gemacht und dort hatte er sich dem Vernehmen nach auch bewährt. Aus irgendeinem Grunde freute sich Isamu, dass der Mann noch am Leben war. Er saß immer ein wenig abseits, wie er nach einigen Tagen Aufenthalt feststellte, und beteiligte sich nicht an vielen Gesprächen, die sich ohnehin immer um die gleichen Themen drehten. Immerhin, die Ankunft der neuen Häftlinge war willkommen, brachte sie doch etwas Abwechslung in den Gefangenenalltag. Alle wurden sie umringt und ausgefragt, nur

Isamu nicht, dem mit einer gewissen Scheu begegnet wurde. Dass es den Kriegern des Metzli gelungen war, einen Götterboten zu fangen – und dann auch noch jenen, der als Sohn des Götterbotenkönigs vorgestellt worden war –, verfehlte seine Wirkung nicht. Einige sahen ihn weniger respektvoll denn abschätzig an, als ob seine Inhaftierung der letzte Anstoß für die endgültige Zerstörung des Nimbus der Zeitreisenden gewesen war.

Isamu verübelte es ihnen nicht. Er hielt ohnehin nicht viel von diesem nahezu mythischen Anspruch, den Kapitän Inugami aus wohlerwogenem Machtinteresse immer gepflegt hatte. Dennoch verletzte es ihn auf eine unbestimmbare Art und Weise. Ja, er war »normal«, nicht mehr oder weniger als jeder Mayajugendliche seines Alters. Das war es doch, nach dem er immer verlangt hatte. Nun war er da, wo er sein wollte, und irgendwie passte ihm dies auch nicht.

Auf dem Marsch hierher hatte er helfen können, die Lage der Gefangenen erleichtert, denn keiner ihrer Bewacher hatte diesem speziellen Häftling Metzlis willentlich Probleme bereiten wollen, solange dieser sich friedlich und generell gefügig verhielt.

Ob er diese Rolle weiterspielen konnte, war allerdings eher fraglich. Hier gab es viele hohe Würdenträger und generell schien der Befehl zu lauten, die Häftlinge nicht zu ärgern, wenn diese sich an die Regeln hielten. Jedenfalls kam Isamu nichts von Übergriffen, Gewalt oder Folter zu Ohren. Die einzige physische Gewalt, die tatsächlich ausgeübt wurde, war diejenige untereinander, wenn die beengte Situation den Leuten auf den Geist ging. Und beengt war es nun mit der Ankunft der Neuankömmlinge.

Isamu selbst bemerkte das Problem am vierten Tag, als ihm jemand mit der flachen Hand ins Gesicht schlug.

Er hatte sich am Nachmittag ein schattiges Plätzchen im Innenhof des Gebäudes gesucht und hingehockt, alleine, durchaus nicht unzufrieden mit seiner relativen Einsamkeit und in Gedanken darüber, wie es ihm gelingen würde, den restlichen Tag totzuschlagen, ohne eines der Spiele mitmachen zu müssen, die sich durch ihre endlose Wiederholung rasch als langweilig für ihn erwiesen hatten. Er hatte einen Becher Wasser dabei, den er langsam austrank. Es gab nicht übermäßig viel zu essen für die Gefangenen – ein Frühstück und eine Abendmahlzeit – und es blieb ein ständiges, nagendes, aber nicht bohrendes Hungergefühl. Durst aber litt hier niemand.

»Götterbote, ja?«

Eine schöne Stimme, aber voller Hass. Isamu zuckte zusammen, schaute langsam nach oben. Ein Mann, kräftig gebaut, vielleicht mit Hang zur Fettleibigkeit. Isamu kannte ihn nicht. Der Gesichtsausdruck sprach aber nicht für ihn. Verachtung war darin zu lesen, etwas schwer unterdrückter Zorn und Isamu ahnte sofort, dass Selbstbeherrschung nicht sehr weit oben auf der Liste dieses Mannes stand. Seine Bauchmuskeln zogen sich unwillkürlich zusammen, nach außen aber bemühte er sich, Ruhe zu bewahren.

»Haben sie euch Verbrecher bekommen? Das Herz aus dem Leib schneiden sollte man euch!«

Isamu blinzelte. Er zog die Beine an den Körper, drückte sich hoch, stand vor dem Mann. Er betrachtete ihn abwägend. Kräftig, ja. Aber hatte er auch vier Jahre intensiver Ausbildung hinter sich wie Isamu, der früh in die Kampfkünste eingeführt worden war, auf deren Beherrschung jede Familie von Rang in Japan großen Wert legte? Isamus Leidenschaft galt vor allem dem Kendo, und obgleich er keine Waffe zur Hand hatte, lernte man in den Lektionen so viel mehr, als ein Schwert oder einen Stock richtig einzusetzen.

Isamu aber verlangte es nicht nach einem Kampf. »Ich entschuldige mich für die Beleidigungen, die wir Ihnen zugefügt haben«, sagte er langsam und deutlich. Er verbeugte sich. Als er den Kopf wieder hob, spürte er den heißen, plötzlichen Schmerz, wie sein Kopf zur Seite gerissen wurde. Der Mann sah wütend aus, die Augen aufgerissen. Er wartete auf Isamus Reaktion, hoffend, herausfordernd, begierig.

Um sie beide herum war es still geworden. Alle schauten sie auf den Disput. Zwei Wachleute blickten hinüber, besorgte Blicke austauschend. Normalerweise griffen sie bei kleineren Rangeleien nicht ein. Würden sie im Fall Isamus eine Ausnahme machen?

Hoffentlich nicht. Er genoss bereits mehr als genug Aufmerksamkeit. Er wollte dies zu einem schnellen Ende bringen.

Er verbeugte sich erneut. »Ich nehme an, dass ich diese Strafe verdient habe«, sagte er laut. »Erleuchten Sie mich: Worin habe ich gefehlt? Wie habe ich Sie verletzt? Was war mein Fehler?«

»Dein Fehler?«, schrie der Mann. »Glaubt man es noch? Du fragst nach deinem verdammten Fehler? Meine beiden Söhne haben den Reden Inugamis zugehört und sind ihm gefolgt! Haben sich freiwillig gemeldet für diese verdammte Armee und kämpften Seite an Seite mit Sklaven! Träumten von einem albernen Reich der Maya! Beide sind sie nicht mehr zu mir zurückgekommen! Und ich, der ich einst ein Mann von Stand und Adel war, sitze hier in einem Gefängnis mit Bauern und noch mehr Verirrten!«

Eine lange Rede, begleitet von Spritzern von Speichel, herausgeschleudert wie die Worte, in denen Verletzung, Enttäuschung, Trauer und Wut eine explosive Mischung eingegangen waren.

Isamu verstand ihn. Sehr gut sogar.

Aber er konnte so etwas nicht dulden.

Der Mann nutzte seinen persönlichen Schmerz, um viele ehrbare Menschen zu beleidigen, und das war so nicht hinnehmbar. Es war schlichtweg nicht akzeptabel, dass jeder der Leute, die mit ihm hierher marschiert waren, als Gefangene, auf diese Weise beleidigt wurden. Vielleicht waren ihre Hoffnungen naiv gewesen. Möglicherweise waren sie in die Irre geführt worden. Viele aber hatten ihren Pfad aus Überzeugung gewählt. Und der Krieg des Inugami war bei Weitem nicht so brutal und rücksichtslos abgelaufen wie die endlosen Händel der Maya untereinander. Und er hatte eine Ordnung errichtet, in der alle als gleichwertige Untertanen leben sollten, das hatte Isamu dem Kapitän zum Schluss sogar abgenommen. Keine kluge, keine ideale, am Ende eine für viel zu viele tödliche Lösung.

Dennoch. Der höflichen Worte waren genug gewechselt.

Isamus Körper knickte ein, sein rechter Arm schnellte hervor, der Leib drehte sich, schnell und gelenkig. Seine Faust traf die linke Niere des Mannes mit einem gezielten Schlag, kurz, schmerzhaft, kaum gedämpft durch die Fettschicht unter der Haut. Ein perfekter Schlag.

Seine Lehrer durften stolz auf ihn sein.

Der Mann klappte zusammen, Tränen schossen ihm in die Augen. Seine Knie gaben nach und Isamu griff ein zweites Mal an, nur um seinem Argument Nachdruck zu verleihen. Ein Aufschrei, ein Jammern. Isamus Herz wurde hart. Er erfreute sich nicht am Leid des Erbosten, aber er musste ein Zeichen setzen, sonst würden sie alle, die die Götterboten aus diesem oder jenem Grunde zu hassen gelernt hatten, irgendwann ihr Mütchen an ihm kühlen.

Das war ein Terror, dem er sich nicht aussetzen wollte. Und er war weiterhin, auf eine seltsame Art, einem Gefühl folgend, interessiert daran, sich zu legitimieren, nicht als Anführer, nicht als Götterbote, doch als Isamu, Prinz oder auch nicht, aber als der, der er war, und nicht als kleiner Junge, den man auf dem Schulhof herumschubste.

Der hier schubste niemanden mehr.

Er lag auf dem Boden, verkrümmt, japsend, schaute voller Angst zu Isamu hoch, erwartete den dritten Schlag, der aber niemals kam. Isamu wollte die Wachleute nicht provozieren und den Mann nicht ernsthaft verletzen. Er hatte seine Stellung klargemacht und seine Hand tat ihm weh. Er hockte sich mit betont langsamen Bewegungen wieder in den Schatten, nahm sein Wasser, trank in kleinen Schlucken, starrte sein Opfer schweigsam an, eine Geste, die ihre Wirkung nicht verfehlte. Jemand kam und half dem Mann hoch, etwas ängstlich und vorsichtig, als ob sich Isamu dagegen aussprechen werde. Der Prinz tat nichts dergleichen, trank sein Wasser, beobachtete alles mit friedlichem Gleichmut. Auch die Wachleute zeigten sich nun entspannt. Die Krise war beendet.

Isamu betrachtete aus den Augenwinkeln die Art und Weise, mit der er nun betrachtet wurde. Jene, mit denen er hergekommen war, die aus dem Treck des Aritomo stammten, rutschten in seine Nähe, als wollten sie sich unter seinen Schutz begeben. Andere, vor allem jene, die offenbar auch aus Mutal stammten, nickten sich zu, zeigten Respekt in gemurmelten Worten und Gesten. Nur die aus den anderen Städten verschlossen ihr Gesicht. Doch auch bei jenen würde es nun keinen mehr geben, der daran zweifelte, dass man den jungen Götterboten besser in Ruhe ließ.

Isamu schloss die Augen.

Ihm war jetzt ein wenig übel.

37

Zama war, wie alle Mayastädte vor Ankunft der Götterboten, im Grunde nicht für eine Belagerung gebaut worden. Große, weit gefasste Festungsanlagen waren weitgehend unbekannt zu dieser Zeit, und obgleich es immer wieder gegenseitige Überfälle und gelegentliche Eroberungen gab, war der oft rituelle Grund der Kriege nicht zuletzt eine Ursache dafür, dass man sich auf das Ringen der Krieger als determinierenden Faktor besann und weniger auf die abschreckende und schützende Wirkung dicker Gemäuer. Inugami, der das Ganze sehr praktisch betrachtet hatte, war der Erste im Mayaland gewesen, der systematisch Festungsbauten in Auftrag gegeben und diese Arbeit leider nicht mehr rechtzeitig beendet hatte. So war es immer noch so, dass Befestigungen zwar als Idee bekannt waren, sie ihren Wert aber im Grunde nicht hatten unter Beweis stellen können.

Das erwies sich in diesem Fall als außerordentlich hilfreich.

Dementsprechend wurde auch Aritomos Heer nicht durch lästige Begrenzungen aufgehalten. Es gab keinen Bedarf für Belagerungsmaschinen, obgleich die Janitscharenarmee einige davon mit sich führte, vor allem einige große Onager, die auch sehr gut gegen größere Gruppen von Kriegern eingesetzt werden konnten.

Die schwer zu erobernden Gebäude waren die auf und in Pyramiden angelegten Tempel und Paläste, die am ehesten den Charakter einer Burg hatten und in denen entschlossene Verteidiger einem Ansturm etwas länger begegnen konnten – eine Erfahrung, die Inugami ebenfalls hatte machen müssen, weswegen er seine Janitscharen den Kampf in engen Räumen und schmalen Gängen besonders hatte trainieren lassen. Dass er die notwendigen Taktiken selbst nur theoretisch kannte – Häuserkampf war keine Spezialität von U-Boot-Offizieren, obgleich diese den Aufenthalt in engen Räumen gewohnt waren –, hatte ihn nicht daran gehindert, aus dem praktischen Erfahrungsschatz von Mayakriegern zu schöpfen, und Aritomo profitierte nun ebenfalls davon. Er hatte keinen der Feldzüge des Kapitäns mitgemacht und sich bei der Ausbildung der Kriegersklaven darauf konzentriert, was er selbst beherrschte. Für die Anpassungen und Innovationen war immer wieder Inugami selbst verantwortlich gewesen, denn sein Erster Offizier war mit vielen anderen Aufgaben betraut gewesen. Wenn man so wollte, war der Kapitän der Feldherr und Visionär gewesen, Aritomo der Verwalter und Exekutor im Hintergrund. Dass er nun den Mantel des Generalissimos trug, war nicht nur unverhofft, es war auch, wie er mittlerweile hatte erfahren dürfen, eine schwere Bürde.

Er hatte daraus Konsequenzen gezogen.

Alle alten Mayageneräle, die nicht in die Hände Metzlis gefallen waren, waren nicht nur von ihm ausführlich konsultiert worden. Er hatte zwei von ihnen auch gleich zu Feldkommandanten ernannt, die für die Durchführung aller Operationen nach dem gemeinsam vereinbarten Schlachtplan verantwortlich waren, zwei jüngere Männer, die die neuen Ideen und Taktiken des Inugami aufgesogen hatten wie ein Schwamm das Wasser. War dies für ihn ein Autoritätsverlust? Möglicherweise. Es war aber auch eine gute Methode, Verluste anderer Art zu vermeiden, was derzeit vordringlich war. Aritomo Haras Autorität war ohnehin flüchtig und er hatte wenig Interesse daran, aus ihr ein Ding für die Ewigkeit zu machen, zumindest war das nicht sein vordringlicher Ehrgeiz.

Was zählte, war der Sieg über Zama.

Als die Armee Stellung bezog, war sie erschöpft. Der lange Marsch hatte seine Spuren hinterlassen. Späher aus Zama hatten die Ankunft natürlich schon lange vorher angekündigt, der König der Stadt wusste seit vielen Tagen von der Bedrohung, genauso wie sie es geplant hatten. Er sollte Zeit bekommen, am besten dafür, seine Truppen aufzuteilen und zwischen der Insel und der Stadt zu verteilen. Welche Maßnahmen er auch immer ergriff, er hatte diese bereits durchgeführt, egal ob Aritomo seinen Männern noch einen Tag Ruhe verschrieb oder nicht. Vereinbarungsgemäß hielt sich Langenhagens Flotte zurück, sie ankerte vor der Küste und würde erst dann aufbrechen, wenn Aritomo das Signal gab. Unter vollen Segeln und Dampf konnte sie die restliche Strecke nach Cozumel in kürzester Zeit zurücklegen. Dem König von Zama war das

Konzept einer maritimen Invasion nicht unbekannt, das hatte er bereits unter Beweis gestellt. War er auf eine solche Attacke vorbereitet?

Und wenn ja, wie?

Aritomo kümmerte das nur am Rande. Zama war sein Ziel. Eine Stadt. Städte anzugreifen, das kannten die Maya gut und die Janitscharen hatten genügend Erfahrungen darin gesammelt. Zama war nicht die größte Stadt, die sie jemals angegriffen hatten. Yaxchilan war eine deutlich beeindruckendere und besser verteidigte Metropole gewesen. Die Hafenstadt sollte kein großes Problem darstellen. Er empfand eine schon fast gefährliche Zuversicht.

»Herr, alle Männer sind in Position.«

»Berichte der Kundschafter?«

»Wir trafen auf Späher aus Zama, aber es kam nicht zu direkten Kontakten. Soweit wir es abschätzen können, war unser Plan erfolgreich.«

Kian, einer seiner Kommandanten und offenbar von der Aussicht auf eine baldige Schlacht außerordentlich begeistert, lächelte Aritomo an. Kian war nicht einfach nur zuversichtlich. Er wirkte fast euphorisch.

»Alle Zeichen deuten darauf hin, dass die Truppen von Cozumel weitgehend abgezogen worden sind. Navarch Langenhagen dürfte mit den restlichen Gegnern kurzen Prozess machen können.«

»Es heißt aber auch, dass wir einen vorbereiteten und vollzähligen Feind haben«, dämpfte Aritomo den Enthusiasmus Kians. Dessen Gesicht trübte sich kaum ein, er schien den Grundsatz »viel Feind, viel Ehr« nicht nur verinnerlicht zu haben, er spornte ihn offenbar auch noch an. Solche Menschen gab es. Sie freuten sich auf Kampf und Auseinandersetzung, die Drohung des möglichen Todes verkehrte sich für sie in das Gegenteil, es war ihnen ein Lebenselixier. Verbunden mit einem natürlichen Verständnis für militärische Taktik, einer Fähigkeit zur Führung von Kriegern und der heiteren Disposition eines Mannes, dem das eigene Leben nicht allzu viel wert war, wenn er nur die Gelegenheit bekam, seinen Gegnern die Schädel einzuschlagen – es machte Kian zu einem sehr nützlichen, sehr anstrengenden und nahezu verstörenden Anführer, dem man nicht in die Quere kommen sollte.

Alles in allem eine gute Personalwahl, auf die Aritomo durchaus stolz war. Er hatte bewusst auf die richtig alten Generäle Inugamis verzichtet, allein schon deswegen, weil deren Eigensinn und alte Loyalität es für ihn sehr schwer machten, eine eigene Struktur an Gefolgsleuten aufzubauen. Einige waren auch in Gefangenschaft geraten oder tot, jedenfalls hatte sich so oder so die Notwendigkeit einer Neustrukturierung ergeben. Kian war seine erste Wahl gewesen.

»Wir werden Zama einnehmen«, erklärte dieser mit felsenfester Überzeugung. »Gebt den Befehl, Herr, und die Stadt ist unser. Cozumel fällt zur gleichen Zeit. Alles wird perfekt sein.«

Aritomo sah seinen General einen Moment schweigend an. »Ihnen ist schon klar, dass wir die Stadt lediglich einnehmen, aber nicht halten werden? Wir können derzeit gegen Metzlis Truppen keine Ansiedlung auf dem Festland erfolgreich verteidigen. Wir werden an Gütern und Lebensmitteln nehmen, was wir transportieren können, werden einen König einsetzen, der weniger feindselig gesinnt ist wie der aktuelle, und dann nach Cozumel übersetzen, das wir deutlich leichter verteidigen können.«

»Wir müssen irgendwann in die Offensive gehen.«

»Ja, das müssen wir«, gab Aritomo zu, wenngleich sein Enthusiasmus dafür nicht halb so groß war wie der seines Generals. »Aber dazu bedarf es politischer Vorbereitungen, Verbündeter und Informationen – und für all das benötigen wir Zeit. Die Zeit verschaffen wir uns auf der Insel, aber nicht hier.«

Kian nickte. Er verstand all das und würde tun, was ihm befohlen worden war, aber es widersprach letztlich seinem Naturell, sich in einer Festung einzuigeln und die Krise zu überwintern, bis sich eine bessere Gelegenheit ergab. Seine natürliche Neigung war der Angriff, das Risiko, die Bewegung, nicht der Stillstand und das vorsichtige Abwarten. War Cozumel erst einmal als ihre Basis etabliert, das wusste Aritomo, würde er Kian eine Beschäftigung geben müssen, die ihn geistig und körperlich in Beschlag nahm – sonst würde er durchdrehen, auf schlechte Gedanken kommen oder seiner wachsenden Unzufriedenheit irgendwie anders Ausdruck geben.

»Ich gebe den Befehl«, sagte er dann, um jede weitere Diskussion an dieser Stelle zu beenden. Es war später Vormittag, eine Zeit, die so gut wie jede andere für einen Angriff geeignet war. »Ich möchte über alles auf dem Laufenden gehalten werden. Jedes Detail, jede Entwicklung. Und eines noch, General …«

Der Mayakrieger, der schon halb aus dem Zelt gelaufen war, das Aritomo als Kommandostand diente, hielt noch einmal inne und sah den Götterboten fragend an.

»Ja, Herr?«

»Bitte am Leben bleiben. Tot nützen Sie mir nichts. Tot nützt mir niemand etwas.«

»Tote Krieger aus Zama sind nützlich«, widersprach Kian.

»Ihr Pragmatismus ehrt Sie, General!«

Und damit war der Mann auch schon verschwunden, ein Inbegriff tödlichen Eifers.

Als Aritomo ihm nachsah, fühlte er sich mehr beunruhigt als zuversichtlich. Er schalt sich aufgrund seiner Einstellung.

Ein leuchtendes Vorbild war er auf diese Weise jedenfalls nicht.

Er folgte Kian und hörte draußen bereits, wie die Befehle gegeben wurden. Er sah, wie sich die Männer erhoben, ihre Waffen ergriffen. Eine beinahe schon festliche Stimmung freudiger Erwartung entwickelte sich. Scherze flogen durch die Menge. Formationen wurden eingenommen. Aritomo warf einen Blick auf die nahe Stadt und ahnte, dass ihnen eine große Schlacht bevorstand.

Er zog die Signalpistole. Auf der Flotte beobachteten Männer mit Fernrohren permanent die Küstenlinie, und ihnen würde das Signal nicht entgehen. Er würde sicherheitshalber dreimal feuern: rot, blau, grün, das war so vereinbart.

Er streckte den Arm in die Luft. Neugierige Blicke folgten ihm. Die Signalpistole hatte hier noch keiner in Aktion gesehen. Vielleicht eine Kleinigkeit, um seinen angeschlagenen Nimbus aufzupolieren.

Es zischte, als die Signalrakete in den Himmel stieg.

Kian schrie Befehle.

Der Angriff begann.

38

Sie hatten keine Sirenen oder laut schreiende Wachleute – sie hatten Gongs.

Sehr große, sehr laute, die man nicht überhören konnte, vor allem dann nicht, wenn vier von ihnen, oben auf der Mauer des Palastes angebracht, gleichzeitig geschlagen wurden, von Männern, die breit wie hoch waren und deren geschmeidige Bewegungen, mit denen sie die mächtigen Klöppel gegen die Metallscheiben schlugen, von Kraft und viel Übung zeugten.

Es ging durch Mark und Bein, ließ die Innereien vibrieren und verfehlte seine Wirkung nicht.

Die Schiffe der Römer hatten Sirenen, die gekurbelt wurden, und auch das erforderte Kraft. Der schrecklich jaulende Laut fuhr über das Hafenbecken, vermischte sich mit dem nachhallenden Lärm der Gongs, ließ jeden erwachen, der schlief, was in dieser frühen Morgenstunde sicher noch einige waren. Die Sonne kroch gerade erst über den Horizont.

Latinus stürzte an Deck, nach viel zu wenig Schlaf, das obere Teil seiner Rüstung noch schief angeschnallt und blinzelte mit klebrigen Augen. Hektik war an Bord ausgebrochen, aber gezielte Hektik, unter den scharfen Augen und klaren Befehlen von Unteroffizieren, die, das war Latinus' Theorie, niemals richtig schliefen und immer ein Auge geöffnet hielten, egal zu welcher Tages- und Nachtzeit. Der Navarch kletterte die Treppe zum Oberdeck empor, sah Antonius Sattmann, wie er mit einem Fernrohr bewaffnet hinaus auf die See starrte. Dann zischte es laut und Raketen fuhren in die Luft, irisierende Lichtfunken hinter sich herziehend. Alarm, wie er alarmierender nicht sein konnte. Die Chinesen, das hatte Latinus schnell erfahren, hatten ein Händchen für Feuerwerk.

»Was …«

»Ich zähle bisher zwölf Schiffe, Dampfdschunken. Große Pötte. Tragen die Flaggen von Baekje.«

»Ein Angriff.«

»Sicher kein Höflichkeitsbesuch. Dreizehn.«

Ein Mann reichte Latinus sein eigenes Fernrohr, mit dem er sogleich sein Auge bewaffnete. Er fand Sattmanns Aussage natürlich bestätigt. Der Offizier irrte sich in diesen Dingen nicht.

Latinus' Herz sank ihm in die Hose. Nicht schon wieder. Baekje verfolgte ihn wie ein Fluch.

»Vierzehn!«, zählte sein Stellvertreter. »Ihre Befehle?«

»Wir helfen den Chinesen bei der Verteidigung der Stadt. Die Kanonen bemannen. Geben Sie Signal an alle Schiffe, die Seile zu lösen. Dampf in die Kessel. Wir brauchen eine gute Schussposition. Was machen unsere Gastgeber? Wir müssen Kontakt aufnehmen, dringend.«

Sattmann drehte sich um. Auch am Hafen herrschte Hektik. Drei Geschützstellungen beherrschten das Hafenbecken. Sie hatten sie besichtigen dürfen als Gegenleistung für einen Spaziergang durch die römischen Einheiten. Die chinesischen Kanonen waren gut, zwar nicht ganz so gut wie die der Römer, aber jene hatten auch mehr Zeit gehabt, die neue Technologie den hiesigen Möglichkeiten anzupassen – und verfügten über eine entsprechende Industrie, während bei den Chinesen noch viel Handarbeit war. Das war kein großes Hindernis – es gab in diesem gigantischen Reich mehr als ausreichend Hände. Jede der drei Stellungen, erbaut auf massiven Steinquadern, geschützt mit Eisenplatten, verfügte über acht Kanonen, die jeweils in einem Winkel von zwanzig Grad nach rechts und links gedreht werden konnten. Klugerweise waren Schwarzpulver und Munition nicht direkt darunter gelagert, sondern in weiter nach hinten versetzten Lagern, die unterirdisch angelegt waren und von denen auch unterirdische Gänge zu den Stellungen führten. In diesen Gängen schoben Soldaten Munitionswagen auf Holzschienen zu den Kanonen und Flaschenzüge brachten das gefährliche Gut nach oben. Es würde keine gefährliche Entzündung von zu viel Schwarzpulver geben, die die Geschütze vorzeitig vernichtete. Und auch hier galt: Hände gab es genug. Die Kanoniere waren ebenso zahlreich wie ihre Gehilfen, starben welche, wurden sie sogleich ersetzt.

Diesen Luxus hatte Latinus nicht. Zu entfliehen war angesichts der großen Angriffsflotte allerdings auch nicht möglich. Dampfmaschine hin oder her, auch die Koreaner hatten Geschütze und viele Jäger waren der wenigen Hasen Tod. Es würde ein Gemetzel werden, weit weg vom Festland. Nein, sie mussten auf eine gemeinsame Verteidigung mit den Chinesen setzen und genau das taten sie auch.

»Boten des Statthalters!«, brüllte jemand vom Fallreep her, das kurz davorstand, eingezogen zu werden. Latinus winkte. Er sah zwei Männer in den schwarzen, gefährlich aussehenden Rüstungen der chinesischen Armee an Bord springen, mit einer Leichtfüßigkeit, die von hier betrachtet beeindruckend wirkte. Noch mehr war Latinus beeindruckt, als er feststellte, dass einer der beiden Männer Sekretär Li war, der plötzlich ganz anders wirkte als die säuselnde, etwas affektierte Hofschranze. Er machte einen grimmigen Eindruck, bewegte sich mit kraftvoller Sicherheit und das Schwert an seiner Seite war ganz bestimmt alles andere als eine Verzierung. Er war ein anderer Mann und es gab nichts mehr zu lachen.

»Navarch!«

War das wirklich seine Stimme? Konnte sich das ölige Quieken tatsächlich in dieses eher raue Timbre verwandelt haben? Sekretär Li war ein Mann großer Wandlungsfähigkeit.

»Ich stehe zu Ihrer Verfügung!«, sagte Latinus und salutierte, was Li mit einer gewissen Beifälligkeit, als ob er exakt das für angemessen und würdig gehalten habe, zur Kenntnis nahm. Der Römer sah sich nach dem Dolmetscher um, doch Li hob eine Hand.

»Sie machen los. Das ist gut. Unsere Schiffe tun das Gleiche. Das Hafenbecken ist eng. Ich koordiniere. Die römischen Schiffe kommen in die zweite Reihe.«

Li sprach mit einem Mal auch weitaus besser Englisch als jemals zuvor. Langenhagen ging nicht davon aus, dass die plötzliche Sprachbeherrschung durch die Krise ausgelöst wurde – eher durch die Tatsache, dass Li keinen Anlass mehr sah, seine wahren Fähigkeiten zu verbergen. Erstaunlich.

»Sekretär …«

Der Mann in der Rüstung hob eine Hand. »Sie sind Gäste. Sie ehren uns mit Ihrer Bereitschaft, den Angriff abzuwehren. Das wird hier nicht vergessen. Aber Sie sind Gäste. Erst einmal stellen sich unsere Schiffe dem Feind. Sie werden alle zusammengeschossen werden. Dann sind Sie an der Reihe. Es wird genug zu tun bleiben.«

Latinus hatte sich natürlich schnell einen Überblick verschafft, von wie vielen Dschunken der Mann überhaupt sprach. In der Stadt waren derzeit nur acht kampffähige Schiffe stationiert. Drei weitere wurden in den beachtlichen Werftanlagen wohl generalüberholt. Sie fielen aus. Acht Schiffe, das war in der Tat eine erste Reihe, vor allem eine, die keine Chance gegen die gegnerische Übermacht hatte.

Li wusste das. Latinus wusste das. Und daher würde der Chinese bei aller Höflichkeit die Römer auch nicht davon abhalten zu kämpfen. Jede Kanone wurde gebraucht und die Geschütze der Gäste konnten schneller feuern und hatten eine größere Durchschlagskraft.

»Der Wagen der *lǚxingzhě* wird helfen«, sagte Li und zeigte zur Kaimauer. Latinus riss die Augen auf. Ein vierrädriges Fahrzeug, schwarz angemalt, gänzlich aus Metall, röhrte heran, schwarze Dampfwolken aus dem Heck ausstoßend. Auf dem breiten Dach eine Art Brüstung, und daraus erstreckte sich der schwarze, lange Lauf eines Geschützes.

»20 mm«, sagte Li, als ob er sich auskenne. »Das Ding heißt *Igirigi* und sie nennen es einen *Armoured Personnel Carrier.* Die *lǚxingzhě* haben davon mehrere Dutzend mitgebracht und sie pflegen sie trefflich.«

»Aber …«, stotterte Langenhagen.

»Benzin, ja. Das haben wir mittlerweile ganz gut im Griff, wenn auch nicht in großen Mengen. Es gibt in China viele natürliche Erdölquellen. Das Problem ist die Munition. Aber andererseits: Es nützt nichts, damit übermäßig sparsam zu sein. Sie soll dazu dienen, den Feind zu töten, und dafür wollen wir sie einsetzen. Lieutenant Bakut versicherte mir, dass er die eine oder andere Dschunke damit würde vernichten können.«

»Welche Reichweite hat das Geschütz?«, fragte Latinus, der seinen Blick nicht von dem gefährlich und mächtig aussehenden Fahrzeug wenden konnte. In der Offiziersakademie hatte er den Lastkraftwagen bewundern dürfen, den die Zeitenwanderer auf der *Saarbrücken* mitgeführt hatten. Das waren Welten. Und das Reich hatte es noch nicht geschafft, einen Verbrennungsmotor in ausreichend geringer Größe herzustellen, um vergleichbare Fahrzeuge damit bestücken zu können. Die Legionen verfügten über Dampfkraftwagen, auch gepanzerte, und sie sahen sicher beeindruckend aus, gegen dieses Fahrzeug aber wirkten sie plump und nahezu albern. Immerhin, dieses Geschütz war ihm nicht unbekannt. So etwas Ähnliches gab es auch auf dem alten Kleinen Kreuzer.

»Lieutenant Bakut meinte, es wären 2000 Meter. Er meinte aber auch, 1500 wären ihm lieber, wenn es noch genügend *Wumms* haben sollte. Wie ist die Reichweite Ihrer Schiffsgeschütze?«

»Auch etwa zwei Kilometer. Und ja, näher wäre besser, allein schon wegen der Zielgenauigkeit.«

»Dann wissen wir, was zu tun ist. Ich schlage eine gestaffelte Formation vor. Ihre Schiffe fallen zurück, feuern aber als erste. Die Reichweite unserer Festungskanonen entspricht ebenfalls der Ihrer Stücke, aber unsere Schiffsbestückung ist schwächer.«

Latinus zeigte auf die sich in der Ferne abzeichnende Angriffsflotte, die angewachsen war. Sattmann formte eine lautlose Zahl und Latinus verstand: »Zwanzig.«

»Was ist mit den Kanonen der Angreifer?«

»Gehen Sie davon aus, dass die Antwort unserer Feinde nicht allzu lange auf sich warten lässt. Sie haben einen technologischen Vorsprung vor uns. Ach ja – es gehört zur Taktik der Wahnsinnigen, eines der aus der Zukunft mitgebrachten Geschütze in jeder Flotte oder jedem Regiment mitzuführen, bedient von Soldaten aus der Zukunft. Über Kaliber und Reichweite kann ich nur spekulieren. Die Bandbreite des gegnerischen Arsenals ist schlicht zu groß. Sie greifen unsere Stadt an, unsere Stadt ist wichtig.«

Li zögerte, dann sagte er: »Sie werden nicht bescheiden in der Auswahl ihrer Waffen geblieben sein.«

»Davon gehe ich auch nicht …«

Li unterbrach sich und legte den Kopf in den Nacken.

Ein Pfeifen.

Latinus hatte es erst nicht richtig wahrgenommen.

Doch der alarmierte Blick Sattmanns ließ ihn nicht zweifeln. Sie kannten das Geräusch, in der Theorie zumindest. Sie hatten niemals eines der mächtigen Geschütze der längst stillgelegten *Saarbrücken* in Aktion gesehen. Aber sie hatten sich aus gutem Grunde genau beschreiben lassen, an welchen akustischen und visuellen Elementen man eine Kanone aus der Zukunft erkannte.

Die abgefeuert wurde.

»Deckung! Deckung!«, schrie Sattmann. Ein lautes Krachen ertönte, ein heller Blitz, der Latinus blendete. Er spürte Hitze, taumelte etwas zurück, hielt sich aber an der Reling fest. Sie waren nicht getroffen worden. Eine der drei Geschützstellungen der Stadt war das Ziel gewesen. Fels bröckelte ab, Steinsplitter pfiffen über den Kai. Schmerzensschreie ertönten, wo Soldaten getroffen wurden. Der Igirigi stand unerschütterlich da, alles schien an ihm abzuprallen.

»Sie haben zu tief gezielt«, brüllte Sattmann. »Sie haben nur das Fundament etwas aufgerissen.«

»Ja. Sie werden den gleichen Fehler aber wahrscheinlich kein zweites Mal machen.«

Latinus wandte sich um, schaute auf die See hinaus. Die chinesischen Dschunken quälten sich mit gefährlicher Langsamkeit aus dem Hafenbecken, die schwachen Maschinen, viel zu schnell aus ihrem Schlummer geweckt, dampften kläglich und auch die römischen Fregatten machten keine bessere Figur. Es ging alles zu schnell. Sie waren nicht vorbereitet.

»Es wird zur Landung kommen«, sagte Latinus in plötzlicher Überzeugung und sah Li an. Der Sekretär widersprach ihm nicht, vielmehr nickte er grimmig.

»Das ist unsere Hoffnung. Sie werden die Stadt nicht in Trümmer legen, sie wollen sie erobern. Das wird die Kanonade hoffentlich in Grenzen halten.« Li nickte in Richtung Palast. »2000 unserer besten Krieger und der Igirigi. Sie werden es nicht einfach haben. Boten sind unterwegs, wir fordern Verstärkung an. Es gibt ein flexibles, tief ins Land gestaffeltes System von Militäranlagen, aus denen jederzeit Truppen herangezogen werden können. Wir müssen nur ein wenig aushalten.«

»Wir helfen Ihnen.«

»Das ist gut. Der Kaiser dankt. Sie werden diese Entscheidung nicht bereuen.«

»Da bin ich mir nicht so sicher.«

Li verstand, wie die Antwort gemeint war. Latinus wandte sich ab, betrachtete die Szenerie, die nun in die Strahlen der aufgehenden Sonne getaucht wurde. Erneut ertönte das Pfeifen und er konnte auf einer der Dschunken in der Ferne eine Rauchwolke sehen, die sich in der fast windstillen Luft nach oben kräuselte. Er griff Sattmann beim Arm. Sie zuckten beide zusammen, als das Feuer einschlug, erneut in den gleichen Festungsturm, von dem wieder Steinsplitter abflogen. Als sich das Chaos legte, war deutlich erkennbar, dass die dort stationierten Kanonen keinen Schuss abfeuern würden. Der Angriff hatte ganze Arbeit geleistet. Die Eisenplatten waren aufgerissen, die Steinquader über die Hafenanlage verteilt. Leichen lagen verstreut. Wehklagen erhob sich. Latinus starrte auf einen mächtigen Steinblock, unter dem ein Arm hervorragte. Er holte tief Luft, zwang sich, den Blick abzuwenden.

»Sattmann, Sie haben das gesehen?«

»Die dritte Dschunke, die mit den gelben Wimpeln.«

»Unser primäres Ziel. Meldung an alle Schiffe. Die Kanoniere sollen mal was für ihr Geld tun.«

Sattmann rannte zur Funkstation unter Deck. Es war schwierig, mit den Kanonen der Fregatten exakt zu zielen. Sie waren nur in einem sehr begrenzten Bereich schwenkbar und eigentlich darauf ausgerichtet, eine Breitseite auf einen nahen Feind abzufeuern, in der sicheren Erwartung, dass irgendeine Kugel schon treffen würde, und zwar irgendwo. Gezielt wurde dabei normalerweise mit dem ganzen Schiff.

Latinus verengte seinen Blick. Die beiden Bugkanonen, die nebeneinander ausgefahren werden konnten, wurden selten genug eingesetzt. Sie waren aber etwas weiter drehbar und wenn man den Angreifern ein weniger breites Ziel bot ...

»Waldis!«, rief er laut. Der Chefkanonier stand halb an der Türöffnung, die zum Kanonendeck führte, während unten seine Leute die Geschütze vorbereiteten. Er wollte Befehle hören.

»Navarch!«

»Ich möchte ein bestimmtes Schiff treffen, von uns allen gleichzeitig beschossen, ohne ein breites Ziel zu bieten – ich möchte, dass wir alle nur die Bugkanonen einsetzen, zumindest auf Entfernung.«

»Wie Sie befehlen!«

Waldis hatte das Ziel bereits identifiziert. Er nickte versonnen.

»Das ist gut möglich. Unser Steuermann sollte dann aber einen Schluck Weinbrand bekommen, damit er nicht so zittrig ist.«

»Ich werde es in Erwägung ziehen.«

»Ich gehe nach vorne. Wie lauten die Befehle?«

»Wenn Sie in Reichweite sind, eröffnen Sie das Feuer und Sie hören erst auf, wenn Sie das Ziel nicht mehr ausmachen – ich werde dann die Breitseite brauchen – oder das Schiff versenkt ist. Ansonsten warten Sie nicht auf mich, Waldis. Sie wissen, was zu tun ist.«

Der Chefkanonier nickte nur, er sah weder geschmeichelt noch überfordert aus. Er gehörte zu den ältesten Besatzungsmitgliedern, ein Mann, der zeit seines Lebens tödliche Geschosse aus dicken metallenen Rohren abgefeuert hatte. Ihm musste keiner sein Handwerk erklären, auch Latinus nicht.

Ein knatterndes, dumpfes Geräusch erklang. Latinus fuhr herum. Der Igirigi hatte eine erste Salve abgefeuert, mit erstaunlich schneller Kadenz, und das Fahrzeug wackelte auf den gefederten Rädern, wogte hin und her, und eine schwarze Rauchwolke stieg auf.

Vor den herandampfenden Dschunken stieg eine Wasserfontäne auf. Etwas zu kurz, aber viel fehlte nicht mehr. Die römischen Fregatten bewegten sich in Position. Bald würde der Wagen mit dem Geschütz kein freies Schussfeld mehr haben. Hoffentlich war Bakut so intelligent, sich dann eine höhere Schussposition zu suchen. Nichts war schlimmer für die Moral als *Friendly Fire*.

Alle vier römischen Schiffe richteten ihren Bug auf die Feinde. Vor ihnen stampften die Dschunken der Verteidiger durch das Hafenbecken. Die erste war bereits getroffen worden, halb versunken, und Latinus hatte nicht die größte Hoffnung, dass die anderen Schiffe der Chinesen viel länger durchhalten würden.

Und sie waren im Weg. Latinus fluchte. Sie mussten auf ihre Chance warten.

Ihre eigenen Bemühungen wirkten, alle angesichts der schwimmenden Wand aus Holz, die unentwegt auf den Hafen zuhielt, absolut nicht bedrohlich. Ein Grund mehr, die Feuerkraft zu bündeln. Sie würden danebenschießen, das war zu erwarten. Aber wenn man die Dschunken neben dem Geschützschiff erwischte, war damit auch Schaden angerichtet, und bei konzentriertem und wiederholtem Feuer sogar ein möglicherweise beachtlicher.

Sattmann kam nach oben, das Gesicht rot vor Aufregung. »Ich habe Feuer nach freiem Ermessen befohlen«, sagte er. »Sobald wir ein Ziel haben. Wir haben aber noch keines.«

»Waldis hat die Sache im Griff. Sobald …«

Ein Krachen unterbrach die Männer. Aus dem Bug der Fregatte stiegen zwei dünne Rauchwolken empor, die Holzkonstruktion erzitterte. Direkt durch die Lücke zwischen zwei der dahinschleichenden chinesischen Dschunken. Gewagt, aber schnell entschieden. Dann ein weiteres Krachen, nein, drei, in kurzer Abfolge. Die Schwesterschiffe eröffneten das Feuer. Knapp gefeuert, mit großem Risiko. Latinus schickte ein Stoßgebet gen Himmel, dass keines der chinesischen Schiffe aus Versehen getroffen wurde. Er hielt die Chinesen für skrupellos genug, ihre eigenen Leute zu opfern – aber das war deren Entscheidung, nicht seine.

Er war nur Gast.

Latinus zählte die Sekunden, wartete auf den Einschlag, riss das Fernrohr an die Augen, suchte die Angriffslinie der Koreaner ab. Wasser spritzte, verdeckte die Sicht. Irgendwo war etwas eingeschlagen, da plötzlich Holztrümmer sichtbar wurden.

»Die falsche!«, rief Sattmann. »Getroffen, aber die falsche!«

Jetzt sah Latinus es auch. Ein Nachbarschiff der Geschützdschunke legte sich zur Seite, langsam, aber gut erkennbar, und kleine Punkte hechteten ins Wasser. Zwei Treffer hatten die Backbordseite aufgerissen und das Wasser strömte mit rasanter Geschwindigkeit hinein.

Es krachte erneut. Die modernen Kanonen Roms konnten von einem gut eingespielten Team binnen zwanzig Sekunden nachgeladen werden. Und die Kanoniere der Expeditionsflotte gehörten zu den besten.

Dann wieder das Pfeifen. Es war enervierend. Latinus würde sich an dieses Geräusch nur schwerlich gewöhnen. Es jagte ihm Angst ein.

»Oh, oh!«, murmelte Sattmann, ehe ein ohrenbetäubender Aufprall seine Stimme ersterben ließ.

Sie benötigten kein Fernrohr, um die Wirkung zu betrachten. Der hölzerne Leib der *Populus* zerstob in einer Wolke aus Holz, Feuer und Rauch, und vielstimmiges Geschrei hob an. Latinus fühlte sich durch die Druckwelle von den Beinen gerissen, fiel rücklings, rutschte die Planken entlang, schlug sich den Kopf, als er zu einem plötzlichen Halt kam. Sterne tanzten vor seinen Augen, er fasste nach oben, berührte eine blutende Wunde, fluchte, fluchte ein zweites Mal. Er rappelte sich hoch, blinzelte durch tränende Augen in Richtung *Populus.*

Da war nichts mehr.

Die Fregatte hatte sich vor seinen Augen aufgelöst.

Trümmerteile schwammen im Wasser und, viel schlimmer, Teile von Menschen. Die Detonation hatte das mächtige Schiff in Stücke gerissen. Ob jemand diese Katastrophe überlebt hatte ... Latinus bezweifelte es.

Er entsann sich Trierarch Decius, des Kommandanten, ein vielversprechender, penetrant frohsinniger Mann, eine Stütze ihrer Expedition.

Nein. Dafür war jetzt keine Zeit.

Es krachte erneut, ohrenbetäubend. Vielstimmig. Eine Salve der drei verbliebenen römischen Fregatten und der beiden noch aktiven Festungstürme der Stadt. Die Chinesen hatten aufgepasst. Ein Feuersturm brauste in die zumindest ungefähre Richtung der Geschützdschunke und Latinus hielt sich an der Reling fest, immer noch benommen, starrte in die Richtung. Das Fernrohr hatte er verloren.

Diesmal trafen sie. Latinus schrie in wildem Triumph auf. Munition war getroffen worden. Ein Feuerball zuckte über die gegnerische Linie. Er schrie erneut, als deutlich wurde, dass die Explosion eine zweite Dschunke mitgerissen hatte. Das war ein Treffer! Was für ein Anblick.

Sattmann war an seiner Seite, drückte ihm sein Fernrohr in die Hand. Er grinste.

»Wir haben sie, verdammt!«

Latinus überzeugte sich selbst. Er nickte. Es bestand kein Zweifel.

Die Koreaner waren nicht faul gewesen. Ihre Salven hatten die Reihe der chinesischen Dschunken gelichtet. Die Verteidiger hatten keine Chance gehabt. Das war schlecht, wenn man die Verluste betrachtete. Es war gut, denn das Schussfeld lichtete sich. Latinus war von grimmiger Entschlossenheit gefüllt.

»Breitseiten!«, schrie er über das Deck hinweg. »Gubernator! Dreht das Schiff! Gebt Signal!«

Der Igirigi hustete den Tod über das Wasser, das Chassis wackelte. Er musste die ganze Zeit gefeuert haben, oder auch nicht, Latinus hatte nicht mehr aufgepasst.

Der Lärm war ohrenbetäubend. Die Breitseiten, nun, da die Schiffe gewendet hatten, lagen in Kernschussreichweite, und als zwei Salven gleichzeitig aufeinander eindroschen, waren die Effekte sofort zu sehen und die Wirkung war brutal. Latinus schrie, er befahl, er gestikulierte. Signale wurden die Masten hochgezogen, Funksprüche gesendet.

Soldaten starben. Die *Ovid* zerbarst unter dem Trommelfeuer der koreanischen Dschunken, zersplitterte, als eine Breitseite sie mittschiffs traf, nicht so unmittelbar und zerstörerisch wie der Treffer aus dem modernen Geschütz aus der Zukunft, aber mit dem gleichen Ausgang: Der

Trierarch befahl, das Schiff aufzugeben. Latinus sah, wie die Besatzung ins Wasser sprang, um dem sinkenden Wrack zu entgehen, und eifrig der Kaimauer zustrebte. Alle römischen Seesoldaten konnten schwimmen, das gehörte zu den Vorschriften. Das Hafenbecken war ruhig, überall gab es Trümmer, an denen man sich festhalten konnte, die kräftigen Schwimmer schafften es auch so.

Der Schlagabtausch ging weiter. Das Schussfeld wurde enger. Der Tod kam in metallener Unausweichlichkeit.

Die verteidigenden Dschunken der chinesischen Flotte waren nur noch brennende Wracks, ihr Feuer verstummt.

Und dann, Latinus wollte es nicht glauben, hörte er erneut ein Geräusch, mit dem er nicht mehr gerechnet hatte.

»Das kann nicht sein!«

Das Pfeifen. Und wieder zerbrach einer der Festungstürme in einem Regen aus Stein und Metall, aus dieser Entfernung, keinen Kilometer entfernt, konnten die Angreifer gar nicht mehr danebenschießen.

»Ein zweites Geschütz«, schrie Sattmann, die Augen vor Entsetzen weit aufgerissen. Er hatte eine blutige Schramme im Gesicht. Latinus hatte gar nicht mitbekommen, wie er sich diese zugezogen hatte. »Sie haben uns reingelegt. Sie sind …«

»Schlau. Verdammt schlau.«

Ein erneutes Pfeifen, und wieder zerbarsten Stein und Holz, und jetzt gab es außer dem Igirigi nichts mehr, was effektiv das Feuer gegen das zweite Geschützschiff eröffnen konnte. Die römischen Fregatten, die noch aktiv waren, lagen in Trümmern. Die chinesischen Geschützstellungen waren in einer Orgie zerplatzender Steine und Metalls vergangen. Latinus klammerte sich an die Reling, wischte sich Feuchtigkeit von der Stirn und merkte dann, dass es sich um Blut handelte.

Er kam zu einem bitteren Entschluss.

»Eine letzte Breitseite von allen Schiffen, dann lasst die Rettungsboote runter. Wir geben die Flotte auf. Die schießen uns zu Brei und wir opfern nur unsere Männer. Dieses Gemetzel verantworte ich nicht. Wir nehmen die Gastfreundschaft unserer chinesischen Freunde in Anspruch. Li! Wo ist der Sekretär?«

Wie aus dem Nichts erschien der Mann neben ihm, seine Rüstung immer noch aus poliert wirkendem Schwarz. Er hatte die ganze Zeit auf dem Schiff ausgeharrt, beinahe unsichtbar, niemanden störend. Doch jetzt, wo er gebraucht wurde, tauchte er wieder auf. Ein bemerkenswerter Mann.

»Wir geben die Schiffe auf und versenken sie als künstliche Blockaden. Ich kann nicht erlauben, dass alle meine Männer einen sinnlosen Tod sterben«, informierte Latinus ihn. Sattmann war schon verschwunden, alle wichtigen Unterlagen aus der Kapitänskajüte zu holen – und drei Männer schleppten eine große Truhe unter Deck. Stehende Befehle für einen solchen Fall sahen vor, den Kurzwellensender einzupacken, zusammen mit Batterien und dem Notdynamo, mit dem man diese eifrig kurbelnd aufladen konnte. Die Verbindung nach Hause durfte nicht abreißen. Auf dem verbliebenen einigermaßen intakten Schiff wurden die gleichen Vorbereitungen getroffen.

Li nickte. »Sie sind willkommen. Sie haben gut gekämpft, ich kann und werde nicht mehr erwarten. Ziehen Sie sich in Richtung des Palastes zurück. Man wird Sie einlassen. Ich verlasse das Schiff mit Ihnen, Navarch. Sie handeln ehrenvoll. Der Kaiser wird von alledem erfahren.«

Li wandte sich ab, ohne einen weiteren Kommentar, und Latinus sah seine Leibwache Signale in Richtung Hafen geben. Offenbar wurde ihre Ankunft angekündigt.

Es pfiff und Latinus duckte sich unwillkürlich. Doch der Schuss ging an ihm vorbei, traf die Kaimauer, rund zweihundert Meter vom permanent feuernden Igirigi entfernt, und der Hafenrand zersplitterte, schickte Steinschrapnell auf die im Wasser schwimmenden Flüchtlinge. Latinus sah grimmig, wo eben noch ein Mann schwamm, wie sich eine Blutlache ausbreitete. Doch es half nichts. Sie mussten an Land, das war ihre einzige Chance.

Er sah hoch, als er ein Röhren hörte. Der Panzerwagen hatte den Motor angelassen. Ihm wurde es jetzt zu heiß und in der Festung würde er gebraucht werden. Schwarze Dampfwolken stiegen aus dem Heck des Fahrzeugs, als es sich in Bewegung setzte.

Latinus drehte sich, warf einen langen Blick über sein Schiff. Sein Kommando, es war verloren. Ein tiefer Schmerz wurde in seinem Herz spürbar und er ahnte, dass dieses Leid ihn lange begleiten würde, wahrscheinlich für den Rest seines Lebens. Sollte er nicht mit seinem Schiff untergehen?

Eine dumme, romantische Idee. Er hatte eine Aufgabe. Und die Bedrohung durch Baekje ... er trug Verantwortung. Er musste ihr gerecht werden. Und jetzt bedeutete es, die Flucht zu ergreifen. Er sagte sich, dass dies weder ehrlos noch feige sei, und doch fühlte er sich entsetzlich.

Keine Minute später sprang Latinus ins Wasser. Die Ruderboote trugen die Verletzten und sie waren damit überfüllt, da nicht jeder dieser Männer noch sitzen konnte. Latinus schwamm und er tat es mit kräftigen, ausholenden Zügen. Er zuckte zusammen, als er hinter sich eine Explosion hörte, und tauchte instinktiv unter, ein Meter, zwei, bis die Suppe trübe wurde und er kurz innehielt. Trümmerteile zischten ins Wasser, doch viele erreichten ihn nicht, als er unter der Oberfläche mit der Verzweiflung des Flüchtenden der Hafenmauer entgegenstrebte. Als er luftholend und keuchend wieder nach oben kam, drehte er sich im Wasser und sah das brennende, waidwunde Wrack seines Schiffes, wie es langsam versank. Mit Glück würde es eine Barriere für die Landung der Angreifer bilden, sie ein wenig aufhalten. Mit Glück würden sie den Palast mit seinen Befestigungen eine Weile halten können. Mit Glück würde Verstärkung eintreffen, rechtzeitig, um die Invasion zurückzuschlagen.

Mit Glück.

Latinus strebte wieder dem nahen Ufer zu. Das Wasser war jetzt nicht die einzige Feuchtigkeit in seinem Gesicht. Er weinte und er zog sich schluchzend die Kaimauer hoch, ließ sich helfen. Überall waren chinesische Soldaten, die halfen, ohne Rücksicht auf ihr eigenes Leben.

Mit Glück.

An sein Glück wollte er derzeit nicht mehr glauben.

39

Sie stürmten vor, auf Zama zu.

Sie wurden getragen von Siegesgewissheit, von dem Bedürfnis, nach all den Erniedrigungen endlich einmal wieder siegreich zu sein.

Lengsley unterlag nicht den gleichen Begrenzungen wie Aritomo, er hatte sich entschlossen, näher an die Front zu gehen, als Auge und Ohr des Oberkommandierenden. Er war kein Soldat und vor allem nie ein Freund des Blutvergießens. Er hatte noch nie in seinem Leben einen Menschen getötet und er hatte nicht die Absicht, es so bald zu tun. Dennoch war es notwendig, dass er sich diese Dinge aus der Nähe ansah, und wenn nur deswegen, um nachher die Gewissheit zu haben, dass er niemals tun wollte, was ein Krieger tat.

Sie verbargen ihren Anmarsch nicht, das wäre auch völlig sinnlos gewesen. Das Gelände war übersichtlich genug, die Späher Zamas hatten sie lange angekündigt und so hatten sie die Armee in drei Regimenter aufgeteilt, jedes gut 1500 Mann stark, und diese drei marschierten nun in die äußeren Gebiete der Stadt ein, dort, wo die Häuser recht spärlich standen und man nicht genau wusste, was noch Stadtgebiet und was schon Wildnis war. Sie gingen vorsichtig vor, öffneten die Zugänge zu jedem Haus, in dem sich eine Streitmacht für einen Hinterhalt verbergen konnte. Dem Herrn dieser Stadt war jeder Trick zuzutrauen und Aritomo hatte diesbezüglich ausdrückliche Anweisungen erteilt, die nun mit akribischer Treue ausgeführt wurden. Doch die Lehm- und Holzhütten waren leer, von ihren Bewohnern aufgegeben, geflohen vor dem anrückenden Feind. Die Männer würden als Krieger im Heer Zamas dienen, die Frauen und Kinder hingegen den Schutz der Tempel und Paläste gesucht haben, soweit er ihnen zur Verfügung stand, oder gegebenenfalls, wenn sie schlau waren, die Stadt in entgegengesetzter Richtung verlassen haben.

Yo'nal Ahk von Zama war nicht für seine Großherzigkeit bekannt.

Dennoch blieben sie auch nach dem ersten Dutzend leerer Häuser gründlich, auch nach dem zweiten. Ihr Vormarsch verlangsamte sich, doch das war ebenfalls nicht problematisch. In etwa zu dieser Zeit griffen die Römer auch Cozumel an und dort würde es ungleich schneller zu Kampfhandlungen kommen. Der Strand und das Ufer waren mit Sicherheit die Orte, an denen die entscheidende Auseinandersetzung stattfinden musste.

Dann näherten sie sich dem Stadtzentrum. Auf den großen Gebäuden waren nun genau die bereitstehenden Krieger auszumachen, die ihre Speere aufgestellt hatten und den Angreifern entgegenstarrten. Hatte sich Yo'nal zu einer Art Häuserkampf entschieden? Dass dies die beste Taktik war, um eine unbefestigte Stadt gegen die Armee der Götterboten zu verteidigen, musste sich inzwischen herumgesprochen haben. Wenn dem so war und die Krieger Zamas die gleiche Rücksichtslosigkeit an den Tag legten, die sie bisher bewiesen hatten, stand ihnen ein blutiger Tag bevor.

Lengsley raffte seinen Mut zusammen. Er marschierte Seite an Seite mit General Kian, der seine Obsidianaxt in der Rechten hielt, einen kurzen Schild in der Linken und der so grimmig und begierig nach Feinden suchte, dass man Angst haben musste, er würde bald vor lauter Aggressivität platzen, wenn er nicht schnell zum Zuge kam.

Doch die Männer Zamas rührten sich nicht, schienen den Vormarsch ihrer Feinde mit stoischer Gelassenheit zu beobachten. Was für eine Falle bereiteten sie vor? Lengsley wurde unruhig. Etwas lag in der Luft. Etwas Unerwartetes.

Und er sollte recht behalten.

Sie kamen näher. Die Häuser standen nun dicht an dicht, doch niemand stürmte hervor, um sich auf den Feind zu stürzen. Die Nervosität aller war mit Händen greifbar. Die Situation wurde immer unheimlicher. Kian wurde nervös, alle waren gespannt wie Drahtseile.

Eine Falle!, sagten Lengsleys Instinkte. *Es gibt hier irgendwo eine Falle!*

Der General gab Befehl, sich nach allen Seiten abzusichern, eine unnötige Anweisung. Die Janitscharen fühlten sich nicht anders als der Brite, hielten die Augen offen, drangen per Zufallsprinzip in die Häuser ein, nur um festzustellen, dass diese leer waren.

Leer. Alle leer.

Das war kein Häuserkampf. Und mit jedem weiteren verwaisten Gebäude sank die Wahrscheinlichkeit auf einen. Was hatten die Krieger Zamas vor?

Dann waren sie am ersten Tempel und Lengsley starrte hoch, auf die Stufen, sah die dort stehenden Krieger und erkannte, dass es gar keine waren.

»Verdammt!«, hörte er Kian sagen. Der General hatte es ebenfalls gesehen.

Es waren Frauen und Kinder, alle in Reih und Glied, und sie hielten Stöcke, die von ferne wie Speere ausgesehen hatten. Sie wirkten nicht bedrohlich, alles andere als das. Sie blickten voller Furcht auf ihre Feinde hinab, erwarteten jederzeit den wütenden Ansturm, der sie alle dahinmetzeln würde.

Eine Scharade. Ein leichtes Opfer.

Natürlich wurde ein solcher Befehl nicht gegeben. Nicht unter dem Kommando Aritomo Haras.

»Sucht überall!«, befahl Kian. »Benachrichtigt den Oberbefehlshaber. Hier scheint es keine Armee zu geben und keinen Kampf.«

Sie suchten. Die Formationen lösten sich auf. Krieger bestiegen die Tempel, beruhigten die verängstigten Frauen und Kinder. Niemand kämpfte.

Als die Männer zurückkamen und samt und sonders berichteten, dass die Häuser leer waren und in den Tempeln und Palästen Frauen und Kinder taten, als seien sie wartende Krieger, als es niemanden gab, der sie angriff oder den es sich anzugreifen lohnte, tauchte auch der durch Boten alarmierte Aritomo auf. Er hörte sich die Berichte an und nickte grimmig.

»Bringt mir einige der Frauen und älteren Kinder«, war seine Anweisung. »Tut ihnen nichts, guckt aber grimmig. Ich möchte mit ihnen reden.«

Der Befehl war schnell ausgeführt. Eine Gruppe von drei Frauen und drei Kindern, jedes zwölf oder dreizehn Jahre alt, wurde herbeigebracht. Sie alle wirkten eingeschüchtert und zeigten einen Gesichtsausdruck, als würden sie ihren baldigen Tod erwarten. Augenscheinlich schlossen sie vom Gebaren ihres Königs auf das seiner Feinde, was man ihnen kaum zum Vorwurf machen konnte. Die Frauen hatten die Hände vor ihrem

Körper verkrampft oder schützend um die Kinder gelegt, deren Angst offensichtlich war. Es waren diese Blicke, diese Haltung, die Lengsley die Auswirkungen von Gewalt und Krieg deutlicher vor Augen führten als jede körperliche Verletzung – und die zeigten, was für ein König Ahk sein musste.

»Habt keine Angst«, waren dann Aritomos erste Worte, der die offensichtliche Furcht genauso wenig ertrug wie der Brite. »Ihr habt mein Wort, dass euch nichts geschehen wird. Schaut euch um. Haben meine Männer euch Schaden zugefügt? Wurde jemand getötet oder geschlagen?«

Er sah, wie seine Worte auf fruchtbaren Boden fielen, ein Boden, der durch die Taten der Angreifer bereitet worden war, die durch ihre Disziplin und die bisherige Praxis daran gewöhnt waren, sich nur jene als Gegner zu wählen, die zu kämpfen bereit und imstande waren.

»Sprecht zu uns«, forderte Lengsley sie nun auf. »Wo ist der König von Zama? Wo sind seine Krieger? Was war eure Aufgabe?«

Eine der Frauen trat vor, die Stimme leise, aber offenbar bereit, die Fragen zu beantworten.

»Unser Herr befahl uns, als klar wurde, dass Eure Armee auf Zama marschiert, Stöcke zu schnitzen und Kopfschmuck aufzulegen. Er befahl uns, Aufstellung zu nehmen wie Verteidiger und uns zu bewegen wie kriegsbereite Männer. Wir durften uns nicht bewegen und sollten Ruhe bewahren. Sollten wir angegriffen werden, durften wir uns verteidigen.«

»Ich verstehe. Euer Befehl war, uns zu täuschen.«

»Ja, Herr.« Die Frau senkte den Kopf, als schäme sie sich, dabei war ihre Tat eine mutige, vor allem da sie nicht hatte ahnen können, wie die Angreifer reagieren würden.

»Und er nahm damit in Kauf, dass wir, blindwütig und grausam, bei der Eroberung dieser Stadt euch alle töten?«

»Er hat dazu nichts gesagt. Er befahl uns nur, dies zu tun. Seine Absichten … er hat alle seine Männer nach Cozumel übersetzen lassen, jeden einzelnen.«

Lengsley nickte. Das hatte er geahnt. Es war die logische Konsequenz. Ja, der König hatte eine Falle gestellt, aber nicht der Armee aus Mutal, sondern den Römern. Der Kampf um die Insel musste bereits begonnen haben, die Verbündeten zu warnen, war jetzt zu spät.

»Er hat nichts gesagt, nichts über seine weiteren Pläne preisgegeben?«

»Er wünschte uns den Segen der Götter und kehrte nach Cozumel zurück.«

In der Stimme der Frau lag nun ein Hauch Verachtung, vielleicht eine Spur Hass. Sie war bestimmt nicht die einzige, die so empfand.

Lengsley wandte sich an seine Leute. »Zum Wasser. Wir müssen selbst nach Cozumel übersetzen und unseren Freunden helfen. Schaut, was ihr an Booten findet!«

Sofort eilten einige Männer, dem Befehl Folge zu leisten. Aritomo, der sich all das schweigend angehört hatte, ging auf die Sprecherin zu, lächelte beruhigend, als sie auch in ihm einen der Götterboten erkannte, was immer noch eine gewisse Ehrfurcht auszulösen schien.

»Sag mir, befinden sich unter den Frauen, die zurückgeblieben sind, jene von Adel ... Ehefrauen hoher Anführer, Clanoberhäupter oder aus dem Rat des Königs?«

Die Frau reckte sich, schaute Aritomo mit stolzem Blick an. »Ich selbst bin die Gattin des Kalak, Clanoberhaupt und Mitglied des Rates des Königs.«

»Dein Mann ließ dich einfach so zurück?«

»Er gehorchte dem Befehl. Es war kein Platz für uns auf den Booten.« Sie zögerte. »Alle Boote sind auf Cozumel. Keines kehrte zurück. Eure Männer werden nichts vorfinden.«

»Was sind die weiteren Pläne des Königs? Hat dein Mann nichts erwähnt, nichts vermutet?«

Sie lachte auf, wieder mit Hass in der Stimme, der aber offenbar nicht auf ihren Ehemann gerichtet war. »Wer weiß, was im kranken Kopf des Königs vorgeht? Ich halte ihn für wahnsinnig. Mein Gatte hatte nur noch Angst vor ihm. Ein falsches Wort zur falschen Zeit und man verliert seinen Kopf.« Sie sah Hara an, fast herausfordernd. »Was geschieht mit uns, Götterbote?«

»Nichts.«

»Wie ... ich meine ...«

»Nichts. Wer seine Hand nicht gegen uns erhebt, hat nichts zu befürchten. Wir werden nicht plündern und brandschatzen. Wir werden Zama nicht dauerhaft erobern. Kehrt in eure Häuser zurück. Kümmert euch um die Kinder.«

Dass dies keine dauerhafte Eroberung war, schien eine Nachricht zu sein, die die Dame vor ihm eher bedauerte denn erfreute. Zumindest bei ihr musste der »rechtmäßige Herrscher« schon vor geraumer Zeit in Ungnade gefallen sein. Vom Gesichtsausdruck ihrer Gefährtinnen ließ sich ableiten, dass sie mit dieser Haltung nicht alleine dastand. Lengsley fühlte sich fast so, als würde Aritomo sie durch seine Antwort verraten, aber er konnte es nicht ändern. Zama war nicht zu halten, jedenfalls nicht gegen Metzli und seine Truppen.

Die Frauen wurden weggeführt. Sie stellten keine Gefahr dar.

»Herr?«

Aritomo drehte sich um.

Einer der Männer, die auf seinen Befehl hin rasch zum Meeresufer gelaufen waren, kehrte atemlos zurück. Er schnappte nach Luft und schüttelte den Kopf, kommunizierte damit im Grunde alles, was zu sagen war, ergänzte es aber dann doch durch einige keuchende Worte. »Keine Boote, nichts. Nicht eines. Wir können nicht übersetzen. Wir haben nichts zum Übersetzen.«

Lengsley spürte, wie ihm trotz der Tageshitze kalt wurde. Der König von Zama war ein brutaler Irrer, für Überraschungen gut und er hatte alles auf eine Karte gesetzt: Er musste geahnt haben, dass man ihn sowohl am Festland wie auch auf der Insel angreifen würde, und beschloss, einen der beiden Angriffe ins Leere laufen zu lassen – durchaus in der kalten Kalkulation, dass sich ein erboster Feind an der hinterlassenen Zivilbevölkerung schadlos halten könnte. Und so griffen die Römer und die Kameraden auf dem U-Boot nun eine mit Kriegern aus Zama vollgepackte Insel an. Der Ausgang einer solchen Invasion war ungewiss, denn es hatte sich bereits gezeigt, dass die Männer aus dieser Stadt wenig Angst vor den Kanonen hatten und sich für ihren König opferten, wenn es notwendig sein sollte.

»Boote«, sagte Aritomo heiser und sah Lengsley an. »Tu, was du kannst.«

Der Brite nickte nur. Er rief Leute zu sich, gab Anordnungen. Hektik brach aus, als sich die Armee der Janitscharen in Bewegung setzte, um Bäume zu schlagen und mit der Konstruktion einfacher Boote zu beginnen.

Das würde dauern, egal wie schnell und intensiv sie arbeiteten.

Und wenn sie dann übersetzten, war es gut möglich, dass ein triumphierender König von Zama sie in Empfang nahm.

Lengsley hasste diesen Gedanken. Er bedeutete nicht nur, dass er gegen einen erprobten und zuversichtlichen Feind würde antreten müssen. Es bedeutete auch, dass er Une so bald nicht wiedersehen würde, und wenn es etwas oder jemanden gab, den er vermisste, dann war es seine Verlobte.

Zumindest war sie auf dem großen Transportschiff der Römer sicher, das sich nicht an den Auseinandersetzungen beteiligen würde.

Hoffentlich.

40

»Das ist die Antwort, die ich erwartet habe.«

»Ist das, was ich tue, so vorhersehbar?«

Nenetl lächelte Inocoyotl an, schüttelte entschuldigend den Kopf. »Deine Vorhersehbarkeit, mein alter Freund, hängt eng mit der Tatsache zusammen, dass du einen Charakter hast, der sich an bestimmten Grundsätzen orientiert«, sagte der Mann dann leise, als wolle er, dass sein Lob nicht zu weit trug und dem Empfänger Flausen in den Kopf setzte. »Du hast immer gewusst, wann etwas richtig und wann etwas falsch ist. Solange Metzli ein etwas derangierter, aber letztlich sehr fähiger und an den alten Gesetzen und Traditionen orientierter Herrscher war, hast du ihm treu gedient, mit deinem Leben. Jetzt aber verlässt Metzli diesen Pfad und keiner von uns weiß, welcher böse Geist ihn als Nächstes überfällt. Also tust du erneut deine Pflicht, auch wenn sie sich gegen den König stellt.«

Inocoyotl sonnte sich einen Moment in diesem Lob, ganz unabhängig davon, ob er es als wahr akzeptierte oder als bloße Schmeichelei eines alten Freundes. Es war nur ein kurzer Augenblick der Illusion, bis er sich wieder der Realität zuwandte. »So einfach ist das nicht.«

»Es ist nie einfach. Aber es ist die Quintessenz. Widersprichst du mir?«

Inocoyotl antwortete nicht sofort. Er hatte es sich nicht einfach gemacht, tief in sich hineingehorcht, seine Motive und Gefühle erforscht, vor allem seine Ängste, bei deren Aufzählung er zu einer beeindruckenden Anzahl kam. Er seufzte, nicht zu laut, um nicht den Eindruck zu erwecken, unnötig Mitleid heischen zu wollen. »Nenetl, du warst immer ein Freund der wohlgesetzten Schmeichelei. Du bist damit weit gekommen und hast viele Empfänger deines schönen Lobes ins Unglück gestürzt.«

Nenetl lächelte. »Kein Vergleich zu dem Unglück, in das uns Metzli stürzen wird. Der Sturm ist nicht mehr aufzuhalten. Die Kräfte in der Heimat verbünden sich gegen ihn. Alte Rivalitäten, die unser gnädiger Herrscher über Jahre erfolgreich gegeneinander ausgespielt hat, werden nun durch ein gemeinsames Ziel überdeckt. Es wird nur eine Entscheidung geben, für jeden, ob nun von mir gepriesen oder nicht: Man macht mit oder man stellt sich auf die Seite Metzlis. Das Risiko, dabei zu scheitern und den Tod zu finden, ist auf beiden etwa gleich groß. Wenn also die Sorge um die eigene Unversehrtheit gleichermaßen bedrückend ist, egal wozu man sich entschließt, dann bleibt nur die Frage, was für einen persönlich das Richtige ist. Irre ich mich?«

»Es ist schön, wie es dir immer wieder gelingt, eine komplizierte und absolut gar nicht eindeutige Situation so zu vereinfachen, dass man das tut, was du gerne hättest.«

Nenetl wirkte ehrlich erfreut. Er neigte seinen Kopf. »Ich bemühe mich.«

»Deine Bemühungen sind von Erfolg gekrönt. Was ist meine Aufgabe in diesem Sturm?«

Nenetl lehnte sich zurück. Er hatte auf diese Frage keine vorgefertigte Antwort, was Inocoyotl gleichermaßen beruhigte wie besorgt machte. Immerhin, Nenetl erzählte ihm nicht irgendwas, um ja zu vermeiden, dass sein Entschluss noch einmal ins Wanken geriet. Er war einigermaßen ehrlich zu ihm, was, wenn man den geschmeidigen alten Mann kannte, bereits eine Bedeutung in sich selbst hatte.

»Du wirst Leute finden müssen, die wie du denken, um zur richtigen Zeit dafür zu sorgen, dass diese Stadt sich auf die Seite jener schlägt, die sich Metzli widersetzen.«

Inocoyotl schaute nachdenklich in das Feuer, das ihre Knochen aufwärmte. Es war spät in der Nacht und beide Männer waren alt genug, dass ihnen die nächtliche Abkühlung etwas ausmachte.

»Das wird schwierig sein, aber nicht unmöglich. Je länger die Männer in der Fremde ausharren müssen, desto weiter sinkt die Begeisterung. Sie durften weder plündern noch sich Frauen zu Willen machen. Das war sicher recht vernünftig, aber gleichzeitig heißt das, dass die meisten der Soldaten für ihre treuen Dienste nicht mehr als zu essen und zu trinken bekommen – und in der Stadt permanenter Gefahr ausgesetzt sind. Das wirkt nicht sehr motivierend.«

Nenetl nickte begeistert. »Sehr gut. Deine Art zu denken, gefällt mir. Du musst sehen, wen du auf deine Seite zu ziehen vermagst. Ich kann dir nicht sagen, wie viel Zeit dir zur Verfügung steht. Aber wenn es getan ist, musst du den Rückzug befehlen, die Rückkehr nach Teotihuacán. Mir ist egal, wer dann hier regiert. Es wäre gut, wenn es jemand ist, der nicht allzu laut auf Rache drängt. Wir haben daheim erst einmal genug zu tun.«

Inocoyotl lachte. »Du hältst die Maya für Trottel? Glaub mir, das sind sie nicht. Der Blutzoll der Vergangenheit war groß genug, und unsere Stadt anzugreifen, das schafft keiner von ihnen. Sie werden uns dankbar hinterherwinken, sich darum kümmern, das Chaos des letzten Jahres zu beseitigen, und sich überlegen, wie ihre Zukunft aussehen soll. Wir haben nichts zu befürchten, Nenetl. Davon können wir mit Sicherheit ausgehen.«

»Das beruhigt mich mehr, als du dir vorstellen kannst.«

»Meine Sorge ist eine andere: Was ist zu tun, nun, da äußere Mächte in unserer Region Einfluss erhalten? Welche Rolle spielt Teotihuacán im Verhältnis zu den Römern? Den japanischen Götterboten? Wie gehen wir damit um, dass wir aus unserer regionalen Betulichkeit erweckt wurden?«

Nenetl kratzte sich am Kopf. »Du denkst weit. Ich würde dies ja gerne dem neuen Regenten überlassen, der dem Thronfolger vorsteht, bis dieser alt genug ist.«

»Itotia?«

»Ja, sicher ...«, sagte Nenetl gedehnt. »Vergessen wir aber nicht, dass sie eine Frau ist. Eine kluge Frau, von adligem Blut, aber ... eben eine Frau.«

Inocoyotl nickte und verbarg sein Amüsement. Wie gut, dass jemand wie Nenetl, selbstlos und voller Erfahrung, zur Verfügung stehen würde. Eine beruhigende Aussicht.

»Was wird dein nächster Schritt sein?«, fragte Nenetl, als Inocoyotl nichts erwidern wollte.

»Ich werde noch nach Mutal reisen, um den dortigen Statthalter zu ergründen. Wie schätzt du ihn ein?«

»Ein treuer Gefolgsmann des Metzli, genauso wie ich.« Nenetl sah Inocoyotl fragend an. Der Herr von B'aakal setzte hinzu: »Ich weiß es nicht. Du kennst ihn offenbar nicht gut. Das ist sehr riskant für dich, mein Freund. Bei mir konntest du zumindest davon ausgehen, dass ich dich nicht gleich hinrichten lasse, selbst für den Fall, dass ich mich deinem Ansinnen verweigere. Da kannst du dir in Mutal nicht so sicher sein.«

»Ich bin mir des Risikos bewusst. Mutal ist aber wichtig. Es soll die Hauptstadt von Metzlis Besitzungen im Mayaland werden.«

»Sagt wer? Mir ist das neu.«

»Er hat entsprechende Anweisungen hinterlassen. Es soll eine Art Vizekönig dort regieren.«

»Wen hat er für diese Position vorgesehen?«

»Keine Ahnung. Er wird sich das für den Moment vorbehalten haben, wenn der Feldzug beendet ist.«

»Wann immer das der Fall sein wird.«

»Man hört, er kommt gut voran, seit er die Götterboten vorläufig ihrem Schicksal überlassen hat.«

»Keine Mayastadt ist allein stark genug, sich ihm in den Weg zu stellen.«

»Er scheint jedenfalls zuversichtlich zu sein.«

Inocoyotl runzelte die Stirn. »Du bist gut informiert über die Stimmungslage unseres Königs. Ich maße mir nicht einmal annäherungsweise so eine genaue Interpretation seiner Gefühle an wie du. Woher nimmst du diese Sicherheit?«

Nenetl lachte. »Ich gebe furchtbar an. Nein, mein Freund, ich ziehe nur meine Schlüsse aus der letzten Anweisung Metzlis, die zum gleichen Zeitpunkt per Boten in der Hauptstadt eintraf, als ich mich hierher auf den Weg gemacht habe.«

Inocoyotl konnte seine Neugierde nicht verbergen. Nenetl war weiterhin für Überraschungen gut. »Erzähl es mir.«

»Nur eine Kleinigkeit. Er befahl, eine kleine Kolonne auf den Weg zu schicken, darunter sein engster Leibdiener. Jemand, der sonst die innersten Zirkel des Palasts niemals verlässt, laut seiner Gattin Itotia einer der wenigen Männer, denen er tatsächlich Vertrauen entgegenbringt. Selbst Itotia bekam ihn nur selten zu Gesicht. Sie beschrieb ihn mir gegenüber als *seltsam*. Wenn er aber eine für ihn so zentrale Person anfordert, muss er sich zuversichtlich und sicher fühlen.«

Inocoyotl machte ein brummendes Geräusch, immer noch nachdenklich. »Ein Leibdiener? Oder ein Geliebter?«

»Ich vermute, die Grenzen sind da manchmal fließend.«

Beide Männer konnten unbefangen über solche Dinge diskutieren. Die gleichgeschlechtliche Liebe war unter den Maya wie auch unter den Bürgern von Teotihuacán nicht nur allgemein akzeptiert, sie gehörte sogar zur »Sexualerziehung« Heranwachsender. Auch die in dieser Hinsicht deutlich prüderen Japaner wie Römer hatten durch ihren kurzen Besuch darauf keinen Einfluss nehmen können.

»Nun ja, jedenfalls eine interessante Information. Ich wusste davon nichts.«

»Es ist nur eine Anekdote am Rande, mein Freund. Rechnen wir nicht damit, dass die Maya Metzli für uns stoppen. Auch die Götterboten sind vorerst aus dem Spiel. Die Römer sind zu wenige, um den Ausgang des Krieges entscheidend zu beeinflussen. Wir müssen uns selbst kümmern.«

Inocoyotl schüttelte langsam den Kopf. »Es wird einfacher gehen, wenn wir Verbündete haben.«

»Was willst du damit sagen?«

»Liegt das nicht auf der Hand? Nicht alle werden sich bereitwillig als Verräter betätigen, Nenetl. Ich werde mit Widerstand zu kämpfen haben. Das gilt für die anderen Städte ebenso, selbst wenn deine goldene Zunge die Leute an der Spitze überzeugt. Wenn es zu Unruhen kommt, zu Gewalt, werden aufsässige Maya die Gunst der Stunde nutzen und versuchen, das Joch abzuwerfen, das wir ihnen ohnehin vom Hals nehmen wollen. Das wird unnötige Tote geben, viel Verwirrung. Was mache ich, wenn unsere Leute plötzlich von Mayaaufständischen angegriffen werden? Soll ich mit ansehen, wie sie sterben? Oder soll ich ihnen helfen, die Maya niederzuschlagen, nur um mit den Überlebenden nachher die Übergabe der Stadt zu verhandeln? Werden die Maya überhaupt willens sein, zwischen den beiden Fraktionen unter ihren Unterdrückern zu unterscheiden?«

»Ich verstehe, was du meinst.« Nenetl lächelte freudlos. »Du bist zu intelligent. Das macht die Dinge kompliziert.«

»Was wir vorhaben, ist kompliziert. Ich nenne es nur beim Namen.«

»Was schlägst du also vor?«

Inocoyotl beugte sich vor, verfiel unwillkürlich in den flüsternden Tonfall der Verschwörer, die sie ja auch waren.

»Wir müssen die Sache anders angehen, mein Freund …«

41

Die Fahrt aus Rom hinaus und zum Flugfeld war für Haraldus anstrengend genug. Obgleich der Wagen ausgezeichnet gepolstert war und die Dampfmaschine, kein Vergleich mehr zu den klobigen Anlagen ihrer frühen Entwicklungsstadien, mit einem beinahe schon sanften Schnaufen vor sich hin paffte, rüttelte einen die Straße doch ordentlich durch, sobald sie die Via Appia verlassen und den nur ungenügend befestigten Weg entlang goldener Felder hin zum Areal der Streitkräfte fuhren. Der kaiserliche Dampfwagen war der Letzte seiner Art. Haraldus fühlte zu diesem Gefährt eine besondere Verbundenheit und hatte angeordnet, es sorgsam zu pflegen und instand zu halten. Es war ein prächtiges Fahrzeug, schimmernd im Sonnenlicht, elegant, machtvoll und eine wunderbare Repräsentation kaiserlicher Glorie wie auch der Tatsache, dass die Zeit des Haraldus sich unweigerlich dem Ende zuneigte. Die Arbeiten an den Dieselmotoren waren weit fortgeschritten und die ersten Serienanfertigungen wurden bereits produziert. Erst für die Legion, für Lastwagen vor allem, aber in nur kurzer Zeit würde auch der private Personenverkehr davon profitieren. Es war davon auszugehen, dass die Dampfmaschine noch eine Weile aktuell bleiben würde, mit Sicherheit beispielsweise überall da, wo viel Kraft benötigt wurde – etwa in den Lokomotiven der Kaiserlich-Römischen Staatsbahn, die immer mehr Städte miteinander verband und deren Schienennetz mit großem Engagement ausgebaut wurde, oder in der Energieerzeugung, vor allem in eher abgelegenen Gegenden.

Sie erreichten das abgezäunte Areal der Militäranlage unweit von Capua. Es war einer der ersten militärischen Großbauten von Kaiser Thomasius gewesen, nur wenige Jahre nach seinem Amtsantritt begonnen. Haraldus entsann sich der Tatsache, dass das Projekt in seiner Anfangsphase in einen kleinen Skandal verwickelt gewesen war, der mit mehreren Morden im Rotlichtmilieu seinen Ausgang genommen hatte. Die politischen Konsequenzen waren aber gering gewesen und letztlich war der Beginn der Bauarbeiten dadurch nicht verzögert worden.

Die Kolonne aus sieben Fahrzeugen, besetzt mit Beamten, der Leibgarde, den Protokollchefs sowie einer Sammlung aus Senatoren und Offizieren, die alle zur großen Vorführung eingeladen worden waren, hielt nur kurz am Zaun, der drei Meter hoch und aus Metallpflöcken bestehend das Areal abgrenzte. Das Zugangstor wurde geöffnet, die imperialen Limousinen schnauften hindurch und bereits von hier konnte man das große Flugfeld, den Turm der Leitzentrale sowie den massigen, aufgeblasenen Leib des Zeppelins ausmachen. Es war eine der zahllosen Ironien der Rolle der Zeitenwanderer in der römischen Geschichte, dass diese Art von Luftschiff, die weite Schatten über das Land warf, nach jemandem benannt worden war, der noch gar nicht lebte.

Natürlich hatte dieses Exemplar auch einen eigenen Namen. Sie hatten es *Saravica* getauft und das passte auch ganz gut. Genauso, wie der Kleine Kreuzer einstmals eine Reise ganz besonderer Art vollbracht hatte, würde sein Namensvetter eine solche antreten, nicht durch die Zeit, aber durch die Luft, ein bis vor Kurzem noch völlig undenkbarer Vorgang. Haraldus hatte sich mit zahllosen Einlassungen besorgter Bürger befasst, die alle erklärt hatten, dass der Mensch nicht zum Fliegen geschaffen sei und dass Gott das Imperium bestrafen werde, wenn es sich in Regionen bewege, die allein den Vögeln und, viel wichtiger, den Engeln vorbehalten seien.

Nach den bisherigen Berichten, die dem Kaiser vorlagen, konnten Vögel sich durchaus als Ärgernis herausstellen. Das Engelproblem war jedoch bisher nicht so drängend gewesen.

Neben den religiösen Idioten gab es dann noch jene, die aus einem eher altertümlichen Verständnis der Naturgesetze gegen das Experiment argumentiert hatten. Nichts könne leichter als Luft sein und vor allem könne nichts so Massives wie ein Luftschiff fliegen. Das sei eine dermaßen absurde Vorstellung, der Kaiser müsse den Verstand verloren haben, ein solches Projekt gutzuheißen. Natürlich war sich Haraldus über die Begrenzungen seines Verstandes durchaus im Klaren und mit zunehmendem Alter war ihm gewahr, dass er manches lieber ein zweites Mal durchdachte, als sogleich so zu tun, als habe er alles verstanden. Das war das Schicksal des Alters und Haraldus mochte es nicht, wusste sich aber damit zu arrangieren. Es war jedenfalls besser als die ignorante Dummheit und die arrogante Besserwisserei, mit der manche Notabeln und selbst ernannte Gelehrte sich über das Vorhaben der Luftlegion lustig gemacht hatten.

All diese Kritiker waren nun verstummt. Der Zeppelin flog, daran bestand kein Zweifel. Man musste nur den Kopf in den Nacken legen und ihn sich anschauen. Sicher, die religiös motivierten Kritiker würden nicht so schnell verstummen, allein schon weil weinerliche Penetranz in ihrer Natur lag. Aber Haraldus rechnete weder mit einem göttlichen Strafgericht noch mit vermehrten Engelunfällen, daher nahm er dieses beständige Genörgel mit der Gelassenheit eines Mannes, zu dessen politischen Hauptaufgaben es schon immer gehört hatte, sich derlei anzuhören und dabei verständnisvoll zu lächeln.

Für ihn war das alles auch nichts Neues. Der Prototyp dieser Konstruktion, ein kleinerer Zeppelin namens *Leviticus*, war schon lange in der Luft unterwegs und der Imperator war mehrmals Zeuge seiner Flugkünste gewesen. Heute aber war etwas Besonderes. Heute wurde es *offiziell.*

Man hatte für ihn und die anderen Ehrengäste natürlich eine Tribüne vorbereitet. Als er den Wagen verließ, wurde geklatscht und er grüßte in die Runde. Er betrat das hölzerne Gestell und warf einen Blick auf den Sessel, den man aufgestellt hatte. Die Kissen sahen gerade richtig aus. Er seufzte. Natürlich wurde von ihm bei einem Besuch der Streitkräfte erwartet, dass er stand und sich keinesfalls ausruhte. Er wollte aber nicht stehen.

Verdammt, dachte er und setzte sich. *Ich bin der verfluchte Kaiser. Ich sitze.*

Es nahm niemand daran Anstoß.

Auftritt von General Treverus. Der Mann war jung für seinen Rang und die Insignien an seiner Brustplatte zeugten davon, dass er sein Offizierspatent bei den Pionieren bekommen hatte. Er gehörte zu den zahlreichen begabten und flexibel denkenden Männern, die aus anderen Truppenteilen abkommandiert worden waren, um die neue Luftlegion zu gründen, sehr zum Missfallen der Chefs von Bodentruppen und Flotte, die irgendwo im Hintergrund standen und mürrisch dreinblickten. Treverus hatte außerdem eine familiäre Beziehung zu diesem Ort, schließlich war es ein Vorfahr von ihm, der wesentliche Teile der Anlage errichtet hatte. Er war gewissermaßen hier zu Hause.

Treverus lächelte stolz. Andere Offiziere, von Legion und Flotte, waren erkennbar angepisst. Ja, sie mochten die vielversprechende neue Waffe.

Der Imperator verkniff sich ein Grinsen. Natürlich waren die beiden schlecht gelaunt. Jeder von ihnen hätte diesen Preis gerne errungen. Doch der Imperator blickte weiter in die Zukunft, was angesichts seiner Abstammung auch zu erwarten gewesen war. Die Luftstreitkräfte bestanden noch nicht aus viel, aber sie würden einmal eine entscheidende Rolle spielen, dessen war er sich absolut sicher. Es war daher nur sinnvoll, hierfür sogleich die richtigen Weichen zu stellen.

Treverus war der Oberkommandierende der Luftlegion. Er lächelte so breit, wie es sein schmales, aristokratisch wirkendes Gesicht zuließ. Er war kein Triumphator, der es den anderen Kameraden zeigen wollte, er freute sich eher wie ein Kind über ein neues, sehr teures und revolutionäres Spielzeug.

Treverus salutierte und der Kaiser nickte ihm zu.

»Herr, alles ist vorbereitet.«

»Dann wollen wir beginnen.«

Haraldus legte den Kopf in den Nacken. Der große, silberne Leib des Luftschiffes schwebte über ihnen, festgemacht an Tauen, und die Gondel war deutlich zu erkennen. Sie mochte Platz für ein Dutzend Passagiere bieten. Haraldus hatte die Pläne der größeren Zeppeline gesehen und er hatte den Baubeginn autorisiert, schon vor geraumer Zeit. Das Prinzip war erprobt worden, doch die Indienststellung des ersten regulären Luftschiffes der Legion war ein besonderer Augenblick, der durch einen Rundflug über Rom nunmehr auch der breiteren Öffentlichkeit präsentiert werden würde. Viele würden staunen. Viele würden Angst bekommen. Damit war die Bandbreite abgedeckt, mit der der Kaiser auch bisher konfrontiert worden war.

Auf der lang gestreckten Hülle war der Name des Luftschiffes deutlich zu erkennen. Es war ein Beobachter, ein Kundschafter, von dem aus Männer mit Fernrohren weit ins gegnerische Hinterland schauen konnten, um Überraschungen zu vermeiden. Eine unterstützende Rolle für Bodentruppen, nicht mehr, aber gut genug für den Anfang und gut genug für Treverus, der immer noch grinste wie ein Honigkuchenpferd.

Der General hob den Arm, gab das Zeichen. Es wurde weitergetragen. Etwas knallte, als oben an der Hülle, aufgehängt am Gestänge, der Dieselmotor zum Leben erweckt wurde. Die Krönung der römischen Ingenieurskunst, immer noch klobig, immer noch laut, aber die einzige Möglichkeit, das Luftschiff effizient in Bewegung zu setzen und zu steuern. Der Motor war drehbar, ebenso wie die Mannschaft das gigantische Leitwerk über Zugseile und komplizierte Gewinde bewegen konnte. Das Luftschiff war mit dem einen Motor und den beiden daran angeflanschten Propellern weder schnell noch agil, aber es konnte gegen einen moderaten Wind erfolgreich ankämpfen und war nicht wie die Ballons früherer Experimente dem Wetter hilflos ausgeliefert. Mit dem Wind war sogar eine ordentliche Geschwindigkeit möglich, wenngleich immer noch langsamer als die Lokomotiven der Staatsbahn. War die Luft schneller in Bewegung, musste die *Saravica* landen, weil sie sonst ernsthaft in Gefahr geraten konnte. Die größeren Modelle, mit vier Motoren in vier Gondeln, größeren und schnelleren Propellern und einer steiferen Hüllenkonstruktion, konnten um einiges mehr aushalten. Mit ihnen, das versprachen die Ingenieure, konnte man um die Welt reisen.

Aber das Wetter war heute ruhig, sonnig, angenehm. Es war nicht warm, sehr zu Haraldus' Missfallen, aber Wärme war keine Vorbedingung für einen erfolgreichen Jungfernflug zur offiziellen Indienststellung eines Luftschiffes.

»Haben die da oben einen Ofen?«, fragte er Treverus, als der wirbelnde Propeller für ihn ein wenig seinen Reiz verlor.

»Die Kabine ist gut isoliert und es gibt einen kleinen Brikettofen«, erklärte ihm der General. »Es wird nicht richtig warm, aber auch nicht richtig kalt.«

»Dann machen wir jetzt die Leinen los, oder?«

»Wie Ihr befehlt, Herr!«, sagte der General mit dem Eifer eines Gläubigen, der all sein Vertrauen und seine Hoffnung in eine Technologie setzte, die mitzuentwickeln er einen wichtigen Beitrag geleistet hatte. Dass Treverus selbst ebenfalls eine der wenigen, neu eingeführten Conductorenlizenzen hatte, verstand sich beinahe von selbst.

Die Leinen lösten sich. Während unten die Soldaten des Bodenkommandos noch hinaufstarrten, zogen die Winden die Halteleinen nach oben. Der Propeller griff in die Luft und schob die *Saravica* langsam nach vorne, als das Luftschiff erst kaum merklich, dann aber deutlich an Höhe gewann. Das dumpfe Brummen des Motors verklang, je weiter sich das Luftschiff von den Beobachtern entfernte – für Haraldus etwas schneller, da er nicht mehr so gut hörte. Dann, im Sonnenlicht glitzernd, machte das Luftschiff eine elegante Kehre, langsam, bedächtig, aber mit unbestreitbarer Eleganz. Weiter nach oben kletternd, drehte die *Saravica* sanft über das Landefeld und selbst Haraldus fragte sich unwillkürlich, welch Geisterhand das mächtige Gerät in der Luft hielt. Natürlich, er hatte sich alles genau erklären lassen, doch seine eigene naturwissenschaftliche Ausbildung war nicht der Rede, weniger aufgrund mangelnder Gelegenheit, mehr aus fehlendem Interesse. Doch das hieß nicht, dass er den Vorschlägen von Experten keine Aufmerksamkeit schenkte.

»Treverus, das ist sehr beeindruckend.«

»Noch eine Runde über dem Landefeld?«

»Und dann nach Rom?«

Der General nickte lächelnd. »Und dann nach Rom.«

Haraldus winkte. Das Luftschiff verfügte selbstverständlich über einen Kurzwellensender und das Flugbüro in dem turmartigen Gebäude, das Treverus hatte errichten lassen, ebenso. Getreulich der erneuten Anweisung zog der Conductor den Zeppelin in einer zweiten, gemächlichen Kurve über das Landefeld, das Brummen des Motors nur noch leise vernehmbar. Dann, ohne auf weitere Befehle zu warten, wurde ein Kurs eingeschlagen, der direkt auf Rom zuhielt, um der dort bereits wartenden und aufgeregt in die Lüfte starrenden Bevölkerung das neue Meisterwerk römischer Ingenieurskunst zu präsentieren.

Haraldus sah dem kleiner werdenden Punkt nach, nickte dann, als wirklich nicht mehr viel zu erkennen war, und wandte sich wieder an Treverus, der Mühe hatte, den träumerischen Gesichtsausdruck zu verbannen und die militärische Ernsthaftigkeit zu projizieren, die zweifelsohne von ihm erwartet wurde.

»General, das war gute Arbeit. Ich bin sehr beeindruckt.«

»Danke, Herr.«

»Jetzt beeindrucke mich noch etwas mehr, General. Bis wann ist das erste Geschwader der großen Einheiten fertig?«

Das war in der Tat die zentrale Frage. Zwölf weitere Schiffe waren in der neuen, großen Werft in Arbeit, bei fünfen davon handelte es sich um Schwesterschiffe der *Saravica*, die als reine Observationseinheiten und Lehrschiffe für das stetig anwachsende Korps der Luftschiffer dienen sollten. Sieben gehörten zum ersten richtigen Kampfgeschwader, größer, besser motorisiert, mit einer breiten, mächtigen Gondel, die bis zu hundert Personen aufnehmen konnte, zwei drehbaren kleinen Kanonen, Bombenabwurfschächten und einer besonders verstärkten Ballonhülle, die die Wasserstoffzellen besser gegen Pfeile und andere Geschosse abschirmte. Das waren die Luftschiffe, die eines Tages – Haraldus hoffte auf eher später als früher – auch für das Imperium in den Kampf ziehen würden. Eine große Investition, die der imperiale Finanzminister nur mit erkennbaren Schmerzen akzeptiert hatte, aber die von Haraldus persönlich autorisiert worden war. Er hatte das fast fertige erste Schiff bereits in der Bauphase bewundern dürfen. Es würde den Namen *Vindicator* tragen. Der Start dieses ungleich mächtigeren Luftschiffes würde noch um einiges beeindruckender werden, dessen war er sich sicher. Um nichts in der Welt würde er das verpassen wollen.

»Wir brauchen noch etwas Zeit, Herr«, antwortete Treverus. »Wir wollen es gut machen, genauer gesagt: so gut wie möglich. Die Konstruktion ist schon weit fortgeschritten.« Die durchschnittliche Bauzeit eines großen Starrluftschiffes betrug, so hatte man Haraldus versichert, derzeit rund zwei Jahre. Mit größerer Routine und verbesserten Abläufen würde man diese Zeitspanne sicher etwas drücken können, das erklärte Ziel von Treverus war eine Standardbauzeit von nicht mehr als zwanzig Monaten für eine Einheit. Die große Luftschiffwerft konnte, wenn alle Werkhallen voll besetzt waren und die Logistik stimmte, vier große Einheiten parallel in Angriff nehmen. Haraldus wusste, dass die Arbeiten bereits vor geraumer Zeit begonnen worden waren. Das Luftschiffprogramm war offiziell vor vier Jahren gestartet worden, nachdem die Grundlagenforschung abgeschlossen worden war. Der erste Prototyp, die besagte *Leviticus*, diente bereits seit geraumer Zeit als Erprobungs- und Kurierschiff der Legion; man hatte ihre Existenz nicht an die große Glocke gehängt, die Einsätze begrenzt und über unbewohntem Gebiet konzentriert.

Der Bau der *Saravica* war dann vor etwas mehr als zwei Jahren begonnen und die darauf folgenden Schiffe fast zeitgleich in Auftrag gegeben worden.

»Ich sage: sechs bis acht Wochen«, kam der General nun mit einer Antwort und es war ihm anzusehen, dass es ihn etwas schmerzte, so etwas wie ein Versprechen abgeben zu müssen.

»Ich weiß, dass immer etwas schiefgehen kann«, sagte der Kaiser, um das Unbehagen des Offiziers ein wenig zu mindern. »Ich bin nur ebenso gespannt auf diese Ungetüme wie du, mein Bester. Ich denke, für den Jungfernflug der ersten der großen Kampfeinheiten werde ich sogar wieder bereit sein, meinen alten Körper in meinen alten Dampfwagen zu setzen.«

Treverus lächelte und verbeugte sich. »Dafür bin ich ausgesprochen dankbar, mein Imperator.«

Haraldus nickte. »Gut. Sehr schön. General.«

Er sah noch einmal in den Himmel. Kein Engel in Sicht, also würde es auch keine Zusammenstöße geben. Alles andere wäre auch zu schade gewesen.

Haraldus seufzte und sah sich um. »Bietet die Luftlegion dem Herrn des Reiches auch etwas zu trinken an?«

Das tat sie.

42

Latinus schob den heruntergefallenen Vorhang beiseite, dessen Bambusglieder wie der Leib eines grotesk verendeten Riesenigels den Weg versperrten. Dahinter kam Sekretär Li zum Vorschein, der schwer atmend an einem Tisch saß, mit einem Arzt, der seine Wunde versorgte. Das Oberteil seiner mattschwarzen Rüstung hatte er abgelegt, darunter trug er nicht mehr als ein Hemd, das nunmehr blutdurchtränkt war. Li zuckte zusammen, als der Arzt mit einer Art Pinzette ein Schrapnell aus der Schulterwunde zupfte, um danach die immer noch leicht blutende Verletzung mit einer durchsichtigen Flüssigkeit abzutupfen, was Li erneut zu einem lauten Zischen animierte. Als der Sekretär Latinus erblickte, donnerte es draußen. Die Kanonen sprachen und das darauf folgende laute Splittern und Krachen, das Prasseln von Stein und anderen Materialien, zeigte deutlich, dass die Bresche, durch die die Invasoren in den Palast eindringen würden, größer geworden war.

Es konnte nicht mehr lange dauern.

»Navarch«, stieß Li hervor. Baragam saß neben ihm, er hatte mehr Zeit mit dem Chinesen verbracht als mit seinen römischen Freunden. Der Übersetzer aus Indien war staubbedeckt und erschöpft, seine Hände umklammerten einen Becher mit Reiswein, der ihn am Leben und bei Verstand zu halten schien. Li sprach gutes Englisch, aber die meisten Mitglieder der römischen Expedition beherrschten es nicht und so hatte Baragam viel zu tun gehabt, als es um die Koordination der gemeinsamen Verteidigung des Palastes gegangen war. Seit acht Stunden kämpften sie um die Stadt und diese Festung, und es wurde mit jeder Stunde deutlicher, dass das Warten auf Entsatz vergeblich sein dürfte. Die Männer des Geliebten Marschalls – oder wie auch immer er sich nannte – waren auf diese Invasion weitaus besser vorbereitet gewesen, als die Chinesen es erwartet hätten. Die Stadt würde fallen, daran gab es keinerlei Zweifel. Es war nur noch eine Frage der Zeit.

»Sekretär«, erwiderte Latinus und ging vor dem Mann in die Hocke. Für ihn gab es keine Sitzgelegenheit. Dieser Kommandostand war früher einmal ein Lagerraum gewesen und man hatte ihn lediglich mit dem Nötigsten ausgestattet. »Die Lage ist aussichtslos, wenn ich das sagen darf.«

»Ihr dürft alles sagen, Navarch«, versetzte Li mit einem Stöhnen, presste kurz die Augenlider nieder, als der Arzt ungerührt mit der Versorgung der Wunde fortfuhr. Immerhin, er drapierte jetzt einen Verband um die Schulter und würde damit in Kürze sein Werk vollbracht haben. »Ich weiß das. Wir werden ausharren, um die Invasoren so lange wie möglich aufzuhalten.«

»Damit verschwendet Ihr wertvolle Soldaten«, gab Latinus zu bedenken. »Es wird ein Blutbad geben.«

»Ja, und ein langes, denn wir werden um jedes Gebäude kämpfen. Damit gewinnen wir Zeit. Wir haben die rückwärtigen Tore der Stadt geöffnet und die Bevölkerung wird evakuiert. Das läuft schon seit Beginn des Angriffs. Manche haben bis zum letzten Moment mit der Abreise gewartet.« Li lachte heiser. »Einfache Menschen, die an den Quatsch von der Unbesiegbarkeit der kaiserlichen Armee glauben.«

»Ihr wollt den Rückzug decken? Der wird vorbei sein, wenn die Angreifer merken, dass da noch offene Tore sind.«

»Das merken sie schnell. Wir müssen nur verhindern, dass ihnen dieses Wissen etwas nützt. Nein, Navarch, so machen wir es. Ich möchte nicht behaupten, dass wir der einfachen Bevölkerung tatsächlich die allergrößte Sorge angedeihen lassen – viele Offizielle sehen in den normalen Untertanen nicht mehr als Vieh, das sich durch eine Laune der Natur mit Sprache verständlich machen kann. Aber es geht um die Moral. Wir werden niemanden finden, der diesen Krieg weiter mit uns erträgt, wenn wir bei jeder sich bietenden Gelegenheit unsere eigenen Leute ausliefern. Ihr versteht das?«

Latinus nickte. »Was geschieht mit Chinesen, wenn die Koreaner sie unterwerfen?«

Li zuckte zusammen, als der Arzt den Verband festzurrte und den Sekretär dabei missbilligend ansah.

»Zunächst einmal nur, dass sie wie Untertanen zweiter Klasse behandelt werden. Jede Position von Bedeutung wird durch einen der Ihren ausgefüllt. Die Zeitreisenden aus jener Epoche sind sehr von sich überzeugt. Sie scheinen sich für auserwählt zu halten.«

»Auserwählt durch wen?«

Li versuchte ein Achselzucken, erinnerte sich dann aber seiner nunmehr dick verpackten Verletzung und brach die Bewegung bereits im Ansatz ab. Er winkte einem seiner Männer, die im Hintergrund warteten. Einer brachte ihm eine schwere Jacke, die er mühsam anzog. Die Rüstung würde er nicht mehr tragen können.

»Was weiß ich denn?«, erwiderte Li nun die Frage. »Verdammt, das schmerzt. Ich sollte nicht den Helden spielen und stattdessen weit weg von Explosionen verbleiben.«

Das aus dem Munde eines Mannes, der sich persönlich um die Verteidigung des Palastes gekümmert hatte, bis ihn die Schrapnellwunde außer Gefecht gesetzt hatte, war verwunderlich. Der Sekretär Li, das hatte Latinus nun begriffen, war alles andere als ein Bürokrat und Höfling klassischer Natur, keine Made im Speck kaiserlicher Herrschaft. Ja, es gab hohe Offiziere, aber am Ende hatten sie alle auf Li geblickt und dieser war vor der Verantwortung nicht zurückgewichen.

»Latinus, Ihr werdet nicht bei uns bleiben«, sagte Li nun, als er mit seinen Vorbereitungen fertig war.

»Werde ich nicht?«

»Nein. Ihr seid zu wertvoll, ich will nicht, dass einer Eurer Männer in die Hände des Feindes fällt.«

»Das ist fürsorglich, kommt aber zu spät. Bei unserem Besuch in Baekje sind bereits einige unserer Leute gefangen worden.«

Das war vielleicht die schlimmste Erinnerung an die Erlebnisse in Indien. Er wagte sich nicht auszumalen, was die Koreaner mit ihren Gefangenen anstellen würden.

Li nickte sorgenvoll. »Eine schlechte Nachricht. Ein Grund mehr, eine solche Entwicklung hier zu verhindern. Ihr werdet zusammen mit anderen sehr wertvollen Leuten die Stadt sofort verlassen, und das schnell. Der Kaiser will Euch sehen. Ich möchte Euch und Eure Kameraden binnen einer Stunde auf dem Weg wissen.«

Latinus widersprach nicht. Er hatte seine eigenen Befehle und die konnten nur noch auf eine Art interpretiert werden: die Erkundungsmission fortsetzen, bis sich die Chance auf eine Rückkehr ins Imperium ergab. Und wenn ihn der Weg zum Kaiser Chinas führte, dann hörte sich das richtig an. Er hatte seine Männer auf diese Absetzbewegung bereits vorbereitet. Irgendwann wäre er auch ohne Aufforderung durch den Sekretär dazu gekommen, diesen Befehl zu geben, nur vielleicht nicht ganz so schnell.

»Ihr selbst werdet die Vorhut machen«, erklärte Li. »Der Kaiser ist ungeduldig. Ihr werdet gemeinsam mit unseren nigerianischen Alliierten im Motorwagen vorwegeilen. Nehmt einen Kameraden mit und an Ausrüstung, was Ihr benötigt – ich warne Euch aber, es wird eng in dem Ding. Zwei unserer Freunde werden für Euch den Rückzug zu Fuß antreten. Ihr werdet mit dem Wagen direkt in die Hauptstadt gebracht, ohne Umwege und schnellstmöglich.«

Latinus wollte es nicht zugeben, aber er entwickelte für die Aussicht, in dem *Igirigi* mitfahren zu dürfen, eine erhebliche Vorfreude.

»Wohin werden meine Männer geführt?«

»Ebenfalls in die Hauptstadt, nur eben zu Fuß oder auf Karren. Sie werden gemeinsam aufbrechen, nur unterschiedlich schnell reisen.«

»Was werden Sie tun?«

Li lächelte etwas schief. »Ich werde aufbrechen, wenn es mir richtig erscheint. Ich bin von geringer Bedeutung. Solange ich nicht in die Hände des Feindes falle – und das werde ich sicher nicht, das darf ich Ihnen versichern –, ist es unwichtig, was mit mir geschieht.«

Latinus zögerte mit einer Antwort. Meinte der Sekretär das ernst oder spielte er seine eigene Bedeutung nur herunter? Öffnete er dem Römer angesichts der nahenden Katastrophe sein Herz und offenbare Unzufriedenheit mit seiner Rolle? Li war in diesem Augenblick wieder sehr undurchsichtig für ihn. Der Sekretär vertiefte das Thema auch nicht weiter, rief nach seinen Leuten und wies einen an, den Navarchen sofort zum Igirigi zu bringen.

Latinus verabschiedete sich in dem Bewusstsein, den Mann möglicherweise zum letzten Mal in seinem Leben zu sehen. Er würde ihn vermissen, das wurde ihm jetzt deutlich.

Die nächsten sechzig Minuten verliefen erwartungsgemäß hektisch. Latinus gab Befehle und entschied, als Begleiter den Sprachgelehrten Hirus mitzunehmen, der so schnell wie möglich in Kontakt mit der chinesischen Sprache gebracht werden musste. Der junge Mann hatte sich bereits hier auf diese Arbeit gestürzt, aber bei Hofe erwartete Latinus Gelehrte vorzufinden, die ihm dabei auf eine besser organisierte Art und Weise helfen konnten. Darüber hinaus nahmen sie den Kurzwellensender mit, dessen Kiste sie mit Mühe im Wagen unterbrachten. Zum Glück nahmen sie beide als Passagiere nicht viel Platz weg: Hirus war ein schmächtiger Kerl, bei dessen Anblick Latinus jedes Mal die Sorge empfand, dass der Mann einfach vor seinen Augen in zwei Teile brechen würde. Und er selbst war zwar gut beieinander, aber unnötiges Fett trug er nicht mit sich herum. Dass sie beide mindestens einen Kopf kleiner als die meisten der nigerianischen Soldaten waren, trug zu dem Eindruck bei, dass sie eher platzsparendes Gepäck waren.

Als sie schließlich durch die Luke innerhalb des Fahrzeugs Platz nahmen, sah sich Latinus erstaunt um.

»Es sieht innen größer aus als von außen.«

»Ja, das höre ich öfters«, sagte ein älterer Mann, der ihn begrüßte. »Lieutenant Bakut lässt sich entschuldigen. Er nimmt den Fußweg. Ich werde Sie mit den restlichen sechs Männern zum Kaiser begleiten. Mein Name ist Prudence.« Er hielt Latinus eine Hand hin und der Offizier ergriff sie geistesgegenwärtig. Die Chinesen schüttelten keine Hände, die Römer ergriffen dargebotene Unterarme, aber die Deutschen hatten die Idee des Händeschüttelns in die römische Gesellschaft eingeführt, und obgleich sie nicht furchtbar weit verbreitet war, fand sie sich in Armee und Flotte unverhältnismäßig häufig wieder. »Ich bin Sanitätsoffizier, Dienstgrad eines Captains. Ich gebe hier aber keine Befehle.« Der Mann winkte nach vorne in die Führerkabine, in der bereits zwei Männer saßen und sich über Kartenmaterial beugten. »Der Sergeant da vorne ist unser Anführer. Ich hoffe, er kennt sich mit den Karten aus.«

»Ich freue mich, Sie kennenzulernen, Captain.«

»Prudence. Prudence ist der Name. Nennen Sie mich gerne auch einfach nur den Doktor. Alle nennen mich so.«

»Sie sind Arzt?«

»Das bin ich. Haben Sie Beschwerden?«

»So viele, dass ich gar nicht wüsste, wo ich mit der Aufzählung beginnen sollte.«

Der Arzt nickte. Sein breites Gesicht wirkte sympathisch. Seine kurz geschnittenen Haare wurden weiß an den Rändern, aber sein sorgfältig gepflegter Vollbart war tiefschwarz. Er trug ein Uniformhemd, weit geöffnet und die Ärmel bis zu den Ellbogen hochgekrempelt. Bis noch vor Kurzem, davon ging Latinus aus, hatte der Mann Leben gerettet.

Der Igirigi schüttelte sich, als der Motor angeworfen wurde. Der Lärm durchdrang den Innenraum. Latinus ahnte, dass sie sich bei ihren Unterhaltungen auf das Notwendigste würden beschränken müssen. Drei weitere nigerianische Soldaten kletterten in die Maschine, schwitzend, mit teilweise blutigen Uniformen, einer trug eine Bandage und fand sofort die Aufmerksamkeit des Arztes. Latinus starrte auf die Waffen der Soldaten, die diese in Halterungen verankerten.

»Beryl M762«, sagte Prudence laut, als der Wagen sich ruckelnd in Bewegung setzte. Er nickte in Richtung der Waffe. »Aus einem Land namens Polen. Gibt es zu dieser Zeit noch nicht.«

Latinus ergriff eine der Waffen, als einer der Soldaten sie ihm mit einem breiten Grinsen reichte. Latinus wusste genug über Gewehre, um zu erkennen, dass der Nigerianer mit einer schnellen Bewegung das Magazin entfernt hatte. Das Gewehr hatte nichts mit dem zu tun, was die Zeitenwanderer der *Saarbrücken* mitgebracht hatten, von ganz grundsätzlichen Konstruktionsprinzipien einmal abgesehen. Es war kürzer, wirkte gleichzeitig gedrungener und machte einen weitaus tödlicheren Eindruck.

»Effektive Reichweite 600 Meter«, sagte einer der Männer. »Einzelfeuer, Dreifachfeuer oder Dauerfeuer und es passen die Magazine der AK-47. 30 Schuss pro Magazin.«

Latinus nickte, als wüsste er in allem, wovon der Mann sprach. Doch er musste das auch nicht. Er wiegte die Waffe in seiner Hand, das modernste Tötungsinstrument, das er jemals in Händen gehalten hatte. Weit, weit weg von dem, was die Legion derzeit ins Feld führte.

»Die Koreaner ...«

»Eigenproduzierte AK-47. Deswegen sind wir ja so froh. Was auch immer wir erbeuten, wir können es gut gebrauchen.«

Latinus lächelte und gab das Gewehr mit einem gewissen Widerwillen zurück.

»AK-47?«

Der Soldat bequemte sich zu einer Erläuterung, und während seiner Schilderung bekam Latinus fast nicht mit, dass sich der Igirigi bereits der Stadtgrenze näherte. Als er sich über ein Gewehr informiert hatte, gegen das möglicherweise eines Tages römische Legionäre würden antreten müssen, war ihm ein wenig schlecht – nicht wegen des heftigen Geschaukels des Fahrzeugs, sondern aufgrund der Erkenntnis, dass seine Kameraden gegen diese Art von Armee keine Chance haben würden.

Er hoffte, es würde niemals dazu kommen.

Seine Befürchtung aber war eine ganz andere.

43

Sie landeten an zwei Stellen, was vielleicht ein Fehler war.

Als Köhler festen Boden unter den Füßen spürte, hier, am anderen Ende der Insel, unweit der Stelle, an der die Expedition das erste Mal Cozumel betreten hatte, fühlte er sich nicht gut. Einhundert Legionäre hatte er bei sich, alle mit Schusswaffen ausgerüstet, aber unerfahren im Kampf in dichtem Wald und niedergedrückt von der Hitze und der Schwere ihrer Ausrüstung. Zwei Kanonen, glorifizierte Arkebusen vielmehr, führten sie mit sich, auf rollenden Lafetten, deren hölzerne Räder sich in den Sand bohrten und deren Fortbewegung eine Qual sein würde, die die Kraft vieler Männer erforderte. Doch Langenhagen hatte für eine zweite Front plädiert und würde nun losziehen, die Stadt mit den Tempeln direkt zu attackieren, mit vielen Kanonaden, die die Männer aus Zama hoffentlich um ihren Kampfgeist bringen würde. Sie setzten auf das Geschütz des U-Bootes, das vom flachen Ufer aus bis in die Stadt hinein große Zerstörungen würde anrichten können. Ein Angriff von zwei Seiten würde die Besatzer mit einer schwierigen Aufgabe konfrontieren und ihre Chancen auf einen schnellen Sieg erhöhen, hatte Langenhagen argumentiert.

Eine Theorie, an deren Wahrheitsgehalt Köhler zweifelte.

Er hatte seinem Vorgesetzten wortreich dargestellt, wie König Ahk tickte. Mit jeder zurückkehrenden und damit durchweg unangenehmen und schmerzhaften Erinnerung hatte sich das Bild eines Wahnsinnigen verdichtet, in dessen Kopf sich eine Komposition aus Größenwahn, Sendungsbewusstsein, Rücksichtslosigkeit, Grausamkeit und extremer Sprunghaftigkeit zu einem Crescendo des Irrsinns verband, und das gepaart mit einem bemerkenswerten Charisma und einer Fähigkeit, seinen Wahnsinn in Worte zu kleiden und damit andere anzustecken. Eine Ausnahmepersönlichkeit, für die Köhler zu einem anderen Zeitpunkt vielleicht sogar eine gewisse morbide Faszination empfunden hätte

– etwa wenn er über ihn in einem Reisebericht lesen würde, mit ausgestreckten Beinen an einem abendlichen Feuer, um im Anschluss an ein schönes Mahl noch etwas Nervenkitzel bis zur Bettruhe zu empfinden. Hier und jetzt aber, mit seiner eigenen Person und vielen unglücklichen Kameraden als lehrreichen Opfern, war Ahk nichts weiter als ein gefährlicher Irrer, den man nicht unterschätzen durfte. Köhler war kein Freund komplizierter Schlachtpläne. So komplizierter so ein Plan wurde, desto mehr Schwachstellen hatte er, mit zu vielen Möglichkeiten des Scheiterns. Zama und Cozumel in etwa zeitgleich angreifen? Gut, das ergab noch etwas Sinn, denn die Männer Aritomos konnten ihnen hier sowieso nicht helfen, da es gar nicht genug Boote gab, um sie übersetzen zu lassen – oder wenn, dann eben in Zama, das zu diesem Zweck kontrolliert werden musste.

Köhler dachte einen Moment an den Japaner. Zur gleichen Zeit befanden sich die Truppen der Götterboten möglicherweise bereits im Häuserkampf. Das war etwas, das ihnen hier auch noch bevorstehen konnte. Zumindest Langenhagen schien dies zu erwarten. Köhler war sich in dem Punkt nicht ganz so sicher. Dieses beabsichtigte Zangenmanöver auf eine Stadt, die vom Verteidiger gar nicht als Stadtgebiet gehalten werden musste? Ahk konnte mit seinen Truppen frei auf der Insel manövrieren, sich die Gegner aussuchen und er musste sich nicht an Befestigungen orientieren, weil es außer ein paar Tempelbauten im Grunde keine gab. Dafür aber stand es ihm frei, das Gelände zu nutzen, jeden Hügel, jedes Waldstück, jeden Fels, und das genau so, wie es ihm beliebte. Sollten sie seinen weitaus leichteren und beweglicheren Truppen tagelang hinterherrennen?

Nein. Köhler schüttelte den Kopf und ignorierte die fragenden Blicke des Zenturios, der ihn als Stellvertreter auf diese Expedition begleitete. Nein, *tagelang* nicht. Ahk musste damit rechnen, dass die Männer Aritomos von Zama aus übersetzen würden, womit die Übermacht seiner Gegner erdrückend werden würde. Er musste die Entscheidung früher suchen, außer sein Irrsinn hatte mittlerweile jede Vernunft völlig vernebelt. Doch daran, dass Ahk grundlegende taktische Fehler machen würde, aus reinem Wahnsinn heraus, mochte Köhler nicht recht glauben. Man durfte auf Schwächen seiner Gegner hoffen, durfte sie aber niemals als feste Größe in die eigenen Planungen einkalkulieren. Diesen Fehler beging Langenhagen. Der Navarch, das war Köhlers Eindruck, trug immer noch einen unausgesprochenen, vielleicht unbewussten Dünkel in Bezug auf die Maya mit sich herum. Das hing möglicherweise damit zusammen, dass er bis auf Ik'Naah relativ wenigen begegnet war – und die Japaner mochten zwar schon länger mit den Maya zu tun haben, betrachteten diese jedoch ebenfalls immer noch durch ihre ganz eigene Brille.

Köhler schüttelte schon wieder den Kopf. Er hörte das Fluchen der Männer. Die Lafette einer Kanone war wieder im Sand stecken geblieben.

Das konnte so nicht gut gehen.

Eine Meinung, die er nun für sich zu behalten hatte. Langenhagen kannte seine Vorbehalte und hatte anders entschieden. Nun galt es, die gültigen Befehle auszuführen.

Köhler streckte seinen Arm aus. »Dort entlang, Männer. Späher auf die Anhöhe. Ich möchte so schnell wie möglich einen Überblick bekommen!«

Der Zenturio bellte Befehle. Vom Wasser aus war nichts zu erkennen gewesen, der Küstenstreifen hatte ruhig dagelegen. Köhler erinnerte sich. Als sie in Zama an Land gegangen waren, war auch alles ganz ruhig und harmlos gewesen. Dann hatte es ein Gemetzel gegeben und sie hatten es verloren. Er war ein gebranntes Kind, anders konnte man das sicher nicht beschreiben.

Köhler stapfte voran. Die beiden zweischüssigen Pistolen hatte er sich vor die Brust geschnallt, noch über den Brustpanzer, der hier so lästig war, dass er es seinen Leuten beinahe freigestellt hätte, ihn abzuschnallen. Doch die Metallplatte konnte sich gegen die Maya im Nahkampf noch als sehr nützlich erweisen. Der Küstenstreifen war nicht weit vom Waldrand entfernt, Trampelpfade führten direkt ins Inselinnere. Die Legionäre marschierten in zwei Reihen zu je fünfzig Männern, begleitet von zwanzig Maya aus Aritomos Truppe, die sie an Bord der Flotte zu diesem Zweck mitgeführt hatten. Köhler hatte mit Bewunderung festgestellt, dass die einheimischen Krieger in der Lage waren, eine bemerkenswerte Disziplin an den Tag zu legen. Auch die Waffen der Römer nahmen sie mit großer Gelassenheit zur Kenntnis, die Schusswaffen der Japaner waren den eher klobigen Exemplaren des Imperiums in nahezu jeder Hinsicht deutlich überlegen.

Nur Cozumel war ihnen an sich egal. Es war für sie eine Insel, ein Stützpunkt, eine vorübergehende Heimat, wenn alles gut ging. Ihr Sinn stand nach Mutal.

Sie marschierten gut eine halbe Stunde, aufmerksam, schwitzend, oft fluchend. Die beiden Lafetten zu ziehen, erwies sich weiterhin als schwierig. Die meisten Pferde waren auf der Insel zurückgelassen worden und Köhler fragte sich manchmal, was Ahk wohl mit diesen seltsamen Tieren angefangen hatte. Waren sie in einem Kochtopf gelandet? Oder hatte der durchaus nicht dumme König das Potenzial dieser Wesen erkannt und beschlossen, dieses Geschenk der Fremden anzunehmen? Köhler hoffte auf Letzteres und er hoffte, dass die Tiere auch die anstehenden Kämpfe überleben würden. Sie konnten nun wirklich nichts für die Auseinandersetzungen ihrer Herren.

»Trierarch!« Der Zenturio trat an ihn heran. »Die Vorhut.«

Köhler sah, wie einer der Männer auf ihn zurannte, ohne Brustplatte, die er offenbar endgültig von sich geworfen hatte.

»Herr«, meldete er, als er schließlich keuchend zum Stillstand gekommen war. »Man erwartet uns. Alle Pfade sind mit Fallen versehen. Aegidius hat eine ausgelöst und trägt nun einen Pfahl in der Brust.«

Köhler fluchte. Das war das Risiko von Kundschaftern, aber trotzdem – der erste Gefallene, und das so früh.

»Mehr!«

»Präparierte Zugänge zum Inselinneren. Wir müssen durch den Wald, an den Pfaden vorbei. Doch ich habe Bewegung gesehen. Aufgescheuchte Tiere. Ich verwette meinen Jahressold, dass Soldaten in den Bäumen auf uns lauern.«

»Sie wollen keine große Schlacht«, murmelte der Zenturio, ein breitschultriger Mann namens Eliad. »Sie wollen uns nur aufhalten, nach und nach töten, uns demoralisieren. Wir sollen einfach nur zu spät kommen!«

Köhler nickte. »Ja. Ahk hat das vorhergesehen, ich habe nichts anderes erwartet. Wir werden den Vormarsch hier abbrechen und gehen zurück zum Ufer. Gebt die Befehle. Auf diese Art von Kampf lassen wir uns nicht ein.«

Eliad starrte Köhler voller Unverständnis an. Abbruch? Rückzug? Darauf war er erkennbar nicht eingestellt.

»Herr – und dann?«

»Wir haben eine ziemlich gute Karte Cozumels. Ahk weiß das nicht – falls er überhaupt ein Konzept dessen hat, was eine richtige Landkarte sein kann. Die Küste hier ist ordentlich vermessen und wir haben sehr viele Informationen gesammelt, während wir hier waren. Wir marschieren die Küste entlang gen Norden. Ein Umweg, aber kein Platz für einen Hinterhalt – vor allem muss man uns frontal angreifen, wenn man uns aufhalten möchte. Der Wald lichtet sich. Dort gehen wir ins Landesinnere. Wir verlieren dadurch einen halben Tag, aber wir werden auch sinnlose Opfer vermeiden. Die Befehle, Zenturio!«

Eliad zögerte nicht länger. Er rief etwas und die Kolonne kam zum Stehen. Es gab verwunderte Blicke, Fragen, aber keine Gegenrede. Ohne jedes Murren drehten die Männer um und begannen den Rückweg in Richtung Küste. Eingeständnis einer Niederlage? Nein, das war Köhler nicht bereit zu glauben. Es war die richtige Taktik zur richtigen Zeit. Die Männer sollten nicht sinnlos verheizt werden. Er hatte den Tod anderer Kameraden klar vor Augen. Behinderte ihn diese Erinnerung? Machte sie ihn übervorsichtig? Vielleicht war das so. Vielleicht hatte er jetzt zu viel Angst. Dann wollte er das akzeptieren. Er würde seine Leute nicht sehenden Auges einen vom Feind präparierten Pfad entlangführen. Ja, sie würden durchkommen.

Aber wie viele von ihnen?

Und wozu dann noch?

Nichts regte sich auf ihrem Rückweg. Vielleicht hatten sie ihre Gegner damit ein wenig aus dem Konzept gebracht. Sie hatten keine Feigheit von ihrem Feind erwartet. *Nein*, gemahnte sich Köhler. Er durfte dieses Wort nicht akzeptieren. Feigheit war das nicht, es war kluge Umsicht. Diesen Pfad, der ihn in Richtung Selbstzweifel führte, durfte er nicht gehen. Es war ein dunkler Weg, der an einen sehr dunklen Ort führte.

Sie erreichten die Küste und machten sich gen Norden auf, die Waldfläche zu umgehen. Die Stimmung war nicht schlecht, trotz des Ärgers mit dem Transport der kleinen Kanonen. Was auch immer die Motivation Köhlers gewesen sein mochte, die Soldaten waren froh, das gefährliche und unübersichtliche Terrain des dichten Waldes verlassen zu haben. Sie hatten sich dort denkbar unwohl gefühlt und hier sahen sie zumindest, wenn der Feind auftauchte.

Der Wald lichtete sich und sie konnten nun landeinwärts einschwenken. Immer noch waren Späher vor ihnen unterwegs. Sie berichteten von einem kleinen Dorf unweit ihres Standortes und die Nachrichten waren nicht erfreulich. Es handelte sich nur um wenige Hütten, in denen zweifelsohne Fischer ihr einfaches Leben geführt hatten. Doch von ihnen und den Familien gab es jetzt keine Spur mehr. Es war kein überhasteter Aufbruch gegeben, keine Flucht vor dem anrückenden Feind. Die Hütten waren leer geräumt worden, aller transportablen Habseligkeiten beraubt. Auch von den Fischerbooten war weit und breit nichts zu sehen. Hatte der Herr von Zama seine neuen Untertanen an einem Ort zusammengezogen, um Überläufer abzuschrecken? Er war, der Eindruck drängte sich auf, eine Persönlichkeit, die sehr viel von Kontrolle hielt. Und wenn man Publikum hatte, war Bestrafung auch weitaus effizienter.

Gut zwei Stunden marschierten sie durch die Sonne. Köhler fühlte sich immer noch nicht wohl und das hatte nichts mit den Temperaturen zu tun. Der Angriff von Seeseite musste mittlerweile begonnen haben. Manchmal vermeinte er, das ferne Grollen der Kanonen zu vernehmen. Er kam zu spät, um seinen Teil zu tun, und seine Männer schienen es ähnlich zu empfinden. Sie wechselten stumme Blicke, sagten aber nichts. Ihre Marschgeschwindigkeit war ordentlich.

Dann kam ihre Zeit. Die Männer Ahks hatten reagiert und das war auch zu erwarten gewesen.

Sie kündigten sich diesmal durch Lärm und Gebrüll an, eine Kolonne von vielleicht dreihundert Kriegern, die von den Kundschaftern früh genug beobachtet worden waren. Köhler befahl eine enge Formation, der Phalanx gleich, aber mit der Flexibilität, die es ihnen erlaubte, die Feuerwaffen zumindest in einer gezielten Salve zum Einsatz zu bringen. Die Legionäre und ihre Verbündeten trafen bereitwillig alle Vorbereitungen. Sie konnten endlich ihren Beitrag leisten.

Köhler machte das Sorgen.

Irre oder nicht – wenn sich Ahk ohne Probleme dazu entschließen konnte, ihm dreihundert Krieger entgegenzuschicken, dann konnte es um die Verteidigung der Stadt nicht allzu schlecht stehen. Andererseits konnte er sie auch längst zurückbeordert haben, nur war die Nachricht nie angekommen. Kommunikation war und blieb das größte Problem, auch für Köhler selbst. Auch diesen Gedanken verscheuchte der Trierarch mit Nachdruck. Er musste sich um das vordringliche Problem kümmern und das hämmerte mit Gebrüll gegen die Schilde. Wer auch immer dort kommandierte, er wollte Eindruck schinden und den eigenen Leuten Mut machen. Köhler spürte, dass ihm beides wohl ganz gut gelang.

Der Feind war gut zu erkennen. Er war bereit. Begierig. Das waren alles Irre.

»Formation eingenommen«, meldete Eliad, die Stimme voller unterschwelliger Spannung. »Wir sind bereit.«

»Und wir lassen sie kommen. Wenn die Angreifer in Reichweite sind, dann gibt es eine Salve mit den Gewehren. Genug Zeit, um die Schwerter zu ergreifen und die zweite Welle zu erwarten. Ich wünsche, dass die Formation in jedem Fall gehalten wird. Ich gehe an die rechte Flanke, Sie an die linke. Wir müssen den Überblick behalten. Die Kanonen?«

»Auf jenem Hügel, 200 Meter.«

»Die Kanoniere wissen Bescheid?«

»Sie hatten keine Gelegenheit, sich einzuschießen.«

Das war eine Feststellung, kein Vorwurf.

Köhler nickte. »Die kann man ihnen auch nicht immer geben. Sie kennen ihre Geschütze. Nur bei freiem Schussfeld und im Zweifel lieber nicht feuern. Ich will niemanden verlieren, weil ein Kanonier seine Waffe nicht im Griff hat.«

»Ich habe es genau so befohlen.«

»Dann nehmen wir jetzt unsere Positionen ein.«

Eliad nickte und wandte sich ab. Köhler marschierte auf seine Stellung zu, nickte dem Dekurio zu, der am äußersten Ende stand und die Formation seiner Untergebenen mit Argusaugen betrachtete. Er wollte etwas sagen, doch da krachte es bereits und die beiden Kanonen sprachen. Etwas zischte über ihre Köpfe hinweg – so weit war gut gezielt worden! – und es spritzte Sand und Gestein auf, als die beiden eisernen Kugeln sich in den Boden bohrten.

Hinter den fröhlich johlenden Angreifern, die das als Anlass sahen, auserlesene Beschimpfungen zu grölen, für die Köhler keiner Übersetzung bedurfte.

»Ruhig bleiben!«, rief er, als er sah, wie sich Gesichter vor Wut verzogen. »Lasst sie schreien. Wir stopfen ihre Mäuler gleich. Disziplin!«

Natürlich. Unnötig, das zu erwähnen. Hier rannte niemand wutentbrannt drauflos. Die Worte waren auch mehr an ihn selbst gerichtet. Er spürte diese plötzliche Wut, den heißen Zorn und Hass auf jene, die ihn gefoltert und erniedrigt hatten. Und er musste sich anstrengen, diesen Sturm in seinem Inneren unter Kontrolle zu halten, mehr, als er nach außen zeigen durfte. Er rief sich selbst zu, ruhig zu bleiben.

»Warten! Wir warten!«

Es krachte erneut hinter ihnen. Kanonenkugeln zischten über ihre Köpfe hinweg und diesmal waren sie besser gezielt. Sie trafen in die Masse der sich in Bewegung setzenden Angreifer. Schreie wurden laut. Köhler konnte nicht viel erkennen, aber er wusste, dass die dünnen Eisenkugeln beim Aufprall aufplatzten und Schrapnell verschleuderten, angetrieben durch die exakt richtige Menge Schwarzpulver, entzündet durch einen einfachen Zünder. Das Geschrei setzte sich fort, Wut und Schmerz, aber *mehr* Wut, und so brach der Angriff jener von Zama nicht.

Aber es lachte auch keiner mehr. Tiefe Wunden lösten unweigerlich Ernsthaftigkeit aus.

»Legt an!«, schrie der Zenturio. Wie ein Mann hoben die Legionäre die Musketen. Im Gegensatz zu den Handfeuerwaffen des Trierarchen waren sie einschüssig. Sie konnten schnell nachgeladen werden – es waren keine Vorderlader und die Zuführung von Munition war in dieser neuen Generation stark vereinfacht worden –, aber dazu würden ihnen die heranstürmenden Krieger keine Zeit lassen. Eine Salve hatten sie. Sie musste zählen.

»Zielt!«, gellte der Befehl. Kein wildes Geballer. Die Entfernung war gering genug für einen gezielten Schuss. Und die Gewehre waren auf kurze Distanz relativ akkurat.

»Feuer!«, dann das vielstimmige Knallen. Rauch stand plötzlich über der Formation der Römer in der brütenden, windstillen Hitze. Köhler richtete seine Pistolen auf die Angreifer, die schrien und fielen, zumindest stolperten. Einige hatten sich geistesgegenwärtig zu Boden geworfen, andere sprangen über die niedergestreckten Leiber ihrer Kameraden, wieder andere, vom Blut der Getroffenen bedeckt oder von dem eigener Wunden, stürmten blind voran, wild und wie von Sinnen.

Köhler drückte ab. Die Reichweite seiner Pistolen war derart gering, es handelte sich beinahe um Nahkampfwaffen. Vier Schuss, zwei pro

Waffe. Er zielte genau und er traf. Vier Körper wurden zurückgeworfen, viermal wurden Arme nach oben geworfen oder schmerzerfüllt auf den Brustkorb gepresst. Jetzt spürte er eine Ruhe. Eine Gewissheit. Jetzt gab es keine Zweifel mehr. Er verschloss sein Herz vor den Toten.

Er steckte die Pistolen in die Halfter. Keine Zeit fürs Nachladen. Das Schwert sprang in seine Hand, zuckte durstig dem ersten Angreifer entgegen, der eine schwere Axt über den Kopf hob, Köhlers Gestalt mit ruhiger Abschätzung im Blick. Ein Veteran, der sich nicht hatte aus der Ruhe bringen lassen. Die Axt schwang herab, in einem Bogen, und dann sah Köhler aus den Augenwinkeln die andere Hand des Kriegers mit dem Messer.

Der Krieger wusste, was er tat.

Er reagierte, schnell, nicht schnell genug. Der Brustpanzer ließ das Obsidian über das Metall kratzen, die Wucht des Stoßes warf den Offizier zurück. Als die Axt sinnlos durch die Luft zischte, da Köhler nicht mehr war, wo er eben noch gestanden hatte, glitt die Spitze seines Schwertes mit einer erschreckenden Leichtigkeit durch das Fleisch des Mannes, durchtrennte Muskeln, Knochen und traf den linken Lungenflügel, mit einer breiten Wunde, aus der sofort helles Blut herausschoss.

Der Krieger seufzte nur, taumelte zurück. Mit einem hässlichen, schmatzenden Geräusch löste sich das Schwert aus seinem malträtierten Leib, gefolgt von noch mehr Blut, und der Maya starrte an sich hinab, wusste, dass er verloren war, ächzte etwas, seine Kiefer verkrampft. Seine Hand mit der Axt erhob sich noch einmal, eine kraftlose Geste, und dann fiel er hart auf seine Knie, hielt sich noch einen Moment in einer Geste des Trotzes aufrecht, ehe er zur Seite fiel.

Köhler starrte für einige Sekunden auf ihn hinab. Blut überall, auf seinem Körper, seiner Klinge, der harte, metallische Geruch, dazu der Gestank von Gedärmen und Urin, von Kot. Es schnürte ihm die Kehle zu, doch er hatte keine Zeit dafür. Weitere Maya stürmten heran und sie hatten nur eines aus den Toden ihrer Kameraden gelernt: Sie mussten noch schneller und noch rücksichtsloser angreifen.

Das waren alles Verrückte, schoss es Köhler erneut durch den Kopf, als er sich dem Nächsten in den Weg stellte.

Und er, fiel es ihm ein, gehörte wohl dazu.

Er tötete.

Er tat es ohne Leidenschaft, aber mit einem stillen Zorn, der hin und wieder ausbrach und sich in Erinnerung rief. Er war wie eine Maschine, wie ein sehr konzentrierter Priester auf einer heiligen Mission. Er fand keinen Gefallen an seinem Tun, aber er wusste, dass er diese Herausforderung bewältigen musste, wenn er sein Ziel erreichen wollte. Und das lag nicht hier, in der Wildnis Cozumels, sondern nur wenige Kilometer entfernt in der Stadt.

Es machten sich nun bestimmte Unterschiede bemerkbar. Als sie in Zama angelandet waren, hatte sie der Angriff der Maya überrascht. Dies, zusammen mit ihrem Fanatismus, hatte ihren Untergang bedeutet. Hier aber trafen sie auf eine gut vorbereitete, kampfstarke Truppe von Veteranen, die wussten, wann sie gegen wen kämpften, die sich ihrer Sache völlig sicher waren. Das war ein Unterschied, ein gravierender sogar. Denn egal, wie irre die Maya Zamas den Befehlen ihres Königs ergeben waren, sie trafen auf einen anderen Gegner, einen, der sowohl von der Ausbildung wie auch der Ausrüstung her überlegen war, der wusste, wie man kämpfte, wie man als Einheit agierte, der kooperierte und Disziplin einhielt. Das galt auch für die Maya Aritomos, die sich nahtlos in die Formation einfügten.

Die Krieger Ahks waren ebenfalls erfahren, viele von ihnen zumindest, aber es mangelte ihnen an Disziplin, jeder kämpfte für sich und im Grunde waren es alle Bauern, von ihrem Herrn zum Kriegsdienst berufen, aber keine Berufssoldaten wie die römischen Legionäre und die Janitscharen des Inugami, die in diesen Dingen den Legionären um nichts nachstanden.

Und so zerbrach der wilde Angriff der Männer aus Zama. Dass er im wahrsten Sinne des Wortes zerbrach, weil ihre Feinde unablässig Schädel spalteten und Knochen zerhackten, und nicht, weil sie wegliefen und ihr Heil in der Flucht suchten, hing sicher mit ihrem Fanatismus zusammen – oder mit der Aussicht, als Unterlegene bei ihrer Rückkehr ein schreckliches Schicksal zu erleiden. Ahk war alles zuzutrauen.

Als die Ersten doch anfingen zu rennen, war endgültig klar, wer das Treffen für sich entschieden hatte.

Köhler blieb stehen. Er sah zwei Zama-Männern nach, wie sie sich herumwarfen und das Weite suchten. Es fiel ihm auf, dass sie keinesfalls in Richtung der Stadt davoneilten. Sie rannten zum nahe gelegenen Wald.

Sie wollten nicht zurück zu ihrem König, hofften, Zuflucht in der Wildnis zu finden. Ohne Heimat und ohne Anführer war ihr Leben nun ziellos und gefährlich. Denn weder ihr König noch ihre Feinde, falls siegreich, würden mit ihnen allzu gnädig umgehen.

Die ersten beiden rannten, ein weiterer, der sich noch hektisch umsah, ein nächster – dann war der Damm gebrochen. Der Angriff schmolz dahin. Köhler sah zufrieden, wie der Zenturio die Befehle gab. Legionäre und Janitscharen blieben wie ein Mann stehen, senkten die Waffen und sahen den Flüchtenden ruhig nach. Es gab keine kräftezehrende Jagd.

»Verletzte melden und versorgen!«, befahl Köhler. »Meine Anerkennung, Männer! Ein guter Kampf!«

»Was ist mit den verletzten Feinden?«, fragte Eliad und wies auf jene, die wehklagend am Boden lagen oder saßen, von ihren eigenen Leuten einem ungewissen Schicksal überlassen. Köhler wusste, was er tun wollte – sie gleich zu töten, würde wertvolle Ressourcen sparen. Doch er wusste auch, welche stehenden Befehle Langenhagen gegeben hatte, und er wusste, dass sein Leben derzeit ein permanentes Ringen um seine Menschlichkeit war und er manchen Impulsen einfach nicht nachgeben durfte.

»Wir versorgen sie, soweit es geht. Dann aber lassen wir sie zurück. Gebt ihnen Wasser und Nahrung. Vielleicht wagen sich ihre geflohenen Kameraden zurück, sobald wir abgezogen sind. Das ist alles, was wir für sie tun können.«

»Ja, Herr«, bestätigte Eliad und wandte sich ab, die Befehle zu geben. Eine Stunde, so gemahnte sich Köhler. Er gab sich und den Seinen eine Stunde. Dann aber mussten sie den Weg zur Stadt wieder aufnehmen. Dort kämpfte Langenhagen und er vermeinte immer noch, das Grollen der Kanonen zu vernehmen. Der Kampf war noch nicht am Ende und Köhler hatte einen sehr wichtigen Grund, warum er rechtzeitig dort sein wollte, um noch mitzumachen. Er hoffte auf eine besondere Gnade, einen göttlichen Akt des Ausgleichs. Er wollte, egal, was Langenhagen befahl, vor allem eines tun: sein Schwert in den Hals des Königs von Zama senken und ihn vor sich blutend sterben sehen. Für jene, die er gequält hatte, und für sich selbst. Das Kapitel musste geschlossen werden und er betete um diese eine, wichtige Gnade.

Doch dazu musste er in die Stadt.

»Herr!«

Eliad reichte ihm das Fernrohr und wies in die Richtung, in die sie marschieren würden. Köhler führte das Glas ans Auge, fokussierte. Feine Rauchschwaden hingen in der Luft, dunkel und beständig, und damit nicht das Nebenprodukt der Geschütze.

»Brennende Schiffe«, sagte Eliad mit belegter Stimme.

»Oder brennende Tempel«, gab Köhler zurück und senkte das Fernrohr. »Wir werden sehen.«

Epilog

Das Knarren ging Staff Sergeant Michael Ademole mächtig auf die Nerven. Es war nicht so, dass es wirklich durchdringend oder obszön laut war, es war aber einfach ... überall. Selbst wenn er sich Wachs in die Ohren stopfte, verließ es ihn nie. Die *Hu Ya* war ein ausgezeichnetes Schiff, eine Perle der chinesischen Schiffsbaukunst. Die Dschunke hatte eine Länge von fast achtzig Metern und gehörte zu den größten und mächtigsten Kriegsschiffen der kaiserlichen Marine, und Kapitän Zheng He war zu Recht stolz auf dieses hervorragende Schiff. Es hatte sie sicher und treu gen Osten geführt und selbst raue See hatte dem stoisch dahingleitenden Koloss wenig anhaben können.

Und sie knarrte. Unentwegt. Alle hatten sich daran gewöhnt. Nur Ademole vernahm es immer noch als distinktes und lästiges Geräusch. Er bekam wahrscheinlich einen Schiffskoller.

Aber der Staff Sergeant war kein Seefahrer, das besagte schon sein Dienstgrad. Dass er dennoch ausgewählt worden war, an dieser Expedition teilzunehmen, hing mit seiner Unvorsichtigkeit zusammen. Er hatte einmal zu viel erzählt, dass er aus einer Fischerfamilie stammte, die seit Generationen ihr Glück im Golf von Guinea versucht hatte, und er hatte dabei verschwiegen, Idiot, der er war, dass sein Beitritt zur nigerianischen Armee nicht wenig damit zu tun hatte, der Eintönigkeit und Perspektivlosigkeit dieser Arbeit zu entkommen. Um diese aber so einschätzen zu können, war er in jungen Jahren, bis zu seiner Volljährigkeit, auf einer besseren Nussschale mit seinem Vater zur See gefahren. Seit er dem Rekrutierungsbüro der Streitkräfte seine Unterschrift gegeben hatte, mittlerweile gut zwanzig Jahre war das her, hatte er kein Schiff mehr betreten.

Aber aus irgendeinem Grund war er nun wenn nicht qualifiziert, so doch prädestiniert für die große Fahrt über die Ozeane und der Captain hatte ihn ausgewählt. Der einzige Trost war, dass Captain al-Hassani die erste Woche ihrer Reise damit verbracht hatte, sich die Seele aus dem Leib zu kotzen. Das war vielleicht keine richtige Rache, aber es war ganz ordentlich und Ademole nahm, was er bekommen konnte.

Ademoles Appetit war hervorragend. Er mochte die chinesische Küche. Al-Hassani begnügte sich mit Brot und Früchten. Er hatte es nicht besser verdient.

Es knarrte wieder irgendwo. Hier unten im Bauch der *Hu Ya* hatten sie es relativ gemütlich, draußen war es heiß und windstill, das Schiff trieb mit schlaffen Segeln dahin. Zweiter Tag der Windstille, der pazifische Ozean machte seinem Namen alle Ehre. Doch sie waren nicht mehr weit von der Küste Amerikas entfernt und der Befehl galt, die eigenen Fähigkeiten verborgen zu halten. Der gusseiserne Schlot der Dampfmaschine war abgebaut und unter Deck verstaut worden. Seit dem Ausbruch des Krieges gegen Baekje galten strengste Vorschriften, auch dann, wenn es bedeutete, dass ihre Reise unterbrochen wurde.

Ademoles Blick fiel auf den Dritten im Bunde. Corporal Johnson schnitzte wieder irgendwas, seine Lieblingsbeschäftigung. Er war leidlich gut darin und verschenkte die Ergebnisse seines Handwerks gerne, um sich dann sogleich dem nächsten Projekt zu widmen. Es war nicht das Produkt seiner Kunstfertigkeit, das für ihn wichtig war, alleine der Weg dorthin. Johnson war ein Stoiker. Er schwitzte genauso wie Ademole und hatte ebenso wenig Lust wie er, hier zu sein, aber er führte seine Befehle aus und beschwerte sich nicht. Auch die gemurmelten Verwünschungen des Sergeants, die wie die Wellen des Ozeans mal mehr, mal weniger aufbrandeten, ertrug er mit Gelassenheit.

Ademole machte sich keine Illusionen. Als Soldat in der Dritten Motorisierten Division mochte er rein theoretisch zur besten Truppe der nigerianischen Streitkräfte gehört haben, praktisch war sie aber genauso heruntergekommen und unterbezahlt gewesen wie der ganze Rest. Der Dienst war hart und oft fehlte es nicht nur an Sold, sondern auch an Munition und an Offizieren, die es schafften, ihren eigenen Hintern bei Dunkelheit zu finden. Ademole gab zu, dass al-Hassani nicht ganz so schlimm war, wahrscheinlich der Grund, warum er von ganz oben für diese Reise auserkoren worden war.

Aber hier, nach der überraschenden und mittlerweile in seiner Erinnerung zunehmend verblassenden Reise durch die Zeit, die sie eben noch im Manöver im Nordosten Nigerias, dann aber irgendwo in China wiedergefunden hatte, war die Situation eigentlich besser geworden. Es gab regelmäßiges Essen, es gab regelmäßige Bezahlung und es gab Respekt. Sie alle *bedeuteten* jetzt etwas. Sie hatten eine Stellung, eine Aufgabe. Das waren alles Währungen, die Ademole zu akzeptieren bereit war.

»Ich gehe nach oben«, sagte er und rollte sich aus seiner Hängematte. Die wenigen Stufen zum Deck waren schnell erklommen, und als er die Hand schützend vors Gesicht hielt, spürte er einen leisen, kaum wahrnehmbaren Luftzug. Er sah aufs Achterdeck und direkt in die Augen von Kapitän Zheng, in denen er ein hoffnungsvolles Glitzern wahrzunehmen glaubte. Die Segel knarrten und knackten ein wenig, als sie bewegt wurden, ein Geräusch, das überall dazu führte, dass Seeleute aus dem dösenden Abwarten gerissen wurden. Es gab nichts zu tun – alles an Zeug war gesetzt, jeder Fetzen suchte nach Wind, und sollte es keinen plötzlichen Sturm geben, würde sich das auch nicht ändern. Ademole stellte sich an die Reling. Das Wasser lag immer noch still da, kaum ein Kräuseln war zu sehen. Manchmal vermeinte er, einen Schatten wahrzunehmen, wo ein größerer Meeresbewohner sich der Oberfläche näherte.

»Und, Sergeant? Ausgeruht?«

Ademole drückte den Rücken durch, als er die Stimme des Captains hörte. Al-Hassani war ein drahtiger Mann Ende der vierzig, der seine alte Uniform mit der sturen Beharrlichkeit eines Traditionalisten trug. Längst hatten die meisten seiner Einheit die verschlissene Kleidung gegen neue ausgetauscht, aber al-Hassani war sich nicht zu schade, das gute Stück immer und immer wieder zu flicken. Da er darin eine gewisse handwerkliche Perfektion entwickelt hatte, sah er sogar einigermaßen gut aus. Dennoch wirkte der Kampfanzug aus chinesischer Textilproduktion – allerdings eines Chinas des 21. Jahrhunderts – deplatziert unter den Soldaten der chinesischen Marine, die eine wenig einheitliche Kleidung trugen, vor allem jetzt, da sie nicht zum Kampf antraten. Die Körperrüstungen und Waffen, die ausladenden Helme mit dem Geschwaderabzeichen, alles lag in der Waffenkammer bereit, und sollte sich die *Hu Ya* bewohntem Gebiet nähern, würde hier schnell alles anders aussehen.

Aber noch nicht.

»Sir, ich fühle mich wohl. Wir scheinen Wind zu bekommen.«

Al-Hassani zuckte mit den Achseln. »Ich kann das kaum beurteilen. Sie sind doch der Seemann.«

Ademole verkniff sich eine Antwort und zeigte nur auf das Segel in ihrer Nähe, das sich ganz sachte zu entfalten begonnen hatte. »Ich würde sagen, es sieht gut aus.«

»Wie lange noch?«

Das war die einzig wichtige Frage und es war eine, die Ademole gleichfalls auf der Seele brannte. Seit ihrem Aufbruch aus Yangzhou war eine beträchtliche Zeitspanne vergangen und mehrere Flauten hatten ihre Reise aufgehalten. Es wurde nicht offiziell gesagt, aber die Vorräte gingen langsam zur Neige, vor allem das Wasser, und es war dringend an der Zeit, an Land zu gehen und Nahrungsmittel aufzufüllen. Sollte ihr Ziel tatsächlich nahe sein, wäre dies die allererste Aufgabe. Ademole sehnte sich danach, einen Fuß auf festen Boden zu setzen. Völlig unabhängig davon, was al-Hassani behauptete, war ganz klar, dass er absolut kein Seemann war und auch keiner mehr werden wollte.

»Fragen wir Kapitän Zheng. Er winkt uns zu.«

In der Tat. Der Herr über die *Hu Ya* bat sie beide aufs Achterdeck und sie ließen ihn nicht warten. Formal gesehen standen die drei nigerianischen Infanteristen außerhalb der Kommandokette, sie waren mit Spezialaufgaben betraut. Aber natürlich war keiner von ihnen so wahnsinnig, es sich mit dem Herrn über die mächtige Dschunke zu verscherzen. Zhengs Autorität über seine Männer war absolut und er war es gewohnt, dass seine Anweisungen aufs Wort befolgt wurden. Dass die drei Gäste an Bord – ebenso wie die Handvoll Gelehrter der Kaiserlichen Schule – da ein wenig abseitsstanden, hatte ihn sichtlich gewurmt. Doch genauso, wie er Gehorsam erwartete, brachte er ihn auch gegenüber der Admiralität entgegen. Dazu kam, dass der Befehl für diese Reise vom Himmlischen Kaiser selbst gekommen war, und das war der Punkt, an dem auch ein selbstbewusster Mann wie Zheng nicht mehr diskutierte.

Der Kapitän war mehr als einen Kopf kleiner als die beiden Afrikaner und es bereitete ihm sichtlich Ungemach, den Kopf in den Nacken legen zu müssen und nach oben zu starren. Es war schwierig, im ganzen Reich Leute zu finden, die es an Körpergröße mit den Besuchern aus der Zukunft aufnehmen konnten, und am Anfang war das ein echtes Problem gewesen. Da aber keine Macht der Welt einen plötzlichen

Schrumpfungs- oder Wachstumsprozess auslösen konnte, ohne bleibende Schäden zu hinterlassen, hatten sich beide Seiten damit arrangieren müssen. Zheng fiel dies weiterhin schwer. Es sprach für ihn, dass er perfekte Höflichkeit bewahrte, als er die beiden Männer begrüßte.

»Der Wind frischt auf«, sagte er dann und dies war etwas, das ihn ernsthaft erfreute. »Mit etwas Glück sehen wir morgen das Land. Sind sie vorbereitet auf diesen großen Moment?«

»Wir sind sehr gelangweilt«, erwiderte al-Hassani. Sein Chinesisch war schauerlich. Ademole war darin nicht besser, obgleich die Lehrer, die der Kaiser zur Verfügung gestellt hatte, entsetzliche Pauker gewesen waren, die ihnen für lange Zeit zehn Stunden am Tag eine Sprache eingetrichtert hatten, die wirklich nur schwer zu begreifen war. Es war absolut beschämend, dass die Chinesen, die Englisch gelernt hatten – oder einige Gelehrte, die es auch mit Yoruba oder Ibo versuchten –, weitaus schnellere Fortschritte gemacht hatten. Doch es hatte kein Entkommen gegeben. Alle drei Kompanien waren kurz nach ihrem Eintreffen vor vier Jahren vollständig isoliert und in einer kaiserlichen Festung fast wie Gefangene behandelt worden – allerdings im Einverständnis mit den Zeitreisenden, die schnell begriffen hatten, dass nur Kooperation ihr Überleben sichern würde.

Ademole wischte die Erinnerung an weniger schöne und weniger kooperative Ereignisse der Anfangszeit fort. Nicht alle, die damals den Sprung mitgemacht hatten, waren noch am Leben.

Eine weitere Gestalt kletterte an Deck, diese angetan in kostbare Gewänder aus reiner Seide und begleitet von zwei Dienern, die ihr Luft zufächelten und mit einer kleinen, tragbaren Markise Schatten spendeten. Eine stämmige Person mit sorgfältig aufgebauter und eingeölter Frisur, Make-up auf dem Gesicht und Augen, die beinahe hinter den wulstigen Wangen verschwanden. Selbst Kapitän Zheng konnte nicht anders, als für einen Moment das Gesicht zu verziehen. Der kaiserliche Gesandte, seine höchstehrwürdige Hoheit Fürst Huan Xuan, war ein Ekel. Er war gleichzeitig ein Cousin des Kaisers und stand damit der göttlichsten aller Personen so nah wie kaum jemand. Er war sich dieses Privilegs durchaus bewusst und verhielt sich auch so.

Ademole hatte lange über das nachgedacht, was man über Huan so sagte. Jenseits seines pompösen und Untergebenen gegenüber verächtlichen Auftretens sei er ein genialer Diplomat und Verhandlungsführer, ein Genie in Sprachen und Kulturen, extrem lernbegierig und konzentriert. Er habe nach Ausbruch des Krieges gegen Baekje geholfen, dass die westlichen Völkerschaften nicht unter dem Ansturm der Invasoren zusammenbrachen, sondern trotz aller schweren Verluste tapfer zum Reich hielten, auch in der Not. Es war kaum zu glauben, dass dieser arrogante Arsch, der auch die *lǚxingzhě* nur mit einer ziemlichen deutlichen Haltung des Rassismus behandelte, die eigentlich nur noch jene an den Tag legten, die die Männer aus Westafrika nie kennengelernt hatten, im Grunde sehr fähig sein sollte. Verachtung gegenüber den Zeitreisenden, obgleich er durchaus wusste, dass ohne die Waffen der Nigerianer der Sieg Baekjes bereits im ersten Jahr der Invasion sicher gewesen wäre.

Was nicht bedeutete, dass der Krieg gut verlief. Ganz und gar nicht.

Was Ademole wieder zum Ehrwürdigen Huan Xuan und ihrer ganzen Mission zurückführte.

Der Botschafter schaute nach oben, sein Blick sorgfältig von seinen Dienern beschattet, auf dass die Strahlen der bösen Sonne nicht auf die makellose und strahlend weiße Haut seiner ehrwürdigen Person falle. Er verzog sein Gesicht zu einem Lächeln und Kapitän Zheng sowie Captain al-Hassani verbeugten sich beide. Ademole stand einen Schritt dahinter und machte sich einfach nur klein. Zu seinem Schrecken entschloss sich der Ehrwürdige, die Treppenstufen zum Oberdeck zu erklimmen, und obgleich es sich um eine langwierige Prozedur handelte – er wollte nicht ins Schwitzen geraten, damit das Make-up nicht verlief –, stand er kurz darauf vor den drei Männern, die alle irgendwie versuchten, erfreut und geehrt auszusehen, und in diesem Bemühen aller Wahrscheinlichkeit nach scheiterten. Ademole war in diesem Moment für seinen niedrigen Dienstgrad sehr dankbar. Er musste daher nichts tun, als höflich zu schweigen.

Der Ehrwürdige ignorierte Kapitän Zheng, eine grobe Unhöflichkeit. Zheng gehörte auch einer wichtigen Familie an und der Kaiser hatte es für richtig gehalten, diese mit dem Kommando über die *Hu Ya* zu bedenken, wohl wissend, dass sie mit dem Gesandten und einigen seiner Verwandten über Kreuz standen. al-Hassani hatte das mal dunkel mit »Teile und herrsche!« kommentiert und Ademole dachte seitdem darüber nach, was genau diese kryptische Aussage alles bedeuten konnte.

»Captain al-Hassani«, sagte der Ehrwürdige in einem Englisch, das schwer vom chinesischen Akzent war, aber bemerkenswert gut artikuliert, wie Ademole ein ums andere Mal hatte feststellen dürfen. Zumindest das Gerücht schien zu stimmen: Der feiste Diplomat hatte ein Talent für Sprachen und gehörte zu jenen, die es trotz aller zur Schau gestellten Verachtung auf sich genommen hatten, Englisch zu lernen.

»Ehrwürdiger Gesandter«, sagte al-Hassani und verbeugte sich erneut. »Der Wind ist zurück. Die Reise geht weiter.«

»Das wurde aber auch Zeit. Diese Drecksdschunke ist unerträglich geworden.« Er warf einen tadelnden Blick auf Zheng, dessen Gesicht in Stein gemeißelt schien. »Der Wein ist alle.«

»Ich werde Euch sogleich aus meinem persönlichen Vorrat bringen lassen«, brachte Zheng auf Chinesisch hervor, was Ademole immerhin besser verstand als er es sprach.

Xuan würdigte dieses Angebot keiner weiteren Bemerkung und lächelte al-Hassani schmeichlerisch an. »Ihre Männer sind bereit, Captain?«

»Wir sind immer bereit, Ehrwürdiger.«

»Die Maschine steht zur Verfügung.«

»Deswegen haben wir sie ja mitgeführt.«

Ob der Gesandte merkte, dass al-Hassanis Bemerkung so schnippisch gemeint war, wie er sie gemacht hatte – oder würde er das seinem letztlich immer noch begrenzten Verständnis der Nuancen der englischen Sprache und der Betonung der *lǚxingzhě*-Wilden zuschreiben?

Xuan ließ sich nichts anmerken. Er lächelte unentwegt, wie eine Maske. »Gut, gut. Ich bin voller Zuversicht. Diese Mission wird ein großer Erfolg. Ah, der Wind!« Xuan drehte sich halb, schloss die Augen.

Jetzt war die Brise deutlicher zu spüren. Die Segel füllten sich, die Seile knarrten, als an ihnen gezerrt wurde. Die Mannschaft sprang auf, die ersten Seeleute kletterten in die Masten. Leben kam in die *Hu Ya* und es war eine willkommene Abwechslung.

»Der Wein«, sagte Xuan und sah Qiang an. »Vergessen Sie ihn nicht. Ich habe Durst.«

Damit wandte sich der Ehrwürdige ab und widmete sich der schwierigen Aufgabe, die Treppe hinunterzuklettern, ohne dabei würdelos auszusehen.

Ademole widerstand der Versuchung, ihm in den dicken Hintern zu treten. Das wäre, wie er wusste, seiner Karriere nicht zuträglich. Er sah Zheng an.

Der Kapitän nickte ihm zu, fast freundlich. »Sie bekommen auch welchen«, sagte er leise. »Er soll nicht den ganzen Rest bekommen.«

Es gab Momente, dachte Ademole, da war ihm der rigide Herr der *Hu Ya* fast sympathisch.

Personenverzeichnis

Michael Ademole	Unteroffizier der nigerianischen Armee
Africanus	römischer General
Yo'nal Ahk	König von Zama
Andochos	römischer Sprachgelehrter
Balkun	ehemaliger Statthalter des Inugami
Ishaya Bakut	Offizier der nigerianischen Armee
Baragam	indischer Dolmetscher
Aritomo Hara	Erster Offizier des U-Bootes Nr. 8
al-Hassani	Offizier der nigerianischen Armee
Ichik	ein Junge aus Mutal
Ik'Naah	Hohepriesterin auf Cozumel
Inocoyotl	Statthalter des Metzli in B'aakal
Isamu	Prinz Japans
Itotia	Gattin Metzlis
Ixchel	Tochter von Tzutz und Chitam, Schwester von Nicte, Königin von Mutal
Helmut Köhler	Trierarch der römischen Flotte
Langenhagen	Navarch der römischen Flotte
Lucius Latinus	Navarch der Ostexpedition
Robert Lengsley	britischer Ingenieur
Li	Sekretär des Gouverneurs Ying Zheng
Metzli	König von Teotihuacán
Nenetl	Verschwörer in Teotihuacán
Nicte	Tochter von Tzutz und Chitam, Schwester von Ixchel
Okada	Steuermann des U-Bootes Nr. 8
Yuto Sarukazaki	Mechaniker des U-Bootes Nr. 8
Anton Sattmann	Trierarch in der Ostexpedition

Daiki Sawada	Tutor des Prinzen Isamu
Augusta Clara Terzia	Wissenschaftlerin
Treverus	römischer General
Huan Xuan	Gesandter Chinas
Zheng	Kapitän der *Hu Ya*

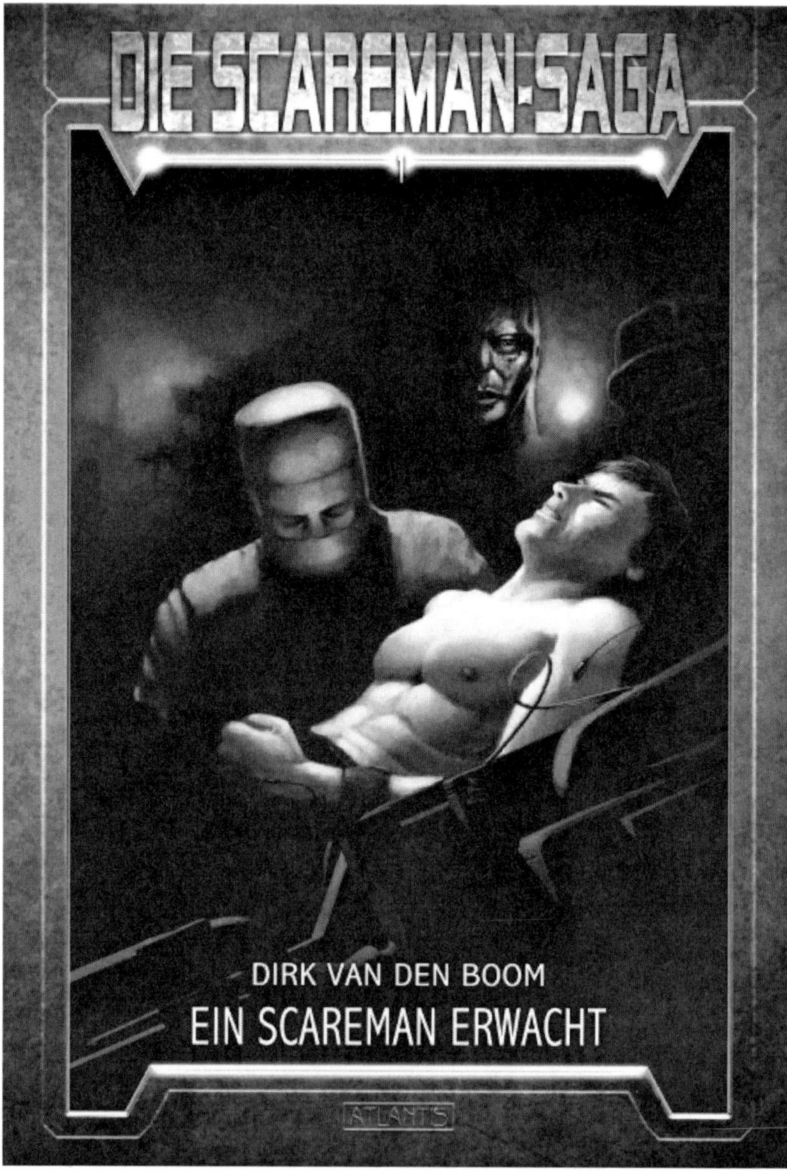
DIE SCAREMAN-SAGA
1
DIRK VAN DEN BOOM
EIN SCAREMAN ERWACHT
ATLANTIS